Nordbek – der kleine Ort im Hamburger Norden hat außer Natur und Einsamkeit nicht viel zu bieten. Genau der richtige Ort für den gefallenen LKA-Ermittler Nick Beck, der sich nach einem traumatischen Einsatz in die Provinz versetzen lässt. Hier ertränkt er allabendlich seinen Frust in Alkohol. Als er eines Nachts auf einer einsamen Landstraße eine junge Frau überfährt, die nur mit einem BH bekleidet war, lässt er die Leiche in Panik verschwinden. Doch bald wird ihm klar, dass die Schäden an seinem Auto nicht darauf hindeuten, dass er die Frau wirklich überfahren hat. Sie muss schon tot auf der Straße gelegen haben. Nur was ist passiert? Kurzerhand platziert Beck die Leiche so, dass sie gefunden wird.

Zusammen mit Cleo Torner vom LKA Hamburg, die ihn bei den Ermittlungen unterstützen soll, versucht Nick Beck dem Verbrechen auf die Spur zu kommen.

Tom Voss ist das Pseudonym eines deutschen Bestseller-Autors, der bereits zahlreiche Krimis und Thriller geschrieben hat. Im Fischer Verlag hat er als Pierre Lagrange die Provence-Krimi-Reihe rund um den liebenswerten Commissaire Albin Leclerc und seinen Mops Tyson veröffentlicht.

›Hundstage für Beck‹ ist der Auftakt einer neuen Krimi-Reihe. In Band eins nimmt Tom Voss die Leser*innen nun mit in den Norden von Hamburg, wo der gefallene LKA-Ermittler Nick Beck in seinen ersten Fall hineinschlittert.

Weitere Informationen finden Sie auf www.fischerverlage.de

TOM VOSS

HUNDSTAGE FÜR BECK

KRIMINALROMAN

FISCHER TASCHENBUCH

Aus Verantwortung für die Umwelt hat sich der S. Fischer Verlag zu einer nachhaltigen Buchproduktion verpflichtet. Der bewusste Umgang mit unseren Ressourcen, der Schutz unseres Klimas und der Natur gehören zu unseren obersten Unternehmenszielen.

Gemeinsam mit unseren Partnern und Lieferanten setzen wir uns für eine klimaneutrale Buchproduktion ein, die den Erwerb von Klimazertifikaten zur Kompensation des CO_2-Ausstoßes einschließt.

Weitere Informationen finden Sie unter: www.klimaneutralerverlag.de

FSC www.fsc.org
MIX
Papier aus verantwortungsvollen Quellen
FSC® C083411

Originalausgabe
Erschienen bei FISCHER Taschenbuch
Frankfurt am Main, Juli 2021

Dieses Werk wurde vermittelt durch die
Literarische Agentur Thomas Schlück GmbH, 30161 Hannover.

Lektorat: Susanne Kiesow

Satz: Fotosatz Amann, Memmingen
Druck und Bindung: CPI books GmbH, Leck
Printed in Germany
ISBN 978-3-596-00065-4

1

Sie war schon oft gestorben. Hunderte Male. Vielleicht Tausende. Nick hatte aufgehört zu zählen. Es geschah immer wieder auf die gleiche Art und Weise, manchmal wie in Zeitlupe, gelegentlich wie im Zeitraffer oder in Standbildern. Ansonsten gab es keine Variation.

Sie stürzte.

Sie schlug auf.

Sie war tot.

Das war die einzige prägende Erinnerung, die ihm von ihr geblieben war. Nick hasste es. Man sollte bessere Gedanken an jemanden haben, der einem sehr verbunden war. Es sollte mehr übrig bleiben als ein Schatten auf der Seele, die entsetzlichen Bilder in seinem Kopf und das dumpfe Krachen in seinen Ohren. Immer wieder. Der Film und der Soundtrack seines Lebens. Jeden Tag und jede Nacht.

Wump.

Wump.

Das Geräusch vermischte sich mit dem Beat eines belanglosen Countrysongs. Weinende Gitarren und eine Sängerin, die darüber jammerte, dass ihr Liebster sie verlassen hatte. Nick starrte in die öligen Schlieren auf dem Boden des

Schnapsglases. Darunter sah die Holzmaserung der Theke aus, als würde man sie durch eine Lupe betrachten. Sein Blick wanderte über die Finger, deren Brüche längst geheilt waren. Nur manchmal tat es noch etwas weh. Er sah auf, erkannte sich selbst im mit Bierwerbung bedruckten Spiegel hinter der Bar. Sein Bart war ungepflegt, die zu langen schwarzen Haare von grauen Strähnen durchzogen, die Augen matt und vom Alkohol gerötet. Er trug ein T-Shirt mit einem nichtssagenden Aufdruck, das dringend gewaschen werden musste. Der Stoff spannte über seinen kräftigen Oberarmen.

Schließlich schob sich ein anderer Körper zwischen Nick und sein Spiegelbild. Er sah die Knöpfe einer karierten Bluse, Haut, eine Kette mit einem Jadeanhänger, eine Hand mit vielen Silberringen, die eine Wodkaflasche hielt.

»Liebeskummer?«, fragte die Bedienung.

Ihr Name war Jenny. Sie hatte ihn Nick vorhin verraten, als er sich mit dem Vorsatz an die Theke gesetzt hatte, sich professionell zu betrinken.

»Nicht direkt«, erwiderte Nick, ohne aufzublicken.

»Sie hat dich verlassen?«

»Gewissermaßen.«

»Gebrochene Herzen heilen. Irgendwann.«

»Herzen schon«, sagte Nick.

»Heute ist einer dieser Tage, hm?«

»Ja«, sagte Nick. »Einer dieser Tage.«

»Der letzte geht aufs Haus«, sagte Jenny.

Ihre mit einigen Altersflecken besprenkelte Hand gefror in der Bewegung, als sie Nick nachschenken wollte.

Wump.

Da war es wieder. Doch etwas an diesem Geräusch klang anders als das in seinem Kopf, dachte Nick. Es war ähnlich, aber nicht das gleiche, und es kam auch definitiv nicht aus den Lautsprechern.

»Was war das?«, fragte Jenny.

Nicks Blick klärte sich. Er sah in Jennys wettergegerbtes Gesicht, das ihn vom ersten Moment an das einer alten Indianerin erinnert hatte – an jemanden, der in den Siebzigern auf einem Chopper die Route 66 gefahren und von dem Trip jede Menge Devotionalien mitgebracht hat, die nun die Wände und Regale ihre Kneipe zierten: Budweiser-Reklame, Werbeschilder aus den Fünfzigern, Longhornschädel, verchromte Ventilatoren und eine Wurlitzer, auf der jetzt ein Song von Johnny Cash begann. Nur der alte Mann und seine Gitarre. *»Till things are brighter«*, sang er, *»I'm the man in black.«*

Der Laden hieß passenderweise »Roadhouse« und befand sich im Niemandsland zwischen dem Hamburger Norden und Schleswig-Holsteins Süden an der Bundesstraße. Nick war schon einige Male daran vorbeigefahren. Jedes Mal war ihm die Neonwerbung aufgefallen, die das »Roadhouse« wie ein amerikanisches Diner wirken ließ. Wie einen Ort, an dem man sich gepflegt vollllaufen lassen konnte und einen ordentlichen Burger bekam. Abgesehen davon handelte es sich um einen weißen Fleck auf seiner Landkarte. Die meisten Kneipen der Gegend hatte er bereits durch. Wenn es sich vermeiden ließ, suchte er keine davon ein zweites Mal auf. Er wollte nicht erkannt oder wiedererkannt werden. Andererseits trank er nicht gern vollkommen allein, weil er sich dann wie ein Alkoholiker fühlte. Es war kompliziert.

Heute Abend, mitten in der Woche, standen nur zwei Autos auf dem Parkplatz vom »Roadhouse«, was der entscheidende Grund dafür gewesen war, dass Nick hier gestoppt hatte. Inzwischen war es spät geworden, und die beiden Fahrzeuge waren mitsamt den letzten Gästen verschwunden, was ihm gerade recht war. Er wurde nicht gern beim Trinken gesehen und ließ sich dabei noch weniger gern stören, vor allem nicht heute: Es war auf den Tag genau ein Jahr her, dass …

Wump.

Da war es wieder.

»Verdammt, was ist denn das?«, fragte Jenny erneut und blickte an Nick vorbei, um die Quelle des Geräusches zu verorten, die draußen zu sein schien.

Nick hustete, räusperte sich. »Vielleicht Donner«, sagte er träge und mit schwerer Zunge. »Es hieß, es könnte Gewitter geben.«

Jenny schüttelte langsam den Kopf. »Nein«, sagte sie. »Es kam vom Parkplatz.«

Sie klang besorgt und reckte den Hals, um durch das große Fenster sehen zu können, erkannte aber offenbar nichts.

Nick schob sich vom Barhocker. Im Stehen überragte er Jenny um einen Kopf, obwohl sie hinter dem Tresen auf einem Podest stand. Mit einer Hand hielt er sich an der Theke fest, wartete einen Augenblick, bis er das Gefühl hatte, wieder festen Boden unter den Füßen zu haben.

Jetzt hörte er ein Rufen von draußen. Dann wieder das dumpfe Geräusch.

»Ich sehe mal nach«, sagte Nick.

»Besser nicht«, sagte Jenny und griff nach ihrem Handy. »Es klingt nach Ärger, und du bist ziemlich blau.«

»Ich kenne mich mit beidem aus«, erwiderte Nick, deutete auf Jennys Handy und machte eine beschwichtigende Geste, worauf sie das Telefon in der Hand behielt und Nick fragend ansah.

Nick drehte sich um und bewegte sich in Richtung der Tür, an deren Innenseite ein gerahmtes Plakat der großen AC/DC-Tour von 1980 hing, damals noch mit Bon Scott als Sänger, der im selben Jahr gestorben war. Entweder, Jenny war selbst dabei gewesen, oder sie hatte eine Stange Geld für das Sammlerstück hingeblättert.

Er öffnete die Tür und trat ins Freie, wo ihn Dunkelheit und schwüle Hitze empfingen. Seit Tagen herrschten in diesem Juli Temperaturen von mehr als dreißig Grad. Nachts sank das Thermometer nur unwesentlich. Das Klima machte die Leute verrückt. Zum Beispiel die beiden Kerle, die ihr Motorrad neben Nicks Wagen abgestellt hatten – und insbesondere den einen, der mit voller Wucht gegen die Fahrertür trat. Dort befand sich bereits eine respektable Delle.

Es gab zwei Dinge, von denen man aus Nicks Sicht stets die Finger lassen sollte: von der Frau und vom Auto eines Mannes. Insbesondere dann, wenn es sich um einen 280 SE Coupé von Mercedes Benz, Baujahr 1971, handelte, schwarz wie die Nacht, ein fast zwei Tonnen schwerer Traum aus Stahl, Chrom und Blech mit leicht angedeuteten Heckflossen, von dem nur viertausendfünfhundert Exemplare gebaut worden waren. Niemand vergriff sich an diesem Auto. Und doch geschah es gerade.

Nick ging die drei Stufen herab und trat auf den Asphalt des Parkplatzes, der noch die Wärme des Tages abstrahlte. Mit einem Schlag war er stocknüchtern.

»Wusste ich es doch!«, blaffte der Kerl, der die Beifahrertür bearbeitete. »Wusste ich doch, dass es deine Karre ist, Scheißbulle!«

Nick fragte sich, wer die beiden sein mochten. Er hatte keine Ahnung. Er wusste nur, dass er dem Mann das Bein brechen würde, wenn er nochmals gegen die Tür trat. Vielleicht auch beide, nur um sicherzugehen.

Nick blieb neben dem schweren Motorrad stehen, dessen Fahrer sich aufrichtete und ihm in den Weg trat. Er war kein Riese, aber auch kein Zwerg, trug eine Lederweste und war bis unter das Kinn tätowiert. Nick erkannte keine Clubabzeichen auf der Kutte. Auch nicht auf der Jacke, die der bleiche Typ mit den dünnen Haaren trug, der mit dem rechten Bein erneut ausholte, um gegen den Mercedes zu treten.

Nick hob die rechte Hand. »Schluss damit«, sagte er und fragte: »Was soll das?«

Der Bleiche war nach wie vor bereit zum nächsten Kick. »Das weißt du nicht einmal, he? Hast dir den Rest Gehirn weggesoffen, Dorfbulle! Deine Fahne rieche ich bis hierher!«

Die zwei Kerle lachten. Nick lachte nicht.

An die Bezeichnung »Dorfbulle« hatte er sich in den vergangenen Monaten gewöhnt. Es machte ihm nichts aus, wirklich nicht, es war ihm völlig gleichgültig. Schließlich hatte er sich auf eigenen Wunsch in den Bezirksdienst auf dem Land versetzen lassen, in ein Kaff weit vor den Toren Hamburgs, das nicht einmal über ein eigenes Ortseingangsschild verfügte. Das Kommissariat hatte entschieden protestiert, aber schließlich klein beigegeben und zugestimmt.

»Keine Ahnung, wer du bist«, sagte Nick.

»Du hast mir vor einem Monat den Führerschein abgenommen!«

»Ausgezeichnet. Dann habe ich ja deine Personalien.«

»Ich habe meinen Job als Fernfahrer verloren und meine Wohnung! Ich habe dich gebeten, ein Auge zuzudrücken! Hat dich nicht interessiert!«

Der Bleiche untermalte seinen Vortrag mit großen Gesten und sich überschlagender Stimme. Er fühlte sich in Gesellschaft seines Kumpels stark, der die Figur eines professionellen Wrestlers hatte.

»Und vor fünf Minuten«, redete er weiter, »kommen wir auf dem Motorrad vorbei und sehen deine Karre hier stehen. Wer fährt mit so einem auffälligen Auto durch die Gegend, frage ich mich? Natürlich, der Blödmann von Dorfbulle Nick Beck, von dem jeder weiß, dass er mit dieser Karre fährt, wenn er nicht gerade vollstramm durch die Gegend torkelt! Und ich denke mir: Ruiniere ich doch mal den Schlitten von dem Drecksbullen, der mein Leben ruiniert hat!«

»Ziemlich dämlich«, sagte Nick, »sich am Auto eines Polizisten zu vergreifen.«

Der Bleiche, dessen Name Nick einfach nicht einfallen

wollte, lachte auf. Er fragte: »Was willst du dagegen tun? Du bist nicht im Dienst und wieder voll wie eine Haubitze. Jeder weiß doch, dass du säufst – und ich habe einen Zeugen, der belegen wird, dass ich nichts damit zu tun habe, dass deine Scheißkarre …«

Nick sagte: »Sattelt auf und verschwindet.«

»Sonst was?«, fragte der Bleiche.

Der Wrestler machte einen Schritt auf Nick zu. Es war klar, worauf das hier hinauslaufen würde, dachte Nick. Die Kerle suchten Ärger und fanden Nick verwundbar vor, hielten ihn für einen Trinker und ein leichtes Opfer. Sie gaben einen Dreck darauf, dass er Polizist war. Und er gab einen Dreck auf Leute, die sein Auto demolierten.

Nick stellte die Beine etwas auseinander, brachte sich in eine stabile Position.

»Besser auf dem Motorrad«, antwortete Nick, »als im Krankenwagen.«

Im nächsten Moment spürte er einen Stoß gegen die Brust. Normalerweise hätte er ihn im Ansatz abgefangen. Unter dem Einfluss von mehreren Wodkas und Tequilas war das aber etwas anderes. Deswegen reagierte Nick leicht verzögert.

Vor seiner Kripo-Zeit war er einige Jahre beim SEK gewesen, wo er Krav Maga gelernt hatte – ein sehr effektives, kompromissloses Selbstverteidigungssystem. Es setzte auf Schnelligkeit und Funktionalität sowie auf die Erkenntnis, dass in einem Kampf nach fünfzehn Sekunden klar war, wer Gewinner und Verlierer sein würde, sowie darauf, dass man diese Entscheidung mit der richtigen Technik erheblich beschleunigen konnte. Fünf Sekunden waren deutlich besser als fünfzehn.

Nick schnellte nach vorn, fasste nach dem Handgelenk des Mannes, machte gleichzeitig einen weiteren Schritt, legte seine ganze Kraft und das Körpergewicht in die Bewegung und drückte den Arm nach oben. Gleichzeitig stieß er die Schulter vor, die unter den Kiefer des Kerls traf. Mit der freien Linken platzierte er einen kräftigen Schlag halb unter die Achselhöhle und halb gegen den inneren Bizeps. An der Stelle gab es bestimmte Nervenknoten, die praktisch wie ein An/Aus-Schalter funktionierten. Traf man sie, überluden sie die Muskeln mit einer Art elektrischem Schock und machten das entsprechende Körperteil nutzlos, nachdem eine Nanosekunde zuvor das Gehirn von der Schmerzwelle gegrillt worden war.

Die Reaktion des Wrestlers zeigte Nick, dass er den richtigen Punkt erwischt hatte.

Der Kerl keuchte auf, ging japsend in die Knie und hielt sich seinen Oberarm. Nick wusste, dass es sich anfühlen musste, als habe jemand mit einem Hammer auf den Musikantenknochen geschlagen. Taub, aber trotzdem so, als ströme Lava durch die Adern.

Nick wandte sich zu dem Bleichen, der die Augen so weit aufriss wie seinen Mund und abwehrend die Hände hochnahm.

»Ich wiederhole«, sagte Nick. »Besser, ihr verschwindet jetzt.«

Obwohl der Wrestler nicht so wirkte, als könne er in den nächsten Stunden ein Motorrad lenken.

»Das ist«, schrie der Bleiche, »Körperverletzung! Ich bin Zeuge!«

Nick deutete zu dem einzigen Laternenmasten, der den Parkplatz spärlich beleuchtete. »Die Überwachungskamera dort ist ein besserer Zeuge«, sagte Nick. »Sachbeschädigung und tätlicher Angriff auf einen Polizisten, der sich zur Wehr setzt. Sieht nicht gut für euch aus.«

Der Bleiche blickte zu dem Pfeiler und der kleinen Box mit dem Objektiv daran, dann zu Nick, dann zu seinem Kumpel, wieder zu dem Pfeiler, dann zum Motorrad.

»Ich fürchte«, sagte Nick, »du musst statt deinem Kumpel fahren. Kann allerdings schlimm ausgehen, wenn du ohne Führerschein erwischt wirst. Ach, und ...« Nick deutete mit einer Kopfbewegung auf den Bleichen. »Wir beide sind noch nicht fertig miteinander.«

Nick bewegte sich wieder in Richtung Eingang und ließ die beiden stehen. Er öffnete die Tür, trat ins »Roadhouse«, wo immer noch Johnny Cash lief und Jenny am Fenster stand. Sie blickte zu Nick, hinter dem die Tür ins Schloss fiel. Er ging zurück zur Theke, zog den Barhocker heran und setzte sich hin. Jenny folgte ihm.

»Was Persönliches?«, fragte sie.

»Scheint so«, erwiderte Nick und leerte den letzten Drink. Er zog das Portemonnaie und hörte, wie draußen das Motorrad aufröhrte. Er wartete, bis das Geräusch leiser wurde, legte dann einige Scheine vor Jenny, die wieder hinter die Theke getreten war.

»Soll ich dir ein Taxi rufen?«, fragte sie.

Nick winkte ab. Es waren höchstens zehn Kilometer bis

zu seiner Bleibe, und er wollte den Wagen nicht hier stehen lassen. Der Bleiche und sein Wrestlerkumpel könnten zurückkommen, Brechstangen und ein paar Freunde mitbringen und sich den Wagen dann richtig vornehmen.

»Du hast viel zu viel getrunken«, sagte Jenny. »Du darfst nicht mehr fahren.«

»Ich sollte nicht«, sagte Nick. »Aber ich kann noch.«

»Besser nicht.«

Nick zuckte mit den Schultern. Er stand auf, griff in seine Jeanstasche, zog eine zerknüllte Tüte starker Minzbonbons heraus und ließ zwei davon im Mund verschwinden – das Beste, was man nach dem Trinken machen konnte: Scharfes mit Scharfem übertünchen, damit man den Alkohol beim Sprechen nicht roch. *Fighting fire with fire.*

Jenny wollte etwas einwenden, ließ es dann aber sein und steckte die Scheine ein. Das Trinkgeld war hoch genug.

»Wo hast du gelernt, so zu kämpfen?«, wollte sie wissen. »Ich habe nicht einmal richtig sehen können, was du gemacht hast, da lag der Typ schon auf dem Boden. Und das war ein ziemlicher Koloss.«

Der Wrestler war ein Koloss, ja, aber das musste nichts heißen. Es gab einen Unterschied zwischen Muskeln, die man vom Pumpen bekam, und denen, die man durch körperliche Arbeit erworben hatte. Pure Masse hatte nichts zu bedeuten. Die meisten Mitglieder von Spezialeinheiten waren mittelgroße, drahtige Typen, denen man nicht ansah, was in ihnen steckte.

»Beim israelischen Militär«, sagte Nick, steckte seine

Sachen ein und suchte nach dem Autoschlüssel, den er in der Hintertasche fand.

»Du bist Soldat?«

»Polizist«, erwiderte Nick mit einem schwachen Lächeln.

»Siehst nicht aus wie einer.«

»Nein, eher nicht. Vielleicht bin ich auch keiner mehr. Ist kompliziert.«

Nick hob die Hand zum Gruß, gab sich einen Moment, bis der Holzboden sich nicht mehr so anfühlte wie die Planken eines wankenden Dreimasters.

»Komm besser nicht in eine Kontrolle«, sagte Jenny.

»Ich weiß, wo die heute Nacht stehen«, erwiderte Nick.

Jenny lachte. »Wohl ist mir nicht dabei, aber: Fahr vorsichtig! Und komm gerne wieder.«

»Werde ich«, sagte Nick im Gehen und dachte, dass er das vielleicht tatsächlich tun würde. Ihm gefiel die Atmosphäre im »Roadhouse«. Die Drinks und die Musik ebenfalls.

Beim Einsteigen fiel ein Lichtreflex auf die Windschutzscheibe. Als ob etwas daran vorbeisauste. Nick blinzelte und wischte sich über die Augen. Da war nichts. Nur das Licht der Bierwerbung und Jenny, die sich am Fenster entlang zur Tür bewegte. Wahrscheinlich, um den Laden abzuschließen. Nick starrte mit brennenden Augen durch das Glas, ließ den Motor an und legte den Rückwärtsgang ein. Für einen Moment schloss er die Augen.

Wieder sah er sie fallen.

Direkt an sich vorbei, nur für einen Wimpernschlag.

Wie vor einem Jahr, dachte er. Wie heute auf den Tag

genau vor einem gottverfluchten Jahr während der Hundstage.

Nick hatte sich zig Male ausgemalt, wie er es hätte verhindern können – zum Beispiel selbst ins obere Geschoss gehen und ihr die andere Etage zuweisen. Dann würde sie jetzt noch leben. Und vielleicht wäre er dann tot. Oder der andere.

Der Mann, hinter dem sie her gewesen waren, war in ein altes Industriegebäude eingedrungen. Nick war ihm gefolgt, hatte im Inneren aber die Spur verloren. In der ersten Etage wollte er in eine Halle laufen. Dort gab es eine schwere Stahltür. Sie war nicht ganz geschlossen, was Nick auffällig fand. Er griff durch den Spalt, um sie zu öffnen. In dem Moment wurde sie von innen zugeschlagen.

Ein fürchterliches Knacken. Dann die neue Definition von Schmerz. Zwei Finger der rechten Hand waren gebrochen, so dass Nick die Pistole nicht mehr halten konnte.

Er hatte auf die linke Hand gewechselt. Keine gute Alternative. Dann war seine Partnerin zu ihm gestoßen, Betty Duschkow, hatte ihn fragend angesehen, die Dienstwaffe in beiden Händen, den Lauf auf den Boden gerichtet. Nick hatte die Zähne zusammengebissen, mit der Stirn zur Treppe gedeutet, die in die nächste Etage und zum Dach führte.

Sie war hochgelaufen. Und das war das Letzte, was er von ihr gesehen hatte, als sie noch lebte: ihren Rücken, darüber gekreuzt die Klettbänder der Schutzweste, ihren wippenden Pferdeschwanz und das Haargummi mit dem Emblem einer Sonnenblume.

Dann stieß er die Tür mit der Schulter auf, kontrollierte

das Stockwerk, schlich Meter für Meter voran. Schließlich gelangte er an ein Fenster. Er hörte dumpfe Geräusche von oben. Zwei Schüsse. Ihren Schrei. Schließlich stürzte ihr Körper am Fenster vorbei, drei Geschosse tief. Genau an Nick vorbei. Es war nur der Bruchteil einer Sekunde, aber er hatte sich für immer in Nicks Gehirnwindungen und in seine Netzhaut eingebrannt. Einen Moment später hörte er den Aufschlag.

Es klang dumpf, blechern, etwas splitterte, und Nick musste sich entscheiden: nach oben laufen, damit der Mann nicht entkam – oder nach unten zu ihr. Er entschied sich für unten, wo er sie auf einem Auto liegend vorfand. Das Dach war eingedrückt, die Frontscheibe in einem Spinnennetzmuster zersplittert. Ihr Körper war verdreht, die toten Augen offen und tiefrot unterlaufen. Blut sickerte aus ihrem Ohr und den Nasenlöchern.

Nick hörte sich selbst schreien und spürte die dumpfen Schläge der Walther P99 in seiner linken Hand, als er das ganze Magazin in Richtung Dach entleerte. Aber er stanzte nur Löcher in die Luft. Der Scheißkerl war längst nicht mehr da. Er war verschwunden wie ein Phantom, verblichen wie ein Nebel.

Elbripper. Diesen Namen hatte die Polizei dem Mann gegeben, den sie jagten.

Hamburgs schlimmster Serienmörder der Nachkriegszeit. Er war seither wie vom Erdboden verschluckt.

Seit einem Jahr.

Nick steuerte den Wagen vom Parkplatz auf die Bundesstraße und kurbelte das Fenster herunter. Vor ihm funkelten die verchromten Instrumente des Armaturenbretts. Er versuchte, sich auf die Straße zu konzentrieren. Sie war leer, nirgends war ein Auto unterwegs. Es wurde noch einsamer, als er auf die schmale Landstraße abbog.

Er dachte über die Tempofallen nach, die Blitzer, und fragte sich, ob er den Plan der Verkehrskontrollen wirklich so genau im Kopf hatte oder besser einen Schleichweg nehmen sollte. Es könnte außerdem sein, dass die Stationen kurzfristig geändert worden waren. Wenn man ihn stoppte und er pusten musste – sehr schlecht. Fraglos lag sein Pegel erheblich über der erlaubten Grenze.

Aber der Alkohol beruhigte ihn. Er war ein Betäubungsmittel, das es ohne Rezept gab. Er lenkte ab. Man verlor sich darin und konnte in einem Glas ertrinken. Doch er half nicht immer. Zum Beispiel heute Nacht. Oder, dachte Nick, oder er hatte einfach noch nicht genug und brauchte mehr.

Nick setzte den Blinker nach rechts und entschied sich für eine Nebenstrecke. Er trat aufs Gas, um schneller zu Hause zu sein. Die Tachonadel zeigte etwa achtzig Stundenkilometer an.

Die Straße war sehr eng. Kaum vorstellbar, dass hier zwei Fahrzeuge im Gegenverkehr aneinander vorbeipassen würden. Aber sie war zum Glück leer. Hier war niemand unterwegs, vermutlich auch nicht tagsüber, ausgenommen des landwirtschaftlichen Verkehrs. Links und rechts lagen Felder, darüber spannte sich ein stockdunkler Himmel, an dem es manchmal leuchtete, als gäbe es Explosionen hinter den Wolken. Für einen Sekundenbruchteil ließen die Lichter am Horizont die Umrisse von riesigen Windrädern erscheinen.

Mit ihren gigantischen Flügeln wirkten sie wie am Boden stehende Engel. Die Warnlichter für den Flugverkehr leuchteten wie rote Zyklopenaugen.

Es könnte tatsächlich ein Gewitter geben, dachte Nick. Vielleicht auch nicht. In den vergangenen Tagen hatten sie dauernd Regen vorausgesagt. Und es war nichts passiert. Stattdessen war es nur noch schwüler und drückender geworden. Als ob ein heißer, feuchter Waschlappen über dem Land lag. Immerhin eine Abwechslung zu der trockenen Wüstenluft davor.

Zu beiden Seiten war die pfeilgerade verlaufende Straße jetzt mit Bäumen und Büschen bewachsen. Nick konzentrierte sich auf den Mittelstreifen, den immer gleichen Rhythmus – *Streifen, kein Streifen, Streifen, kein Streifen* – sie stürzt vom Dach, sie stürzt nicht vom Dach, sie stürzt vom Dach, sie stürzt nicht vom Dach …

Verdammt, es war seine Schuld gewesen. Alles war seine Schuld gewesen. Deswegen war er jetzt hier und nirgends anders: weil er die Welt vor sich schützen und nie wieder einen Partner oder eine Partnerin an die Seite gestellt bekommen wollte, für deren Tod er irgendwann verantwortlich wäre. Daher hatte er sich versetzen lassen. Er zog das verdammte Unglück an wie ein Magnet, machte alles um sich herum kaputt, nicht nur seine Ehe vor einigen Jahren.

Scheiße, dachte Nick, er brauchte dringend was zu trinken. Er beugte sich zur Seite und etwas nach vorne, öffnete das Handschuhfach, in dem ein Flachmann lag. Die Beleuchtung war spärlich. Er musste sich strecken, um die Flasche zu erreichen, stieß mit den Fingerspitzen dagegen und spürte, dass der Wagen etwas nach rechts driftete. Nur noch einen Zentimeter. Schließlich hatte Nick die Flasche und richtete sich wieder auf, hoch ans Steuer, um …

Er sah etwas Helles im Scheinwerferlicht unmittelbar vor sich.

Etwas Großes.

Im nächsten Moment gab es ein Krachen und einen brutalen Schlag unter dem Mercedes. Es fühlte sich an, als ob die Stoßdämpfer durch den Radkasten und die Motorhaube gerammt würden. Der Wagen geriet aus der Spur. Nick umklammerte das Lenkrad, brachte den Benz wieder unter Kontrolle, blickte in den Rückspiegel.

Etwas lag auf der Fahrbahn.

Er trat auf die Bremse, stoppte den Wagen mit quietschenden Reifen und blieb mitten auf der Straße stehen. Er gab sich einen Moment. Dann schnallte er sich ab, öffnete die Tür und stieg aus. Der schwere Motor blubberte. Am Himmel grollte dumpfer Donner.

Im roten Schein der Rücklichter konnte er auf den ersten Blick nicht erkennen, was dort lag. Ein Tier vielleicht, ein Reh oder Wildschwein, das aus den Büschen auf die Fahrbahn gesprungen war. Aber ein Wildschwein oder ein Reh waren dunkler, nicht so hell. Verlorene Ladung? Ein Sack? Vielleicht etwas, das von einem Trecker gefallen war.

Es gab eine weitere Möglichkeit.

Eine eiskalte Hand griff nach Nicks Nervensträngen und schien sie aus dem Körper herausreißen zu wollen. Er ging auf das Bündel zu. Spürte den Puls in den Schläfen hämmern. Mit jedem Schritt zog sich sein Herz stärker zusammen. Schließlich zersprang etwas in ihm.

Zu Nicks Füßen lag der Körper einer Frau. Sie war nackt. Nein, nicht ganz. Sie trug einen verrutschten BH. Sonst nichts.

Nick taumelte.

Bei der Geschwindigkeit, mit der er unterwegs gewesen war, hatte die Fußgängerin keine Chance gehabt. Er zog das Handy aus der Hosentasche. Schaltete die Taschenlampen-App ein, leuchtete nach unten. Blickte in tote Augen, die nach oben starrten. Seine Hand zitterte. Alles zitterte. In seinem Magen glühte es. Er musste würgen. Der Mix aus Magensäure und scharfem Alkohol ätzte in seiner Speiseröhre. Die Straße schien sich zu bewegen, zu wanken wie die Planken eines Schiffes im Sturm, sich unter ihm zu öffnen. Nirgends gab es Halt, und er stürzte in den Abgrund, in die Hölle, wo ihn flüssiges Feuer in Empfang nahm und in jede seiner Poren drang.

Nicks Beine knickten ein. Er fiel auf die Knie, leuchtete mit dem Smartphone über den Körper. Die Haut war weiß, teilweise mit Blut besprenkelt, die blonden Haare breiteten sich wie eine wirre Korona um den Kopf aus.

Die Frau war jung. Um die zwanzig Jahre. Die Gliedmaßen waren verdreht, standen in falschen Winkeln vom Körper ab. Sie sah aus wie eine Puppe, die auf die Straße geschleudert worden war, nachdem ihr die Kühlerhaube eines Mercedes das Leben herausgerammt hatte. In einem Oberschenkel klaffte eine Wunde. In einem Schienbein ebenfalls. Der Knochen war zu erkennen. Die Wange war aufgeschürft, die Unterlippe aufgeplatzt.

Sie musste aus den Büschen gekommen sein oder war auf der Straße herumspaziert, bevor Nick sie erwischt hatte. Er streckte die Hand aus, fühlte an ihrer Halsschlagader nach einem Puls. Er erwartete nicht, noch Leben zu spüren und tat es auch nicht.

Er hatte sie umgebracht.

Getötet.

Eine halbnackte Frau mitten in der Nacht im Nirgendwo.

Warum war sie …?

Nick leuchtete mit der Taschenlampe über die Fahrbahn, den Bewuchs an den Rändern. Er sah nichts Auffälliges. Kein Auto, das irgendwo hielt. Kein Mann, der nur in Unterhosen dort stand und nach seiner Freundin rief, mit der er in einer schwülen Sommernacht in den Feldern herumgemacht hatte. Alles war still. Totenstill. Nur das Tuckern des Motors, ein paar einsame Grillen und das dumpfe Murmeln des vorbeiziehenden Gewitters.

Nicks Gedanken rasten im Kreis. Was jetzt?

Es gab drei Möglichkeiten.

Die Polizei anrufen. Die Kollegen würden Nick einkassieren und eine Blutprobe nehmen, die sicherlich mehr als zweieinhalb Promille nachweisen würde. Er würde wegen fahrlässiger Tötung in den Knast gehen. Eine Bewährungsstrafe würde er nicht bekommen. Weil er selbst Polizist war, würde ihn die volle Härte des Gesetzes treffen. Mindestens ein bis zwei Jahre Bau, wahrscheinlich mehr. Keine Frage. Alles wäre zerstört. Er könnte sich auch gleich hier eine Kugel verpassen.

Oder sich ins Auto setzen und wegfahren. Das wäre Fahrerflucht in Verbindung mit fahrlässiger Tötung. Man würde die Leiche finden und untersuchen, aber nicht feststellen können, ob die Frau sofort tot oder gestorben war, nachdem er sich vom Unfallort entfernt hatte. Also käme unterlassene Hilfeleistung obendrauf. Die Polizei würde auf der Straße Spuren von einem Fahrzeug finden, ebenfalls am Körper der Frau – und seien es nur kleinste Lacksplitter, die ins Fleisch oder in die Knochen eingedrungen waren. Die Forensiker würden recht schnell ermitteln, zu welchem eher außergewöhnlichen Fahrzeugtyp die Spuren auf der Straße und die Lacksplitter gehörten. Der Weg würde mit blinkenden und grell leuchtenden Hinweisschildern zu Nick Beck führen. Ihn würde eine noch härtere Strafe treffen. Er würde für mindestens drei Jahre oder mehr in den Knast gehen. *Finito.*

Möglichkeit drei: Er könnte die Leiche verschwinden lassen. Irgendwann würde eine Person als vermisst gemeldet. Man würde nach ihr suchen, sie aber nicht finden. Eventuell führte dann doch der Weg zu dieser Straße, aber bis dahin wären keine Spuren mehr zu erkennen, weil Nick in der Zwischenzeit alle beseitigt hätte. Abgesehen davon lag die Unfallstelle in seinem Bezirk. Er hielt somit einige Fäden in der Hand. Die Chancen, heil aus der Sache herauszukommen, waren bei dieser Variante weitaus besser als bei den anderen beiden.

Doch Nick war immer noch Polizist. Er musste das Richtige tun. Leichen verschwinden lassen war nicht das, was Polizisten machten. Andererseits ließen Polizisten nicht ihre Partner sterben, soffen nicht wie ein Loch und fuhren nicht stockbetrunken Auto. Keine Frage: Die Frau würde noch leben, wenn er eine andere Route genommen hätte. Sie wäre noch am Leben, wenn er nicht nach der Flasche gegriffen hätte, wenn er nüchtern gewesen wäre. Der Bruchteil einer Sekunde, nur ein Wimpernschlag, entschied über ein ganzes Leben, dachte Nick. Ein weiteres Mal hatte das Schicksal gegen ihn gewürfelt. Und gegen diese Frau.

Er starrte auf die Leiche, zitterte immer noch am ganzen Körper und war wieder kurz davor, sich zu übergeben. Ein paar dicke Regentropfen fielen vom Himmel, zerplatzten im Gesicht und auf den offenen Augen der Frau.

Sie war schön. Irgendetwas musste passiert sein, bevor er sie angefahren hatte, dachte Nick. Eine Frau lief nicht grundlos nur im BH nachts über die Landstraße. Aber es war müßig, darüber nachzudenken. Nick musste eine Entscheidung fällen.

Jetzt.

2

Mit der Waffe in Bereitschaftshaltung, den Finger neben dem Abzug, betrat Cleo das Haus. Die Nacht war sternlos, der Himmel über Hamburg von schweren Wolken verdunkelt, die wie zähe Lakritze vor dem Mond hingen und die Stadt zu ersticken drohten. Das T-Shirt klebte ihr unter der Schutzweste am Körper wie eine zweite Haut. Unter der Basecap mit dem Polizeiaufdruck waren die zusammengebundenen dunkelblonden Haare klamm, ihr Nacken feucht. Neben ihr ging ihr Kollege Jörn Frantzen, ebenfalls vom LKA 6 für Rauschgift und Organisierte Kriminalität, sowie zwei bewaffnete Beamte in grünen Westen mit »Zoll«-Aufdruck.

Alle vier folgten einer Spezialeinsatzgruppe, die bereits die Treppe gesichert hatte. Die Männer trugen Titanhelme mit Visier, ballistische Schutzwesten, Bodycams, MP5s eng am Körper. Aber in engen Räumen waren ihre Maschinenpistolen nicht zu gebrauchen. Sie hielten deswegen Glocks in den Händen, die mit Taschenlampen ausgestattet waren. Die LED-Lichter tanzten im Halbdunkel.

Frevert, der Teamleiter, gab das Zeichen zum Anhalten. Cleo stoppte, die anderen ebenfalls, ließen das SEK bis zur nächsten Etage vorangehen, um diese zu sichern. Cleos

Nerven waren auf eine ultrafeine Frequenz gestimmt, ihr Blut von Adrenalin geschwängert.

In dem heruntergekommenen Mehrparteienhaus roch es nach einer Mischung aus Reinigungsmitteln, Urin und Gefahr. Es lag in einer Gegend, in der man abends nicht alleine unterwegs sein wollte. Die Wände waren schäbig, draußen mit Graffiti besprüht. Die Stufen abgewetzt. Irgendwo bellte ein Hund. Ein lauter Fernseher lief. Jemand schrie seine Frau an.

Alle hofften, dass niemand überraschend seine Wohnungstür öffnen würde und damit den Einsatz gefährdete. Draußen konnten die uniformierten Kollegen von der Streife verhindern, dass jemand das Haus betrat und sehen würde, was gerade im Treppenhaus vor sich ging. Aber hier drinnen hatte das niemand unter Kontrolle. Trat jemand aus seiner Wohnung ins Treppenhaus und veranstaltete ein Spektakel wegen der vielen Polizei, würden womöglich die Zielpersonen gewarnt. Das konnte keiner brauchen.

Falls, dachte Cleo, die Gesuchten überhaupt da waren. Eine OEZ, eine Observationseinheit vom Zoll, hatte zwar an den Fersen ihres Hauptverdächtigen Ramis Fino gehangen und ihn vor einer halben Stunde mit einer Einkaufstüte ins Gebäude hinein- und nicht wieder herausgehen sehen. In Finos Wohnung brannte außerdem Licht, und die technische Einsatzgruppe hatte bestätigt, dass sein Handysignal stationär war. Daher sprach viel dafür, dass er in seinem Apartment war. Aber ganz sicher sein konnte man sich nie. Die Einsatzleitung vermutete, dass sich drei weitere Personen in seiner Wohnung aufhielten. Es könnten jedoch auch mehr oder weniger sein. Zudem war unklar, um wen es sich handelte und ob sie womöglich bewaffnet waren.

Die Informationslage war somit etwas diffus.

Ein stationäres Signal bedeutete lediglich, dass das Handy sich nicht bewegte. Dass das Signal aus dem Gebäude kam, jedoch nicht auf den Meter genau, wo es sich in der Wohnung befand. Es könnte auch auf einem Tisch liegen, und der Besitzer war schon wieder verschwunden. Oder in den Waschkeller gegangen.

Oder, oder, oder …

Cleo war skeptisch. Etwas stimmte nicht. Es lag in der Luft wie die Elektrizität vor einem Gewitter. Vielleicht stimmte auch nur mit ihr etwas nicht. Möglicherweise lag es daran, dass sie sich schlecht vorbereitet fühlte. Cleo war akribisch in allem, was sie tat, aber mit der Einsatzplanung nur am Rande befasst gewesen. Sie war erst gegen Ende dazugestoßen, weil sie vor drei Tagen von einer FBI-Fortbildung zurückgekommen war. Wichtige Details kannte sie daher nur aus dem Briefing. Frantzen, der neben ihr schwitzte, erkannte hingegen kein Problem. Er gab sich locker und hatte von einer Routinesache gesprochen.

So oder so war das hier kein astreiner LKA-Einsatz. Der Zoll hatte auf dem Zugriff bestanden. Er hoffte auf mehrere Kilo Kokain. Es war seit einiger Zeit ein neuer Stoff im Umlauf, und sie wollten wissen, woher der stammte. Ehrlich gesagt: Jeder wollte das. Alles andere in der Wohnung, einschließlich der dort vermuteten Personen, spielte für den Zoll keine Rolle. Er war scharf auf das Koks. Die Menschen hingegen waren Futter für Cleos Crew.

Die Einsatzgruppe ging voran. Zweite Etage. Dann die dritte. Am Ende jeder Treppe öffnete sich ein Flur zu beiden Seiten. Dort gab es jeweils vier Wohnungstüren. Cleo hörte die Meldungen vom SEK über den Knopf in ihrem Ohr. Links sicher. Rechts sicher. Schließlich die Anweisung, dass Zoll und LKA zurückbleiben sollten. Was sie taten und sowohl den Flur als auch das Treppenhaus nach oben und unten absicherten.

Cleo hielt die Waffe nach rechts, blickte aber nach links. Das gepanzerte Team baute sich neben einer Tür auf. Einer schwang die Ramme gegen das Schloss. Der verlässlichste Dietrich aller Zeiten. Dann gingen die Männer rein. Cleo hörte aus der Entfernung Rufe, Kreischen, männliche und weibliche Stimmen, dann auch Babygeschrei, schwere Schritte, Poltern, Anweisungen und zum Glück keine Schüsse. Nach etwa einer Minute war der Job erledigt.

»Wohnung gesichert«, hörte sie, und »zwei verdächtige männliche Personen, aber nicht die Zielperson.«

Fuck.

Cleo registrierte, wie die beiden Kollegen vom Zoll einander fragend ansahen. Dann erschien Frevert an der Wohnungstür, klappte sein Helmvisier hoch und gab ein »Okay«-Zeichen. Die Jungs vom Zoll hatten den Vortritt. Frantzen und Cleo blieben zurück, sicherten weiterhin das Treppenhaus und den Flur.

Cleo hörte immer noch das Baby schreien. Es kam nicht aus der Wohnung von Fino. Es kam von der anderen Flurseite. Ein Gedanke schoss ihr durch den Kopf. Vage, aber sie musste ihn loswerden.

»Die Zielperson«, fragte sie. »Was hat er eingekauft? Was hatte er dabei?«

»Eine Einkaufstüte vom Drogeriemarkt«, hörte sie über Funk von der Einsatzleitung. »Eine Packung Windeln unterm Arm.«

»Mist«, sagte Cleo.

Im linken Flur sprang eine Tür auf. Fünf Meter vor Cleo. Ramis Fino kam heraus, der Albaner, den der Zoll und das SEK verfolgt hatten. Der Mann, der eigentlich in seiner Wohnung hätte sein sollen. Er hielt ein kreischendes Baby auf dem Arm und eine Waffe in der anderen Hand. Weit aufgerissene Augen. Er nutzte das Kind als Schutzschild.

»Polizei!«, rief Cleo.

Sie nahm die Pistole hoch, Frantzen neben ihr ebenfalls.

Fino schoss dreimal in kurzer Folge. Frantzen stöhnte und fiel neben Cleo zu Boden. Dann glitt Fino zurück in die Wohnung. Cleo ging ihm sofort hinterher, duckte sich und schob den Fuß zwischen die zufallende Tür und den Rahmen. Es krachte. Ein weiterer Schuss. Über ihr splitterte Holz. Auf der anderen Seite schrie eine Frau in einer unverständlichen Sprache. Fino schrie ebenfalls. Dazu Dauerfunkverkehr in Cleos Kopfhörer. Chaos.

»Polizei!«, rief Cleo wieder und ging in Deckung. »Weg mit der Waffe! Fino! Legen Sie das Kind zu Boden und ihre Waffe ebenfalls!«

Cleo atmete hektisch. Sie war kurz davor zu hyperventilieren. Frantzen regte sich am Boden. Es schien ihn am Bein erwischt zu haben. Das SEK-Team kam aus der anderen Wohnung gelaufen. Ein Kollege blieb bei Frantzen. Drei gepanzerte Polizisten standen neben Cleo, sahen sie an.

»Eine bewaffnete Person«, keuchte sie. »Identifiziert als der gesuchte Ramis Fino. Er nutzt ein Baby als Schutzschild, verdammt! Mindestens eine weitere Person in der Wohnung, weiblich.«

Die Männer fackelten nicht lange, traten die Tür auf und drangen ein. Wieder hörte Cleo Rufe und Anweisungen, dazwischen das Geschrei des Babys und das der Frau, vielleicht die Mutter. Cleo musste etwas tun. Sie stand auf, nahm die Pistole in Anschlag und ging rein, positionierte sich zwischen den drei anderen, die sich eng an die Wand eines schmalen Korridors pressten, der unmittelbar ins Wohnzimmer führte.

Es war brüllend heiß in der Wohnung, stickig. Cleo sah eine Babydecke auf dem Boden, ein altes Sofa voller Stofftiere, eine Einrichtung wie aus dem Secondhandladen. Fino stand mit dem Rücken zu einer Balkontür, das Kind auf dem Arm, die Waffe in der freien Hand, Panik in den Augen. Neben ihm kniete die Mutter wie eine flehende Madonna und bettelte ihn in einer osteuropäischen Sprache an.

»Fino«, sagte Cleo, um Ruhe bemüht. »Geben Sie der Frau das Kind.«

Fino schüttelte den Kopf, fuchtelte mit der Waffe herum, atmete hektisch.

»Dem Baby darf nichts geschehen«, sagte Cleo. »Sie wollen doch nicht, dass etwas passiert? Ist es Ihr Kind? Das Kind Ihrer Schwester? Ist sie eine Freundin?«

Finos Adamsapfel hüpfte auf und ab. Die Frau zu seinen Füßen wimmerte, die Wangen von Tränen nass.

»Schwägerin«, sagte Fino. »Nicht mein Kind.«

Das Baby wand sich auf seinem Arm, kreischte mit hochrotem Kopf und streckte sich der Mutter entgegen. Es war ein Mädchen.

»Sie kümmern sich um beide«, sagte Cleo. »Sie waren sogar noch Windeln kaufen. Sie wollen bestimmt nicht, dass etwas passiert.«

Fino sagte nichts, blickte nur hektisch hin und her.

»Legen Sie die Pistole ab! Geben Sie der Mutter das Kind! Bitte.«

Er schüttelte wieder den Kopf.

»Sie kommen hier nicht raus, Fino«, sagte Cleo. »Niemand wird die Sicherheit des Babys aufs Spiel setzen wollen, verstehen Sie? Selbst wenn wir Sie gehen lassen würden, wird keiner zulassen, dass Sie ein Baby als Geisel nehmen. Die Scharfschützen verpassen Ihnen vorher einen gezielten Kopfschuss.«

Es gab keine Scharfschützen. Aber das brauchte Fino nicht zu wissen, der sich ruckartig von der Fensterscheibe fortbewegte, um eine Wand im Rücken zu haben.

»Was ist«, fragte Cleo, »wenn Sie sich plötzlich bewegen und das Kind getroffen wird? Damit können Sie nicht leben, Mensch! Es ist ein Baby. Es ist Ihre kleine Nichte. Seien Sie vernünftig!«

Wieder sagte die Mutter etwas. Fino antwortete in derselben Sprache. Cleo bemerkte, dass die SEK-Männer unruhig wurden. Sie hörte weitere Personen hinter sich. Gleich würde etwas geschehen.

»Fino!«, herrschte sie ihn jetzt an. »Fino! Geben Sie der Mutter das Kind! Sofort! Dann legen Sie die Waffe nieder und nehmen die Hände hoch!«

»Ich will … einen Wagen und freies Geleit …«, stammelte Fino.

»Wo wollen Sie damit hin?«, fragte Cleo. »Glauben Sie im Ernst, die werden Sie einfach wegfahren lassen?«

»Ich … Ich wollte nicht auf den Polizisten schießen … Ist er …«

»Er ist am Bein verletzt. Tut bestimmt weh, ist aber nicht so schlimm«, sagte Cleo. Sie wusste nicht, ob das stimmte. Fino beruhigen. Darum ging es. Keine zusätzliche Panik schüren.

Fino wirkte etwas erleichtert. »Ich will einen Deal.«

»Ich setzte mich dafür ein. Aber erst müssen Sie Ihre Nichte in Sicherheit bringen. Geben Sie sie der Mutter.«

Er zögerte.

»Fino! Die ziehen mich gleich ab! Wenn Sie etwas erreichen wollen, dann tun Sie jetzt, was ich sage, verdammt nochmal! Hier übernehmen gleich andere das Kommando, und die verhandeln nicht! Sie sind doch kein Babykiller! Das ist Ihre Nichte! Wenn ihr etwas passiert, ist das Ihre Schuld! Kapieren Sie: Es ist aus! Von jetzt an wird es entweder besser oder schlimmer. Das liegt ganz an Ihnen.«

Finos Lider flackerten. Sein Adamsapfel hüpfte wie ein Jo-Jo.

»Ich will einen Deal«, wiederholte er.

»Ich setze mich dafür ein«, bestätigte Cleo erneut.

Fino sagte etwas zu seiner Schwägerin, neigte sich zu ihr.

Die Frau sprang weinend auf, nahm ihm das Kind ab, presste das Baby an sich und wich zurück. Cleo atmete auf.

Einer der SEK-Beamten sagte: »Jetzt die Waffe fallen lassen. Langsam die Hände über den Kopf. Gesicht zur Wand.«

Fino folgte der Anweisung.

Der ganze Rest ging dann sehr schnell.

Etwa zehn Minuten später sah Cleo, wie ein Mann und eine Frau aus dem Haus geführt und in einen Streifenwagen gesetzt wurden, der rasch wegfuhr. Kurz darauf wurde Fino in Handschellen nach draußen gebracht, ebenfalls in ein Auto gesetzt, das sich schnell entfernte.

Am Straßenrand standen jede Menge weiterer Streifenwagen und ein Rettungsfahrzeug, in dem Frantzen lag. Vor dem Haus gab es eine Absperrung. Menschen standen auf den Balkonen und gafften. Andere bevölkerten den Bürgersteig und filmten mit ihren Handys.

Cleo leerte eine Wasserflasche fast in einem Zug. Sie lehnte an der Motorhaube eines zivilen Polizeiwagens, die Schutzweste lag vor ihr. Ihr Shirt war durchgeschwitzt. Es musste immer noch über fünfundzwanzig Grad warm sein. Tropisch. Verdammte Hundstage. Am Himmel hörte sie Grollen, sah Wetterleuchten.

Sie zog das Smartphone aus der Vordertasche ihrer Jeans und checkte ihre Mails.

»Mist«, murmelte sie und blätterte durch die WhatsApps von Chris. Er wollte wissen, wann sie zum Essen zu Hause wäre, hatte dann erkannt, dass es wohl später werden würde, und am Ende sehr knapp angemerkt, dass er jetzt ins Bett gehe. Chris war Meeresbiologe und arbeitete an Forschungsprojekten über die Elbe. Sein Takt war ein vollkommen anderer als der von Cleo. Dennoch waren sie schon seit mehr als fünf Jahren ein ziemlich glückliches Paar und würden sehr bald heiraten.

C & C – Cleo und Chris, machte sich doch sicher super auf der Einladungskarte.

Darum ging es in einer weiteren Mail, die von ihrer Freundin Susann stammte. Sie wollte wissen, ob wegen morgen alles klar wäre. Morgen, natürlich, morgen! Cleo hatte über dem Einsatz ganz vergessen, dass sie verabredet waren. Susann war Künstlerin und kümmerte sich um das gesamte Artwork für das bevorstehende C & C-Event. Cleo wollte sich ein paar Entwürfe ansehen und danach ins Brautmodengeschäft gehen. Sie tickerte Susann ein »Daumen hoch«-Symbol und dahinter einen Kussmund zurück.

Cleo überlegte, ob sie auch Chris schreiben sollte, ließ es aber bleiben. Wenn er schon schlief, war eine Antwort sowieso überflüssig. Was sollte sie auch erwidern? Dass sie noch nicht wüsste, wie lange es dauern würde? Wäre eher kontraproduktiv, denn das würde Chris noch saurer machen. Abgesehen davon konnte sie sowieso nicht schlafen. Sie hatte immer noch einen Jetlag. Ihr gesamter Biorhythmus war aus dem Gleichgewicht geraten. Und so aufgeputscht, wie sie jetzt war, war an Schlafen ohnehin nicht zu denken. Schließlich schrieb sie doch etwas zurück, weil sie ihren Verlobten nicht ignorieren wollte.

Sorry, etwas dazwischengekommen. Erkläre ich dir morgen.

Die Tür vom Rettungswagen ging auf. Bernd Erhardt

kam heraus. Er trug eine Anzughose, die so grau wie seine Haare war, ein kurzärmliges, weißes Hemd, das Sakko hielt er in der Hand. Im Gehen steckte er sich eine Zigarette an und ging auf Cleo zu.

»Kriminalhauptkommissarin Torner«, sagte er zu Cleo und nickte ihr zu. Christin Torner – das war Cleos eigentlicher Name. Aber jeder nannte sie nur Cleo, in der Schule schon. Die Abkürzung kam von Cleopatra, weil sie früher auf dicke Lidstriche stand. Heute schminkte sie sich fast gar nicht mehr. Bis auf den Lidstrich, dezenter jedoch als damals.

»Wie geht es Frantzen?«, fragte sie.

Erhardt fuhr sich mit der Hand über den kahlen Schädel, der mit einem Schweißfilm bedeckt war. Erste Altersflecken waren auf der Haut zu erkennen. »Oberschenkeldurchschuss und ein Steckschuss in der Schutzweste. Der dritte Schuss ging daneben. Er hatte Glück.«

Cleo atmete auf, lächelte ein wenig.

»*Sie* hatten Glück«, fügte Erhardt hinzu.

»Ja«, erwiderte Cleo.

Erhardt sah sie durchdringend an. Ein Blick wie ein Eispickel direkt ins Gehirn. Dann fragte er: »Sind Sie denn komplett verrückt geworden???«

»Es …«

»Torner. Ich bin Ihr Abteilungsleiter und für Sie verantwortlich.«

»Ich weiß, aber …«

Cleo wusste, worauf er hinauswollte. Sie war vor drei Tagen aus den USA zurückgekommen, hatte sich dann bei der Personalabteilung gemeldet und über alles Nötige informiert, aber Erhardt hatte freigehabt. Mit ihm hatte sie nicht reden können. Er hatte alles erst kurzfristig von den Personalern erfahren und noch kein Gespräch mit Cleo führen können. Anscheinend wollte er das nun nachholen.

»Ich hatte noch nicht die Zeit, mich darum zu kümmern. War zu kurzfristig«, unterbrach er sie, schnippte die Zigarette weg und neigte sich zu ihr. »Aber. Mensch. Cleo. Sie müssen doch selbst wissen, dass Sie kürzer treten müssen.«

»Ja, aber es hatte sich so ergeben, dass ...«

»Es gibt bei Ihnen immer ein Aber.«

Cleo schwieg.

»Ab morgen sind Sie in einer anderen Abteilung. Schluss mit Fronteinsatz. Keine Diskussion. Ist Vorschrift. In Ihrem Interesse und auch in meinem. Wenn Ihnen bei Aktionen wie heute etwas zustößt, wird mir der Kopf abgerissen – und das nur, weil Sie Ihren unbedingt durchsetzen mussten.«

Cleo schluckte und wollte protestieren, ließ es dann aber.

»Sie hätten heute nicht hier sein dürfen«, sagte ihr Chef. »Das wissen Sie ganz genau. Es wurde auf Sie geschossen, meine Güte.«

Cleo sagte nichts.

»Sie melden sich morgen beim LKA 1 bei Schuddebohm. Die haben kurzfristig einen Platz für Sie ...«

»Oh, bitte!«, sagte Cleo. »Ernsthaft?«

»Ab jetzt Schreibtischjob, Torner. Vielleicht ein paar kleine Sachen, damit Ihnen nicht langweilig wird. Keine Diskussion. Für Sie greift der Arbeitsschutz. Sie müssen sich schonen.«

Das LKA 1 war für regionale Kriminalitätsbekämpfung

zuständig, und Hanka Schuddebohm als Zicke mit Haaren auf den Zähnen verschrien. Cleo sah ihre Karriere den Bach hinuntergehen und sich selbst mit Verkehrsdelikten und verschwundenen Ehefrauen oder weggelaufenen Teenagern herumschlagen.

»Herr Erhardt, ich bin topfit. Ich bin nicht krank, ich bin bloß ...«

»Schwanger«, sagte Erhardt und sah sie so an wie ihr Vater, wenn er ihr als Kind etwas wirklich Ernstes erklärt hatte. »Vielleicht denken Sie mal darüber nach, was das für Sie bedeutet. Vor allem, was es für Ihr Kind heißt.«

Cleo kaute auf der Unterlippe.

Ihr Kind.

Das hatte bisher noch niemand so konkret ausgesprochen.

Ihr Kind.

Wie das klang. Nicht einmal sie selbst hatte das bisher gesagt.

Mein Kind.

Cleo blinzelte, nickte.

»Werde ich«, sagte sie dann.

3

Nick fand im Kofferraum, wonach er gesucht hatte, und ging damit zurück zu der toten Frau. Er fühlte sich wie betäubt, wie in einem Traum. Er musste die Sache beenden und sich darauf konzentrieren, schnell und effizient zu sein. Und er durfte keinen Fehler machen. Die Leiche musste von der Straße verschwinden, er selbst ebenfalls, und er durfte nicht auch noch zusätzliche Spuren hinterlassen.

Nick streifte die Latexhandschuhe aus dem Verbandskasten über. Er griff nach der Rolle Müllsäcke. Der Kunststoff war stark. Er hatte die Säcke gekauft, als er vor einigen Monaten aus der Stadt gezogen war, um seine Sachen darin zu verstauen. Ebenfalls das Paketklebeband – drei Rollen zum Preis von einer. Das Zeug lag noch immer im Wagen, weil er nicht gewusst hatte, wohin damit.

Er riss den ersten Sack ab und legte ihn zur Seite. Unbrauchbar. Könnte sein, dass sich daran Fingerabdrücke befanden. Dann riss er gut zwei Meter ab, breitete die Folie wie ein Bettlaken neben der Leiche aus, wickelte nochmals drei Säcke ab, platzierte sie neben den anderen und verklebte die Nahtstelle zwischen beiden Flächen. Er ging auf die gegenüberliegende Seite, benutzte den langen Stiel vom Wagenheber, setzte ihn seitlich in der Rippengegend der Toten unter dem BH an und rollte den Körper auf das fast schwarze Plastikrechteck. Er riss weitere Müllsäcke ab, deckte sie über den Körper und verklebte alles mit dem Paketband, bis die Leiche schließlich in einem improvisierten Bodybag lag.

Nick vergewisserte sich, dass alle Stoßkanten dicht waren. Dann ging er in die Knie, schob die Hände unter das Bündel und hob es an.

Ein toter Körper war erheblich schwerer zu bewegen als ein lebendiger. Selbst der scheinbar leblose Körper einer bewusstlosen Person arbeitete noch etwas mit, wenn man ihn trug, und machte es dadurch etwas leichter. Bei einer Leiche war das anders. Es war, wie nasse Sandsäcke zu schleppen. Sechzig Kilo waren und blieben zwar sechzig Kilo. Aber gerade fühlte es sich an, als würde er das Doppelte bewegen, wenn auch nur wenige Meter weit.

Eine Minute später verstaute er die Leiche samt der Müllsackrolle, dem Klebeband und dem Wagenheber im Kofferraum und warf die Klappe zu. Nassgeschwitzt und schweratmend ging er zur Unfallstelle zurück. Er leuchtete mit dem Handy über den Straßenbelag, wo er nur einen kleinen Blutfleck entdeckte. Jeder würde ihn für Öl oder Ähnliches halten – falls er ihn im Vorbeifahren überhaupt registrierte. Nick suchte den Straßengraben ab, die Fahrbahnränder, sah aber keine Spuren vom Auto. Auch im Gebüsch fiel ihm nichts auf. Keine Kleidungsstücke, die hängengeblieben waren, keine abgeknickten Äste. An manchen Stellen war der Bewuchs sehr dicht, an anderen vollkommen normal. Nichts Auffälliges, nirgends. Gar nichts.

Woher, zur Hölle, fragte sich Nick, war die Frau bloß gekommen? Und warum war sie praktisch nackt?

Darauf gab es zig verschiedene Antworten. Keine davon würde sie wieder lebendig machen.

Nick entschied, dass es im Augenblick wichtigere und dringendere Dinge zu erledigen gab. Außerdem konnte er sowieso keinen klaren Gedanken fassen – nicht in dieser Situation und nicht in diesem Zustand. Er fühlte sich zwar nicht mehr betrunken, aber natürlich hatte er nach wie vor jede Menge Alkohol im Blut.

Er nahm den übriggebliebenen Müllsack und ging zurück zum Mercedes, um dessen Front zu betrachten. Er blinzelte gegen das grelle Abblendlicht. Mücken, Nachtfalter und Schnaken tanzten im Rhythmus des tuckernden V8-Motors.

Der Kotflügel und die Motorhaube waren in Ordnung, nichts war eingedellt. Kein Glas vom Scheinwerfer zersplittert.

Das war ungewöhnlich bei einem Unfall mit einer Fußgängerin, aber in diesem Fall kam es Nick sehr entgegen. Es bedeutete, dass keine Scherben auf der Straße herumlagen, die eine Spurensicherung zu seinem Wagen führen und dann zu Nick bringen würde.

Allerdings war die Stoßstange an der rechten Seite verbogen, aber sie hielt noch. Unter den Wagen blickte Nick nicht, ging aber davon aus, dass es mit Sicherheit einen Schaden am Unterboden geben würde. So, wie es sich angefühlt hatte, war er nach dem Aufprall über den Körper gerollt. Das konnte nicht geschehen sein, ohne Spuren am Fahrzeug zu hinterlassen. Aber es hatte den Anschein, dass nichts abgerissen war und auf der Fahrbahn oder im Graben lag. Und darauf kam es im Moment an. Bei Tageslicht würde er sich alles noch einmal ganz genau ansehen.

Nick stellte die Taschenlampen-App aus und setzte sich wieder ans Steuer, warf den zusammengeknüllten Müllsack auf den Rücksitz, behielt jedoch die Handschuhe an. Er griff nach dem Flachmann. Die Flasche war auf den Boden gefallen und noch halbvoll mit Jim Beam.

Seine Haut kribbelte, als liefen Spinnen darüber. Er öffnete den Schraubverschluss, leerte die Flasche in einem Zug und spürte das beruhigende Brennen im Magen. Der Bourbon betäubte seine angespannten Nerven, lullte sie in ölige, rauchige Flüssigkeit und wohlige Wärme, wenigstens für einen Augenblick. Dann warf er die Flasche auf den Beifahrersitz, legte den Gang ein und fuhr in Richtung Norden.

Nick bog nicht nach rechts ab, wo es in das Kaff ging, in dem er lebte. Er ignorierte die fernen Lichter der Fleisch- und Wurstwarenfabrik, die die Gegend dominierte, und fuhr weiter, das Lenkrad so fest umklammert, dass die Knöchel weiß wurden, die Backenzähne viel zu fest aufeinandergepresst.

Nach einer Weile gab es nur noch Landschaft um ihn herum. Nichts als Bäume, Büsche und Sträucher. Er passierte ein Naturschutzgebietschild, bog einige Male ab, bis die Straße sehr viel schlechter wurde und schließlich nicht mehr als ein mit Schlaglöchern gepflasterter Wirtschaftsweg war.

Nick reduzierte das Tempo auf Schrittgeschwindigkeit. Schließlich rollte er nur noch über ausgetrocknete Erde, in die die Reifen anderer Fahrzeuge eine tiefe Spur gefressen hatten. Das hohe Gras schlug unter den Boden vom Mercedes und wischte hoffentlich ab, was sich dort an Blut und Gewebeteilen befinden mochte.

Als es nicht mehr weiterging, stoppte Nick den Wagen. Er stieg aus und sah sich um. Es kam ihm vor, als ob es inzwischen noch etwas drückender und schwüler geworden wäre.

Es war still wie auf einem Friedhof. Nicht einmal die Grillen zirpten. Nur der Schrei einer Eule zerriss die Finsternis. Ein feiner Dunst lag über dem flachen Moor, durch das die schwarzen Konturen von abgestorbenen und in Stürmen zerknickten Birken wie knöchrige Finger stießen. In den brackigen Pfützen und kleinen Teichen spiegelte sich das Licht des Mondes, der inzwischen durch die Wolken gebrochen war. Es roch nach Morast, Torf und schwach nach Faulgasen, hier, mitten im Duvenstedter Brook.

Das Sumpfgebiet war ziemlich groß. Es umfasste fast achthundert Hektar und war an vielen Stellen von Spazierwegen durchzogen, denn es wurde als Naherholungsgebiet genutzt. Aber es gab auch Bereiche, in denen man niemals einen Menschen antreffen würde. Zum Beispiel hier, wo sich seit zehntausend Jahren nichts verändert zu haben schien, wo das Moor wild und gefährlich war. In der Lage, Menschen und Tiere zu verschlingen, die ihren Fuß oder Huf an die falsche Stelle des unsteten Bodens setzten.

Etwas raschelte im Unterholz. Nick wirbelte herum, sah aber nur ein Reh durch das Abblendlicht des Mercedes huschen. Es duckte sich hinter einen Busch, sprang dann über einen im Boden eingelassenen Deckel oder etwas in der Art. Dann war es verschwunden.

Einen Moment später beruhigte sich Nicks Puls etwas. Er ging zum Kofferraum, öffnete ihn und blickte auf das in Plastik verpackte Bündel. Das Grauen kroch wie schwarzes Gift in seine Adern. Er wurde sich bewusst, was er getan hatte und was er gleich noch tun würde. Das hier war alles real. Es war kein Traum. Keine Erinnerung. Es war die beschissene Wirklichkeit.

Aber es gab keinen Weg zurück.

Nick beugte sich über die Leiche, nahm alle Kraft zusammen und hob sie aus dem Kofferraum. Dann legte er sie im trockenen Gras ab. Es hatte seit zwei Wochen nicht mehr geregnet. Ein kleiner Funke würde ausreichen, um hier einen Flächenbrand auszulösen. Aus einem Seitenfach im Kofferraum nahm er das Abschleppseil – starkes Kunststoffgewebe, das noch originalverpackt und in Folie verschweißt war. Er hatte es vor einigen Jahren online bei einem Versandhandel bestellt und noch nie benötigt.

Er riss die Verpackung auf, warf sie zurück und entrollte das Seil. Seine Hände fühlten sich in den Handschuhen inzwischen wie gekocht an. Nick wickelte den Strick um die Fußknöchel, fädelte das obere Ende durch eine Schlinge am unteren und zurrte sie fest. Dann zog er die Tote über das Gras, einige Meter hin zum Ufer, wo das Moor begann, tödlich und schwarz, hungrig und lauernd.

Nick stoppte, atmete schwer und dachte nach. Seine Idee, den Körper im Sumpf zu versenken, war idiotisch gewesen. Wenn er die Leiche hinausziehen wollte, würde er selbst in den Morast gehen müssen und unweigerlich darin versinken. Selbst, wenn er nicht untergehen würde, käme er doch vermutlich auf keinen Fall wieder heraus. Fabelhafte Situation, so gefunden zu werden: bis zur Hüfte im Matsch mit einer Leiche an der Leine.

Davon abgesehen hatte er sich in seinem nach wie vor besoffenen und von panischen Visionen gelähmten Kopf keine Gedanken darüber gemacht, wie er die Leiche beschweren wollte, damit sie unterging. Ein paar Steine würden dafür nicht ausreichen. Die Fäulnisgase würden den Plastiksack aufblähen wie einen Luftballon und ihn an die Oberfläche bringen. Außerdem gab es hier nirgends Steine. Hier lagen nur Äste und Gras herum.

Außerdem, dachte Nick ... Ja, außerdem blieben viele Fragen offen: Was mit der Frau passiert war. Woher sie kam. Was sie mitten in der Nacht fast nackt auf einer verlassenen Landstraße im Nirgendwo getrieben hatte. Wenn er die Tote versenkte, war sie für immer verschwunden. Das Moor würde sämtliche Spuren, die es am Körper der Frau geben mochte, vernichten.

Nick wandte sich um, blickte zum Mercedes. Er dachte an das Reh und ging zum Auto zurück. Wenige Meter vor der Kühlerhaube sah er im Abblendlicht den Deckel im Boden. Er trat näher heran. Eine Art Gully, der vermutlich einen unterirdischen Abfluss abdeckte. Nick trat direkt davor und hockte sich hin. Der Deckel war rund, hatte etwa einen halben Meter Durchmesser, bestand aus Beton und sah massiv und schwer aus. An den Rändern befanden sich in rostiges Metall eingefasste Löcher.

Nick schob die Finger hinein und versuchte, den Deckel anzuheben. Er nahm alle Kraft zusammen und drückte sich mit den Füßen ab. Keuchend wuchtete er den Deckel zur Seite, so dass er halb auf der Öffnung lag, die sich nun auftat und geradewegs nach unten führte.

Es stank widerwärtig. Nick zwang sich, nicht durch die Nase zu atmen. Er fischte das Handy aus der Hosentasche, schaltete die Taschenlampen-App ein und leuchtete in die dunkle Röhre. An einer Seite waren Tritte aus Metall angebracht. Der Schacht schien nicht tiefer als zwei Meter zu sein. Er führte in einen Kanal, der zur Entwässerung dienen musste. Alles wirkte staubtrocken. Ein Resultat der Dürre. Allemal ein brauchbares Versteck für die Leiche und unter den gegebenen Umständen deutlich besser als das Moor.

Er ging zurück zum Ufer, packte das Abschleppseil und zerrte den Körper zu der Öffnung im Boden. Er schob das Bündel vorsichtig über die Kante, hielt dabei das Seil weiterhin fest und ließ den Köper langsam hinab. Vorsichtig. Er hätte die Tote auch einfach stürzen lassen können. Aber etwas in ihm wollte lieber behutsam und respektvoll sein. Schließlich kam der Körper zum Liegen. Das heißt: eher zum Sitzen, halb angewinkelt. Wie eine dieser Anden-Mumien, die in Felsnischen hockend beigesetzt wurden.

Nick ließ das Seil fallen. Er schob den Gullydeckel wieder in die Ausgangsposition. Dann ging er zurück zum Wagen, zog die Latexhandschuhe aus, warf sie zum Müllsack auf den Rücksitz und fuhr weg.

Eine halbe Stunde später parkte er den Wagen auf dem Gelände der Tankstelle. Alle Lichter waren ausgeschaltet. Es war nach Mitternacht, und der Betrieb, zu dem auch eine

Autowerkstatt gehörte, hatte geschlossen. Etwas nach hinten versetzt lag das verwahrlost wirkende Wohnhaus der Betreiber, ein spärlich sanierter Zwanzigerjahrebau. Nick wohnte im Dachgeschoss.

Er ging zum Haus, schloss die Tür auf und betrat den Flur. Er merkte nur kurz auf, als er ein dumpfes Pochen hörte. Als ob jemand auf einem Sofa oder Bett herumsprang. Dazu gesellte sich ein gedämpftes Stöhnen. Wie es schien, war die allnächtliche Routine seiner Vermieter nach dem Schließen der Tankstelle im vollen Gang.

Nick ging die Treppe hinauf und betrat sein Apartment, in dem gefühlte vierzig Grad herrschten. Er schaltete den Ventilator ein, zog sich aus und ging ins Bad, wo er lange und eiskalt duschte. Als seine Haut bereits gerötet war, stellte er das Wasser aus, hörte von unten immer noch das Rammen und Rumpeln und leises Wimmern in hohen Tönen. Er nahm seine Kleidung und die Schuhe, stopfte sie zusammen mit den Latexhandschuhen in den Müllbeutel, den er vom Rücksitz mitgenommen hatte. Er würde alles entsorgen, am besten verbrennen.

Nass und nackt legte er sich aufs Bett, lauschte dem Soundtrack aus dem unteren Geschoss, bis schlagartig Ruhe einkehrte. Er spürte die angenehme Brise vom Ventilator über seine Brust streichen. Er starrte an die Decke, fasste nach rechts, nahm die halbvolle Flasche Jack Daniels vom Nachttisch, trank drei große Schlucke. Er schloss die Augen, genoss das Brennen und wusste, dass es jetzt weitere Bilder und Töne gab, die ihn bis an den Rest seines Lebens verfolgen würden.

Der Körper, der am Fenster vorbeistürzte. Das helle Aufblitzen eines anderen Körpers im Scheinwerferlicht.

Das dumpfe Aufschlagen auf einem drei Stockwerke tiefer geparkten Auto. Das laute Krachen, als sein Mercedes die Frau auf der Straße erwischte.

Nick schloss die Augen.

Das Krachen. Der Aufschlag.

Das Krachen. Der Aufschlag.

Die Töne in seinem Kopf vermengten sich mit dem Rumpeln, das im Zimmer unter seinem erneut begann. Die zweite Runde.

Scheiße, dachte Nick und leerte die Flasche. Scheiße, er war verdammt und verflucht.

Oder wie es bei Shakespeare hieß: *Die Hölle ist leer, und alle Teufel sind hier.* Allesamt auf der Jagd nach Nick Beck und dem bisschen, was von seiner schwarzen Seele noch übrig geblieben war.

4

»Fanny?«

Keine Antwort. Weder von drinnen noch von draußen.

»Fanny?«

Wieder nichts. Gar nichts. Stille.

Ihr Auto stand vor der Tür. Sie ging weder ans Handy, noch beantwortete sie seine Nachrichten. Jeder Versuch, sie zu erreichen, hallte ins Leere wie in diesem Moment seine lauten Rufe.

Klaas Monecke trat aus dem Empfangsraum hinaus auf die Terrasse, von der aus er das spärlich beleuchtete Areal betrachten konnte, das sich davor erstreckte. Hinter ihm erhob sich das altehrwürdige, aus roten Backsteinen erbaute Haus der Familie wie eine Burg. Der Speditionshof, die Lagerhallen, Kühlhäuser und Verarbeitungsanlagen der Fleisch- und Wurstwarenfabrik Monecke schlossen sich an.

Vor ihm erstreckte sich der Park des Anwesens mit einem fast komplett verglasten, flachen Gebäude im Zentrum. Hier wurden Besuchergruppen empfangen, die nach Führungen durch das Unternehmen Vorträge hörten und Kostproben der Monecke-Produkte serviert bekamen. Ein gepflasterter Weg führte zum fast zwanzig Meter langen Pool, in dem

Klaas Monecke jeden Morgen zehn Runden schwamm, bevor er ins Büro ging. Weiter hangabwärts und außer Sichtweite lag der kleine Teich, ein früherer Löschteich, mit dem Bootshaus und einem Anleger.

Monecke überblickte das Gelände. Es sah aus, als hätte eine Rockband hier eine Aftershow gefeiert. Mit dem Unterschied, dass seine Nichte die Gastgeberin dieses Events gewesen war. Und nun waren alle fort. Sowohl die Partygäste als auch Fanny. Die im Weg eingelassenen LED-Leuchten warfen ihr Licht auf abgestellte Gläser und Sektflaschen. Im Poolhaus weiter unten flackerte buntes Discolicht und ließ den Bau wie ein soeben gelandetes Ufo erscheinen. Auf der Terrasse davor standen Stühle und Bistrotische. Einige Liegen waren umgefallen.

Dimitri kam aus dem Haus, das Smartphone in der Hand, und stellte sich neben Monecke. Er war etwas kleiner und halb so alt wie Klaas Monecke, den er eben vom Flughafen abgeholt hatte. Dimitri trug zu jeder Jahreszeit einen Anzug und sah mit seiner Brille stets aus wie ein Banker von der Wall Street. Was das Bild trübte, war die lange Narbe auf seiner Wange.

Heute war Dimitri mit einem hellen Dreiteiler und gestreifter Krawatte bekleidet, was einerseits für Stil, andererseits für eine völlige Ignoranz gegenüber der Hitze dieser Nacht sprach. Monecke selbst trug zwar ebenfalls einen Anzug, aber er hatte wenigstens das Sakko ausgezogen und das Hemd aufgeknöpft.

Er fuhr sich mit der sehnigen Hand durchs Gesicht, in dem die Falten wie mit dem Meißel gezogen waren, dann durch die dünnen, strohblonden Haare. Seine eisblauen Augen musterten das Areal nach wie vor suchend. In der Ferne grummelte der Donner.

»Tja«, machte Dimitri, nachdem er das Chaos in sich aufgesogen hatte, und klang dabei so distinguiert wie ein Brite in der Wüste, dem soeben der letzte Tropfen Wasser in der Feldflasche verdunstet war. »Sie hat wieder Ihre Abwesenheit genutzt, um eine ihrer Partys zu feiern, Herr Monecke.«

»Messerscharf erkannt«, sagte Monecke leise. »Ich habe nichts gegen ihre Feten. Sie soll sich vergnügen. Sie ist jung. Aber das hier ...«

Monecke beschrieb eine umfassende Geste mit der Hand und ließ sie dann kraftlos sinken, schüttelte schwach den Kopf. Er setzte sich in Bewegung, ging den Weg hinab zum Poolhaus. Dimitri folgte ihm wie ein Schatten. Monecke wich einigen Champagnergläsern und herabgebrannten Fackeln aus.

»Fanny!«, rief er erneut, bekam aber keine Antwort. Stattdessen hörte er Dimitri in seinem Nacken, der sagte: »Vielleicht ist sie mit ihren Freunden noch in die Stadt gefahren, um dort weiterzufeiern.«

Monecke nickte nur knapp, blieb am Pool stehen und betrachtete das Chaos. Die Tische standen voller Flaschen, Aschenbecher und Gläser. Auf dem Wasser schwammen drei aufblasbare Flamingos, einer davon auf dem Kopf. Am fest eingebauten Grill glühten noch die Kohlen. Auf dem Tisch daneben stapelten sich Teller, Salatschüsseln und Essensreste. Eine der in Bottiche gepflanzten Palmen war umgefallen. Die rotierenden Scheinwerfer im Poolhaus tauchten alles in ein unwirkliches Licht, das ständig zwischen grün, rot, gelb, blau und pink wechselte, ohne dass irgendeine Musik dazu erklang.

Monecke blickte nach rechts in das kleine Gebäude, dessen Glastüren komplett aufgeschoben waren. Drinnen sah es nicht besser aus als hier draußen. Er warf Dimitri einen Blick zu, der ihn verstand und sofort hineinging, um am Mischpult neben dem Kamin einige Knöpfe zu drücken, worauf die unter der Decke rotierenden Leuchten erloschen.

Monecke schob die Hände in die Hosentaschen. Er lauschte dem leisen Schwappen des Poolwassers, hörte es am Himmel grummeln. Wetterleuchten blitzte auf und erhellte kurz die über allem thronende Villa aus der frühen Industrialisierung, die für einen Moment auf ihn wirkte wie eine Mischung des Hauses von Norman Bates aus »Psycho« und dem Schloss von Graf Dracula.

Dort oben hatte er seit seiner Geburt gelebt. Er hatte das Fleisch- und Wurstwarenimperium vor den Toren Hamburgs von seinem Vater nach dessen Tod übernommen. Das war jetzt fast fünfundzwanzig Jahre her. Er hatte es mit seinem Bruder Joost geführt, bis Joost und seine Frau Stacy vor dreizehn Jahren bei einer Safari mit dem Flugzeug abgestürzt waren. Die Leichen hatte man nie gefunden. Wahrscheinlich waren sie von Raubtieren gefressen worden.

Monecke hatte sich ihrer Tochter angenommen, Fanny, seine Nichte. Er hatte sie auf ein angesehenes Internat geschickt, ein Vermögen für ihre Ausbildung ausgegeben und sie dann zu sich geholt, nach Hamburg, zum Studieren. Er hätte sie auch nach England schicken können oder in die

USA, immerhin war ihre Mutter Amerikanerin gewesen. Die Möglichkeiten waren grenzenlos. Aber er wollte sie bei sich haben, denn Fanny war die Zukunft. Die letzte verbleibende Monecke, die das Unternehmen übernehmen und eine neue Dynastie gründen sollte. Er selbst hatte keine Kinder, war nicht mehr verheiratet und seit fast zwanzig Jahren geschieden. Seine Ex hatte zum Abschied gesagt: »Du hast eine einzige Sache mit deinem Sternzeichen gemein. Du bist so kalt wie ein Fisch.«

Alles hing an seiner Nichte. Doch leider war Fanny regelrecht explodiert, nachdem sie von den Vorzügen des Lebens außerhalb des Internats, den Verlockungen des Geldes und denen der Großstadt gekostet hatte. Sie war, wie Monecke feststellen musste, in dieser Hinsicht aus der Art geschlagen. Sie kam weniger nach der hanseatischen Linie, sondern eher nach dem Temperament ihrer lebenslustigen kalifornischen Mutter, von der sie außerdem die Schönheit, das strahlende Lachen und das blonde Haar geerbt hatte. Gelegentlich kam dennoch das Monecke'sche in ihr durch. Dann war es, als stellte man den Schalter an einer Klimaanlage an, die die Temperatur schlagartig von dreißig auf drei Grad senkte. Das war die Fanny, die Monecke besser gefiel.

Erneut betrachtete er die Überreste der Orgie. Es war beileibe nicht die erste, die sie hier gefeiert hatte.

»Dimitri!«, rief er.

Wenige Sekunden später stand sein persönlicher Assistent und Sekretär mit fragendem Gesicht vor ihm.

Monecke sagte: »Ich will wissen, wo sie ist. Ruf das Gesindel an, mit dem sie sich herumtreibt. Die meisten davon werden wohl hier gewesen sein.«

Dimitri nickte und schwirrte augenblicklich ab, lief den Weg zum Anwesen hinauf und verschmolz mit der Dunkelheit.

Monecke warf einen Blick auf die Armbanduhr. Dann wählte er noch einmal Fannys Nummer. Er vernahm aus der Ferne ein sehr leises Geräusch, das wie ein Klingelton klang. Er beendete den Anruf, starrte auf das Schwimmbecken, sah sein eigenes verzerrtes Spiegelbild in den leichten Wellen. Er schlenderte an der Ablaufrinne entlang, verließ dann das Poolgelände und bewegte sich in die Richtung, aus der das Klingeln gekommen war. Er ging über den kurzgeschnittenen Rasen und gelangte schließlich an das Ufer des Teichs und zum Anleger, auf dem er gerne saß und den Libellen dabei zusah, wie sie über das Wasser schwirrten. Hohe Bäume umrandeten das Ufer. Tiefhängende Äste berührten die Oberfläche des schwarzen Wassers.

Am Anleger war ein kleiner Kahn festgemacht. Die in den Boden gerammten Fackeln waren fast alle herabgebrannt. Nur zwei flackerten noch schwach und tauchten das verwitterte hölzerne Bootshaus in diffuses Licht. Die Tür stand offen. Monecke blickte hinein.

Die Hütte war nicht groß, kaum mehr als drei mal drei Meter. Als Kind hatte er hier oft Pirat gespielt und war auf dem Wasser gepaddelt. Bevor der Pool gebaut worden war, waren sie hier im Teich sogar geschwommen.

Im Bootshaus lagen einige Kissen und zerwühlte Decken auf dem Boden. Windlichter standen in den Ecken, daneben zwei leere Flaschen Champagner sowie ein Aschenbecher mit ausgedrückten Kippen. Es roch würzig, als sei hier gekifft worden. Er sah Kleidung. Halb unter den Kissen ein Handy, das in einer mit Strass verzierten Schutzhülle steckte. Das Display leuchtete und zeigte gerade eingegangene Anrufe an. *Seine* Anrufe.

Monecke kaute auf der Unterlippe. Dachte nach. Schlug sich an den Hals, als eine Mücke dort landete, und schnippte das zerquetschte Insekt fort. Er schloss die Tür, vergrub die Hände wieder in den Hosentaschen und ging langsam zurück, um sich die Aufnahmen der Überwachungskameras vom Pool und dem Haupthaus anzusehen, die sicher auch ihn und Dimitri beim Suchen gefilmt hatten. Er wollte feststellen, was sie alles von der Partynacht aufgezeichnet hatten.

Über ihm krachte ein dumpfer Donnerschlag. Er nahm ihn gar nicht wahr.

5

Nick hatte in dieser Nacht kein Auge zugetan. Irgendwann musste er in eine Art Bewusstlosigkeit gefallen sein, aus der er mit einem dumpfen Aufschrei und klatschnass geschwitzt aufwachte, als die Sonne bereits am Himmel stand und durch das Fenster schien. Der Wecker zeigte kurz nach sechs Uhr an. Es würde ein weiterer glühendheißer Tag werden.

Nick duschte wieder lang und eiskalt, bis seine Haut gerötet und taub war. Nach dem Zähneputzen warf er eine halbe Valium ein, Überbleibsel von seinem Zusammenbruch im vergangenen Jahr, und versuchte, sich einzureden, dass in der letzten Nacht nichts weiter geschehen war, dass er alles nur geträumt hatte. Doch er wusste, dass das nicht stimmte.

Er hatte betrunken eine junge Frau überfahren und die Leiche dann beseitigt. Eine junge Frau, die nur im BH plötzlich auf der Straße aufgetaucht war. Mitten in der Nacht. Mitten im Nirgendwo. Menschen, dachte Nick, tauchten aber für gewöhnlich nicht mir nichts, dir nichts nachts auf Landstraßen in gottverlassenen Gegenden auf, fast nackt und ohne einen triftigen Anlass dafür zu haben.

Er benutzte die Mundspülung, bis seine Schleimhäute brannten, und gurgelte ausgiebig mit der Flüssigkeit, um damit den Geruch nach Alkohol wegzubekommen. Er würde auf dem Weg zur Arbeit noch zwei Minzbonbons lutschen. Dann zog er sich die Dienstuniform an und kochte Kaffee. Sehr starken Kaffee.

Schließlich stand er mit der zweiten Tasse am Fenster, blickte hinaus. Er hörte, wie die Haustür zuschlug. Einen Moment später sah er seine Vermieter, die gerade zur Tankstelle mit der angeschlossenen Werkstatt gingen und seinen Wagen passierten. Was für ein Paar! Nick nahm eine Zigarette aus der zerknautschten Packung und steckte sie sich an, inhalierte tief und sah dem Rauch aus dem geöffneten Fenster hinterher. Er erinnerte sich daran, wie er letztes Jahr hierher gekommen war, in dieses verdammte Kaff Nordbek, an einem heißen Tag wie diesem.

Nach den Geschehnissen im vergangenen Sommer hatte Nick alle Zelte in der Stadt abgebrochen. Er hatte es in den eigenen vier Wänden nicht mehr ausgehalten. Am Tag, als Betty beerdigt worden war, hatte er die Wohnung verlassen. Er war geradewegs vom Friedhof gekommen, hatte all seinen Kram ins Auto gepackt und war stundenlang durch die Stadt, die Vororte und die verlassene Gegend jenseits davongefahren. Eine Reise ohne Ziel.

Immer weiter Richtung Norden hatte er Felder und flaches Land passiert und dabei Bruce Springsteen im Radio laut gedreht, der »I'm on fire« sang, das Fenster runtergekurbelt, einen Arm im Wind.

Schließlich merkte er auf, als der Wagen nicht mehr richtig zog. Der Temperaturanzeiger stand auf Anschlag – voll im roten Bereich. Er keuchte genervt auf und zischte ein

»Fuck«. Mit der wegen der gebrochenen Finger getapten Hand fuhr er sich über das Gesicht. Aber der Handballen hinterließ nur einen feuchten Schweißfilm auf Nicks ohnehin feuchter Stirn, denn es waren locker fünfunddreißig Grad, und der Mercedes verfügte über keine Klimaanlage.

Die Luft draußen kochte. Das Wageninnere ebenfalls. Und der Motor erst recht, weswegen Nick einige Augenblicke später wie durch einen weißen Nebel auf die Straße starrte. Heißer Dampf fauchte durch die Ritzen. Entweder war kein Wasser mehr im Kühler, die Wasserpumpe kaputt, der Ventilator defekt, ein Schlauch geplatzt, es hatte die Zylinderkopfdichtung erwischt – oder alles gleichzeitig, so wie es nach verbranntem Gummi und öligem Wasser stank.

Er nahm den Fuß vom Gas und ließ den Wagen im Leerlauf rollen. Er hoffte, dass der Fahrtwind den Motor etwas kühlte. Merkwürdige Idee bei dieser Julihitze. Gemäß dem Atlas in seinem Kopf musste er sich irgendwo nahe der Grenze zu Schleswig-Holstein befinden. Samstag am frühen Abend, und mehr als ein paar hundert Einwohner hatte die Ortschaft sicher nicht, die er nun im Leerlauf erreichte.

Ein Straßendorf mit einer Handvoll Häuser und Höfe links und rechts der Fahrbahn. Über allem thronte eine riesige Fabrik, eine Mischung aus Dinosaurier der Wende zum 20. Jahrhundert und der Neuzeit. Schornsteine streckten sich in den Himmel. Flaggen hingen schlaff an Masten. »Monecke« stand auf einem großen Firmenschild. Der Name sagte Nick etwas. Ein großer Fleisch- und Wurstwarenhersteller. Viel mehr als die Firma schien es hier nicht zu geben. Vielleicht ein Geschäft. Bestimmt eine Kneipe.

Und offenbar eine Tankstelle.

Zumindest deutete das auf einem hohen Pfeiler angebrachte Schild darauf hin, das Nick durch den Qualm aus dem Motorraum sah. Wo eine Tankstelle war, gab es vielleicht auch eine Werkstatt, dachte er und stellte im Rollen den Motor aus. Es ruckte zwei Mal, als die Reifen über den Bordstein der Tankstellenauffahrt holperten. Schließlich kam der Mercedes vor einem Tor, das mit Rost besprenkelt war, fauchend und brodelnd zum Stehen.

Nick stieg aus.

Einen Moment lang blieb er einfach so stehen, spürte die Sonne auf der Haut brennen und wischte sich ein paar Haarsträhnen aus der Stirn. Er blickte über den Rand der Sonnenbrille und sah sich um.

Auf dem Asphalt der Landstraße flirrte die Luft. Kein Mensch war unterwegs. Niemand. Der heiße Wind ließ im Rinnstein Staub zu einem kleinen Wirbel aufsteigen. Der Himmel war wolkenlos. Bis auf das Zischen und Knacken aus dem Motorraum war es absolut still, weswegen Nick seine Schuhsohlen auf dem Boden überlaut knirschen hörte, als er sich nach links wandte. Dort standen einige mit Preisschildern ausgezeichnete Autos. Darüber war eine glitzernde Girlande gespannt, wie man sie von amerikanischen Gebrauchtwagenhändlern kannte. Das eine Ende war an der mutmaßlichen Werkstatt befestigt, das andere an der grauen Fassade des etwas zurückliegenden Gebäudes, ein schäbiges Wohnhaus, an dem ein selbstgemaltes Schild mit der Aufschrift »Gästezimmer« hing.

Nicks Schuhe knirschten erneut, als er sich nach rechts

wandte. Dort stand der Pfahl mit dem Logo einer freien Tankstelle. Unter einem gewölbten Betondach, das noch aus den Fünfzigern stammen musste, befanden sich einige Zapfsäulen sowie ein mit weißen Fliesen beklebtes Geschäftshäuschen. Es hatte ein großes Panoramafenster, das teils erblindet, teils mit verblassten Veranstaltungsplakaten beklebt war.

Nick öffnete die Heckklappe und nahm den Gitarrenkoffer heraus. Eine Gewohnheit, er ließ ihn nie im Wagen, wenn er selbst nicht drin saß. Die hohe Temperatur war ohnehin schlecht für das Instrument: eine 52er Fender Telecaster, naturbelassen mit schwarzem Schlagbrett wie die Gitarre von »The Boss« Bruce Springsteen – neben dem Mercedes sein größter persönlicher Schatz.

Er klappte den Kofferraum wieder zu und ging zur Eingangstür, lauschte dem Klang eines Glöckchens, das ihn als Kunden anmeldete, und betrat den Verkaufsraum. Rechts befand sich ein schmales Regal mit Zeitschriften, geradeaus ein Coca-Cola-Kühlschrank mit Getränken, daneben ein Regal mit den härteren Sachen und Wein.

Auf dem Verkaufstresen sah Nick zwischen einem Ventilator sowie Kaugummipäckchen und Wegwerffeuerzeugen ein paar nackte Fußsohlen. Zwischen den Zehen klemmten pinkfarbene Trenner aus Schaumgummi. Es roch schwach nach Nagellack. Die Knöchel waren überkreuzt, auf einem waren bunte Sterne tätowiert. Die langen Beine gehörten zu einer jungen Frau mit kurzgeschnittenen, zum Teil rosa gefärbten Haaren, die Ende zwanzig sein musste. Sie war einigermaßen hübsch, musste früher mal ein Akneproblem gehabt haben, das sie zu überschminken wusste, und war einerseits mit ihrem Handy, andererseits mit einem Eis am Stiel beschäftigt.

»Wahnsinn«, sagte sie. »Samstagabend, die Tür geht auf, und Vince Vega kommt mit seiner Gitarre herein.«

Nick rang sich ein Lächeln ab. Vince Vega aus »Pulp Fiction«, gespielt von John Travolta, der darin eine ähnliche Frisur wie Nick hatte und dauernd schwarze Anzüge trug. Wegen der Beerdigung hatte Nick ebenfalls einen an, allerdings lag das Sakko auf dem Rücksitz.

»Kann ich Ihnen helfen?«, fragte die Bedienung und lutschte geräuschvoll an ihrem Eis.

»Mein Wagen hat eine Panne. Ich suche eine Werkstatt.«

»Dann sind Sie hier goldrichtig.«

Sie nahm die Füße vom Verkaufstresen, pflückte die Zehentrenner heraus, stand auf und kam herum. Sie war kleiner, als Nick gedacht hatte, trug Jeans-Hotpants zu einem T-Shirt mit verblasstem »Motörhead«-Aufdruck.

»Heitzer ist hinten im Garten, ich gehe ihn mal fragen, ob er sich den Fall ansieht.«

»Klar«, sagte Nick.

Die junge Frau blieb vor Nick stehen, sog wieder geräuschvoll an ihrem Eis. »Oder wollen Sie mir mit der Gitarre erst noch was vorspielen?«, fragte sie.

»Nein«, antwortete Nick.

»Warum schleppen Sie sie dann mit?«

»Die Hitze im Kofferraum ist nicht gut.«

»Aber dort lag sie doch vorher auch schon?«

»Das«, sagt Nick und lächelt schwach, »stimmt auch wieder.«

»Sind Sie Musiker?«

»Ist nur ein Hobby.«

»Eh ein bisschen schwierig mit der kaputten Hand.« Sie blickte auf Nicks getapte Finger.

»Haustür zugefallen. Dummer Unfall. Heitzer ist also im Garten?«, fragte er.

»Ach ja, Heitzer.«

Sie lachte, als habe sie schon wieder völlig vergessen, dass sie nach ihm sehen wollte, öffnete die Tür und trat mit einem »Boah« ins Freie, wo sich einem die drückende Hitze wie ein heißer Waschlappen aufs Gesicht legte. Vor dem dampfenden und zischenden Mercedes blieb sie stehen, warf Nick einen Blick zu und saugte den Rest Eis vom Stiel. Damit deutete sie auf den Mercedes und fragte: »Nee, oder?«

»Doch«, sagt Nick.

»Ist *das* ein cooler Wagen!«

»Heitzer«, fragte Nick erneut, »ist also im Garten?«

»Ja, klar«, erwiderte sie und ging im großen Bogen um den Mercedes herum. »Ich bin übrigens Lola«, sagte sie. »Kurzform von Laura Luise. So will doch niemand genannt werden.«

»Ich bin Nick«, sagte Nick, der eigentlich Nicolas Ludwig Beck hieß, kurz Nick L. Beck.

Der Garten befand sich hinter den Werkstattgaragen und grenzte an das Wohnhaus an. Es gab eine kleine Terrasse, die dringend mit einem Kärcher gereinigt werden müsste. Darauf saß ein Mann, für den das ebenfalls galt. Er hockte auf einem Klappstuhl neben einem Campingtisch voller leerer Bierflaschen. Direkt vor ihm stand ein rostiger Grill, auf dem Würstchen brutzelten, die er mit einer Holzzange und chirurgisch anmutender Präzision wendete. Nick schätzte ihn auf knapp über sechzig. Die Finger waren ölverschmiert. Er schwitzte wie ein Tier, war mit einer an den Knien abgeschnittenen grauen Arbeitshose und einem schmutzigen, weißen Unterhemd bekleidet, unter dem sich ein kugelrunder Bierbauch abzeichnete. Träge drehte er sich zu Nick und betrachtete ihn aus kleinen Augen.

Sein Krötenmund öffnete sich zu einem Schlitz, als er heiser fragte: »Was?«

Lola machte eine Geste zu Nick und eine zu dem Mann: »Nick, Heitzer. Heitzer, Nick. Nicks Wagen ist kaputt. Der Kühler kocht. Kannst du den vielleicht reparieren?«

Heitzer lachte, was klang wie ein leiernder Anlasser. Er sagte zu Nick: »Es ist Samstag. Ich grille. Kommen Sie Montag wieder.« Er starrte auf den Gitarrenkoffer und fragte: »Sind Sie Musiker oder so?«

»Nein.«

»Schau dir den Wagen doch wenigstens mal an«, sagte Lola und zupfte mit den Zehen Grasbüschel aus.

»Was ist an der Karre so wichtig, he?«, fuhr Heitzer sie an. »Was machst du überhaupt für ein Gewese darum? Und lässt die Kasse alleine – hast du wenigstens abgeschlossen?«

Lola schüttelte den Kopf.

»Na, großartig!«, blaffte Heitzer.

Sie erwiderte: »Du weißt ja nicht, *was* das für ein Wagen ist.«

»Was ist es denn für ein Wagen?«, fragte Heitzer.

Nick sagte es ihm. Heitzer starrte Nick fast eine Minute lang wortlos an. Dann fragte er leise: »Coupé?«

»Es ist das Coupé.«

Im nächsten Moment sprang Heitzer auf, drängte sich an Nick vorbei und flitzte die Treppenstufen hinab. »Heiliger Bimbam«, rief er kurz darauf. »Mann oh Mann – das wird ein paar Tage dauern, bis ich da Ersatzteile habe, aber das bekommen wir schon hin!«

Lola grinste. Nick war erleichtert.

»Vielleicht kann Heitzer Ihnen so lange einen Ersatzwagen geben«, sagte sie.

Nick schüttelte den Kopf. »Nein, den Mercedes kann ich hier nicht allein lassen.«

»Also …« Lola deutet auf das Haus, grinste und sagte: »Wir haben Fremdenzimmer.«

Nick fragte: »Ihr Vater oder Onkel vermietet die Zimmer? Heitzer?«

»Ja«, erwiderte Lola. »Aber er ist nicht mein Vater oder Onkel. Er ist mein Verlobter.«

Seit diesem Tag wohnte Nick hier. Schon ein Jahr lang. Er hatte alles, was er brauchte, und bislang weder Zeit noch Muße gefunden, sich eine neue Wohnung zu suchen. Außerdem gehörte Nordbek mit einigen anderen kleinen Orten zu dem Bereich, in dem er als Bezirksbeamter arbeitete. Er war der »Sheriff«, wie Lola manchmal sagte.

Sie schlenderte gerade gelangweilt zur Tankstelle, um aufzuschließen – ein Paar wie Blitz und Donner in einer Beziehung, wie Nick inzwischen wusste, zwischen Hass und Liebe. Na ja. Möglicherweise Liebe. Vermutlich eher nur von seiner Seite aus. Nick hatte keine Ahnung, was Lola zu Heitzer getrieben hatte oder was sie bei ihm hielt. Geld, Verzweiflung, Ausweglosigkeit, vielleicht hielt er etwas gegen sie in der Hand … Einerseits verabscheute Lola ihren Verlobten offensichtlich, und er behandelte sie manchmal wie ein Stück Dreck oder seine Leibeigene. Andererseits vögelte sie ihn fast jede Nacht. Oder er sie. Wie auch immer: ein sehr merkwürdiges Paar, aber nicht Nicks Angelegenheit.

Heitzer blieb am Mercedes stehen, betrachtete ihn und schien sich aufzuregen, als ihm die Beulen in der Tür und die beschädigte Stoßstange auffielen. Nick würde ihm gleich erklären, was mit dem Wagen passiert war, wenn er zur Wache fuhr. Dass ein rachsüchtiger Vollidiot am »Roadhouse« gegen die Tür getreten hatte und dabei auch die Stoßstange in Mitleidenschaft gezogen worden war. Falls es zu irgendeinem Zeitpunkt hart auf hart kommen würde, dachte Nick, würde die Kneipenbesitzerin den Vorfall bezeugen können. Und es gäbe Videoaufnahmen.

Nick leerte seinen Kaffee und löschte die Zigarette. Er sah, dass Frankie gerade zur Arbeit kam. Mit dem Fahrrad, wie jeden Morgen. Er arbeitete in der Werkstatt, als Heitzers Gehilfe. Ein Baum von einem Kerl, gut aussehend. Allerdings jemand, dem man beim Nachdenken regelrecht zuschauen konnte, wenn man sich mit ihm unterhielt. Außer einem kleinen Rucksack trug er graue Shorts und ein T-Shirt, unter dem sich sein tätowierter Oberkörper deutlich abzeichnete. Lola ging etwas langsamer, sah sich im Gehen zu ihm um, ohne dass Frankie es wahrnahm. Sie schien zu lächeln und jede seiner Bewegungen aufzusaugen, als er vom Fahrrad stieg und den Rucksack abnahm.

Schließlich schloss Nick das Fenster. Er stellte den Kaffeebecher ab, steckte seine Sachen in eine Umhängetasche und verließ das Zimmer. Er ging die Treppen hinab, warf ein Fisherman's ein und dachte an die tote junge Frau, deren Leiche im Moor in einem Ablauftunnel hockte – und hätte sich um ein Haar schlagartig übergeben. Er verharrte einen Moment, bis er wieder klar sehen konnte und es in seiner Speiseröhre nicht mehr brannte. Dann dachte er erneut an die Leiche. Daran, was die Hitze mit dem Körper machen würde. Und fragte sich, wie er mit dem, was er getan hatte, weiterleben sollte.

Aber war er damit nicht schon einmal erfolgreich gewesen, obwohl er seine Kollegin auf dem Gewissen hatte? Ja. Ein Jahr lang. Wenn er sich zusammenriss, würde er irgendwann vielleicht auch damit klarkommen, was gestern Nacht geschehen war. Und vielleicht würde er noch ein zweites Jahr schaffen, bevor er sich die Pistole in den Mund steckte, überlegte Nick und verließ das Haus.

6

Das Hamburger LKA am Bruno-Georges-Platz war ein großer, mehrgeschossiger Bau mit einer bemerkenswerten Architektur. Aus der Luft betrachtet sah es aus wie ein Getrieberad, ein Rundbau in der Mitte, mit Gebäudeteilen, die sternförmig davon abgingen. Manche verglichen es mit einem Polizeistern.

In einem der hinteren Gebäudeflügel stand Cleo Torner vor einem gepackten Karton, warf einen letzten Blick aus dem Fenster ihres bisherigen Büros und las dann auf dem Handy eine Mitteilung ihrer Freundin Susann. Sie war mit einer Reihe Smileys mit nach unten verzogenen Mundwinkeln gespickt.

Wann treffen wir uns dann?, schrieb sie.

Cleo textete zurück: *Mal sehen, ich melde mich*, steckte das Handy zurück in die Hintertasche ihrer Jeans und atmete tief durch.

Fabelhaft, dachte sie, ihre Welt stand Kopf. Gerade aus den USA zurück und direkt in eine Schießerei geraten, schwanger, Jobwechsel von heute auf morgen, mitten in den Hochzeitsvorbereitungen – und wegen der Versetzung musste sie ihr Date mit Susann absagen, weil sie sich keine

Freistunden nehmen konnte. Dabei wären es höchstens zwei gewesen, um in diesem schicken Brautmodengeschäft zu stöbern, in dem es Kleider gab, die nicht von der Stange waren. Vintagemode. Boho-Teilchen. Tja, dann eben wann anders, denn offensichtlich gab es Wichtigeres, nämlich ihren Umzug.

Dabei war Cleo der Meinung, dass ihr Chef sie auch innerhalb des LKA 6 hätte versetzen können. Abziehen von der Front, ran an den Schreibtisch. Die Abteilung, *ihre* Abteilung, war für Rauschgift und Organisierte Kriminalität zuständig. Es gab diverse Fachkommissariate für Menschenhandel, Finanzermittlungen, Schleusung und Dokumentenhandel und natürlich die Mordkommission, in denen sie im Sinne des Mutterschutzgesetzes nach ihrer Meinung auch gut aufgehoben wäre. Deswegen hatte sie Erhardt heute früh aufgesucht, um noch mal mit ihm zu reden.

Aber es hatte nichts geholfen. Wie sich herausstellte, war im LKA 1 kurioserweise kurzfristig eine Stelle vakant geworden, weil eine andere Kollegin schwanger und bereits zu Hause war. Außerdem herrschte innerhalb des LKA 1 im LKA 14, dem Kriminalkommissariat für die Region Nord, gerade zusätzlicher Alarm, weil Urlaubszeit war und viele Kollegen fehlten.

Im LKA 6 hingegen lief alles rund, es gab keine Vakanz. Und wie es der Zufall wollte, hatten Hanka Schuddebohm und Bernd Erhardt in der wöchentlichen Abteilungsleiterrunde darüber geredet sowie über Schwangerschaften und Mutterschutz – und es war natürlich der Name Cleo Torner gefallen.

»Ist jetzt halt mal so, Torner«, hatte Erhardt gesagt. »Der Weg zurück ist ja nicht abgeschnitten. Vielleicht tut sich in drei Monaten etwas Neues im LKA 6 auf. Aber dann kommt ruckzuck Ihre Elternzeit. Und wer weiß, ob Sie mit Kind nicht sowieso lieber in einem anderen Team spielen wollen, wenn Sie wiederkommen, oder Teilzeit machen. Mit Kind ändert sich alles.«

»Ja«, hatte Cleo gesagt. »Toll.«

»Ernsthaft, Torner. Einfach mal den Ball flachhalten.«

»Ich komme gerade aus Quantico von einem Kursus zur Fortbildung über Serientäter wieder, mit einem Zertifikat sogar, und …«

»Und doch ändert das nichts. Das Seminar haben Sie außerdem in Ihrer Freizeit gemacht. Ich habe es nur abgenickt, weil Sie unbedingt wollten und weil Sie …«

»Ja, ich weiß.«

»… weil Sie bei mir einen Stein im Brett haben. Mit Ihrem Arbeitsfeld hat das …«

Cleo verdrehte die Augen.

»… nichts zu tun, wie wir beide wissen. Bei einem Seminar bei der US-Drogenbehörde DEA hätte ich ja nichts gesagt, außer, dass es beim BKA und Europol auch gute Seminare gibt. Aber ich hätte es anstandslos durchgewunken, okay? Den Flug hätten Sie trotzdem selber zahlen müssen …«

»Ja. Danke trotzdem, dass ich hindurfte. Aber dass ich jetzt ins LKA 1 soll …«

»Torner. Ich verstehe Ihren Ärger und die Enttäuschung. Aber es greifen ab jetzt bestimmte Regeln. Finden Sie sich damit ab. Ende der Durchsage.«

Und Cleo war abgeschwirrt. Sie war stocksauer. An ihrem Schreibtisch hatte sie sich dann die Nummer der Polizeigewerkschaft rausgesucht, die in dem Bürotürmchen gegenüber vom LKA residierte, und vom Betriebsrat. Aber sie nahm ohnehin nicht an, dass sie noch etwas an ihrer Situation ändern könnte.

Schließlich packte sie ihre restlichen Sachen zusammen und schnappte sich den Karton, um in die andere Abteilung zu marschieren und sich bei Hanka Schuddebohm zu melden.

Was Cleo jetzt tat.

Schuddebohm war groß und schlank, schmallippig, mit dünnen rotblonden Haaren. Ihr Händedruck war fest. Cleo fühlte kleine Schwielen an ihren Fingern. Wahrscheinlich eine Reiterin in der Freizeit. Sie trug eine eng geschnittene Jeans und ein Poloshirt mit dem Logo von Ralph Lauren.

»Erst mal herzlichen Glückwunsch. Wann ist es denn so weit?«, fragte sie.

Cleo sagte ihr den errechneten Termin.

»Mädchen oder Junge?«

»Weiß ich noch nicht.«

Schuddebohm nickte. Nahm die Stimmung wahr und kapierte sofort, dass Cleo absolut nicht einverstanden war mit ihrem fliegenden Wechsel zwischen den Abteilungen. Niemand trat gern zurück ins zweite oder dritte Glied, wenn er für das erste bestimmt war.

»Wie geht's Frantzen?«, fragte sie.

»Oberschenkeldurchschuss. Er wird höllische Schmerzen

haben und fluchen, weil er bei der Hitze im Krankenhaus liegen muss. Keine Klimaanlage.«

»Da haben Sie ja Glück, dass Sie selbst erst im Winter in die Klinik müssen.«

Schuddebohm lächelte. Cleo lächelte ebenfalls. Ein Lächeln mit Eiszapfen. Keine Klimaanlage im Krankenhaus, aber zwischen ihnen beiden war es eisig, das war deutlich zu spüren. Sie waren sich auf Anhieb unsympathisch und gaben sich auf professionelle Weise Mühe, es sich nicht anmerken zu lassen.

»Okay«, sagte Schuddebohm. »Ich zeige Ihnen Ihren neuen Schreibtisch. Das Büro haben Sie in den nächsten drei Wochen für sich alleine. Frank hat Urlaub. Frank Schmohl. Kennen Sie den?«

»Nein«, sagte Cleo, die neben Schuddebohm über den Flur ging und ihre Ablagekästen im Karton trug.

»Frank ist nett. Ein bisschen chaotisch, aber …« Schuddebohm blickte zu Cleo. »Wechseln wir doch zum Du. Gefällt mir besser. Wir duzen uns hier alle. Ich bin Hanka.«

»Cleo«, sagte Cleo – und fand diese Geste wiederum durchaus nett. Die neue Chefin schien doch nicht so schlimm zu sein, wie alle immer sagten. Aber wer weiß, dachte Cleo, erst mal abwarten.

Sie bogen nach rechts ab. Hanka Schuddebohm öffnete gleich die erste Tür und ging noch vor Cleo rein. Schmohls Seite vom Schreibtisch sah aus wie die von einem Messie. Alles stand voll mit Kistchen und Kästchen und Tassen, Bilderrahmen, Aktenordnern. Das war also mit »chaotisch«

gemeint. Ihre Seite war bis auf den PC und eine Aktenmappe leer. Cleo stellte den Karton darauf ab. Ihr neues Reich. Klasse. Wenigstens gab es eine Klimaanlage.

»Ich muss gleich in eine Besprechung«, sagte Hanka. »Ich kenne deine Referenzen und Kompetenzen, Cleo. Mir ist auch klar, dass du dich nicht darum gerissen hast, hier zu sein, aber …«

»… aber ist jetzt halt mal so«, zitierte Cleo die Worte ihres bisherigen Chefs.

Hanka lächelte knapp. »Wir werden noch Zeit haben, miteinander zu sprechen und uns besser kennenzulernen. Arbeit gibt es auch schon für dich.«

Sie deutete mit einem Nicken auf die Mappe. Cleo schlug sie auf und dachte: Geht ja gut los.

Hanka erklärte: »Eine Vermisstenmeldung, die wir mit Vorrang behandeln müssen. Weil es nicht irgendeine Vermisste ist.«

»Fanny Monecke?«

»Kennen Sie Monecke?«

Cleo verneinte und überflog die Unterlagen in der Mappe. Hanka beschrieb ihr währenddessen, wer Monecke war. Ein ziemlich großer Fleisch- und Wurstwarenhersteller im Hamburger Norden mit mehreren hundert Mitarbeitern, Millionenumsätzen und entsprechend hohen Gewerbesteuern. Vor dem Gesetz waren zwar alle gleich, aber manche waren eben gleicher. Und der Patriarch Klaas Monecke gehörte offenbar dazu. Er führte das Familienunternehmen, und Fanny war seine Nichte.

Vierundzwanzig Jahre alt, Studentin, hübsch.

Cleo fragte: »Monecke meldet seine Nichte bereits nach einer Nacht bei der Polizei als vermisst?«

»Sieht so aus. Kümmerst du dich bitte darum?«

Cleo nickte und zuckte gleichzeitig mit den Schultern. Dann legte sie die Mappe wieder auf den Tisch.

»Mit kümmern meine ich *kümmern*. Wie gesagt: Monecke ist nicht irgendwer.«

»Das heißt?«

»Fahr bitte hin und sprich mit ihm, damit er weiß, dass wir am Ball sind. Monecke kennt diverse Leute, die uns Stress machen und auf die Nerven gehen können. Das möchte ich vermeiden. Diese Mappe auf deinem Tisch kam sozusagen mit Empfehlung von oben bei uns rein, okay?«

»Verstehe«, sagte Cleo. »In Nordbek ist das? Wo liegt denn das? Nie gehört.«

»Jenseits von Duvenstedt. Ganz im Norden. Ist nicht mal ein richtiger Ort. Direkt an der Grenze und zur Hälfte schon in Schleswig. Melde dich beim zuständigen Bezirksbeamten und fahr am besten mit ihm zusammen zu Monecke. Eine Uniform und ein Streifenwagen sollten den Mann etwas beruhigen.«

»Okay. Wo melde ich mich und bei wem?«

Hanka sagte es ihr.

Cleo überlegte einen Moment lang. Einen weiteren. Dann sah sie Hanka an und sagte: »Ist das … das ist doch … *der* ist das?«

»Genau«, erwiderte Hanka. »*Der* ist das. Nick Beck.«

7

Die nördlichsten Hamburger Standorte der Polizei waren die Kommissariate 34 und 35 in Langenhorn und Wandsbek, unweit vom Alstertal-Einkaufszentrum. Eine Dienststelle lag in Volksdorf. Dahinter gab es nichts mehr, bis auf eine kleine Polizeistation für den Bezirksdienst, die in Duvenstedt in der Nähe des Kreisels im Dorfkern neu angemietet worden war. Nichts Besonderes, nur ein Büro mit einem Telefon, einem Computer sowie einem Parkplatz vor dem Haus.

Duvenstedt war ein Dorf an der Alster vor Hamburgs Toren, umgeben von Wald, Feldern und Naturschutzgebieten. Bis zum Jungfernstieg waren es rund fünfundzwanzig Kilometer, für die man – je nach Verkehr – mit dem Auto durchaus eine Dreiviertelstunde benötigte und ohne Auto noch länger. Es gab ein Naturschwimmbad, Bauernhöfe, Reetdachhäuser, wenig Trubel, aber dennoch fast schon zu viel für Nick. Früher war das anders gewesen. Heute jedoch fühlte er sich am wohlsten, wenn gar nichts um ihn herum geschah und links und rechts nichts weiter war als Landschaft oder das Meer, wenn er noch mehr Abstand brauchte.

Doch im Augenblick, dachte Nick, wäre sowieso kein

Abstand groß genug. Egal, ob er nach Madagaskar oder zum Nordkap floh.

Nick schwitzte. Die Luft, die durch das gekippte Fenster drang, war zum Schneiden. Er starrte auf den Computer, hatte den Blick hingegen auf unendlich gestellt. Seine Finger zitterten.

»So eine Scheiße«, hörte er Dornberg von draußen. Er betrachtete Nicks neben dem Streifenwagen geparkten Mercedes, die eingedellte Fahrertür, und rief nach drinnen: »Ist dir einer reingefahren?«

Nick stellte den Blick wieder scharf und sah Dornberg durchs Fenster schauen. Unter seinen Achseln war die schwarze Uniform noch schwärzer. Schweißflecken. Er rieb sich über den Kopf, hielt die Polizeimütze in der Hand.

Nick wusste, wer so was machte. Er hatte die Datenbank durchforstet, nachdem er vergeblich versucht hatte, sich an den Kerl zu erinnern, dem er den Führerschein abgenommen hatte. Auf dem Bildschirm befand sich nun der Bericht vom betreffenden Vorfall. Mitsamt Namen, Adresse, allem.

»Keine Ahnung«, rief Nick zurück. »Irgendein Mistkerl hat dagegengetreten. Ich war beim Essen beim Chinesenimbiss im Supermarkt. Als ich wieder rauskam, war der Wagen so zugerichtet. Ich habe einen guten Schrauber an der Hand. Der kriegt das wieder hin.«

»Schreibst du eine Anzeige gegen Unbekannt?«

»Gerade dabei.«

»Zu schade. So ein schöner Wagen. Du solltest wirklich nicht damit in der Gegend herumfahren, sondern ihn in einer Garage abstellen.«

Durchs Fenster erkannte Nick, dass Dornberg noch etwas ergänzen wollte, aber nicht mit Worten, sondern mit dem Blick. Er wollte anscheinend noch hinzufügen, dass Nick außerdem nicht fahren sollte, wenn er getrunken hatte. Dornberg war kein Blödmann. Er konnte Nicks gelegentliche Ausdünstungen und den allmorgendlichen Mix aus reichlich Deospray und Minzbonbons einordnen, sparte sich aber jeden Kommentar. Er wusste, was Nick durchgemacht hatte. Von dem, was Nick gerade durchmachte, hatte er zum Glück keinen Schimmer.

Er setzte sich die Mütze auf, tippte an den Schirm und sagte: »Ich drehe dann meine Runde. Bis später. Viel Spaß mit der Kripotante.«

Nick erhob die Hand zum Gruß und verfolgte, wie Dornberg verschwand.

Die Kripotante.

Sie hatte sich vorhin angemeldet, aber nicht gesagt, worum es ging. Nur so viel, dass sie Unterstützung und Ortskenntnis vom Bezirksdienst benötigte. Sie müsste jeden Moment eintreffen. Nick blickte wieder auf den Bildschirm, las erneut den Namen und den Einsatzbericht. Der Kerl, der den Mercedes demoliert hatte, war ein Mann mit einschlägiger Karriere. Sein Begleiter sicherlich ebenfalls.

Ein dumpfes Geräusch schreckte ihn auf. Er zuckte zusammen, wobei er beinahe mit der Hand das randvolle Mineralwasserglas umschüttete.

Sie stürzte. Sie schlug auf.

Der Mercedes fuhr über einen Körper.

Nick gab ein unbewusstes Stöhnen von sich, zitterte für

einen Moment am ganzen Körper. Einen Moment später war ihm klar, dass draußen nur eine Autotür zugeschlagen war. Dann hörte er, wie es am Eingang klopfte. Er gab sich einen weiteren Moment, stand schließlich auf und öffnete.

Eine Frau stand vor ihm. Mittelalt, hübsch, athletisch, schimmernde gebräunte Haut, dunkelblonde Haare, die zum Pferdeschwanz gebunden waren. Sie trug eine große Sonnenbrille, eine weiße Bluse über der hellblauen Jeans, türkisfarbene Chucks und keinen Schmuck außer einem silbernen Chronographen mit massivem Armband. Sie hatte eine Akte dabei, an der ein Kugelschreiber klemmte, und eine kleine Umhängetasche aus Leder über der Schulter.

»Cleo Torner«, stellte sie sich vor.

»Nick Beck«, erwiderte Nick. Sie streckte Nick die Hand hin. Der Griff war fest.

»Ich habe eben angerufen.«

»Ja«, erwiderte Nick. »Kommen Sie doch rein.«

Was sie sich nicht zweimal sagen ließ. Sie trat ein. Sie duftete frisch. Nick schloss die Tür hinter ihr. Sie blickte sich um.

»Mineralwasser?«, fragte Nick.

»Gerne.«

Nick goss ihr eines ein, reichte ihr das Glas. Sie trank es halb leer.

»Ihr Mercedes vor der Tür?«, fragte sie.

»Ja«, antwortete Nick und leerte sein Glas in einem Zug.

»Mit so einem Oldtimer fallen Sie sogar in St. Pauli auf, Beck.« Ein leichtes Grinsen umspielte ihre ungeschminkten Lippen.

Nick zuckte mit den Achseln. »Ich fahre gerne mit Stil«, sagte er.

»War das ein Unfall? Da sind Beulen an der Tür, die Stoßstange sieht lädiert aus.«

»Ein paar Idioten«, sagte Nick. »Die Sorte von Leuten, die Mercedessterne abknicken, denke ich. Zum Glück ist der wenigstens noch dran.«

Torner nickte, nahm die Sonnenbrille ab. Im Gegensatz zum Rest des Gesichtes waren die Augen durchaus geschminkt. Leichter Lidstrich, ein wenig von Cleopatra, ein bisschen Amy Winehouse. Sie musterte Nick. Er kannte den Blick. Es war der *Du-bist-das-also*-Blick. Danach folgte meist ein kurzes Schweigen. So auch hier.

»Können wir zunächst das *Sie* bleiben lassen?«, fragte Cleo.

»Gern«, sagte Nick.

Sie lächelte knapp, wedelte mit der Mappe. »Worum es geht«, sagte Cleo. »Eine vermisst gemeldete Person. Lebt beim Onkel. Ich soll vorbeifahren, mich darum kümmern, ein bisschen wichtig tun, Händchenhalten, und dann sehen wir weiter. Dazu brauche ich jemanden mit Ortskenntnis, zum Beispiel dich. Einen Kollegen in Uniform und mit einem Dienstwagen. Kühlt die Gemüter.«

Nick verstand. »Seit wann vermisst?«, fragte er und spürte, wie ihm ein Eispickel von hinten ins Herz gestochen wurde.

»Gestern Abend. Keine vierundzwanzig Stunden. Bevor du sagst, was du sagen willst: Ja, ich weiß, jemand kann bei seinen Freunden übernachten, im Hotel, sonst wo. Es klingt etwas hysterisch, aber okay.« Cleo zuckte mit den Schultern. Sie war taff, keine Frage, wirkte nicht wie jemand, der sich um verschwundene Personen kümmerte, von denen es jede Woche zig in Hamburg gab.

»Um wen geht es?«

»Fanny Monecke. Nichte von Klaas Monecke. Dem Fleisch- und Wurstwaren-Monecke in Nordbek. Der Onkel hat Fotos von ihr gemailt.«

Cleo klappte die Mappe auf, schob sie Nick hin. Er sah das Foto. Er sah die Augen. Die offenen Augen, in die Regentropfen fielen. Hörte den dumpfen Schlag unter dem Mercedes wie ein Echo in seinem Kopf. Rote Lippen auf dem Foto, die zu kalkweißen wurden. Die halbnackte junge Frau auf der Straße. In seinem Kofferraum. Das Bild in der Aktenmappe.

Fanny Monecke. Jetzt hatte sie einen Namen. Nick wurde schlecht.

»Alles okay, Beck?«

Nick hörte die Worte wie durch Watte. Blickte zu Cleo, die ihn fragend ansah. Er klappte die Mappe wieder zu, hielt sich mit den Fingerspitzen an der Tischkante fest.

»Ja«, sagte er und griff nach der Wasserflasche. »Bisschen schwindelig. Die Hitze macht mich fertig.«

»Ihr habt es hier echt warm im Büro. Wie in einer Sauna. Ihr solltet einen Ventilator kaufen.«

»Vielleicht«, sagte Nick, lehnte sich an den Schreibtisch und trank noch etwas.

»Trinken ist wichtig bei dem Wetter«, sagte Cleo und blickte auf die Uhr. »Monecke. Du weißt, wo das ist?«

»Ja«, sagte Nick, schraubte die Flasche zu und stellte dann den Computer aus. »Weiß ich.«

»Kennst du Monecke?«

»Nicht persönlich. Ich weiß nur, dass ihm der halbe Ort gehört und praktisch der ganze Ort bei ihm arbeitet. Millionenschwer. Kein einfacher Mensch, wie man sagt.«

Cleo nickte. »Deswegen soll ich Präsenz zeigen. Und deswegen brauche ich dich. Ein bisschen als Deko, ein bisschen zur Unterstützung.«

Nick atmete durch. Ihm war noch immer schlecht, aber nicht mehr so schlimm wie eben. Er griff die Autoschlüssel des Streifenwagens, nahm den Einsatzgürtel mit der Dienstwaffe vom Schreibtisch, schloss für eine Sekunde die Augen und fröstelte trotz der Hitze.

»Fahren wir«, sagte er dann.

8

Moneckes Fabrik war riesig. Eine unüberschaubare Ansammlung von Gebäuden und Hallen. Über allem hing ein leicht süßlicher Geruch. Leises Summen von Generatoren, Maschinen und Aggregaten erfüllte die heiße Luft, dazu das Zischen von Bremsen rangierender Lkws. Ein Kühlwagen wurde gerade entladen – Schweinehälften, frisch vom Schafott, um zerhackt und anschließend gegessen zu werden. Nicks Speiseröhre brannte. Er atmete tief durch, warf die Tür vom Streifenwagen zu und nahm das Hauptgebäude in den Blick. Einige Privatwagen glänzten auf den Mitarbeiterparkplätzen in der Sonne, außerdem zwei schwere Motorräder. Soweit sich Nick erinnerte, war der Laden im vergangenen Jahr für ein paar Wochen wegen eines Hygieneskandals geschlossen gewesen. Mochte aber auch sein, dass er das verwechselte.

»Man sollte endlich Vegetarier werden«, sagte Cleo neben ihm, musterte ebenfalls das verklinkerte Verwaltungsgebäude, dessen Fassade mit gotischen Fenstern und schmuckvollen Simsen verziert war. Es erhob sich vor ihnen wie eine Kathedrale. Schließlich schien Cleo den Haupteingang verortet zu haben und setzte sich in Bewegung, ohne auf Nick zu warten. Er folgte ihr.

Sie betraten ein Foyer, in dem es deutlich kühler war. Klimatisiert. Angenehm. Zudem roch es dezent nach Zitronengras. Die Bodenfliesen bildeten ein Muster. Die Wände waren weiß, zum Teil mit schmalen Säulen aus roten Ziegeln durchbrochen, die unter der Decke zu einem angedeuteten Spitzgewölbe zusammenliefen, unter dem ein wuchtiger Kronleuchter hing. Einige Chesterfield-Sofas aus gestepptem Leder standen auf Orientteppichen. Es gab Palmen in Bottichen, daneben bunte Keramikfiguren, die wilde Tiere darstellten, sitzende Geparden, ruhende Tiger. Jemand schien hier ein Faible für Kolonial- und Safaristil zu haben. Wuchtige Ölgemälde hingen an den Wänden. Einige zeigten die Firma, wie sie im vorigen Jahrhundert ausgesehen haben musste, zwei andere die Portraits von Männern, vermutlich die Firmengründer.

Sie sahen dem Mann, der jetzt auf Cleo und Nick zukam, sehr ähnlich. Schlank, groß, helles, streng gescheiteltes Haar. Er trug eine schwarze Anzughose, dazu ein Kurzarmhemd und eine rote Krawatte. Er mochte Anfang oder Mitte sechzig sein, wirkte drahtig und zielstrebig und außerdem höchst besorgt. Aus eisblauen Augen nahm er Nick ins Visier, redete aber mit Cleo und stellte sich als Klaas Monecke vor. Hinter ihm tauchte ein zweiter Mann auf, vermutlich sein Assistent. Kleiner als Monecke und in einen hellen Dreiteiler gekleidet. Er hatte eine Narbe auf der Wange und hielt sich dezent im Hintergrund. Nick spürte, dass er von ihm gemustert wurde.

»Danke für Ihr Kommen«, sagte Monecke. Cleo wollte gerade etwas erwidern, da machte Monecke bereits eine einladende Geste. »Gehen wir doch in mein Büro.«

Das Büro lag ein Stockwerk höher. Es war groß, ebenfalls klimatisiert und mit antiken Möbeln eingerichtet. In der Mitte stand ein wuchtiger Schreibtisch, dahinter ein ebenso wuchtiger Sessel. An einer Wand war eine Sitzgruppe platziert, Chesterfield-Sofas wie im Foyer, dazwischen ein Tisch, auf dem Wasserflaschen und Gläser standen, außerdem ein Laptop. Das Fenster gab den Blick auf eine weitläufige parkähnliche Anlage hinter dem Gebäude frei. Dort sah Nick einen Pool, daneben ein kleines Haus. Weiter hinten, zwischen alten Bäumen, glitzerte die grünliche Oberfläche eines großen Teichs in der Sonne.

Monecke bot Cleo und Nick einen Platz an. Die Sofas waren so bequem, wie sie aussahen. Der Assistent schenkte ungefragt Wasser ein, verzog sich dann wieder in den Hintergrund und stand wie ein Butler schweigend in der Ecke. Nick konnte es nicht ausstehen, wenn ihm jemand in den Nacken starrte, würde aber wohl für diesen Moment damit leben müssen.

»Fanny«, sagte Monecke, »ist meine Nichte. Sie ist seit gestern Abend verschwunden. Sie hat eine kleine Party am Pool gegeben und ist danach nicht wieder aufgetaucht. Ich kam gerade von einer Geschäftsreise zurück. Mein Assistent hat mich vom Flughafen abgeholt. Wir fanden die Überreste der Feier.«

Cleo nickte, nahm einen Schreibblock aus ihrer Umhängetasche und machte sich Notizen. Nick saß einfach nur da, kämpfte gegen das Sodbrennen an und hoffte, dass die Wirkung des Valiums noch etwas andauern würde und stark genug wäre, um das hier zu überstehen.

»Ist sie vielleicht mit Freunden …«, fragte Cleo.

»Nein.« Monecke schnitt ihr das Wort ab. »Sie hat außerdem nichts mitgenommen. Sogar ihr Handy habe ich gefunden. Sie würde nie ohne ihr Handy weggehen. Auch ihre anderen Sachen sind alle noch da – in ihrem Zimmer.«

»In ihrem Zimmer?«

»Ein großes. Eher ein Apartment, hier im Haus bei mir. Im Augenblick studiert sie noch, aber sie wird das alles hier einmal übernehmen.«

»Sie …«

Wieder fuhr Monecke Cleo ins Wort. »Sie hat die Party unten am Pool gegeben. Danach ist sie verschwunden. Ich mache mir Gedanken, denn wir sind nicht irgendwer, Sie verstehen?«

»Befürchten Sie eine Entführung?«

»Bitte sehen Sie sich das an«, sagte Monecke.

Er beugte sich nach vorne und erweckte das Laptop zum Leben. Ein Videoplayer war bereits hochgeladen. Er zeigte Bilder von Überwachungskameras aus verschiedenen Winkeln. Das Datum war eingeblendet. Die Uhrzeit ebenfalls.

Monecke erklärte: »Das Areal ist nicht flächendeckend, aber weitgehend mit Kameras bestückt. Sie sehen hier Aufnahmen von der gestrigen Feier. Sie können natürlich die vollständigen Dateien haben. Mein Assistent hat lediglich einen Zusammenschnitt von den relevantesten Aufnahmen angefertigt.«

Der Kerl in Nicks Nacken blieb weiterhin stumm und unbeweglich.

Monecke redete weiter. Sachlich. Kontrolliert. Nicht wie

jemand, der in Panik wäre. Hanseatisches Temperament. »Fanny lädt sich gelegentlich Freunde ein. Die meisten sind Taugenichtse. Ich weiß nicht, was sie an denen findet. Ich sorge mich eher darum, was die Taugenichtse an ihr finden könnten.«

»Sie kennen ihre Freunde?«, fragte Cleo.

»Kennen wäre zu viel gesagt.«

Er startete den Player. Rund um den Pool wurde gefeiert und gegrillt, im Poolhaus getanzt. Schwer zu schätzen, aber es dürften an die zwanzig Personen bei der Feier gewesen sein. Zunächst war der Himmel noch hell. Dann wurde er dunkel. Buntes Licht flackerte auf. Einige Gäste plantschten im Schwimmbecken mit aufblasbaren Flamingos herum. Andere vergnügten sich am Rand und im Poolhaus. Es gab weitere Zeitsprünge in dem Video. Monecke beugte sich vor, tippte mit dem Finger auf das Display.

»Fanny«, sagte er.

Nicks Magen zog sich zusammen. Er schwitzte. Fanny stand am Rande des Pools, lachte, redete mit einem Kerl, dann mit einer Frau, eine Flasche Sekt oder Champagner in der Hand. Sie trug ein rotes Trägertop, kurze Jeans dazu, hohe Schuhe mit Korkabsätzen. Lange blonde Haare umspielten ihre Schultern. Sie sah blendend aus. Vital. Nick dachte daran, wie sie ausgesehen hatte, als sie tot auf der Straße lag. Er kämpfte mit der Übelkeit und leichtem Schwindel, drehte sein Glas mit dem Mineralwasser zwischen den feuchten Handflächen.

Auf dem Video redete Fanny mit einem anderen jungen Mann, warf ihm einen Blick zu – und verließ dann die Szene am Pool. Sie ging über den Rasen, wurde von der Dunkelheit verschluckt und verschwand aus dem Blickwinkel der Kamera. Es gab erneut einen Zeitsprung, einige Minuten. Der Kerl, mit dem Fanny eben gesprochen hatte, stand am Rande der Feier. Er war groß, wirkte athletisch, trug helle Jeans, zurückgekämmte Haare und ein offenes, weißes Hemd. Er schien sich zu versichern, dass ihn niemand sah. Entfernte sich noch etwas weiter vom Pool. Dann verschwand er schließlich ebenfalls aus dem Sichtfenster der Kamera in der Dunkelheit.

»Wer ist das?«, fragte Cleo.

»Er heißt Rasmus Stoever«, erklärte Monecke. »Er gehört zu Fannys kleiner Clique. Spielt bei den Hamburg Lobsters American Football. Sein Vater führt zwei Jaguar-Autohäuser.«

Cleo nickte. »Ist er Fannys Freund?«

»Sie hat keinen Freund. Rasmus ist vielmehr der Freund von dieser jungen Frau hier.« Wieder tippte Monecke gegen das Display. Er deute auf eine kleine Dunkelhaarige mit langen Locken, die ein geblümtes Sommerkleid trug, sich mit anderen Partygästen unterhielt und nichts um sich herum zu bemerken schien. »Ihr Name ist Fee Beermann, eine Studienfreundin von Fanny. Sie kennen Beermann Immobilien? Fee ist die Tochter.«

Cleo nickte. Nick hatte keine Ahnung, ob ihr Beermann Immobilien etwas sagte oder ob sie einfach nur so nickte. Ihm sagte es nichts. Er leerte das Wasserglas, schenkte sich ein zweites ein und wünschte sich, er würde auf Nimmerwiedersehen in einem Schwarzen Loch verschwinden.

»Herr Monecke«, begann Cleo. »Die Videoaufnahmen sind sicher interessant, aber …«

Monecke machte eine unwirsche Geste mit der Hand. Er schien Widerspruch nicht gewohnt zu sein und ihn auch nicht zu mögen. Dass es die Polizei war, die neben ihm saß, schien ihm egal zu sein.

»Warten Sie«, sagte er. »Ich zeige Ihnen das nicht ohne Grund.«

Das Video lief weiter. Machte erneut einige Zeitsprünge. Monecke deutete auf zwei Personen, die neben dem Poolhaus standen. Ein junger Mann und eine junge Frau. Der Bursche wirkte schlank, hatte zerschlissene Jeans an, Turnschuhe und ein Shirt mit Aufdruck sowie einen Rucksack, den er über die Schulter geworfen hatte. Das Mädchen neben ihm trug ein Sommerkleid, eine Jeansjacke und trotz der Hitze Doc Martens Stiefel. Sie redeten miteinander, schauten immer wieder zum Bildrand, zur Rasenfläche hin. Sie schienen zu diskutieren. Schließlich setzte sich der Junge in Bewegung und verschwand aus dem Blickfeld. Das Mädchen blieb zurück, nahm eine Schnapsflasche und trank einen großen Schluck. Sie ging ins Poolhaus. Es gab wieder einen Zeitsprung von einigen Minuten. Dann verließ sie eilig das Gebäude und ging ebenfalls über den Rasen und aus dem Bild.

»Morten Carstens«, sagte Monecke. »Auch ein Student an der Uni. Gutes Elternhaus. Beide Lehrer, die Mutter Schulleiterin. Ein Loser, wenn sie mich fragen. Ich weiß nicht, was Fanny an ihm findet. Er scheint jedenfalls einiges an ihr zu finden.«

»Sie ist sein Schwarm?«, fragte Cleo.

»Ich habe Fanny sagen hören, dass sie viele um den Finger wickeln könne, sich aber niemand so sehr von selbst um ihren Finger windet wie Morten.«

»Und das Mädchen? Ist das Mortens Freundin?«

Monecke zuckte mit den Achseln. »Eine Mitläuferin, die manchmal in Fannys Entourage auftaucht. Sie heißt Marie Tigges. Einfaches Mädchen. Stammt aus dem Sauerland, studiert hier und lebt in einer Wohngemeinschaft.«

»Wohin sind die denn alle?«

»Ich nehme an, zum Bootshaus.«

Das Video machte einen erneuten Zeitsprung. Morten kehrte in Begleitung von Marie zurück. Beide redeten angeregt miteinander. Sie hatte sich bei ihm untergehakt. Er wirkte aufgebracht. Schnappte sich am Pool sofort eine Flasche Schnaps. Den Rucksack hatte er nicht mehr dabei. Marie redete auf ihn ein. Fasste ihn wieder am Arm und führte ihn dann regelrecht ab, wobei sie sich einige Male umblickte.

Die kleine Dunkelhaarige namens Fee stand am Pool und verfolgte das. Sie löste sich aus der Gruppe, mit der sie da stand, blickte ebenfalls hin und her, schien jemanden zu suchen, schaute dann zur Rasenfläche und ging los. Nach einem weiteren Zeitsprung von einigen Minuten war sie am Bildrand zu erkennen, aber nur zur Hälfte. Sie kam aufgebracht zurück, lief eher, als dass sie ging. Eine andere Überwachungskamera zeigte, wie sie eine Treppe hinaufstieg, zu den Autos. Kurz darauf kam der Footballspieler Rasmus und folgte ihr eilig. Mit bloßem Oberkörper. Das Hemd hielt er in der Hand.

Das Video spulte knapp fünf Minuten vor. Dann tauchte wieder das Mädchen mit den Boots auf, Marie. Sie ging am Pool vorbei. Die verbleibende Handvoll Gäste schien das gar nicht zu registrieren. Sie ging zum Rasen. Verschmolz mit der Dunkelheit. Einige Momente lang passierte gar nichts. Dann kam sie wieder ins Bild, lief am Rand des Rasens entlang, den Rucksack in der Hand. Die Zeit sprang etwa eine Stunde voran. Die Party war inzwischen vorbei. Klaas Monecke kam ins Bild. Schien jemanden zu suchen, rief etwas, der Adlatus in seinem Schlepptau. Dann ging auch Monecke über den Rasen – und verschwand.

Monecke stoppte das Video.

»Ich kam vom Flughafen, sah die Partyüberreste. Ich rief nach Fanny. Sie war nirgends. Ich habe sie einige Male angerufen. Dann hörte ich einen Klingelton. Er kam vom Bootshaus. Ich bin dorthin gegangen. Dort war sie aber ebenfalls nicht, nur ihr Handy lag dort. Ich bekam ein schlechtes Gefühl. Wir haben die Überwachungsvideos angesehen. Die Highlights habe ich Ihnen vorgeführt.«

»Ich würde mir gerne die Namen der Partygäste notieren«, sagte Cleo. »Also von denen, die Sie kennen.«

Monecke blickte zu seinem Assistenten und sagte. »Sie werden eine Liste mit den Namen erhalten.«

»Fanny«, fragte Cleo dann und ließ es wie eine Feststellung klingen, »ist also zum Bootshaus gegangen. Andere sind ihr gefolgt und wieder zurückgekehrt, aber Fanny nicht?«

»So ist es.«

»Sie könnte sich außerhalb der Überwachungskameras bewegt haben«, sagte Cleo.

»Ich denke, das hat sie nicht.«

»Und am Bootshaus war sie ebenfalls nicht?«

»Nein. Aber ich glaube, sie hat sich dorthin zurückgezogen – und zwar mit diesem Rasmus. Im Bootshaus wirkte es, als sei dort eine kleine Privatparty gefeiert worden. Dort lag Kleidung herum, darauf ihr Handy.«

»Haben Sie etwas an sich genommen?«

»Alles ist noch da. Ich habe nichts berührt.«

»Wohin könnte sie von dort verschwunden sein?«

»Ich weiß es nicht«, erwiderte Monecke. »Vom Bootshaus aus gelangt man zurück zum Hauptgebäude. Auf der anderen Seite liegt der Teich.«

»Gibt es dort ebenfalls Kameras?«

»Nein.«

»Sonst geht es nirgends hin?«

»Geht man in die andere Richtung, gelangt man in dichten Bewuchs und dann an einen Maschendrahtzaun, der das Grundstück einfasst.«

Oder, dachte Nick, in dessen Magen es wie Feuer brannte, man gelangt durch den Zaun oder darüber hinweg. Und im Süden der Grundstücksgrenze, vielleicht vierhundert Meter entfernt, führt eine Straße entlang. Dorthin kam man zum Beispiel, wenn man nur noch im BH gekleidet war und von einem Auto erfasst wurde. Oder, dachte er, wenn man dorthin floh. Aber vor was? Oder vor wem?

Nick hörte das Echo des Krachens. Spürte die Erschütterungen, als er über die Knochen gerumpelt war. Wenn einem jemand vors Auto lief, überlegte er, war das anders. Der Körper würde dann auf der Motorhaube aufprallen und mit dem Kopf gegen die Windschutzscheibe geschleudert. Oder er würde durch den Aufprall durch die Luft geschleudert werden. In jedem Fall gab es massive Schäden an dem Unfallfahrzeug. Die gab es am Mercedes nicht. Der Körper müsste vielmehr bereits auf der Straße gelegen haben. Vielleicht war Fanny gestolpert und hingeschlagen. Vielleicht lag sie bewusstlos dort. Oder sie war gestoßen worden. Oder, dachte Nick, oder …

»Was denken Sie, Herr Beck?«, hörte er Monecke fragen.

Nick blickte auf. »Hm?« Für einen Moment war er regelrecht weg gewesen.

Cleo sah ihn an. Monecke ebenfalls. Und er spürte den seitlichen Blick des Assistenten. Nick hatte keine Ahnung, was die von ihm wollten. Cleo sah Nick aus großen Augen fragend an. Ein suchender Blick. Ein *Alles-klar-mit-dir?*-Blick.

Nick leerte das Glas. »Entschuldigung«, sagte er.

»Sie sind blass«, sagte Monecke. »Geht es Ihnen gut?«

»Die Hitze macht mir etwas zu schaffen. Der Kreislauf. Stand heute Morgen etwas zu lange in der Sonne, denke ich. Die Hitze sammelt sich unter der Dienstmütze. Kocht einem das Gehirn weich.«

Monecke musterte ihn weiter, sagte jedoch nichts.

Cleo kam Nick zu Hilfe. »Soll ich mir lieber das Bootshaus alleine ansehen?«

Nick schüttelte den Kopf, stellte das Glas ab, wischte die Hände an der Hosennaht trocken. »Nein, ist schon gut. Gehen wir.«

9

»Ist wirklich alles okay, Nick?«, fragte Cleo.

»Könnte nicht besser sein«, erwiderte Nick.

Cleo musterte ihn von der Seite in einer Mischung aus Besorgnis und Befremden. Sie saßen wieder im Streifenwagen und verließen gerade das Firmengelände. Im Auto herrschten Temperaturen wie in einer Biosauna.

Cleo klappte den Sichtschutz herunter, obwohl sie eine Sonnenbrille trug. Nick hatte keine auf. Er war kalkweiß, schwitzte und wirkte so, als habe jemand ein Ventil geöffnet und die ganze Luft aus ihm herausgelassen. Seine Augen waren matt, die halblangen Haare und sein Bart ungepflegt. Abgesehen davon umgab ihn ein scharfer Mentholgeruch, aber er hatte definitiv keine Sommergrippe. Vielleicht, dachte Cleo, war ja eine im Anzug, und er wirkte deswegen so angeschlagen, oder er hatte gestern Abend ein Date mit einer Flasche Wodka gehabt oder war schlicht und ergreifend ein merkwürdiger Typ, was nach seinen Erlebnissen kein Wunder wäre. Cleo kannte seine Geschichte. Jeder kannte Nick Becks Geschichte.

Während Cleo eben mit Monecke das Bootshaus besichtigte, hatte er die ganze Zeit abseits im Schatten gestanden und sich eher für die Umgebung interessiert. Vielleicht hatte er auch einfach nur träge und gelangweilt in der Gegend herumgeschaut, schließlich wusste er ja, dass Cleo ihn nur wegen seiner Ortskenntnis und zur Dekoration mitgenommen hatte, damit Monecke sich angesichts der Uniform wieder etwas beruhigte. Im Bootshaus war ihr nichts Besonderes aufgefallen – außer, dass es hübsch eingerichtet war, der ideale Ort für ein romantisches Tête-à-Tête, für das es augenscheinlich auch benutzt worden war. Cleo hatte mit ihrem Handy alles fotografiert. Auch die Kleidung und das iPhone in der mit Strass verzierten Hülle, das laut Monecke Fanny gehörte. Noch gab es für Cleo keine Grundlage, mögliche Beweismittel zu konfiszieren. Aber man konnte ja nicht wissen, ob sich das noch ändern würde. Deswegen hatte sie Monecke gebeten, er solle auch weiterhin nichts anrühren und am besten alles so lassen, wie es war.

»Was hältst du von dem ganzen Spektakel?«, fragte sie nun.

Nick bog ab und zuckte mit den Schultern.

Cleo streckte sich im Sitz und drehte an der Lüftung. Schlagartig schoss ihr eiskalte Luft von der Klimaanlage entgegen. Sie regulierte den Strom, so dass er sich nicht mehr so anfühlte wie ein arktischer Blizzard. Dann sagte sie: »Fanny hat möglicherweise im Bootshaus mit diesem Rasmus rumgemacht, wie Monecke behauptet. Rasmus' Freundin hat es mitbekommen. Daraufhin sind die Dinge eskaliert, und Fanny ist für ein paar Tage abgetaucht. Ihren Onkel zu informieren, hielt sie nicht für erforderlich. Allerdings müsste sie dann halbnackt unterwegs gewesen sein und ohne ihr Handy, denn es liegt ja alles noch im Bootshaus. Andererseits hat sie sich vielleicht eine Decke übergeworfen oder ein Handtuch oder einen Bademantel angehabt. Sie könnte entlang der Hecke und der Grundstücksbegrenzung herumgewandert sein, außerhalb der Kameras, bewusst oder unbewusst. In jedem Fall wirkt das alles merkwürdig. Ich kann verstehen, dass sich Monecke angesichts dieser Umstände Gedanken um seine Nichte macht.«

Nick zuckte wieder mit den Schultern.

»Ich denke, ich schicke vorsichtshalber die Spurensicherung zum Bootshaus. Sie sollen mit Herrn Moneckes Einverständnis die Kleidung und das Handy sicherstellen. Ist zwar bislang nur ein Vermisstenfall, aber ich denke, es ist besser so. Ich werde mit den Personen von den Videoaufnahmen reden. Mit Fannys Freunden. Den Partygästen, die auf der Liste stehen, die Moneckes Assistent uns zusammengestellt hat. Zunächst will ich mal hören, was dieser Rasmus und seine Freundin sowie dieser Morten und Marie zu erzählen haben. Sie waren ja offensichtlich die Letzten, die Fanny gesehen haben oder Kontakt mit ihr hatten.«

Nick schwieg. Cleo betrachtete ihn von der Seite.

»Wenn ich zu viel rede«, sagte sie, »lass es mich einfach wissen. Ich denke gerne laut.«

Er lächelte schwach. »Alles gut«, sagte er. »Bin nicht ganz fit heute.«

»Vielleicht solltest du den Nachmittag freinehmen?«

»Könnte sein.«

Cleo blickte wieder nach vorn. »Ist übrigens mein erster Vermisstenfall.«

»Gibt für alles ein erstes Mal.«

»Sie haben mich in eine neue Abteilung versetzt.«

»Mist gebaut?«

»Nein. Andere Gründe. Gestern Abend noch bei einem Einsatz für den Zoll und mitten in eine Schießerei geraten. Und heute ...« Cleo winkte ab.

»Du warst vorher in Erhardts Gruppe«, sagte Nick. »Kriminalhauptkommissarin Cleo Torner. LKA 6, Rauschgift und Organisierte Kriminalität. Wie man hört, eine sehr engagierte Kollegin.«

»Hört man das?«, fragte Cleo. Sie wunderte sich, dass Nick wusste, wer sie war.

»Ich konnte dich erst nicht einsortieren«, fuhr er fort. »Habe dich nicht bei einer Vermisstensache vermutet, deswegen. Was war das für eine Schießerei?«

Cleo erklärte es ihm. Je kühler es im Wagen wurde, desto gesprächiger schien Nick zu werden. Vielleicht riss er sich auch bloß zusammen. Sie sagte: »Der Einsatz hatte mit diesem neuen Stoff zu tun. Der Zoll bekam einen Tipp, der zu Ramis Fino führte, und alle waren plötzlich ganz aufgeregt. Jeder ist im Moment scharf auf das Zeug. Keiner weiß, woher es plötzlich gekommen ist. Wir haben jede Menge Anfragen laufen, Kontakte zur DEA und nach Mexiko aufgenommen, ebenfalls zu Europol. Für die ist die Ware auch brandneu, und sie sind extrem hellhörig geworden, weil es scheinbar exklusiv über Hamburg nach Europa eingeschleust wird. In Belgien und Holland ist etwas davon aufgetaucht, in Polen, Tschechien. Ist seit ein paar Monaten im Umlauf. Höchster Reinheitsgrad, immens streckbar. Niemand hat solches Kokain vorher auf der Straße gesehen. Aber ist nicht mehr meine Baustelle.«

Cleo blickte aus dem Fenster. Bäume, Sträucher und Felder zogen an ihr vorbei. Flaches, von der Sonne verbranntes Land. Es hatte lange nicht mehr geregnet, dazu kam die Saharaluft, der in den nächsten Tagen die tropische Schwüle weichen sollte.

»Man gewöhnt sich an alles«, sagte Nick, wenngleich Cleo es ihm nicht abkaufte.

»Du dich auch?«, fragte sie.

»Manchmal«, erwiderte er, bog wieder ab.

Cleo sah weiter nach draußen. »Bedauerst du deine Entscheidung gelegentlich? Dass du freiwillig in den Bezirksdienst gegangen bist?«, fragte sie, blickte dann zu Nick, der weiter geradeaus schaute.

»Ich bedauere eine Menge«, sagte Nick, griff nach vorne, nahm ein Fisherman's aus der aufgerissenen Verpackung im Ablagefach und steckte es in den Mund.

Cleo schwieg und betrachtete ihn von der Seite. Soweit sie wusste, war Nick Beck Kopf einer Ermittlungsgruppe gewesen, die den »Elbripper« gejagt hatte, einen Serienmörder, auf dessen Konto in den vergangenen Jahren in Hamburg und Umgebung mindestens elf Tote gingen. Damit lag er eindeutig vor Fritz Honka, der in den Siebzigern vier Prostituierte umgebracht, zersägt und in seiner Wohnung gelagert hatte. Er war außerdem schlimmer als Hans-Jürgen S., der so genannte »Geläuterte«, der im Zeitraum von mehreren Jahren fünf Frauen erwürgt und sich an den Leichen vergangen hatte. Außer Konkurrenz lief der St.-Pauli-Killer Werner Pinzner, weil er als Auftragsmörder in eine andere Kategorie fiel, acht Menschen aus dem Milieu auf dem Gewissen hatte und am Ende im Gerichtssaal mit einer eingeschleusten Pistole ein Blutbad angerichtet hatte. Schließlich war da der »Heidemörder«, der in den Achtzigern drei Frauen gequält, vergewaltigt und zerstückelt hatte.

Aber der »Elbripper« toppte sie alle – sowohl hinsichtlich der Opferzahl als auch im Hinblick auf seine abartige Vorgehensweise. Den Namen trug er, weil die Medien ihn so getauft hatten, da einige Opfer unmittelbar an der Elbe gefunden worden waren. Er war eine Ausgeburt der Hölle, eine Mischung aus sadistischem Ritualkiller und brutalem Vergewaltiger. Zu allem Überfluss schien er wegen seines Profils in eine andere Kategorie zu fallen als die meisten Serienmörder. Nur etwa fünfzehn Prozent von ihnen waren intelligenter als der Durchschnitt und hatten einen gymnasialen Schulabschluss, noch weniger ein Studium und einen entsprechenden Job, waren keine sozialen Außenseiter und hatten keinerlei Vorstrafen. Der Elbripper gehörte zu dieser Minderheit und innerhalb jener fünfzehn Prozent zudem in die besseren drei bis fünf Prozent. Er war ein kluger Kerl, sozial verankert und insgesamt vollkommen unauffällig, was es nicht gerade leichter machte, ihn zu erwischen.

Nick Beck war einem Hinweis nachgegangen und hatte einen dringend Tatverdächtigen zusammen mit Kriminalhauptkommissarin Betty Duschkow verfolgt – wie die beiden auf dessen Spur gekommen waren, wusste Cleo nicht.

Dieser dringend Tatverdächtige hatte sich dann noch verdächtiger gemacht, indem er Betty Duschkow vom Dach eines mehrgeschossigen Hauses gestoßen hatte. Sie war sofort tot gewesen. Vielleicht war es auch ein Unfall gewesen, gesehen hatte es niemand, aber nach Becks Beschreibung soll es vor dem Sturz einen Kampf auf dem Dach gegeben haben. Danach war der Kerl dann von der Bildfläche verschwunden. Es gab weder einen Namen noch ein Phantombild, gar nichts. Allerdings hatte es seitdem auch keinen weiteren Mord gegeben. Es schien, als wolle der Killer den Ball flachhalten oder sei fortgezogen.

Nick Beck hatte der Vorfall gebrochen. Er war fertig mit der Welt, hatte hingeschmissen und sich auf eine freie Stelle im Bezirksdienst in der hintersten Ecke Hamburgs beworben. Er hatte sie bekommen, weil sich die Chefs verantwortlich für Nick fühlten und vermeiden wollten, dass er vollends vor die Hunde ging.

Als die Kommission »Elbripper« nach Nicks Weggang neu sortiert wurde, war Cleo heiß darauf gewesen mitzumachen. Natürlich fehlten ihr die Qualifikationen, was Mordermittlungen anging. Sie hatte aber das Gefühl, dass sie gerne ein Teil davon wäre, von etwas Großem, Historischem, einer Herausforderung. Sie hatte mit Kollegen aus der Ermittlergruppe über den Elbripper gesprochen und begonnen, sich für Fallanalyse und Täterprofile zu interessieren: Wer macht was warum, was war der Kern, der Antrieb? Vielleicht, hatte sie gedacht, könnte das etwas für mich sein, für die Zukunft. Für den Rest des Berufslebens wollte sie jedenfalls nicht Drogendealer jagen. Dass es aber nun in das LKA 14 und zu einem Vermisstenfall führen würde, das war nicht der Plan gewesen.

Die Zukunft … Für einen Moment hatte es Cleo eiskalt durchlaufen, als Erhardt heute Morgen erwähnt hatte, dass ja niemand wisse, wie es mit ihr weitergehen würde, wenn ihr Kind erst zur Welt gekommen sei. Das hatte sie bislang ausgeblendet. So endgültig und massiv war ihr bisher noch nicht vor Augen geführt worden, wie sich ihr Karriereverlauf mit und nach der Schwangerschaft verändern würde. Auf der anderen Seite gab es ja auch Mütter im LKA, die trotzdem an der Front agierten, wusste Cleo. Es kam also darauf an, was sie mittelfristig aus ihrer neuen Rolle machen würde. Sie würde lernen, mit allen Ängsten und Unsicherheiten umzugehen. Musste sie ja. Ein bisschen wie Nick Beck, den eine Wendung des Schicksals aus der Spur gehauen hatte – mit dem Unterschied zu Cleo, dass er entweder nicht wieder zurück in die Spur wollte oder konnte.

Und jetzt saß er neben ihr und knackte sein Fisherman's mit den Zähnen. Nick Beck, der zu einem Schatten verkommen war. Genau wie der, den er fast zwei Jahre lang gejagt hatte.

Für den Rest der Fahrt schwiegen sie. Schließlich parkte Nick den Streifenwagen wieder vor der kleinen Polizeiwache, unmittelbar neben Cleos Dienstwagen, einem Ford, und seinem schwarzen Mercedes.

»Ich wette«, sagte Cleo beim Aussteigen, »dass man auf der Kühlerhaube Spiegeleier braten kann.«

Nick lächelte knapp.

Cleo musterte den Mercedes nochmals. Ein Auto wie ein

schwarzer Panther. Das Heck war fast genau so lang wie die Front, mit leicht angedeuteten Heckflossen. Das Rückfenster war geschwungen, ebenfalls die beschädigte Stoßstange, auf der zwei Nebelscheinwerfer befestigt waren. Dazwischen befand sich das massive und glänzende Gitter vom Kühlergrill. Im Inneren des Wagens war das Leder cremefarben. Selbst die Seitenverkleidungen und das Armaturenbrett waren mit Leder verkleidet und mit Holz eingefasst, außerdem gab es richtige Anzeigen mit Zahlen und Zeigern und Regler mit Griffen zum Schieben und Schalter, die man ziehen oder drücken musste. Das Lenkrad war schmal und elegant mit dem silbernen Stern in der Mitte. Kein Airbag, logisch, aber wenn man mit diesem Panzer durch die Gegend rollte, hatte man wohl ohnehin nicht das Gefühl, einen zu benötigen. Wahrscheinlich würde es allein aus Respekt niemand wagen, diesem Wagen für einen Unfall zu nahe zu kommen, wozu brauchte man da einen Airbag?

»Und damit fährst du einfach so herum?«, fragte Cleo.

»Ich habe keinen anderen Wagen.«

»Der ist doch aber sehr wertvoll?«

»Nicht wertvoller als ein neuer Mercedes. Und mit dem fährt man ja auch herum.«

»Auch wieder wahr. Und der wird ebenfalls von Idioten beschädigt, die mit dem Autoschlüssel den Lack zerkratzen oder den Stern abbrechen. Trotzdem wirklich schade bei so einem Oldtimer mit den Beulen und der Stoßstange.«

»Ja«, sagte Nick. »Wird sich aber wieder richtenlassen.«

Cleo streckte Nick die Hand hin. »Vielen Dank für die Unterstützung. Ich verschwinde dann mal wieder. Falls sich etwas Neues tut und man auf der Straße etwas hört – immer gerne anrufen.«

»Klar.«

Cleo ging zum Ford, öffnete ihn und stieg ein. Aus den Augenwinkeln nahm sie wahr, wie Nick die Polizeistation betrat und die Tür hinter sich schloss. Als sie zurücksetzte, war er schon drinnen verschwunden. Armer Kerl. Andererseits war jeder seines Glückes Schmied. Man konnte sich hängenlassen. Oder man konnte aufstehen und akzeptieren, dass man am Schicksal nichts ändern konnte. Aber das war vielleicht nicht jedermanns Sache. Die von Nick Beck augenscheinlich nicht, dachte sie und fuhr in Richtung Innenstadt. Aber wozu sich Gedanken über andere Leute machen? Cleo hatte genug eigene Sorgen, und sie würde ihn wahrscheinlich ohnehin nicht mehr wiedersehen.

10

Cleo kam aus der Dusche und betrachtete sich beim Abtrocknen im Spiegel. Sie drehte sich ins Profil, nahm eine Demi-Moore-Pose ein, hielt den Bauch oben und unten. Es war noch nicht viel zu sehen. Aber das würde sich natürlich ändern. Sie knotete das Handtuch um den Körper und ging mit nassen Haaren ins Wohnzimmer, wo es immer noch brutal warm war, obwohl Chris alle Fenster aufgerissen hatte, um die Nachtluft hereinzulassen. Draußen donnerte es bereits leise in der Ferne. Hoffentlich würde der Regen, falls er fiel, wenigstens ein bisschen Abkühlung bringen.

Chris saß draußen auf dem Balkon und betrachtete das Wetterleuchten. Er trug Shorts, ein T-Shirt und hatte die Brille in die lockigen Haare gesteckt, weil er ohne besser in seinem E-Reader lesen konnte, der auf dem kleinen Tisch neben dem Weinglas lag. Er konnte nicht schlafen. Cleo war ebenfalls noch nicht müde. Sie war immer noch etwas aus dem Takt, seit sie von der Weiterbildung aus den Staaten zurückgekommen war.

Chris hatte eine Weile als Meeresbiologe an der Uni gearbeitet, war dann aber in ein privates Institut gewechselt und betreute dort unterschiedliche Projekte. Meistens ging es dabei um die Nordsee oder die Elbe. Er war Hobbytaucher. Als sie letztes Jahr am Roten Meer gewesen waren, wo er ihr den Heiratsantrag gemacht hatte, hatte Chris mehr Zeit unter als über Wasser verbracht. Für Cleo war das mit dem Tauchen nichts. Sie hatte Probleme mit dem Druckausgleich und nach Flügen meistens einen Tag lang Ohrenschmerzen. Dieses Mal war es jedoch ganz okay gewesen – sie hatte sich am Flughafen in Atlanta spezielle Ohrstöpsel gekauft, die wenigstens ein bisschen geholfen hatten.

»Erfrischt nach dem Duschen?«, fragte Chris, als Cleo zu ihm auf den Balkon kam.

»Nicht wirklich. Ich will auch einen Wein«, sagte sie.

»Aber du weißt doch, dass das nicht geht«, erwiderte er und schaute Cleo streng an.

Sie verzog das Gesicht und verdrehte die Augen. »Chris. Ich bin ja nicht doof.«

»Ich meine ja nur …«

»Dann sage ich eben: Ich würde gerne einen Wein wollen, aber ich darf ja nicht wegen dem Baby. Also trinke ich Wasser.«

»Genau das meinte ich.« Er lächelte.

Cleo schnappte sich die Mineralwasserflasche und trank etwas. Seit sie schwanger war, war irgendetwas mit Chris passiert. Als habe jemand einen Knopf gedrückt. Er benahm sich manchmal, als sei er Hebamme und Gynäkologe gleichzeitig, las die Etiketten auf Nahrungsmittelverpackungen wegen der Inhaltsstoffe, redete mit seinen Wissenschaftlerfreunden über nichts anderes mehr, machte sich über Beckenböden, Vorbereitungskurse, hormonelle Schwankungen und Ähnliches Gedanken.

Das konnte fürchterlich nerven, worauf Cleo ihn schon häufiger aufmerksam gemacht hatte. Aber er konnte nicht aus seiner Haut. Er war auch gegen ihren USA-Trip gewesen, hatte sich tagelang Gedanken gemacht über eventuelle Gefahren und UV-Strahlung beim Fliegen. Anscheinend machte eine Schwangerschaft nicht nur mit Frauen etwas. Damit musste sie eben klarkommen.

Genau wie mit der Tatsache, dass sie sich in zwei Monaten mit Babybauch in ein Hochzeitskleid zwängen musste. Eigentlich hatte Cleo für die Heirat einen Termin im Frühling ausmachen wollen. Aber Chris hatte auf dem späten Sommer bestanden. Fand er besser, weil angeblich das Wetter beständiger sein würde. Dann war sie plötzlich schwanger geworden, nachdem es bei den ersten Anläufen nicht geklappt hatte. Und jetzt zeigte sich eben, dass das Frühjahr doch der deutlich bessere Termin gewesen wäre. Denn nun würde sie bei ihrer eigenen Feier noch nicht mal Alkohol trinken dürfen und würde wahrscheinlich vom vielen Tanzen geschwollene Beine und Füße bekommen.

Cleo setzte die Flasche wieder ab. Ihr Blick streifte über die Dächer der Stadt. Sie wohnten im oberen Geschoss eines Altbaus in Ottensen. Große Wohnung, hohe Decken, Stuckverzierungen. Vom Balkon aus konnte man durch eine Schneise bis zur Elbe blicken und sah die großen Kräne am Containerhafen.

»Wie war der erste Tag in der neuen Abteilung?«, fragte Chris.

»Okay«, antwortete Cleo und lehnte sich an die noch warme Hauswand. Ein Blitz erhellte den Himmel. Kurz darauf donnerte es.

»Ich finde es gut, dass deine Leute sofort auf die neue Situation reagiert haben.«

»Erhardt.«

»Wer?«

»Erhardt, mein Chef. *Er* hat reagiert. Aber ohne mit mir vorher darüber zu sprechen.« Chris konnte sich die Namen ihrer Kollegen nicht merken. Oder wollte es nicht.

»Was soll er auch besprechen? Schwangerschaft ist Schwangerschaft.«

»Er hätte mir auch innerhalb meiner Abteilung einen Schreibtischjob zuweisen können. Oder mich ins Morddezernat versetzen.«

»Dann wärst du ja vom Regen in die Traufe gekommen«, sagte Chris und trank einen Schluck Wein.

Cleo wollte etwas sagen, verkniff es sich aber. Von ihrer Arbeit hatte Chris ungefähr so viel Ahnung wie sie von Meeresbiologie. Er kam nicht damit zurecht, mit welchen Dingen Cleo sich befassen musste. Menschliche Abgründe, Tod, Brutalität. Am liebsten wollte er davon nichts hören. Wenn er Details von ihrem Einsatz gestern Abend kennen würde, würde er ausrasten.

»Wenigstens«, sagte er, »hast du jetzt geregelte Arbeitszeiten und Innendienst.«

»Ich weiß noch nicht, wie sich das alles gestalten wird. Ist im Moment eher eine Urlaubsvertretung, so wie ich das verstanden habe. Vielleicht bin ich da nur zwischengeparkt, oder sie sehen mich lediglich für Springerjobs vor. Kaum ist man schwanger, ist man zweite Klasse, so erscheint es mir.«

»Auch ein Springerjob ist besser als das, was du vorher gemacht hast.«

»Geht so.«

»Womit beschäftigst du dich in der neuen Stelle?«

»Aktuell mit einer Vermisstensache. Keine Ahnung, was noch alles auf mich zukommt. Vielleicht … Leute, die bei Rot über die Ampel gegangen sind? Wilde Müllablagerungen? Falschparker oder ähnlich krasse Fälle?«

Chris ging über ihren Sarkasmus hinweg. »Ist doch gut«, sagte er. »Entschleunigung. Weniger Stress. Stress ist im Moment schlecht für dich.«

Cleo atmete tief aus. Zählte bis drei. Machte sich bewusst, dass sie den ganzen Tag über schon schlecht gelaunt gewesen war und dann ungerecht und zickig werden konnte. Und dass Chris unter dem Strich recht hatte – natürlich war weniger Stress gut für sie und das Baby.

Er wiederholte: »Ich finde es jedenfalls gut, dass sie so schnell auf deine neuen Bedürfnisse reagiert und die gesetzlichen Vorgaben erfüllt haben.«

»Ist ja auch eine Behörde. Was sollen die schon anderes machen, als exakt so zu handeln, wie sie von Gesetzes wegen handeln müssen. Und meine Fortbildung habe ich vollkommen umsonst gemacht«, erwiderte Cleo. Wenn man sie ins Morddezernat geschickt hätte, wäre das was anderes gewesen. Eigentlich wäre es sogar *die* Chance gewesen, wenn schon ein Abteilungswechsel anstand. Und je mehr sie jetzt darüber nachdachte, desto ärgerlicher wurde sie, dass es nicht geklappt hatte.

»Habe ich ja vorher gesagt«, erwiderte Chris.

»Mhm.«

»Das mit dem FBI hast du doch eh nur für dich ganz persönlich gemacht, wenn ich mich richtig erinnere. Zumindest hast du das immer gesagt: Mir doch egal, ich mach das jetzt, und wenn ich alles privat bezahlen muss.«

»Mhm.«

Chris warf ihr einen Blick zu. Lächelte sie an. »Na, komm schon«, sagte er. »So schlimm kann es in der neuen Abteilung doch nicht sein. In vier Monaten bist du eh ganz raus aus dem Laden. Und wenn erst mal das Baby da ist, sieht sowieso alles ganz anders aus.«

Cleo nickte. Ein paar Regentropfen klatschten auf den Balkon. Chris blickte zum Himmel, griff sein Glas, den E-Reader und die Wasserflasche und stand auf.

»Gehen wir ins Bett?«, fragte er.

Cleo nickte. »Okay«, erwiderte sie.

II

Nick spielte einige belanglose Moll-Akkorde auf der Gitarre. Er saß auf der Bettkante, neben ihm stand eine halbvolle Flasche Jack Daniels.

Er trug nichts als seine Jeans, schwitzte und hörte mehr in sich hinein als auf den unverstärkten, metallischen Klang der Saiten. Es musste die Melodie von »I'm on fire« von Springsteen sein, denn eine Textzeile wiederholte sich in seinem Kopf wie ein Mantra.

Sometimes it's like someone took a knife, baby
Edgy and dull and cut a six inch valley
Through the middle of my skull

At night I wake up with the sheets soaking wet
And a freight train running through the middle of my head.

Das entsprach ziemlich genau dem, wie er sich gerade fühlte. Als habe ihm jemand ein scharfes Messer durch den Schädel gerammt, als sei er klatschnass aufgewacht und ein Güterzug durch seinen Kopf gedonnert.

Er kam wieder zu sich, steckte das Plektrum in den Schlitz

zwischen Schlagbrett und Korpus und legte die Gitarre aufs Bett.

Sie war alt, aber kein Erbstück wie der Mercedes. Den Wagen hatte sein Vater vom ersten hart erarbeiteten Geld als Geschäftsführer in der Baufirma seines Vaters gekauft. Er hatte auf dem Bau geschuftet, bevor er ein Büro bekam, um dort weiter zu schuften und schließlich den Betrieb zu übernehmen.

»Nichts ist umsonst«, war Opas Devise gewesen. Dann kamen die Ölkrise und die Baukrise, und das Unternehmen fuhr vor die Wand – und Nicks Vater, der inzwischen das Geschäft führte, in den Knast. Er hatte Bilanzen frisiert, um die Firma zu retten und die Jobs zu erhalten, wofür man ihm mit zwei Jahren Santa Fu dankte, wie die Justizvollzugsanstalt Fuhlsbüttel genannt wurde. Er kehrte als gebrochener Mann zurück. Als er nach Hause kam, war alles weg: das Geld, die Firma, seine Frau, sein Sohn – Nick –, das Haus, die Freunde, sein Stolz, seine Gesundheit. Nur nicht der Mercedes, denn den hatte er auf Nick überschrieben, aus dem ganzen Schlamassel herausgehalten und in einer Garage eingeschlossen. Jahre später, auf dem Sterbebett, griff sein Vater nach Nicks Handgelenk, bäumte sich mit den ganzen Schläuchen im Leib noch einmal auf und sagte: »Ich bin damals mit deiner Mutter in meinem brandneuen Wagen raus nach St. Peter-Ording gefahren, da haben Millionen Sterne am Himmel gefunkelt. Sie spiegelten sich in den Augen deiner Mutter, die mit mir auf der Kühlerhaube lag und nach oben sah. Der Mercedes gehört dir, Nick, er ist untrennbar mit dir verbunden. Du darfst ihn niemals hergeben.«

Die Gitarre hatte sich Nick später von seinem ersten Geld gekauft. Das gleiche Modell, das Springsteen spielte. Nick wusste, dass sein Vater auch gerne in einer Band gewesen wäre, aber dazu fehlte ihm die Zeit, noch hatte er jemals ein Instrument gespielt. Doch es war die Haltung, die zählte. Nick war ebenfalls nie in einer Band gewesen und hatte sich das Spielen mehr oder weniger selbst beigebracht. Auf dem Kiez hatte er den amerikanischen Blues-Stars auf die Finger geschaut. Es drängte ihn auch nichts auf die Bühne. Wenn er die Gitarre in der Hand hielt, dann dachte er an nichts anderes als an die Musik, Akkorde, Melodien. Genau darum ging es. Es war für ihn wie Meditation.

Er hörte ein Grummeln durch das offen stehende Fenster. Der Himmel war schwarz. Ein Wetterleuchten erhellte kurz die Kulisse. Wieder waren Gewitter für Hamburg angekündigt, ebenso für den Rest Deutschlands. Danach sollte trockene Saharaluft über das Land strömen. Verfluchte Hundstage. Von unten her grummelte etwas anderes. Heitzer und Lola schienen wieder zu vögeln, wie fast jede Nacht. Die Frage war, wer der Unersättliche von beiden war – sie oder er? Nick tippte auf beide, und das, obwohl Heitzer vom Alter her locker ihr Vater sein konnte, rechnerisch sogar ihr Großvater.

Nick dachte an eine andere junge Frau. Eine, die ihm seit gestern Nacht nicht mehr aus dem Kopf ging. Eine, die er seit beinahe vierundzwanzig Stunden auf dem Gewissen hatte. Doch hatte er das wirklich?

Er nahm die Whiskeyflasche, öffnete sie und trank einen Schluck. Keinen sehr großen. Aber genug, um das Zerren im Leib zu besänftigen und den Geschmack im Mund aufzufrischen.

Er dachte nach.

Fanny hatte eine Party gefeiert. Sie hatte anscheinend im Bootshaus mit jemandem herumgemacht. Dann war etwas vorgefallen – und wenig später fand sie sich knapp einen Kilometer Luftlinie weiter auf einer nächtlichen Landstraße wieder, mit nichts als ihrem BH bekleidet.

Als Monecke Cleo das Bootshaus gezeigt hatte, war Nick etwas abseits im Schatten geblieben. Er hatte sich umgesehen und sich gefragt, wie Fanny von hier aus unbemerkt auf die Straße gelangt sein könnte, wo es doch so viele Kameras gab und das Areal nach Moneckes Worten außerdem umzäunt war. Nun, es war nicht komplett umzäunt. Das hieß, es gab eine Lücke.

Der Teich am Bootshaus war nach Nicks Einschätzung zwanzig Meter lang und fast so breit. Am hinteren Ufer hatte er eine Art Pforte gesehen. Schwer zu sagen, wozu sie diente. Alles schien in dieser Ecke des Grundstücks verwildert und seit Jahren zugewachsen zu sein. Ein schmaler Weg führte um den Teich herum. Und mitten in der grünen Wand befand sich ein mannshohes Tor, nicht größer als eine herkömmliche Tür, das dunkelgrün gestrichen war und aus Holz zu bestehen schien. Äste hingen davor. Es war gut getarnt, schwer auszumachen. Aber es war eine Lücke im System – und Monecke hatte Cleo nicht darauf hingewiesen. Mochte sein, dass er nicht daran gedacht hatte. Vielleicht nicht, weil diese Pforte uralt und seit Jahrzehnten nicht mehr benutzt worden war.

Außerdem ging Nick etwas anderes einfach nicht aus dem Kopf. Im Schock und mit ein paar Promille intus hatte er gestern Nacht nicht klar denken können. Heute hingegen schon. Er war mit dem Mercedes über den Körper gefahren. Und das war einfach nicht die Art und Weise, wie ein Verkehrsunfall ablief. Vor allem nicht bei Nicks Tempo. Autos wurden schwer beschädigt, wenn ein Körper auf sie traf.

Nick hatte in seiner Polizeiausbildung einige grundlegende Dinge darüber gelernt und außerdem genügend Verkehrsunfälle gesehen, Gutachten gelesen oder vor Gericht gehört. Mit dem Anstieg des Tempos stieg die Bewegungsenergie eines Fahrzeugs überproportional und damit die Schwere der Verletzungen beim Opfer. Eine Aufprallenergie bei Tempo 30 km/h konnte man mit einem ungebremsten Sturz aus dem ersten Stock vergleichen, bei Tempo 50 km/h entsprach es einem Fall aus dem dritten und bei Tempo 70 km/h aus dem sechsten Stock, fast zwanzig Meter tief.

Betty war vom Dach auf ein parkendes Auto gestürzt. Das Fahrzeug war danach ziemlich demoliert gewesen. Kein Wunder, denn eine durchschnittliche Frau wog sechzig Kilo. Ließ man eine Waschmaschine mit dem gleichen Gewicht aus dem sechsten Stock auf ein Auto fallen, konnte man sich den Schaden leicht ausmalen, der entstehen würde.

Aber Nicks Wagen hatte keinen Kratzer abbekommen, nur eine leicht demolierte Stoßstange. Außerdem entsprachen die Verletzungen der Frau nicht denen, die man bei einem Unfall mit Tempo 70 km/h erwarten würde. Nick hatte nur die Fleischwunden am Bein gesehen, das zudem gebrochen zu sein schien. Ansonsten wirkte ihr Körper intakt. Kein zerschmetterter Schädel. Nichts. Nur das kaputte Bein und ein paar Kratzer.

Aber an einem gebrochenen Bein starb man nicht. Und je mehr er darüber nachdachte, desto unschlüssiger erschien ihm jede Alternative.

Andererseits lagen die Fakten auf dem Tisch. Er hatte Fanny Monecke mit dem Auto erwischt und dann ihren Tod festgestellt. Wie sonst sollte sie ums Leben gekommen sein?

Aber was war, wenn er wirklich nur das Bein überrollt hatte? Ziemlich unwahrscheinlich, dass sie daran gestorben war. Außerdem musste sie dann bereits auf der Straße gelegen haben. Doch wie war das geschehen? Weil sie auf der Flucht vor jemandem hingefallen war – nur mit einem BH bekleidet? Vor wem oder was wäre sie in diesem Fall geflohen, und warum? Oder hatte sie vielleicht schon länger auf der Straße gelegen? Bewusstlos? Oder … tot?

Nick griff erneut zum Bourbon, schraubte die Flasche auf und setzte sie an. Draußen zuckte ein Blitz am Himmel. Der Donner grollte. Ein Stockwerk tiefer rumste das Bett gegen die Wand, und Lola stöhnte. Nick setzte die Flasche wieder ab, ohne etwas getrunken zu haben, und betrachtete sie einen Moment. Bernsteinfarben. So kostbar. So verlockend. Ein Versprechen. Ein falsches Versprechen.

Eine Lüge.

Er schraubte den Jack wieder zu, stellte ihn zur Seite, zog ein Paar Turnschuhe an sowie ein T-Shirt. Es gab nur eine Möglichkeit, Antworten zu finden, dachte er und schloss das Fenster.

Er musste zu Fanny.

12

Der schwarze Mercedes glitt wie ein grollender Schatten durch die schwarze Nacht. Über ihm spannte sich ein sternloser Himmel, den das Wetterleuchten wie mit fernem Artilleriefeuer erhellte. Nick hielt das schlanke Lenkrad fest umklammert, den Blick auf die Straße gerichtet. Sie wurde rasch schlechter, der Bewuchs links und rechts dichter. Bald fuhr er auf unstetem Untergrund, hörte Gras gegen den Unterboden streichen. Der Weg wurde schmaler, bis er schließlich endete.

Nick fuhr dicht an den Ablauf heran, der mit dem Gullydeckel versiegelt war. Er stoppte den Wagen, stellte den Motor aus, öffnete die Tür und stieg ins Freie. Schwüle Hitze legte sich wie ein nasses Handtuch auf seine Haut und hüllte ihn ein. Er roch das nahe Moor, ging zum Kofferraum, öffnete ihn und nahm den Rucksack mit den Sachen heraus, die er zuvor zusammengepackt hatte. Er warf die Klappe wieder zu, ging um den Mercedes herum und stand schließlich vor dem Abfluss, in dem er den Körper von Fanny versteckt hatte. Dort kniete er sich hin, schob die Finger in die Öffnungen vom Deckel und zog ihn mit aller Kraft nach oben.

Der entsetzliche Modergestank schlug ihm erneut entgegen.

Nick zwang sich, durch den Mund zu atmen. Er streifte ein Paar dünne Latexhandschuhe über, stieg die Tritte hinab, bis er die in Folie verpackte Leiche von Fanny erreichte. Das Abschleppseil lag wie eine durchtrennte Nabelschnur obenauf. Ein Fehler von ihm, es dort zu lassen. Wäre die Tote gefunden worden, hätte man sehr schnell Fasern analysieren und klären können, woher das Seil stammte. Vielleicht hätte man sogar DNA-Spuren von Nick daran gefunden. Aber jetzt war der Strick sehr nützlich.

Nick packte das Seilende, stieg wieder nach oben, ging zum Mercedes und befestigte es an der Abschleppvorrichtung. Er setzte sich zurück ans Steuer, ließ den Motor an und fuhr ein Stück vor. Nicht viel, allenfalls zwei Meter. Vorsichtig, langsam. Er versuchte, im Außenspiegel und im Rückspiegel zu erkennen, ob das ausreichte. Viel konnte er nicht erkennen. Bis auf etwas Rotes, Glänzendes, das wie ein fremdartiges Wesen aus dem Loch auftauchte: die in Folie gewickelte Leiche im Licht der Heckleuchten.

Nick stoppte, zog die Handbremse an, stellte den Motor wieder aus und ging nach hinten. Der Körper lugte bereits etwas hervor, fast bis zur Hälfte. Das letzte Stück sollte er mit Muskelkraft schaffen. Nick packte das straffe Abschleppseil, rammte die Hacken in den Boden, zog und legte gleichzeitig das Gewicht nach hinten. Der Plastiksack bewegte sich mit einem Ruck – und kam schließlich vollständig an die Oberfläche.

Nick schwitzte. Wetterleuchten erhellte den Himmel und

ließ die Bäume wie Scherenschnitte aufleuchten. Kurz darauf grollte der Donner. Dieses Mal schien es ernst zu werden mit dem Gewitter. Er starrte auf das Paket zu seinen Füßen, atmete tief ein, tief aus. Der Puls tobte in seinen Adern. Gott, er brauchte einen Drink. Am besten eine ganze Flasche. Im Handschuhfach lag eine. Die Flasche, nach der er gestern Nacht greifen wollte – und dann Fanny überfahren hatte. Scheiß auf den Schnaps, dachte Nick, nahm einige Dinge aus dem Rucksack und machte weiter.

Er löste den Knoten, schnitt den improvisierten Bodybag mit einem Messer auf und entfaltete die Folie. Er legte die eingeschaltete Maglite auf den Kofferraum, richtete sie aus und fixierte sie mit Klebeband, nahm dann sein Handy und stellte die Taschenlampen-App ein, die für zusätzliches Licht sorgte.

Ein weiterer Donnerschlag krachte. Nick spürte ihn körperlich. Er müsste sich beeilen, bevor der Regen kam. Ein Blitz zuckte und warf Licht auf die Szene am Moor, in der Nick wie ein Serienkiller aussehen musste, kurz bevor er sich an seinem Opfer zu schaffen machte. Wie der Elbripper. Und auch der, dachte Nick, hatte ihn am Ende hierher und in diese Situation gebracht: der Elbripper und seine beiden Begleiter Mister Jim Beam und Mister Jack Daniels.

Nick trat einen Schritt zurück und betrachtete die Leiche. Fanny lag auf dem Rücken, als würde sie schlafen. Die Totenstarre ließ bereits nach. Ihre noch leicht angewinkelten Beine rutschten nach dem Lösen der Folie auf den bloßen Hacken in die Horizontale – beinahe, als würde sie sich bewegen. Nick zitterte, unterdrückte ein Würgen und zwang sich dazu, ruhig zu bleiben. Fanny trug einen hellblauen Sport-BH, sonst nichts. Ihre Haut war weiß wie ein Fischbauch, zum Teil schmutzig und dort violett verfärbt, wohin das Blut gesackt war, das noch in ihrem Körper steckte. Jede Menge Blut, dachte Nick. Sie hatte kaum etwas verloren, eigentlich gar nichts.

Es gab lediglich zwei sichtbare Verletzungen, und zwar an ihrem Schienbein und am Oberschenkel, die ziemlich sicher vom Unfall stammten. Am Oberschenkel war es ein längerer Schnitt, wie ein Riss im Fleisch. Die Wunde am Schienbein sah ähnlich aus – mit dem Unterschied, dass der Knochen zu sehen war. Ihr Kopf war in Ordnung, bis auf die aufgeplatzte Unterlippe und einer Aufschürfung an der Wange. Dort war getrocknetes Blut zu sehen, Schorf. Aus den anderen, sehr viel massiveren Wunden am Bein war fast kein Blut ausgetreten, nirgends. Solche Wunden müssten allerdings bluten wie verrückt, dachte Nick, abgesehen von der Tatsache, dass bei einem Unfallopfer deutlich mehr und noch viel schlimmere Verletzungen zu erwarten waren.

Das sagte Nick dreierlei.

Erstens: Als Fanny die Wunden im Gesicht erlitten hatte, schlug ihr Herz noch und durchblutete die Adern.

Zweitens: Ihr Herz schlug nicht mehr, als er sie mit dem Auto erwischt hatte.

Drittens: Er hatte sie nicht getötet.

Nick dachte zurück an die letzte Nacht. Er hatte sich zum Handschuhfach gebeugt, wieder aufgeblickt und plötzlich etwas Helles gesehen. Dann kam das schreckliche Rumpeln unterm Wagen. Fanny hatte bereits tot auf der Straße gelegen, überlegte Nick. Der Wagen musste ihr Bein mit dem Vorderrad und dem Stoßfänger erwischt haben. Keine Wunden, an denen man sterben würde. Erst recht nicht, wenn man bereits tot war. Und dann fiel Nick etwas auf. Eigentlich war es unübersehbar, er hatte in der Aufregung nur noch nicht darauf geachtet. Doch jetzt … Jetzt wurde vieles deutlicher. Schlagartig sogar.

Nick hockte sich neben Fanny und nutzte nun zusätzlich die App zum Leuchten. Er betrachtete den Körper von den Zehen an. Die Füße waren zum Teil tiefviolett verfärbt. Sie änderten die Farbe leicht, denn das stehende Blut, das ihr vorher in die Zehen geschossen war, sackte nun wieder ab. An den Knöcheln sah er Druckstellen, die von dem Abschleppseil herrührten.

Was er nirgends sah, war Schmutz oder Staub. Die Sohlen waren sauber, die Zehen ebenfalls. Fanny war also nicht barfuß durch die Nacht gelaufen, über kein Feld und auch nicht auf der Straße. Nick leuchtete höher, betrachtete ihren Bauch, ihre Hüften, die Oberschenkel. An den Innenseiten erkannte er blaue Flecken. Mit Sicherheit keine Leichenflecken, sondern schwache Hämatome, Einblutungen in der Haut, die der Tod noch viel deutlicher hervortreten ließ. Würde Fanny noch leben, wären sie wohl kaum zu sehen. Außerdem gab es zwischen ihren Beinen nahe der Scheide angetrocknete weiße Stellen. Nick betrachtete die Hände, die Fingernägel. Sie waren nicht lackiert und tadellos gepflegt. Die Haut war vollkommen in Ordnung. Wiederum an den Oberarmen schien es schwache Hämatome zu geben.

Deutlich sichtbarere gab es an ihrem Hals. Und das war

Nick eben schon aufgefallen: Fannys Kehle war dunkel verfärbt. Ihre Augen waren trüb, gebrochen, standen offen. Nick schaltete um auf die Lupen-App. In dem milchigen Grau der Augäpfel war das zu erkennen, was Mediziner »petechiale Einblutungen« nannten. Winzige dunkle Punkte. Nick stellte die App wieder aus. Vorsichtig fasste er Fanny an den Oberarmen und rollte ihren Körper herum. Ihre Rückseite war dunkel vom eingelagerten Blut. Verletzungen sah er nirgends. Er strich ihr das stumpfe Haar aus dem Nacken, untersuchte dort die Haut, erkannte aber nichts Auffälliges. Also drehte er sie wieder auf den Rücken.

Nick stellte sich hin. Er steckte das Handy in die Hintertasche der Jeans, nahm aus der anderen eine Packung Zigaretten und steckte sich eine an, inhalierte tief. Seine Blicke ruhten auf Fanny. Er dachte an die Videoaufnahmen ihres Onkels. Daran, wie die lebendige Fanny ausgesehen hatte. Die Zigarette glomm zwischen seinen Fingern. Er stieß den Rauch durch die Nasenlöcher aus. Wieder grollte der Donner, nachdem ein Blitz den Himmel durchzuckt hatte.

Jemand hatte Fanny erwürgt, dachte Nick. Daran gab es keinen Zweifel. Die Hämatome am Hals, die Einblutungen in den Augen – das waren eindeutige Zeichen. Ihr Mörder hatte auf ihren Oberarmen gekniet und sie getötet. Wahrscheinlich hatte er sie vorher ins Gesicht geschlagen. Außerdem hatte sie Sex gehabt, härteren Sex. Vielleicht mit dem Täter, vielleicht mit einem anderen. Dann war ihr Körper auf der Straße abgelegt worden – und Nick war zum falschen Zeitpunkt am falschen Ort gewesen und hatte Fanny mit dem Auto erwischt.

Aber er hatte sie nicht auf dem Gewissen.

Jemand anders schon.

Dieser Jemand war außerdem verantwortlich dafür, dass Nick bis zum Hals in der Scheiße steckte. Auch wenn er nichts mit Fannys Tod zu tun hatte, hatte Nick dennoch eine Leiche versteckt. Was passiert mit Polizisten, die Leichen verstecken? Nichts Gutes.

Nick dachte nach. Wenn Fanny weiterhin versteckt und verschwunden bliebe, würde ihr Mörder vielleicht niemals gefunden werden. Entdeckte man ihre Leiche hingegen irgendwann hier, ergäbe sich aus der Perspektive der Polizei folgendes Szenario: Jemand hatte Fanny vergewaltigt und erwürgt, die Leiche verschwinden lassen und sie beim Transport am Schienbein und Oberschenkel verletzt. Und falls die Polizei Spuren vom Unfall finden und auf Nick stoßen würde, wäre er in jedem Fall der Haupttatverdächtige und würde kaum aus der Nummer herauskommen. Egal, was er erklärte. Schluss, Ende, aus.

Nick dachte weiter nach. Fannys Mörder musste gefunden und zur Rechenschaft gezogen werden. Daran bestand kein Zweifel. Nick konnte sich aber als Bezirksbeamter nicht auf eigene Faust in die Ermittlungen vertiefen. Das würde auffallen. Also musste dieser Vermisstenfall zu einem Mordfall werden. Das Risiko war hoch, dachte Nick. Aber das Schicksal hatte ihm die Leiche von Fanny Monecke vielleicht nicht grundlos vor die Füße geworfen.

»Ich finde ihn«, sagte Nick leise zu Fanny. Er klemmte sich die Zigarette in den Mundwinkel. »Ich finde ihn«, wiederholte er, nahm dann eine Rolle Gaffa Tape aus dem

Rucksack, ein DIN-A4-großes Notizheft, Q-Tips und eine Spritze. Die ersten Regentropfen klatschten Nick ins Gesicht, aufs Moor, auf Fanny und auf den Mercedes. Nick musste sich beeilen. Wenn es so heftig regnen würde, wie es angesagt war, dann würde das Wasser jede Menge Spuren vernichten. Einerseits gut, denn es könnten sich, trotz aller Vorsicht, welche von Nick an Fanny befinden. Andererseits schlecht, denn es würde auch alle anderen wegspülen.

Also legte er los, riss etwas Tape ab, dann noch mehr. Er platzierte die Streifen von unten nach oben auf Fannys Körper, systematisch, riss sie wieder ab und klebte sie ins Notizbuch. Genauso, wie es die Spurensicherung mit professionellen Mitteln machte. Alles, was sich an Fasern an ihr befand, war nun einerseits gesichert und andererseits von ihr entfernt.

Abschließend setzte Nick eine Nadel auf die Spritze, stach sie mitten in die Oberschenkelwunde, wo niemand einen Einstich finden würde, und zog sie mit Blut auf. Danach nahm er die Q-Tips und machte damit einen Abstrich zwischen Fannys Beinen. Eine Viertelstunde später wurde der Regen stärker. Aber da war Nick bereits wieder unterwegs – auf der Straße und mit der wieder in Folie gewickelten Fanny im Kofferraum.

13

In dieser Nacht ergossen sich Sturzbäche auf Hamburg. Was sich über Tage hinweg in der feuchten Luft angestaut hatte, explodierte. Ein tropenartiger Wind trieb die Regentropfen zum Teil waagerecht durch die Luft. Gullys wurden zu Geysiren. Straßen überfluteten.

Der Regen hämmerte gegen das Fenster einer Wohnung in den Vororten. Dort stand Marie und starrte in die Dunkelheit. Ihr Gesicht spiegelte sich im Glas. Das von draußen herablaufende Wasser ließ es aussehen, als strömten ihr Tränen aus den Augen.

Was hast du getan?

Marie trug nur ein T-Shirt. Das Licht war ausgeschaltet. Die Blitze warfen geisterhafte Lichter auf ihren Schreibtisch, die Matratze auf dem Boden, das Laptop, ihre Klamotten. Aus dem anderen WG-Zimmer war Grummeln und Rumsen von Subbässen zu hören, weil dort gerade ein Actionfilm lief. Aus einem weiteren kam Kichern und Glucksen, wo sich gerade zwei vergnügten.

Was hast du getan?

Marie hielt sich an ihrer Colaflasche fest. Sie hätte sich niemals in die Kreise rund um Fanny ziehen lassen sollen.

Das war nicht ihre Welt. Sie war nach Hamburg gekommen, um zu studieren, und musste jobben, um den schmalen Unterhalt aufzustocken, den sie von Mama und Papa bekam. Und Hamburg war ein teures Pflaster – vor allem, wenn man sich permanent einige gesellschaftliche Stockwerke höher aufhielt, wo die Luft dünn war. Sie hatte keine Ahnung, was die überhaupt an einer wie ihr fanden.

Okay, niemand hatte Marie jemals den Eindruck vermittelt, als würde sie nicht dazugehören. Sie alle wussten, dass nicht jeder reiche Eltern haben konnte – oder wie in Fannys Fall einen reichen Onkel. Aber eigentlich, dachte Marie, eigentlich gehörte sie dennoch nicht dazu. Letztes Jahr hatte sie sich nur wegen Morten auf diese Party ziehen lassen, weil er für Fanny schwärmte – Fanny hier, Fanny da. Marie war nur deswegen mitgekommen, weil sie endlich mal wissen wollte, wer das eigentlich war, und weil sie Morten sehr mochte, der Marie jedoch eher als seine »Kratzbürste« betrachtete.

Tja, kein Wunder, denn Marie benahm sich wie eine Kratzbürste, um Morten nicht zu verschrecken. Denn falls er spürte, dass sie in ihn verliebt war, würde er vielleicht Abstand gewinnen wollen. Und das wollte Marie auf gar keinen Fall. Dabei hätte sie laufend kotzen können, wenn er sich wegen Fanny bei ihr ausweinte. Tja, und jetzt …

Fuck, sie hatte sich schließlich endgültig ins eigene Fleisch geschnitten. *Bekloppte kranke Kuh*, dachte sie, *arme Irre, emotionale Masochistin*. Ja, das war sie wohl. Andere ritzten sich, und sie verletzte ihre eigene Seele und brauchte wie eine Süchtige immer mehr davon.

Was hast du nur getan?

Marie hörte die Plastikflasche in den Händen knacken. Wenn sie noch fester zugriff, würde das PET-Gebinde brechen und ihr die Hand aufschneiden. Na und? Sollte es doch. Wie hieß es in dem Song von Nine Inch Nails?

I hurt myself today
To see if I still feel.

Ein Kumpel von ihr wollte eine Coverversion von dem Song aufnehmen und hatte Marie gefragt, ob sie den Gesangspart übernehmen würde. Nichts lieber als das, war ihre Antwort gewesen. Und jetzt bewegte sie ihre Lippen.

I focus on the pain
The only thing that's real.

Aber irgendwann, dachte sie, irgendwann willst du das eben nicht mehr mit den Schmerzen. Dann willst du nicht mehr dich selbst verletzten – sondern die, die die Ursache dafür sind, dass du es tust.

Der Regen floss an dem Glas hinab, als würde eine Handbrause dagegen gehalten. Er wusch über die Fassade des Hauses, ergoss sich in die Rinnsteine, in denen das Wasser zu regelrechten Bächen wurde. Autos, die durch die Pfützen fuhren, ließen es hoch aufstieben. Es spritzte gegen ein Buswartehäuschen auf St. Pauli, wo ein junger Mann mit Rucksack im halbwegs Trockenen saß und auf sein Handy starrte.

Er blickte kurz auf, als zwei betrunkene Pärchen kreischend und lachend durch den Regen rannten, klatschnass wurden und das irre witzig fanden. Er aber fand im Moment überhaupt nichts witzig.

Was hast du getan?

Morten wischte über die Bilder aus der Galerie, die den Namen »Fanny« trug. Er war vorhin ziellos umhergestreift, um sich abzulenken, und hatte an der Elbe ein paar Gewitterbilder machen wollen, um sie auf Instagram hochzuladen. Natürlich war das Quatsch mit dem Handy, dazu brauchte man professionelles Equipment. Aber das lag zu Hause. Sein Vater hatte es Morten gesponsert und gesagt: Fürs Studium brauchst du das vielleicht. Was ebenfalls Quatsch war. Wozu brauchte man eine Digitalkamera für zweitausend Euro für BWL? Vermutlich hatte Papa das Zeug nur gekauft, weil er früher in Mortens Alter selbst gern so etwas gehabt hätte. Jedenfalls lag das professionelle Zeug oben in Mortens Zimmer, und wahrscheinlich war sowieso der Akku leer, weil er die Kamera nie nutzte. Nicht mal sein Vater kam hoch, um sie sich zu leihen. Eigentlich kam niemand jemals nach oben.

Was hast du getan?

Er hatte getan, was er niemals hätte tun dürfen. Aber andere Kräfte als die der Vernunft hatten ihn gesteuert.

»Tu es«, hatte Marie ihm zugeflüstert. »Mach doch.«

Er hätte nicht auf sie hören sollen, sondern zu Hause bleiben und unter keinen Umständen auf diese Party gehen sollen. Aber Fanny hatte ihn persönlich eingeladen und – ja, warum eigentlich? Warum gab sie sich überhaupt mit ihm ab? Sonnte sich in seiner Aufmerksamkeit, seiner Begierde?

Manchmal dachte er, dass sie bloß mit ihm spielte. Und jetzt wusste er, dass er recht hatte.

Wieder wischte er über die Bilder, die er von ihr bei allen möglichen Anlässen aufgenommen hatte. Es gab Fotos, von denen sie wusste. Es gab Bilder, von denen sie nichts wusste. Und es gab ein Video, von dem niemand und unter gar keinen Umständen erfahren durfte. *Das* Video. Mortens Finger zitterte, als er über der »Löschen«-Taste schwebte. Er holte tief Luft. Nein, er konnte es nicht. Er schloss den Ordner, steckte das Handy ein und stand auf. Der Bus kam. Zeit, dass er endlich hier wegkam.

Der Bus fuhr durch das Unwetter, pflügte sich wie ein Wassertaxi durch die Straßen. Seine Route führte bis Alsterdorf und Fuhlsbüttel, wo der Flughafen wegen Sturmböen vorübergehend geschlossen war und zig Flüge ausfielen. Zuvor passierte der Bus Uhlenhorst und Winterhude, wo Fee Beermann im dritten Geschoss eines Apartmenthauses an der Außenalster auf dem Balkon stand, rauchte und weinte.

Was hast du getan?

Das Gewitter krachte wie Feuerwerk. Der Regen prasselte ohrenbetäubend laut auf die Bellevue und die Dächer der links und rechts geparkten Autos. Vom Wind warf die Alster Wellen.

Fee inhalierte tief, hielt sich selbst mit dem linken Arm umfangen, sog an der Zigarette, bis sie heiß zwischen ihren Fingern glomm. *Fanny*, dachte sie, *Fanny, die Schlampe*. Ihre beste Freundin, hatte sie gedacht. Aber – scheiße, sie hätte es besser wissen müssen. Fee war vollkommen blind gewesen. Andererseits hatte sie es gespürt, länger schon. Aber hinterher ist man ja immer klüger. Ihr war schon klar, dass Rasmus heiß auf Fanny war. Meine Güte, welcher Kerl war nicht heiß auf Fanny? Fanny hatte sich außerdem zu keinem Zeitpunkt Mühe gegeben, dass irgendwer nicht scharf auf sie war. Sie war regelrecht mit ihrem Instagram-Account verheiratet. Sie stand auf Aufmerksamkeit, und manchmal glaubte Fee, dass Fanny das alles viel mehr gab als eine echte Beziehung. Sie hatte ja nie einen festen Partner gehabt – also: nichts wirklich Ernstes. Bekanntschaften. One-Night-Stands. Sie stand darauf, wie eine Bienenkönigin von Blume zu Blume zu hüpfen, und jedes Mal war alles neu und glitzernd und aufregend, und jeder, den sie mit ihren Elfenfingern berührt hatte, lechzte ihr hinterher. Ja. Genau. Das war Fannys Ding. Allen den Kopf verdrehen, aber keinen wirklich an sich heranlassen.

Trotzdem waren sie beste Freundinnen. Waren. Bis gestern. Bis gestern, als Fee …

Was hast du getan?

Fee schniefte. Hätte sie doch nur weggeschaut. Hätte sie doch nicht gesehen, was sie gesehen hatte. Hätte sie doch einfach so weitergemacht, Augen und Ohren zu, und … Aber zu spät. Was geschehen war, war geschehen und nicht mehr rückgängig zu machen.

Fee zitterte, obwohl es immer noch über fünfundzwanzig Grad sein mussten. Die Luft erinnerte sie an die Malediven. Tropisch. Nass. Heiß. Wie zum Zerschneiden. Letztes Jahr waren sie und Rasmus dort gewesen. Rasmus hatte sich einen schlimmen Sonnenbrand geholt und war genervt davon gewesen, dass Fee ständig an ihrer Figur herumgemäkelt hatte. Zu dick, Pölsterchen, Cellulite, und eigentlich hatte Fee von Rasmus nur hören wollen, dass sie nicht zu dick sei, keine Cellulite habe, auch keine Pölsterchen. Aber so war er einfach nicht. Er war …

Fee schnippte die Kippe über den Balkon. Sie wusste nicht mehr, wer Rasmus war. Oder sie selbst. Seit gestern wusste Fee überhaupt nichts mehr.

Was hast du getan?

Rasmus lag halb nackt auf dem Bett, schwitzte und starrte auf den Bildschirm, der ein NFL-Footballspiel als Aufzeichnung zeigte. Fee stand draußen auf dem Balkon und rauchte. Wegen des Regens war heute Abend das Training ausgefallen. Und wegen gestern wäre beinahe der Rest seines Lebens ausgefallen. Umfassender Crash. Kompletter Systemabsturz. Alles war außer Kontrolle geraten. Alles nur wegen Fanny.

Rasmus überlegte, dass er vielleicht nicht der klügste Mensch unter der Sonne war, aber auch kein kompletter Dummkopf. Gestern hatte er sich dennoch wie einer verhalten. Irgendetwas hatte in seinem Gehirn ausgesetzt. Viel benutzen musste er es sowieso nicht. Sein Studium machte er eher, weil es sich so gehörte, denn sein Weg war ohnehin vorgezeichnet: Er würde in die Geschäftsleitung der beiden Jaguar-Autohäuser seines Vaters einsteigen, dann eines davon übernehmen, später alle beide. Um die Land-Rover-Sparte kümmerte er sich schon ein wenig, zum Aufwärmen, wie sein Vater sagte.

Rasmus war zeit seines Lebens alles in den Schoß gefallen. Seine Eltern hatten dafür gesorgt, dass jedes Hindernis für ihn aus dem Weg geräumt wurde. Er war sozusagen stets auf der Schaumkrone im Champagnerglas geschwommen. Vielleicht interessierte ihn American Football deswegen so sehr. Da tauchte man auch mal in den Matsch ab, musste sich anstrengen und Hindernisse aus dem Weg rammen.

Dazu kam sein gutes Aussehen. Er war von Modelagenturen angesprochen worden, hatte aber kein Interesse daran gehabt. Für einen Hersteller von Fitnessartikeln hatte er eine Ausnahme gemacht und seinen Prachtkörper zur Schau gestellt. Daraufhin war er auf seinem Insta-Account und anderen Social-Media-Kanälen mit Nachrichten bombardiert worden – von Frauen aller Altersklassen, Schwulen, Transen – und bereute den Schritt, zumal es ihm auf Geld nun wirklich nicht ankam. Und an all den Bewerberinnen hatte er sowieso kein Interesse. Er war ja mit Fee zusammen.

Seit er sich für Mädchen interessierte, hatte er stets die freie Auswahl gehabt. Bei Fee war das anders gewesen, denn sie war ein bisschen so wie er selbst. Einerseits schwamm sie ebenfalls ganz oben in der Hamburger Gesellschaft, andererseits hatte sie genau wie er stets die freie Auswahl gehabt. Nach einem Footballspiel hatte sie Interesse an ihm gezeigt und Rasmus an den Haken bekommen, indem sie sich ihm entzog. Das weckte seinen Jagdinstinkt, und er war sogar mit ihr zum Hamburger Spring- und Dressur-Derby gegangen und hatte zum Großen Preis im Parcours beim Ritual des Rasenplatttretens mitgemacht, obwohl er sich vollkommen bescheuert dabei vorgekommen war.

Tja. Und jetzt? Jetzt war die Kacke am Dampfen. Weil sein Gehirn ausgeschaltet gewesen war. Und weil Fanny ihn am Haken hatte wie Fee damals. Nein. Schlimmer. Heftiger. Sie hielt Rasmus regelrecht in der Hand und konnte mit ihm spielen wie mit einer Marionette. Aber Rasmus war keine Puppe. Für niemanden.

Im Fernsehen machten die 49ers einen Touchdown. Rasmus lächelte – und war wieder ganz beim Spiel. Der Jubel der Fans vermengte sich mit dem Donnergrummeln.

Ein pfeilgerader Blitz schoss hinab, zeichnete für den Bruchteil einer Sekunde ein gezacktes Muster in die Schwärze. Er spaltete im Wohldorfer Wald einen Baum. Ein zweiter Blitz folgte.

Wie ein Riss im Himmel, dachte Klaas Monecke. Nur dass er sich von selbst wieder schloss.

Was hast du getan?

Monecke vergrub die Hände in den Hosentaschen. Er trug eine schwarze Anzughose, dazu ein scharf gebügeltes weißes Kurzarmhemd. Er stand unter einer Überdachung am Kühlhaus. Der Regen prasselte auf das Wellblech. Er beobachtete Dimitri, der einen dünnen Regenmantel trug und einen Lkw einwinkte, der gerade rückwärts heransetzte. Ein wenig weiter parkte eine dunkle Limousine. Zwei Männer saßen darin. Man konnte sie nicht erkennen. Aber Monecke wusste, dass sie da waren. Daneben waren drei schwere Motorräder abgestellt, deren Fahrer irgendwo vor dem Regen Schutz suchten.

Der Lkw erreichte die Laderampe und stoppte. Der Fahrer kam heraus, lief durch das Unwetter, öffnete die Türen und schob zwei Ladewagen auf die Rampe. Dann holte er einige Rinderhälften aus dem Lkw und befestigte sie mit Hilfe von Dimitri an den Haken, bevor sie die Wagen nacheinander ins Kühlhaus schoben. Schwerarbeit. Eine Hälfte wog mehr als hundert Kilo. Sie stammten aus Argentinien und kamen gerade frisch vom Schiff. Wie so viele Rinderhälften aus Argentinien in der letzten Zeit.

Schließlich kamen Dimitri und der Fahrer zurück. Der Fahrer erhielt seinen Umschlag. Dann stieg er wieder ein und fuhr vom Hof.

Monecke starrte in die Nacht und dachte an Fanny. Waren es nicht die Gene? War es vielleicht seine Schuld, dass sie so geworden war? Dass sich alles anders entwickelt hatte, als geplant? Lag es an dem, was er getan hatte? Und an dem, was er tat? Tun musste? Möglich. Doch wozu sich Vorwürfe machen? Es war nicht zu ändern.

Dennoch kamen ihm Zweifel an seinen Entscheidungen. Er überlegte, dass er Fanny nicht so früh zurück nach Hamburg hätte holen sollen. Sie hätte in der Schweiz bleiben und in Zürich studieren können oder in England oder in den USA eine Elite-Universität besuchen, wo sie vor lauter Arbeit keine Flausen in den Kopf bekommen hätte. Er hätte jemanden wie Dimitri beauftragen können, sich dort um sie zu kümmern und ihn mit Informationen zu versorgen. Fanny, dachte er, hätte sich besser behütet und kontrolliert entwickeln sollen, um dann behutsam an ihre künftigen Aufgaben herangeführt zu werden. Vielleicht war er zu blind gewesen oder zu sehr von dem Wunsch gesteuert, Fanny bei sich zu haben. Er hatte ihr zu viel Freiheit gewährt, und sie war außer Kontrolle geraten und aufgeblüht – nein, falsch, das war alles Wildwuchs. Und jetzt …

Was hast du getan?

Monecke beobachtete, wie der Lkw vom Hof fuhr. Die Dunkelheit verschluckte die Rücklichter. Dimitri stand immer noch auf der Laderampe. Eine Minute später öffneten sich die Türen der schwarzen Limousine. Zwei Männer stiegen aus, liefen durch den Regen und verschwanden mit Dimitri im Kühlhaus. Drei weitere gesellten sich hinzu, die Fahrer der Motorräder.

Monecke drehte sich um. Er ging zurück ins Haupthaus und von dort in den bewohnten Flügel. Er bewegte sich in Richtung Küche, bog dann aber links ab. Hier war Fannys Bereich, der wie eine kleine Einliegerwohnung gestaltet war. Drei Zimmer. Ihr Schlafraum, ein Ankleidezimmer, ein Bad, ein privater Wohnbereich. Alles duftete nach ihr. Es sah aus, als sei sie einfach nur kurz weggegangen.

Moneckes Herz zog sich zusammen. Er biss auf die zitternde Unterlippe. Dann schloss er die Tür zu Fannys Reich und ging mit raschen Schritten fort, in den Keller, wo er in seinem Fitnessraum das Licht einschaltete und anschließend eine Stunde so lang den Boxsack bearbeitete, bis sich seine Fingerknöchel roh und geschwollen anfühlten.

14

Nick duschte eiskalt. Seine nassen Sachen hingen über dem Rand der Badewanne. Die matschigen Schuhe standen darin. Als er fertig war, starrte er tropfend in den Spiegel und fragte sich, was er da sah. Wie ein Monster hatte er eine Leiche herumgetragen, begrabscht und untersucht. Er, ein Polizist, der mal einen guten Namen gehabt hatte. Der auf das Gesetz geschworen hatte.

Was war noch von Nick Beck übrig? Wer war das, der ihn da anstarrte und den es nach einer Flasche Jack Daniels und einer Handvoll Valium dürstete?

Tiefer konnte er nicht mehr sinken, dachte Nick, griff nach einem Handtuch und trocknete sich ab. Von hier unten aus hatte er nur zwei Optionen. Entweder er blieb dort. Oder ab jetzt ging es wieder aufwärts. Liegenbleiben oder Aufstehen?

Aufstehen war die bessere Lösung. Zunächst mit wackeligen Knien, klar, aber das würde sich geben. Er zupfte an seinen langen Haaren. Wann hatte er sie das letzte Mal geschnitten? Und seinen Bart?

Auf einmal ging das Licht aus. Überall wurde es dunkel. Der Strom war weg. Nick schlang sich das Handtuch um die

Hüften und verließ das Bad. Vielleicht hatte der Blitz im Umspannwerk eingeschlagen. Vielleicht war auch nur eine Sicherung rausgeflogen.

Nick betrat den Hausflur, hielt das Handy mit eingeschalteter Taschenlampen-App in der Hand und suchte den Sicherungskasten, der an der Wand zum Treppenhaus angebracht war. Der Schalter war gekippt. Er legte ihn wieder um. Alles wurde hell. Auch im Flur unten. So einfach war das im Grunde, dachte er. Licht oder Dunkelheit. Einfach den Schalter benutzen.

»Hi, Nick.«

Nick zuckte zusammen und ließ beinahe das Handy fallen. Unten an der Treppe stand Lola, an den Türrahmen gelehnt, und schaute ihn an. Sie trug nichts als ein Trägerhemdchen mit dem Bandlogo der Ramones, das ihr knapp über die Hüften reichte, und einen Slip. Er spürte ihre Blicke auf sich. Sie tasteten ihn ab. Schließlich hatte er nur das Handtuch um die Hüften gewickelt. Wer wusste, welche Perspektive sich ihr von dort unten bot.

Nick trat einen Schritt zurück, schloss den Sicherungskasten und sagte: »Strom war weg.«

»Habe ich gemerkt. W-Lan war futsch. Hatte plötzlich keine Verbindung mehr mit dem Handy. Wollte auch gerade nach den Sicherungen schauen.«

»Es war die Hauptsicherung.«

Lola nickte. Betrachtete Nick weiterhin. Interessiert. »Warste eben noch mal weg? Ich habe dein Auto und die Tür gehört. Notfalleinsatz?«

»Sozusagen.«

»Bei dem Wetter?«

»Ist manchmal so.«

»Quickie mit deiner Freundin?« Sie grinste.

»Ich habe keine.«

»Solltest du mal ändern.«

»Ich musste was regeln«, erklärte Nick. »Nichts Besonderes.«

Lola nickte, sog an der Unterlippe. »Darf ich dich was fragen?«

Nick zuckte mit den Achseln. »Klar«, sagte er.

»Klingt vielleicht blöd, aber …«

»Nur zu.«

»Du brauchst auch echt nicht zu antworten …«

»Frag mich halt.«

Lola fragte: »Hast du schon mal wen im Einsatz erschossen?«

»Ja«, erwiderte Nick.

»Wie fühlt sich das an?«

»Nicht sehr gut.«

Lola lächelte. Schluckte. »Wow«, sagte sie und fragte: »Mit der Dienstwaffe?«

»Natürlich.«

»Hast du auch eine eigene Pistole? Ich meine: hier im Haus?«

Nick beschloss, ihr besser nichts von seiner privaten Waffe zu erzählen. »Eine Dienstwaffe habe ich«, sagte er.

»Würde ich ja gern mal anfassen. Mal schießen. Ist bestimmt ein geiles Gefühl.«

»Das wird überschätzt.«

Lola spielte mit einer losen Haarsträhne, fuhr mit den Zehen über ihren Fußrücken, blickte auf Nicks Hüften, dann wieder in sein Gesicht. Scheiße, dachte Nick. Er hoffte, dass er die Signale falsch deutete. Er sollte besser schnell in sein Zimmer verschwinden.

Lola sagte: »Heitzer schläft so dermaßen fest – der würde nicht mal aufwachen, wenn du deine Kanone neben seinem Ohr abfeuern würdest.«

»So tief«, sagte Nick, »werde ich jetzt auch schlafen. Gute Nacht.«

Lola wedelte mit den Fingern, statt zu winken. »Sayonara, Nickieboy«, sagte sie und wartete, bis er vom Flur verschwand.

Nick schloss die Tür hinter sich und atmete durch. Irgendetwas in ihrem Tonfall hatte Nick einerseits überhaupt nicht, andererseits ziemlich gut gefallen. Etwas, dem sich kein Mann jemals würde entziehen können und das eine Frau wie Lola so zielsicher einzusetzen wusste wie ein Scharfschütze seine individuell angefertigte Munition.

Nick ging zurück ins Bad und suchte nach dem Valium. Er fand den Blister, drückte eine Diazepam heraus und klemmte sie zwischen die Zähne. Er zählte die verbliebenen Tabletten ab. Viele waren es nicht. Waren das nicht neulich noch mehr gewesen? Hatte er so viel genommen oder einfach den Überblick verloren?

Er ging zum Bett, neben dem der Jack Daniels stand. Er nahm die Flasche in die Hand, schraubte sie auf. Dann schraubte er sie wieder zu, stellte die Flasche zurück und holte sich ein Glas Wasser aus der Küche, um die Pille runterzuspülen. Für das, was vor ihm lag, brauchte er einen klaren Kopf. Der geringste Fehler könnte ihn auffliegen lassen. Und in dem Fall, dachte er, bliebe ihm eigentlich nur noch eines übrig: die Glock aus dem Zubehörfach im Gitarrenkoffer nehmen und sich selbst in den Kopf schießen.

Sayonara, Nickieboy.

15

Die Sonne hatte die regennassen Straßen schnell wieder getrocknet. Dazu ein heißer Wind, der schon am Morgen aufgekommen war und wie ein Fön über das Land blies. Einige Stunden später schlug einem die Hitze, wenn man ins Freie trat, entgegen wie aus einem geöffneten Umluftbackofen, weswegen die meisten Menschen lieber drinnen blieben.

Nick nutzte die Mittagspause, um den Mercedes zu waschen. Dornberg hielt die Stellung im Büro, während Nick zurück nach Nordbek fuhr. Heitzer hatte die Stoßstange wieder befestigt und gemeint, das mit der Tür wäre zwar eine Schande, lasse sich aber gut ausbeulen. Zum Glück sei der Lack okay. Er hatte sich dann zur Siesta ins Haus zurückgezogen, wo er sich vor die mobile Klimaanlage legen wollte.

Nick hatte den Mercedes in der zur Tankstelle gehörenden SB-Waschanlage gründlich gereinigt mitsamt Unterbodenwäsche, die Reifenprofile akribisch mit dem Hochdruckreiniger besprüht, den Kofferraum ausgesaugt, die Einlegematten ebenfalls mit dem Hochdruckreiniger bearbeitet und sämtliche offenen Metallflächen abgewischt. Das Innere vom Auto hatte er sich ebenfalls vorgenommen. Ziemlich verrückt bei der Affenhitze. Aber notwendig. Die Sachen, die er gestern Nacht getragen hatte, steckten in einem Müllsack und dieser Müllsack inzwischen in einer Mülltonne, die hinter einer Pizzeria stand, an der Nick jeden Tag vorbeifuhr.

Der Mercedes dampfte. Die Luft über dem Asphalt flirrte. Alles war still. Nick warf die noch klammen Fußmatten wieder in den Wagen, ließ die Türen offenstehen und trank eine halbe Wasserflasche leer. Er schwitzte. Unter den Achseln seines Uniformhemdes zeichneten sich Schweißflecken ab. Der Stoff klebte am Rücken.

Mit der Flasche in der Hand wandte er sich zum Verkaufsraum. Durch die großen Scheiben sah er Lola und Frankie, der seine Mittagspause ebenfalls klimatisiert verbrachte. Beide aßen Eis. Lola saß hinter der Kasse und hatte die Füße auf den Tresen gelegt – wie an dem Tag, an dem Nick hergekommen war. Frankie lehnte davor und erzählte irgendetwas. Er trug nur ein Muskelshirt und ging fraglos regelmäßig ins Fitnessstudio, was seine Wirkung auf Lola nicht zu verfehlen schien.

Nick konnte nicht sagen, ob die beiden etwas miteinander hatten. Lola war schwer einzuschätzen, ohne Frage sehr flirty und offenherzig. Es schien sie nicht zu interessieren, ob sie mit Heitzer verlobt war oder nicht. Und wer weiß, ob sie Heitzer nur deswegen um den Finger gewickelt hatte, um ein Auskommen zu haben. Heitzer war vielleicht nicht reich, aber mit Sicherheit bereit, alles zu tun, um Lola zu halten und von ihr zu bekommen, was sie ihm zu geben bereit war.

Aber Nick hatte andere Sorgen. Deutlich größere. Er

wollte gerade die Autotür zuwerfen, als mit lautem Dröhnen einige Motorräder auf die Tankstelle rollten. Schwere Maschinen und in den Sätteln schwere Jungs. Muskulöse Kerle in Kutten mit Aufschrift. Nick zählte fünf Motorräder, nicht alle durstig nach Sprit, wie es aussah, denn es stiegen nur zwei Biker ab, um ihre Tanks zu füllen. Es waren sogar insgesamt sechs Biker. Einer saß hinten auf einer Harley Davidson.

Schon beim Heranfahren hatten sie Nick in seiner Polizeiuniform bemerkt und ihn mit kurzen Blicken gescannt. Das taten sie jetzt wieder, lösten die Helme, und der Sozius der Harley stieg ab. Nick sah in das breit grinsende Gesicht von Kalle Harm. Der Kerl, dessen Akte Nick gestern aufgerufen hatte. Er war der Mann, auf dessen Konto Nicks verbeulte Tür ging. Denjenigen, bei dem er mitfuhr, erkannte Nick ebenfalls – Harms Begleiter auf dem Parkplatz vor dem »Roadhouse«.

»Das ist ja eine Schande!«, rief Harm. »Bei so einem Auto die Tür demoliert! Da muss man schon ziemlich bescheuert sein, oder?«

Nick blieb gelassen. Die Biker grinsten mit Harm um die Wette.

Harm sagte zu den anderen: »Wisst ihr, was der mit Benno und mir gemacht hat? Wollte sich prügeln, der Bulle, ist uns angegangen, als er privat im ›Roadhouse‹ war.«

Nick blieb weiter unbeweglich stehen. Das Grinsen verschwand aus den Gesichtern.

»Das ist Nick Beck, der Dorfbulle. Schaut ihn euch genau an, Jungs! Und seine Schrottkarre, schaut die euch noch viel genauer an!«

Was die Biker taten.

Harm fühlte sich mit der Gang im Rücken stark. Nick nahm an, dass er und seine Freunde häufiger zum Tanken hierherkamen. Bislang waren sie ihm nicht aufgefallen. Aber mit dem Gangnamen würde er etwas anfangen können und außerdem Heitzer oder Lola oder Frankie nach Harm und seiner Rotte fragen.

Er spürte die Vibration des Handys in seiner Hosentasche. Er zog es hervor und sah, dass der Anruf von Dornberg kam.

»Mittagspause beendet«, sagte Dornberg. »Spaziergänger haben im Wohldorfer Wald etwas gefunden.«

»Okay«, sagte Nick.

Er wusste genau, *was* die Spaziergänger gefunden hatten.

16

Cleo hatte die Nachricht auf dem Flur gehört. Sie war gerade dabei gewesen, die Adressen von Fannys Partygästen nach der Liste zusammenzustellen, die sie von Monecke erhalten hatte, und kurz in die Teeküche gegangen. Danach hatte sie eigentlich Frantzen im Krankenhaus besuchen wollen, um zu sehen, wie es ihm mit seinem Oberschenkeldurchschuss ging.

Dann sagte jemand die Worte: *Wohldorfer Wald. Leichenfund. Weiblich. Mitte zwanzig. Blond. Fast nackt.*

Das war nicht ihre Baustelle. Mordkommission, und zu der gehörte sie leider nicht. Dennoch fühlte es sich an, als habe jemand ihren persönlichen Alarmknopf gedrückt.

Die Vermisste. Fanny Monecke.

Cleos Gefühl sagte ihr, dass sie richtig lag. Und falls es sich bei der Toten wirklich um die Vermisste handeln würde, dann stünden Befragungen der Partygäste von jetzt an sowieso auf einem anderen Blatt Papier, müssten neu vorbereitet werden – und konnten daher warten.

Cleo hatte sich umgehend einen Dienstwagen genommen und war losgefahren. Wenig später kam sie am Wald an, wo eine Einfahrt bereits von einer Polizeistreife abgesperrt war.

Einige Schaulustige standen auf der anderen Straßenseite herum, auch ein Kamerateam und zwei Fotografen. Cleo ließ das Fenster herunter, um ihren Ausweis vorzuzeigen. Die Tür des Streifenwagens ging auf. Nick Beck kam heraus und ging auf Cleos Seite vom Wagen.

»Tag, Torner«, sagte er und tippte sich an die Mütze.

»So schnell sieht man sich wieder, Beck.«

»Leider.«

»Ist sie es?«

Nick zuckte mit den Achseln. Er sah immer noch aus, als habe er eine Grippe, wirkte aber nicht mehr ganz so zerzaust und verwahrlost.

»Und deine Meinung?«, fragte Cleo.

»Ich habe die Leiche gesehen«, erwiderte Nick. »Ich denke, sie ist es.«

»Wo liegt die Leiche?«

»Immer den Weg lang. An einem Bachlauf, der seit gestern Nacht wieder randvoll ist.«

»War ein ziemliches Unwetter.«

»Ja. Katastrophal für die Spurensicherung. Die sind bei der Arbeit. Rechtsmedizin ist da. Mordkommission auch.«

»Wer?«

»Schultz und Janson.«

»Okay.«

»Soll ich dich durchlassen?«

Cleo winkte ab. »Ich halte am Straßenrand. Ist ja wohl nicht weit.«

»Nein.«

Cleo setzte einige Meter zurück, parkte rückwärts ein,

stieg aus und ging dann zu Nick. Heute roch er nicht nach Minzbonbons. Die Luft im Wald war angenehm frisch, feucht und noch nicht so heiß, der Boden vollgesogen mit Wasser. Überall standen Pfützen.

Sie sagte: »War zu befürchten, dass es Fanny sein könnte, oder?«

»Spaziergänger haben sie heute Mittag gefunden. Sieht aus, als sei sie erwürgt worden. Deswegen die Mordkommission.«

»Das konnten die schon so klar sagen?«

»Bei manchen sieht man es auf den ersten Blick.«

Cleo verstand. »Bis gleich«, sagte sie.

»Bis gleich«, erwiderte Nick.

Cleo marschierte los, schob den Dienstausweis in die Gesäßtasche ihrer Jeans. Sie betrat den Wald, wich einigen Pfützen und abgebrochenen Ästen vom Gewitter der letzten Nacht aus. Hundert Meter weiter erkannte sie am Wegesrand geparkte Autos und schließlich Kollegen von der Spurensicherung, die gerade ihre weißen Overalls auszogen und offensichtlich fertig mit der Arbeit waren.

Sie verließ den Weg und wies sich an einer Absperrung mit Flatterband nochmals aus. Schließlich gelangte sie zum Fundort, wo die Leiche gerade von der Rechtsmedizin in Augenschein genommen wurde. Sie lag zur Hälfte in einem Bach, der nach dem Starkregen von gestern ziemlich viel Wasser führte. Sie war unbekleidet – bis auf einen BH.

Cleo verstand sofort, was Nick damit gemeint hatte, dass man den Mord auf den ersten Blick erkennen würde. Der Hals der Toten war dunkel verfärbt – eindeutig Würgemale.

Der Rechtsmediziner drehte gerade den Kopf der Toten hin und her und untersuchte ihn. Cleo konnte das Gesicht sehen. Zu neunundneunzig Prozent war das Fanny Monecke.

»Moin.«

Cleo drehte sich herum. Schultz und Janson standen da. Sie kannte die beiden, hatte in einem anderen Fall mit ihnen zu tun gehabt – Schießerei in St. Georg mit zwei toten Drogendealern. Schultz trug einen Porkpie-Hut auf dem ansonsten kahlen Schädel, was ihn wie Gene Hackmann in »French Connection« aussehen ließ. Janson hatte ausreichend Haare – halblang auf dem Kopf und einen langen Hipsterbart.

»Moin«, erwiderte sie.

»Was machst du denn hier? Ist das eine Drogensache?«, fragte Schultz.

»Nein, eine Vermisstensache«, sagte Cleo. »Bin kurzfristig versetzt worden.«

Schultz und Janson wirkten interessiert. Die Überfliegerin Torner auf einmal versetzt? Da steckte doch irgendwas dahinter.

»Wegen der Sache mit Frantzen? Dieser Einsatz kürzlich? Haste was verbockt?«, fragte Janson.

»Nein«, kürzte Cleo ab.

»Ich weiß, wie das ist. Ist scheiße. Tut mir leid«, sagte Janson, erklärte es aber nicht weiter.

»Nein, es hat nichts mit der Schießerei zu tun. Ich habe auch nichts verbockt. Es hat andere Gründe«, sagte Cleo.

Schultz und Janson fragten nicht weiter nach. Aber es war ihnen anzusehen, dass es in ihren Gehirnen weiterarbeitete und sie ihr nicht abkauften, dass sie *nicht* strafversetzt worden war.

»Wir haben eine vermisste Person: Fanny Monecke«, erklärte sie dann, zog das Handy aus der Tasche und rief ein Foto von Fanny auf. Dann erklärte sie ein paar Hintergründe, dass sie vom Leichenfund gehört hatte und sie annahm, bei der Toten könnte es sich um Fanny handeln.

»Schöne Scheiße«, sagte Janson und fuhr sich mit der Hand über den Bart, »wenn die das wirklich ist. Nichte von einem Großindustriellen – na, dann mal gute Nacht.«

»So groß ist Monecke nun auch wieder nicht.«

»Trotzdem. Viel Medienrummel. Haben wir jetzt schon. Haste gesehen? Die lauern dahinten.«

»Ja, die habe ich gesehen.«

»Die Spaziergänger, die die Leiche gefunden haben, hatten nichts Besseres zu tun als gleich alles im Netz zu posten. Jetzt weiß es die halbe Welt.«

»Schickst du mir die Vermisstenakte?«, fragte Schultz.

Na toll. In diesem Moment war ihr der Fall aus der Hand genommen worden. So schnell. Zack – geh wieder an den Schreibtisch und kümmere dich um Falschparker, Torner.

Cleo nickte. »Klar«, antwortete sie. »Schicke ich dir.«

Janson musterte Cleo einen Moment lang. »Haste gerade viel zu tun?«

Sie zuckte mit den Achseln und lachte kurz. »Keine Ahnung. Ich hatte bisher nur diese Vermisstensache auf dem Tisch.«

»Ihr wart doch schon bei Monecke. Kannste da vielleicht noch mal hin? Bevor der aus den Medien vom Leichenfund erfährt? Bei der Gelegenheit frag ihn mal, ob wir ein Go für die DNA seiner Nichte bekommen. Dann soll die Spusi da mal vorbeifahren und was sammeln.«

»Bist du sicher, dass ich das machen soll?«

Janson zuckte mit den Schultern und nickte gleichzeitig. War ihm offenbar egal.

»Logo«, erwiderte Janson. »Ich sag ja, ich weiß, wie das ist. Außerdem haste den Vermisstenfall ja noch nicht abgeschlossen.«

»Nein«, sagte Cleo.

»Siehste.«

Sie lächelte. »Danke. Und Okay.«

17

Nick steuerte den Streifenwagen wie im Autopilotmodus. Seine Hände waren schwitzig. Das linke Augenlid zuckte, was man zum Glück hinter der Sonnenbrille nicht sah. Er fühlte sich, als sei er zersplittert und nur teilweise wieder zusammengesetzt worden. Cleo neben ihm schwieg, blickte aus dem Seitenfenster, kaute nachdenklich am kleinen Fingernagel.

Die Karten lagen nun auf dem Tisch, dachte Nick. Das Spiel konnte gut oder sehr schlecht für ihn ausgehen. Aber er musste es spielen, um der Wahrheit auf die Spur zu kommen und den Mörder von Fanny Monecke zu finden. Gott, er würde ein Königreich für seinen Flachmann geben oder einen neuen Blister Diazepam. Er hatte nur noch zwei Pillen gezählt, dabei hatte er fest damit gerechnet, dass es mehr sein müssten. Neue müsste er sich allerdings verschreiben lassen, was nicht gut war, weil das auffallen würde, oder sich welche unter der Hand besorgen – was noch viel schlechter war, falls es auffiel.

Abgesehen davon brauchte er einen klaren Kopf, keinen benebelten. Er musste aufpassen wie ein Schießhund, damit keine Spur in seine Richtung führen würde. Und falls es geschah, müsste er alles sofort im Keim ersticken. Wach bleiben, Nickieboy, und Finger weg vom Schnaps und den Beruhigungsmitteln. Doch das war leicht gesagt.

In strömendem Regen war er gestern Nacht zum Wald gefahren. Die Scheibenwischer hatten vergeblich gegen die Fluten gekämpft, die sich auf den Mercedes ergossen. Er war rückwärts in die Einfahrt zum Wald gefahren – dieselbe Einfahrt, die er vorhin mit dem Streifenwagen blockiert und dabei penibel darauf geachtet hatte, mögliche Fahrspuren vom Mercedes mit denen vom Streifenwagen zu überdecken und durch mehrfaches Vor- und Zurücksetzen auszuwalzen. Die in Folie gewickelte Leiche hatte er durch den Wald getragen, damit sich keine Schuhabdrücke in den matschigen Weg gruben, Fannys Leiche dann aus der Folie gewickelt und das Plastik wie einen Teppich benutzt, um den Körper ins Bachbett zu rollen. Der starke Regen sowie das sprudelnde Wasser würden alle verbleibenden Spuren abwaschen, hoffte er. Und der Wald war regelmäßig von Spaziergängern frequentiert, weswegen es nicht lange dauern sollte, bis die Tote entdeckt werden würde.

Cleo räusperte sich, als gerade die Flaggen von Moneckes Firma in Sicht kamen. »Der Fundort«, sagte sie, »liegt ziemlich weit von der Firma entfernt.«

»Ja«, sagte Nick.

»Fanny wurde zuletzt auf Moneckes Grundstück am Bootshaus gesehen. Aber wir finden die Leiche vier Kilometer weit weg im Wald, nahezu unbekleidet. Fanny wird wohl kaum dorthin gelaufen sein.«

»Wer weiß«, erwiderte Nick.

»Hm?«

»Sie könnte vor einem Verfolger geflohen sein – oder sie war randvoll mit irgendwelchen Substanzen und orientierungslos.«

»Ich sehe dafür keine Anhaltspunkte.«

»Wenn man auf LSD, Rohypnol oder etwas in der Art ist, kann eine Menge passieren. Ob man es freiwillig genommen hat oder nicht.«

»Allerdings wird man nicht automatisch auch erwürgt.«

»Nein«, sagte Nick.

»Sie könnte fortgelaufen sein. Jemand hat sie verfolgt, vergewaltigt und dann umgebracht. Oder sie lief zufällig einem Täter in die Arme. Oder jemand hat sie getötet und dann die Leiche im Wald versteckt.«

»Die Aufnahmen der Überwachungskameras haben gezeigt, dass außer Fanny vier Personen am Bootshaus waren. Alle vier kamen wieder zurück, Fanny nicht. Du hast die Videos gesehen«, meinte Nick.

»Wir werden mit allen Zeugen sprechen. Trotzdem muss Fanny einen Weg gefunden haben, außerhalb der Sichtweite der Kameras vom Grundstück zu verschwinden. Und einen Grund dafür muss es auch gegeben haben, falls sie sich den Kameras bewusst entzogen hat.«

Nick erwiderte nichts, dachte über seine Beobachtungen am Bootshaus nach.

Dann bog er auf Moneckes Firmengelände ab. Er spürte Cleos Blick auf sich.

»Was?«, fragte er.

»Du verschwendest deine Fähigkeiten und dein Talent im Bezirksdienst.«

Nick sagte nichts.

Cleo atmete tief aus. »Okay. Entschuldigung. Hätte ich nicht sagen sollen. Ich meine: Ich weiß, wer du bist, und ich weiß, warum du ausgeschert bist. Ich weiß, was dir passiert ist.«

»Weißt du das?«, fragte Nick. Mein Leben für einen Drink, dachte er. Oder drei Drinks.

»Ja. Nein. Also: Ich habe mich mit dem Elbripper-Fall befasst. Abgesehen davon kennt jeder Nick Beck. Und solche Sachen passieren eben.«

»Welche?«

»Wie das mit deiner Kollegin.«

Nick schwieg.

»Vor ein paar Tagen wäre beinahe ein Kollege von mir erschossen worden. Direkt neben mir«, sagte Cleo. »Eine Razzia. Ich höre etwas und sage: Da lang! Wir laufen ohne Deckung hin – und es erwischt Frantzen. Er hat Glück gehabt, nur ein Oberschenkeldurchschuss. Wäre aber nicht passiert, wenn ich es hätte ruhig angehen lassen.«

»Und dann befasst du dich plötzlich mit einem Vermisstenfall?«

»Sieht so aus. Habe von der Front an den Schreibtisch wechseln müssen.«

»Wegen Frantzen?«

»Nein, das hat andere Gründe.«

Nick fragte nicht nach. Er parkte ein, stellte den Motor aus, schnallte sich ab. Hielt einen Moment inne. Er spürte, dass all seine Nervenenden vibrierten, und zwang sich zur Ruhe.

»Torner«, sagte er leise. »Vielleicht kennst du den Elbripper-Fall. Vielleicht hast du gehört, was mit Betty Duschkow war. Hast aufgeschnappt, was die Leute reden. Aber du hast nicht die geringste Ahnung, wie das wirklich ist. Keinen blassen Schimmer.«

Cleo wich etwas zurück, schluckte. »Okay«, sagte sie. »Entschuldigung. Habe verstanden.«

»Gut«, erwiderte Nick, schnallte sich ab und stieg aus.

Cleo schwieg, als sie nebeneinanderher gingen und das Foyer erreichten. Am Empfang sagte sie, dass sie mit Herrn Monecke reden müssten, und wurden direkt zu ihm vorgelassen. Als sie zum Büro kamen, stand Monecke bereits halb auf dem Flur, hielt die Türklinke in der Hand und bat Cleo und Nick herein. Moneckes Assistent war ebenfalls da und trug trotz der Hitze wieder einen dreiteiligen Anzug.

Monecke wirkte wie versteinert und sagte mit belegter Stimme: »Mein Assistent Dimitri hat mir erzählt, dass die Medien von einem Leichenfund im Wald schreiben. Von einer weiblichen Leiche.«

Nick musterte Dimitri. Dimitri musterte Nick, und Nick wünschte sich, dass sich der Boden öffnen und er in den Schlund zur Hölle hinabstürzen würde. Er wäre jetzt überall lieber als hier. Aber er nahm an, dass es nicht die letzte schwierige Situation war, die ihm bevorstand.

Schließlich blickte Nick zu Monecke, dem Cleo gerade erzählte, dass man tatsächlich eine weibliche Leiche im Wald gefunden habe, die allerdings noch nicht identifiziert worden sei, und die Polizei darum bitte, DNA von Fanny sammeln zu dürfen, um festzustellen, ob es sich um Fanny handelte. Sie sprach ruhig und kontrolliert, in einer solchen Situation konnte alles passieren. Menschen drehten durch, wenn sie erfuhren, dass ihnen nahestehende Personen möglicherweise ums Leben gekommen waren. Brachen zusammen. Schlugen um sich. Oder blieben stoisch wie Monecke – bevor dann alles mit einiger Verzögerung wie ein Tsunami über sie hereinbrach. Cleo machte ihre Sache gut.

»Ist sie es?«, fragte Monecke, sah über Cleo hinweg und pinnte Nick mit dem Blick an die Wand.

»Das können wir noch nicht verlässlich sagen, Herr Monecke«, sagte Cleo.

»Was glauben Sie?«

»Auch dazu können wir zum gegenwärtigen Zeitpunkt nichts sagen, tut mir leid.«

»Wurde sie ermordet?«

»Ob die Leiche ein Mordopfer ist, wird die rechtsmedizinische Untersuchung ergeben.«

»Wie soll sie sonst in den Wald gekommen sein?«

Nicks Kehle war stocktrocken. Es fühlte sich an, als würde ihm der Schweiß in Strömen aus den Handflächen schießen. Seine Knie waren weich. Moneckes Blicke schnitten ihm wie Eiszapfen durchs Gehirn und schienen gleichermaßen nach etwas zu suchen, während Cleo mit ihm sprach. Vielleicht, dachte Nick, hatte Monecke ihn instinktiv als das schwächere Glied ausgemacht. Jemand, dessen Gesichtsausdruck etwas verraten würde. Und im Moment war Nick definitiv das schwächere Glied, das darum kämpfte, so neutral wie möglich zu bleiben und sich nicht auf der Stelle übergeben zu müssen.

»Aktuell«, sagte Cleo, »wissen wir noch überhaupt nichts, Herr Monecke. Es geht zunächst nur um die Identifikation. Unter Umständen müssen wir danach noch einmal zu Ihnen kommen. Jedenfalls wäre es gut, wenn Sie zustimmen würden, dass einige Kollegen ein paar persönliche Gegenstände von Fanny abholen – und wir uns noch einmal am Bootshaus umsehen dürfen.«

»Natürlich«, sagte Monecke.

Sein Blick ließ Nick nicht los.

18

Etwas später, als die Polizisten wieder fort waren, stand Monecke mit Dimitri im Büro. Durch das Fenster beobachtete er zwei andere Polizisten, die mit Alukoffern zum Bootshaus gingen. Sie hatten zuvor in Fannys Apartment einige Bürsten und Handtücher eingepackt. Jetzt wollten sie sich dort unten umschauen. Alles nur vorsorglich, wie die Polizistin Cleo Torner mehrfach versichert hatte und wozu der andere Polizist namens Nick Beck beharrlich schwieg.

Monecke hielt die Luft an. Alles, dachte er, alles war zerstört. Pulverisiert. Nicht mehr existent, obwohl es noch da war. Wie in einem Albtraum.

»Wohldorfer Wald?«, fragte er. »Warum denn der Wohldorfer Wald?«

Er hörte Dimitri hinter sich. »Ein Versteck. Allerdings ein komisches. Das ist ein Naherholungsgebiet. Dort wird eine Leiche doch sofort gefunden. Gibt es etwas, das ich tun kann oder tun sollte?« Dimitri trat in Moneckes Blickfeld.

»Das Laptop«, sagte Monecke. »Die Videoaufzeichnungen. Zeigen Sie mir die Bilder noch einmal.«

Einen Augenblick später stand Dimitri am Schreibtisch, hatte den Computer aufgebaut und suchte die Dateien der

Überwachungskameras heraus, um sie erneut abzuspielen. Monecke drehte sich um und betrachtete die Bilder gemeinsam mit Dimitri.

»Stopp«, sagte er, tippte mit der Fingerspitze gegen das Display.

Dimitri hielt die Aufzeichnung an.

»Dieser hier«, sagte Monecke.

»Ja?«

»Sie haben gefragt, was zu tun sei«, sagte Monecke. Er blickte Dimitri an. Dimitri sah zu Monecke.

Beide verstanden sich wortlos.

19

Cleo stand auf dem Parkplatz des umzäunten Geländes im Schatten des hell verklinkerten Gebäudes. Es glich einer Schule aus den sechziger Jahren, beheimatete aber die Rechtsmedizin am Uniklinikum in Eppendorf. Sie öffnete ihren Instagram-Account und sah sich ein paar neue Bilder von Susann an. Sie war eine aufstrebende Malerin, hatte einen tollen Galeristen und hatte Cleo eben eine Voicemail über WhatsApp geschickt. Was denn jetzt mit dem Brautkleid wäre, und wann sie sich treffen sollten, um das nachzuholen? Außerdem hatte ihr eine Freundin von einer super Location für Partys berichtet – ob Cleo nicht noch mal darüber nachdenken wollte, ob sie wirklich auf dem Land bei Christians Eltern feiern sollten?

Tja, dachte Cleo: Sie würde wohl nicht darum herumkommen. Der Termin beim Standesamt in Elmshorn stand längst fest, ebenso die Reservierung in dem Restaurant an der Krückau, die in die Elbe mündete. Chris hatte darauf bestanden, dass sie in seiner alten Heimat feierten. Cleo war es eigentlich egal gewesen. Aber in den letzten Wochen hatte sie sich immer wieder gefragt, ob ihr das wirklich so gut gefiel und es zu ihr passte: eine Hochzeit quasi auf dem Dorf – was

Susann natürlich wusste und spürte. Ihre ganzen Freunde lebten ja in Hamburg, Cleos Eltern ebenfalls, weswegen irgendwie nicht so klar war, warum es ausgerechnet Elmshorn sein musste? Nur damit konnte Cleo jetzt nicht einfach ankommen – hallo, ich habe es mir anders überlegt, alles noch mal umbuchen, bitte schön! Chris würde – zu Recht – ausrasten.

Cleo schickte Susann eine Antwort, die besagte, dass sie wegen des Jobwechsels im LKA mit der Chefin bezüglich des halben freien Tages noch reden müsse, und steckte das Telefon wieder ein. Sie beobachtete eine Frau in ihrem Alter, die auf dem Bürgersteig der anderen Straßenseite einen Kinderwagen vor sich herschob. Der Inhalt brüllte sich die Seele aus dem Leib. Die Mutter beugte sich nach vorne und versuchte vergeblich, das Baby zu beruhigen. Sie wirkte gestresst, und trotz des seit Wochen andauernden Sonnenscheins schien sie nicht viel davon abbekommen zu haben.

Cleo sah sie vor sich – im abgedunkelten Wohnzimmer, das Fernsehprogramm in Dauerschleife, das verschwitzte Kind an der Brust, die Mutter ausgelaugt und zermürbt von Babykoliken und Schlafmangel.

Cleo kaute auf der Unterlippe und fasste sich beiläufig an den Bauch. Sie drehte sich um, als sich die automatischen Schiebetüren zur Rechtsmedizin öffneten und Janson und Schultz ausspuckten. Beide zogen ihre Sonnenbrillen fast gleichzeitig, um sie aufzusetzen, und trugen Aktenkladden unterm Arm.

»Mensch, Torner«, sagte Schultz und setzte seinen Porkpie-Hut auf. »Was machst du denn hier? Leg dich doch lieber an die Alster zum Sonnen.«

Cleo rang sich ein Lächeln ab. »Besser nicht. Da brennt einem die Sonne die Haut weg.«

»Ist wirklich krass dieses Jahr«, erwiderte Schultz.

»War letztes Jahr schon heftig«, ergänzte Janson. »Brauchste nicht mehr nach Andalusien fliegen. St. Peter-Ording reicht.«

»Und?«, fragte Cleo. »Was hat die Untersuchung ergeben? Ist sie es?«

Schultz und Janson nickten gleichzeitig.

»Von vorne stranguliert«, erklärte Janson, »etwa vor achtundvierzig Stunden. Allerdings mit so etwas wie einem T-Shirt oder einer Decke.« Er ballte zwei Fäuste und tat so, als habe er ein Handtuch dazwischen. »Sie liegt auf dem Rücken, Angreifer über ihr oder auf ihr. Hämatome an den Oberarmen. Der hat auf ihr gekniet. Sie hatten Sex. Keine vaginalen oder analen Verletzungen, aber Hämatome an den inneren Oberschenkeln. Kannste also nicht klar sagen, ob es eine Vergewaltigung war oder grober Sex. Sie haben Abstriche gemacht, glauben aber nicht, dass sie was finden. Die Leiche lag ja größtenteils im strömenden Wasser, da ist alles gründlich durchgespült worden. Wird wahrscheinlich generell schwierig mit Täterspuren am Opfer.«

»Außerdem hat sie Verletzungen am Bein«, ergänzte Schultz. »Eine Risswunde am Oberschenkel, Wunden am Unterschenkel, einen Schienbeinbruch. Der Doc sagt, es sehe aus, als sei etwas auf das Bein gefallen oder darüber gerollt. Könnte beim Beseitigen der Leiche passiert sein. Oder vorher schon.«

»Hm«, machte Cleo und hörte weiter zu.

Schultz sagte: »Es wäre denkbar, dass sie angefahren wurde, dann vergewaltigt und erwürgt. Oder sie wurde vergewaltigt und floh, wurde vom Verfolger umgefahren, dann getötet und zum Wald gebracht.«

Cleo erwiderte: »Fanny war während der Party im Bootshaus und ist anschließend verschwunden. Auf den Videokameras sah es so aus, als seien vier Personen zu dem Bootshaus gegangen, in dem sie sich wahrscheinlich zuletzt aufhielt. Irgendetwas ist da passiert. Aber es ist unklar, wie sie das Bootshaus wieder verlassen hat. Die vier anderen wurden dabei gefilmt. Sie nicht.«

»Die Kollegen werden den Fundort absuchen. Das Bootshaus und das gesamte Areal nehmen wir auch genau unter die Lupe.«

»Wann?«, fragte Cleo.

»Fundort läuft aktuell, bei Moneckes im Haus geht es danach weiter.«

»Ich kann auch mit jemandem reden, wenn ihr Hilfe braucht?«

Janson und Schultz sahen sie an. Cleo hielt ihren Blicken stand.

Janson sagte: »Torner, wie gesagt, ich kapiere ja, dass du in einer beschissenen Situation bist und zu viel Dampf auf dem Kessel hast und dir das nicht aus den Händen nehmen lassen willst. Ich weiß ja auch, wie es ist, ich meine ja nur …«

»Genau«, erwiderte Cleo. Sie dachte nach, verschob das Gewicht von einem Fuß auf den anderen. »Außerdem ist da etwas an dem Fall, das mich berührt. Ich muss da noch dranbleiben.«

»Schlecht, wenn dich das emotional mitnimmt, das weißte, oder? Gerade dann wäre Abstand besser.«

»Ich hatte den Fall in den Fingern, und ich finde sowieso, dass ich in der Mordkommission besser aufgehoben wäre als bei Schuddebohm«, erwiderte Cleo.

Janson blähte die Backen, zuckte mit den Achseln. »Ja, weißt du«, sagte er, »ist halt eine andere Abteilung, was soll ich sagen? Dann rede mit der Schuddebohm, die redet mit uns und lässt sich was einfallen.«

Cleo nickte.

»Aber«, sagte Janson, »du kannst nicht wie ein Schmetterling zwischen den Abteilungen hin- und herflattern, oder?«

»Mal sehen«, sagte Cleo.

»Wieso nicht?«, fragte Schultz gleichzeitig.

»Hä?«, machte Janson.

»Wieso soll sie nicht wie ein Schmetterling flattern?«

»Was redest du denn da?«

Cleo musste schmunzeln.

Janson sagte: »Ich will halt nicht, dass sie Ärger bekommt oder so.«

Schultz sah Janson an. »Worüber haben wir im Wagen gesprochen?«

»Ja. Okay. Hast ja auch recht.«

»Also?« Schultz machte eine auffordernde Geste.

»Es ist so«, sagte Janson dann zu Cleo, »dass wir ein bisschen auf Kante genäht sind. Urlaubszeit, zwei Leute krankgeschrieben. Beschissene Planung, Rationalisierungen. Seit Beck weg ist, sind noch zwei weitere Leute weg, und die haben das nicht wieder aufgefüllt. Und wir stehen da und gucken in die Röhre. Verstehste?«

»Verstehe«, nickte Cleo.

»Und«, sagte Janson »eigentlich isses ja eh noch dein Fall. Bis wir die DNA abgeglichen haben und die Fingerabdrücke und die Leiche von einem Angehörigen angeschaut wurde, haben wir ja noch locker zwei Tage. Bis dahin kannste deinen Vermisstenfall im Prinzip ja noch offenlassen.«

»Mein Gott«, sagte Schultz, nahm den Hut ab und fuhr sich über den Schädel, den er kurz zuvor geschüttelt hatte: »Was der Kollege sagen will, Torner: Bleib einfach am Ball, so lange du kannst, und unterstütz uns ein wenig. Vielleicht geht da ja doch noch was.«

Cleo verstand, nickte und lächelte.

20

Nick fuhr mit dem Streifenwagen in Richtung Monecke, bog aber ein ganzes Stück vorher ab. Er wählte eine Seitenstraße, und als er an der Unfallstelle, wo er Fannys Leiche überrollt hatte, ankam, fuhr er rechts in einen Feldweg, wo er parkte. Dort stieg er aus und sah sich um. Die Sonne hatte längst jede Feuchtigkeit aus der Luft gebrannt und alle Pfützen ausgetrocknet. Er ließ den Blick über das flache Land und die schnurgerade Straße streifen.

Wie, fragte er sich, war Fannys Leiche hierhergekommen? Und warum? Links von ihm befand sich die Fahrbahn, rechts davon erstreckte sich ein Feld bis hin zu einem kleinem Wald, in dessen Nähe die Silhouette von Moneckes Wurstfabrik und die Fahnen zu erkennen waren. Luftlinie vielleicht vierhundert Meter, schätzte Nick. Er griff in die Hosentasche, zog eine Rolle Minzbonbons heraus und drückte sich eines in den Mund. Merkwürdiger Geschmack, so ganz ohne Alkoholreste. Er würde sich daran gewöhnen.

Nick sah sich weiter um. Er folgte dem Feldweg, bis er schließlich endete. Das Getreide war vom Regen und vom Wind zum Teil plattgedrückt. Er zog das Handy aus der Tasche, öffnete Google Maps und lokalisierte seinen Standort. Dann vergrößerte er den Ausschnitt auf das parkähnliche Areal der Wurstfabrik. Der Teich war zu erkennen.

Nick dachte an die Besichtigung vor Ort. Am hinteren Ende des Teichs befand sich eine Pforte, nicht sehr hoch. Man konnte drüberklettern. Daneben ein kleiner Verschlag, vielleicht für Gartengeräte, kaum zu erkennen, verhangen von Ästen und Buschwerk. Ob das Tor abgeschlossen war? Wenn sich die Spurensicherung vor Ort umsah, würde ihr die Pforte vermutlich auffallen. Aber sie würden sie nur dann genauer unter die Lupe nehmen, wenn jemand ihnen einen Hinweis darauf gab, dass das Tor Relevanz für die weiteren Ermittlungen haben könnte.

Nick nahm an, dass Fanny entweder über dieses Tor hinweg entkommen und auf dem Weg zur Straße getötet worden war. Oder jemand hatte sie vorher ermordet, die Leiche hinüber gewuchtet und anschließend auf die Straße geworfen. Aber warum? Eine Leiche würde man eher verschwinden lassen und nicht wollen, dass sie gefunden wird. Ansonsten hätte der Täter Fanny ja gleich im Bootshaus lassen können.

Das Problem war allerdings: Die Kollegen würden davon ausgehen, dass Fanny von hier aus zum Wohldorfer Wald gelaufen oder gebracht worden war, und nicht nur zur Straße. Was bedeutete, dass Nick zwei Theorien dafür brauchte, wie Fanny tot oder lebendig vom Monecke'schen Gelände gelangt war – eine für die Kollegen und eine dafür, was wirklich geschehen war. Es war besser, mit dem Letzteren zu beginnen, dachte Nick.

Er ging tiefer in das Feld hinein und glich seinen Standort

immer wieder mit Google Maps ab. Fünf Minuten später erreichte er die Baumreihen, die Moneckes Gelände einfassten. Er ging einige Schritte nach rechts und sah die Pforte im dichten Buschwerk, das ihm etwa bis zur Schulter reichte. Er hörte ferne Stimmen, meinte, ein- oder zweimal etwas Weißes aufblitzen zu sehen. Schien so, als sei die Spurensicherung bereits bei der Arbeit. Am Tor war nichts weiter auffällig. Es war aus rostigem Metall, schien lange nicht mehr geöffnet worden zu sein und war mit einer Kette an einem Zaunpfahl befestigt. Daran hing ein altes Schloss. Nick betrachtete beides. Schwer zu sagen, ob es vor kurzem geöffnet worden war. Jetzt war es jedenfalls verschlossen.

Er sah sich auf dem Boden um – und meinte schließlich, Spuren zu erkennen. Sie mochten vom Unwetter stammen, herabgedrücktes Gras, einige gebrochene Halme und Äste. Es könnte aber auch darauf zurückzuführen sein, dass hier jemand etwas Schweres, Sperriges getragen hatte. Nick drehte sich um und ging zurück. Einige Meter weiter fielen ihm abgebrochene Ähren am Feldrand auf. Dort befand sich eine Art Grasnarbe. Sie führte bis zur Straße und direkt auf den dort abgestellten Streifenwagen zu. Das Gras schien an einigen Stellen gleichförmig plattgedrückt zu sein. Als sei ein Reifen darüber gerollt. Nick sah eine Sack- oder Schubkarre vor sich, in der Fannys Leiche vom Grundstücksgatter aus in Richtung Straße transportiert wurde.

Schließlich stand er wieder am Streifenwagen. Er stellte sich vor, wie er selbst mit der Leiche hier ankam, und fragte sich, wohin er wollte und was ihn veranlassen würde, die Leiche auf die Straße zu kippen. Die Einfahrt in den Feldweg führte etwas hangaufwärts. Womöglich hatte jemand die Kontrolle über eine schwere Schubkarre verloren, weil es plötzlich abschüssig wurde. Mochte auch sein, dass jemand gerade die Straße überqueren wollte und ein Auto kommen sah, die Nerven verlor und die Karre versehentlich umkippte, als er sie zurückzerren wollte. Aber was wäre das Ziel?

Gegenüber war nichts als dichter Bewuchs zu sehen. Dreißig Meter weiter gab es allerdings einen schmalen Weg. Wollte man dorthin, müsste man die Karre über die Fahrbahn schieben. Nick ging los, bewegte sich entlang der Straße zur Einmündung. Währenddessen überlegte er, wie die Leiche in eine solche Karre gelangt sein könnte. Entweder, jemand hatte sie aus dem Gartenhaus genommen, Fanny reingelegt und das Tor geöffnet. Wozu man allerdings einen Schlüssel benötigen würde. Oder man wuchtete die Leiche über das Tor, holte eine Sackkarre aus dem Kofferraum seines Autos und marschierte damit zur anderen Seite vom Tor um das Grundstück herum. Denkbar wäre außerdem, dass eine Person mit einer Karre dort schon bereitstand und jemand anders die Leiche über das Tor hob.

Klar war: Eine einzelne Person würde keinen mindestens sechzig Kilo schweren Körper heben können. Es sei denn, man war Möbelpacker. Dazu wären mindestens zwei Personen erforderlich. Drei, falls jemand auf der anderen Seite wartete.

Nick dachte an die Überwachungsvideos. Vier Personen waren mehrfach hin- und hergelaufen. Zwei werfen die Leiche über das Tor, überlegte er, zwei besorgen eine Sackkarre aus dem Kofferraum, die zufällig jemand dabeihat. Dann passiert beim Transport etwas Unvorhergesehenes – nämlich, dass Nick Beck sturzbetrunken auf der Straße vorbeifährt und nach seinem Flachmann greift.

Ein denkbares Szenario. Noch nicht sehr glatt, aber eine brauchbare Arbeitshypothese.

Er gelangte an die Einmündung auf der anderen Straßenseite. Der Weg hatte keinen Namen. Nick machte ein paar Schritte hinein, öffnete dann wieder Google Maps, um seinen Standort abzugleichen und zu überprüfen, wohin der Weg führte. Er blickte auf, sah eine Baustelle. Gearbeitet wurde dort gerade nicht. Er ging weiter, erkannte gigantische Röhren und zwei Kräne. Dem Anschein nach wurde dort ein neues Windrad errichtet. Das Fundament wurde gerade gegossen. Frischer Beton. Der optimale Ort, um eine Leiche verschwinden zu lassen. Rein mit ihr in die Baugrube, etwas Erde drauf. Den Rest erledigten dann die Betonmischer. Ja, dachte er, das wäre denkbar.

Nick ging zurück zum Streifenwagen und warf einen Blick auf die Armbanduhr. Dienstschluss. Aber er fühlte sich keineswegs so, als sei er mit der Arbeit fertig. Vielmehr fing sie gerade erst an. Er fuhr zurück zur Polizeistation, schloss seine Dienstwaffe weg, legte den Autoschlüssel für Dornberg in die Schublade und setzte sich in den Mercedes, um nach Nordbek zu fahren, zu duschen, sich umzuziehen und über die weiteren Schritte nachzudenken. Er stellte den Wagen vor der Werkstatt ab, stieg aus und bemerkte rechts eine Bewegung.

Frankie stolperte nach draußen, um sich sein Fahrrad zu schnappen, nestelte im Gehen an seiner Jeans und hob die freie Hand grüßend zu Nick, ohne ihn anzusehen. Er schien es eilig zu haben. Einen Augenblick später kam Lola aus der Werkstatt. Sie trug nichts als ein kurzes Sommerkleid und wirkte verschwitzt, fummelte sich in den Haaren herum, blickte aufgeregt umher, sah dann Nick und schien erleichtert. Sie winkte ihm zu und näherte sich – nicht ohne Frankie hinterherzusehen, der gerade vom Hof radelte. Nick dachte sich seinen Teil.

»Hey, Nick«, sagte Lola atemlos und lächelte. Ihre Augen waren gerötet.

»Hallo«, erwiderte er.

Sie lächelte immer noch, zwinkerte nervös, hustete. »Also, sag mal: Stimmt das mit der Toten?«

Sie hatte es also bereits erfahren. Wie wohl die ganze Stadt.

»Es wurde eine Leiche gefunden«, bestätigte Nick.

»Hat das was mit Monecke zu tun?«

Nick fröstelte. »Wie kommst du darauf?«

»Bei Moneckes Fabrik soll viel Polizei sein.«

»Es gibt dort einen Einsatz, das stimmt.«

»Was ist denn los?«, fragte sie.

»Ich darf nicht darüber sprechen.«

»Ach, komm«, sagte sie, streckte sich etwas, zupfte sich am Träger. »Echt. Morgen weiß es doch sowieso jeder. Ist was Schlimmes passiert? Mit Fanny?«

»Wie kommst du auf Fanny?«

»Polizeigroßaufgebot bei Monecke. Eine weibliche Leiche gefunden. Hallo? Ich wirke vielleicht so, aber dumm bin ich nicht, Nick.«

Nein, dachte er, das war sie nicht. Im Gegenteil, er hielt Lola sogar für ziemlich clever.

»Du kennst sie?«, fragt er.

Lola sagte: »Nein, aber ich weiß, wer sie ist. Jeder weiß, wer sie ist.«

»Und wer ist sie?«

»Nordbeks Kim Kardashian in Blond. Nur durchtriebener. Sogar durchtriebener als ich.« Sie lachte.

»Durchtrieben?«

»Na, sie ist ein Kind von Reichen und verkehrt ausschließlich in diesen Kreisen, weißt du, und einen festen Freund hat sie nicht, weil sie lieber viele hat, wenn du verstehst, was ich meine? Sie weiß, wer sie ist, und weiß, was sie hat und spielt es aus.«

»Woher weißt du das?«

»Ich höre eine Menge. Zu mir in die Tanke kommen viele Leute und quatschen.«

Nick verstand. Er wandte sich zum Gehen.

Lola kaute auf einer Haarsträhne. »Pass auf mit diesem Harm und seinen Bikern«, sagte sie.

»Warum?«

»Keine Ahnung, was da bei dir los ist, aber ich habe es ja mitbekommen und habe sie reden hören. Das riecht nach richtig Ärger.«

Nick zuckte mit den Schultern.

»Das sind Leute, die auch Sachen auf St. Pauli laufen haben. Besser, man hält sich von denen fern.«

»Besser, diese Leute halten sich von der Polizei und von mir fern.«

»Die respektieren die Polizei aber nicht. Harm hat dich im Visier. Die kommen hier öfter vorbei, haben eine große Klappe und machen einen auf dicke Hose. Aber bei manchen steckt auch was dahinter. Harm ist eine kleine Ratte. Eine, die beißt. Sei vorsichtig mit dem, echt.«

Nick lächelte knapp. »Danke«, sagte er. »Ich gehe jetzt mal duschen und ziehe mir was anderes an. Raus aus der Uniform.«

»Ich find Uniformen ziemlich cool.«

»Ich nicht.«

»Eine Dusche könnte ich auch vertragen«, sagte Lola und schaute Nick dabei an. »Heitzer ist ein paar Ersatzteile besorgen. Frankie macht Mittag. Und mich lassen sie ganz alleine hier.«

»Zum Glück ist ja die Polizei da.«

»Mhm«, machte Lola und kaute wieder auf ihrer Strähne. »Aber du hast deine Knarre nicht dabei, falls was passiert.«

»Nein.«

»Hast ja bestimmt oben eine.«

Nick sagte nichts, lächelte noch mal und setzte wieder zum Gehen an.

»Zeigst du sie mir mal?«

»Hör auf damit.«

»Womit denn?«

»Mit allem.«

Sie zuckte mit den Schultern. »Keine Ahnung, was du meinst.«

»Doch, das weißt du. Schönen Tag noch, Lola«, sagte Nick und ging dann zum Haus, fuhr sich im Gehen durch das verschwitzte Haar und über den Bart. Er stoppte, drehte sich noch einmal um.

»Ach, Lola?«

»Ja?«

»Irgendein Friseurgeschäft, das du empfehlen kannst?«

»Für dich?«

»Ja.«

»Ich schneide Heitzer die Haare immer selbst. Ich habe so einen Profitrimmer. Für Frankie mache ich das auch. Macht mir Spaß. Ich habe mal eine Ausbildung angefangen. War aber nichts für mich. Zu viel Arbeit. Zu wenig Geld.«

»Okay.«

»Ich meine: Deine Haare sind cool so. Aber sag mir einfach Bescheid.«

»Ja«, erwiderte Nick und ging dann weiter. Er spürte, dass sie ihm hinterher sah. Er kümmerte sich nicht darum. Er hatte Dinge zu erledigen, die keinen Aufschub duldeten.

21

Morten spürte, wie etwas in ihm zersprang. Etwas, das man nicht wieder würde zusammensetzen können, ohne dass für immer Risse zu sehen wären. Er wäre niemals wieder ganz. Nur noch ein Scherbenhaufen, zusammengehalten von dem Antrieb zu überleben, weiterzumachen.

Sie hatten Fanny gefunden.

Gar kein Zweifel. Es gab keine andere Möglichkeit. Eine weibliche Leiche. Polizei bei Monecke. Die Bilder von den Streifenwagen auf dem Firmengelände und die vom Wald sprachen eine eindeutige Sprache. Die sozialen Medien und die Newsfeeds waren inzwischen voll davon. Die ersten Spekulationen wurden laut, dass es sich bei der Toten um Fanny Monecke handeln könnte, Nichte des Industriellen Klaas Monecke, gefunden von Spaziergängern im Wald.

Wieso im Wald?, fragte sich Morten.

Alles war außer Kontrolle geraten. Er gab sich selbst die Schuld daran. Dabei wusste er insgeheim, dass dem nicht so war. Auch andere hatten ihren Teil dazu beigetragen, dass der Abend auf der Party entgleist war – und das war nun das Ergebnis: eine Leiche im Wald, bei der es sich nur um Fanny handeln konnte.

Er starrte auf sein Handy, auf dem in den vergangenen Minuten mehr als zehn Nachrichten eingegangen waren. Es handelte sich um Mitteilungen von Fee und von Rasmus.

So etwas wie: »Du idiotischer Ficker, was ist da los?« oder: »Und jetzt? Was ist PASSIERT?«, hatte Rasmus gemailt.

Worauf Morten nur geantwortet hatte: »Du Scheißkerl. Ich mach dich fertig. Ich weiß, was du getan hast.«

Und Fee schrieb zurück: »Und ich weiß, was DU getan hast, Psycho. Halt bloß die Klappe. Ich mach dich fertig. Klar? Ich mach dich fertig. Bevor du auch nur daran denkst, mein Leben zu zerstören, zerstöre ich deins.« Und sie schrieb, dass die Polizei bei ihr angerufen hatte. Bei Morten hatte sie sich noch nicht gemeldet. Aber das würde sie vermutlich sehr bald tun.

»Die wollen alles wissen vom Abend. Befragen alle. Hörst du? Die werden unsere DNA haben wollen! Fingerabdrücke!«, schrieb Fee.

Die Vorstellung hatte Mortens Herz gefrieren lassen. Er musste unbedingt das Handy loswerden. Am besten in den Hafen werfen. Alle waren in heller Panik. Kein Wunder.

»Haben die bei Monecke Überwachungskameras?«, hatte er zurückgefragt.

»Da kannst du einen drauf lassen«, schrieb Rasmus, und Fee: »OMG, wir waren so blind. Und ihr denkt nur mit dem Schwanz, ihr Idioten, und kapiert gar nichts mehr!«

Was vielleicht gar nicht so falsch war. Aber vor allem waren sie alle ziemlich betrunken gewesen, und Morten hatte außerdem noch etwas geraucht. Rasmus sowieso.

Nur Marie hatte lediglich eine einzelne Nachricht geschickt. »Gott.«

Und auf keine von Mortens Mails geantwortet. Sie ging auch nicht ans Telefon, als er anrief. Deswegen musste er jetzt aufbrechen, um persönlich mit ihr zu sprechen. Sie alle durften jetzt keinen Fehler machen. Ein falsches Wort – und alles würde explodieren.

Morten packte seinen Rucksack, schickte noch eine Nachricht an Fee und Rasmus. Erstaunlich, dass er trotz seiner Angst und der tiefen Trauer in der Lage war, analytisch zu denken.

Er schrieb: »Wir sollten reden. Alle zusammen. Wir müssen uns abstimmen.«

Fee textete ihm sofort zurück. »Ja. Komm vorbei. Mit Marie. Aber ein Wort, und ich mach dich fertig …«

Morten presste die Zähne aufeinander, beherrschte sich jedoch und verzichtete auf eine Antwort. Diese Drohungen von ihr. Ihr überhebliches Getue. Und Rasmus' widerwärtiges Master-of-the-Universe-Gehabe. Das alles ging Morten fürchterlich auf die Nerven. Nein. Mehr noch. Viel mehr. Er hasste es. Er hasste sie alle beide, verachtete sie zutiefst. Dennoch waren sie nun auf unselige Art und Weise miteinander verknüpft. Und dazu gab es keine Alternative.

Also schrieb Morten nur ein »Daumen hoch« zurück – und brach dann auf zu Marie.

22

ForGenTox war ein Labor, das für öffentliche und private Auftraggeber arbeitete. Eine Behörde oder private Ermittlungsdienste brauchten forensische oder mikrobiologische Untersuchungen von Fasern oder Blut? ForGenTox war die Adresse der Wahl. Man wollte einen Vaterschaftstest oder sonstige genetischen Untersuchungen machen? ForGenTox kümmerte sich auch darum.

Nick betrat das Institut mit dem in eine Plastiktüte gewickelten Notizbuch, das mit den Klebestreifen von Fannys Körper gefüllt war. In der Tüte befanden sich außerdem die Blutprobe, die er gezogen hatte, sowie der Abstrich. Er meldete sich am Empfang, sagte, mit wem er reden wollte, und nahm das Angebot an, etwas Wasser zu trinken, während er wartete. Als er den Pappbecher leerte, wünschte sich Nick, er wäre voller Gin.

Ein paar Minuten später kam Jonas Peterson. Korrekterweise Prof. Dr. Jonas Peterson. Nick hatte einige Male mit ihm zu tun gehabt. Peterson hatte Untersuchungen vorgenommen, wenn die Labors beim LKA ausgelastet oder nicht hinreichend technisch ausgestattet waren. Er war auch als Gutachter tätig. Nick hatte ihn zudem um unabhängige Einschätzungen zum Elbripper-Fall gebeten. Außerdem konnte man mit Peterson gut fachsimpeln: Er war Bassist in einer Bluesband. Zwar trennten ihn und Nick somit zwei Saiten, aber Peterson war an allem Technischen interessiert, auch an Gitarren.

Er trug ein weißes Poloshirt, weiße Hosen, weiße Sneakers, sah kerngesund aus und grüßte Nick mit einem Klaps auf die Schulter.

»Nick, wie geht es dir – lange nicht gesehen. Viel zu lange«, sagte er mit seinem leichten dänischen Akzent.

»Man schlägt sich durch«, erwiderte Nick.

»Was macht die Gitarre?«

»Geht so.«

»Du solltest dir endlich eine Band suchen.«

Nick lächelte. Peterson wusste, dass Nicks Interesse daran eher gering war.

»Ernsthaft«, erwiderte Peterson. »Wenn du mal Lust auf eine Session hast, melde dich.«

»Werde ich.«

»Ich habe mir gerade einen 51er Precision Bass gekauft. Vintage Blond.«

»Original?«

»Custom Shop. Auf alt gemacht. Teuer genug. Für ein Original ist selbst mein Gehalt zu schmal.«

Nick lächelte wieder. Er hielt Peterson die Plastiktüte hin. »Ich brauche ein paar Gefallen«, sagte Nick. »Ich zahle privat.«

Peterson schaute auf die Tüte. »Okay?«

»Privater Auftrag«, erklärte Nick. »Sehr diskret.«

»Verstehe. Was brauchst du?«

»Analyse und Dokumentation der sichergestellten Tape-Spuren. Blutuntersuchung der beiliegenden Probe mit Tox-Begutachtung. Und da ist noch ein Abstrich.«

»Kann ein paar Tage dauern.«

»Ein paar Stunden wäre besser.«

Peterson lachte. »Du weißt doch ganz genau, was wir zu tun haben und …«

»Weiß ich«, kürzte Nick ab. »Es ist nicht die Art von Auftrag. Es ist die andere Art.« Nick wusste, dass Peterson sozusagen auch im Homeoffice tätig war, Forschung in seinem Privatlabor betrieb und außerdem ein paar Sachen nebenbei laufen hatte.

»Oh.« Peterson nickte und verstand.

»Je schneller, desto besser.«

»Ich sehe, was ich tun kann. Wird nicht ganz preiswert.«

»Der Kunde zahlt anstandslos«, ergänzte Nick mit gesenkter Stimme.

Peterson kratzte sich am Kinn.

»Springt vielleicht ausreichend für einen 64er Jazzbass heraus. Original, kein Custom Shop«, fuhr Nick fort.

Peterson lächelte knapp. Fuhr sich immer noch über das Kinn. »Mir würde Fiesta Red gefallen«, sagte er dann. »Mit Tortoise-Schlagbrett.« Peterson klopfte Nick wieder auf die Schulter, nahm die Plastiktüte und sagte ausreichend laut, so dass die Frau am Empfang es hören konnte: »Perfekt, danke für die neuen Röhren, die schraube ich gleich heute Abend in meinen Ampeg-Verstärker, bin gespannt auf den Sound.«

Eine Minute später verließ Nick das Gebäude, setzte sich

wieder in den Mercedes und fuhr quer durch die Stadt zu seinem nächsten Ziel.

Er hielt auf dem Parkplatz vor dem LKA, stieg aus, legte den Kopf in den Nacken und blickte am Gebäude hinauf. Beinahe ein Jahr war es her, dass er das letzte Mal hier gewesen war. Auf der gegenüberliegenden Seite hatte sich sein Büro befunden. Fünfter Stock. Er hatte die Aussicht nicht mehr ertragen, weil er sich ständig vorstellen musste, wie Betty Duschkow aus dieser Höhe abstürzte und auf dem Dach eines Autos aufschlug.

Nick setzte sich in Bewegung, ging zum Haupteingang, meldete sich am Empfang und nahm den Fahrstuhl. In der Kabine schloss er die Augen, lehnte sich an die Rückwand und wischte die feuchten Hände an der Jeans ab. Er musste sich beruhigen. An irgendetwas anderes denken als daran, dass er die Höhle des Löwen betreten hatte – in vielerlei Hinsicht.

Einerseits holte ihn die eigene Vergangenheit ein, andererseits die Zukunft. Er hatte die Leiche von Fanny Monecke überrollt, sie versteckt, Beweismittel vernichtet und die Leiche dann an einem anderen Ort platziert. Wenn das herauskäme, würde er mit diesem Fahrstuhl statt in den fünften Stock direkt in die Hölle fahren. Und es könnte jederzeit herauskommen. Bei der Obduktion mussten bloß kleinste Splitter oder Lackreste an der Leiche gefunden werden. Er hatte sich zwar bemüht, alles abzusuchen, und der Regen und das Wasser im Bach sollten die Wunden ausgespült haben. Die Untersuchung von ForGenTox würde ihm die letzte Sicherheit geben, ob sich *irgendwo* noch Spuren von ihm befanden.

Würde man irgendetwas finden, das einem schwarzen Mercedes 280 SE Coupé aus den Siebzigern zugeordnet werden kann, wäre er geliefert. Sein Wagen war in Hamburg so einzigartig wie eine Blaue Mauritius. Die Spur würde sofort zu Nick führen. Man würde Beschädigungen am Auto feststellen, die zum Teil vor kurzem repariert worden waren. Wer wusste schon, was in irgendwelchen Rillen im Unterboden oder an mikroskopisch kleinem Gewebe gefunden werden konnte, das die Autowäsche unbeschadet überstanden hatte.

Die Fahrstuhltür öffnete sich wieder. Nick sah die vertrauten Flure, die bekannten Bilder an den Wänden, roch die Luft, die er jahrelang inhaliert hatte. Er orientierte sich einen Moment lang. Dann ging er los und fand zwei Minuten später die Abteilung, die er gesucht hatte. Die Tür zu einem Büro stand offen. Darin standen zwei Frauen und zwei Männer. Er kannte alle. Es waren Schultz und Janson, Mordkommission. Die Frauen unterhielten sich angeregt miteinander. Die eine war Hanka Schuddebohm, die andere Cleo Torner. Sie bemerkten Nick nicht. Schultz und Janson dagegen schauten auf. Erkennen spiegelte sich in ihren Gesichtern. Beide nickten zum Gruß, schwiegen aber. Die Frauen redeten weiter.

Schuddebohm sagte: »Das hier ist kein Wunschkonzert.«

»Das hat auch niemand behauptet«, erwiderte Cleo.

»Du bist *meiner* Abteilung zugewiesen worden. Nicht der Mordkommission.«

»Ich weiß.«

»Ich brauche dich hier.«

Cleo sagte: »Die Kollegen haben ebenfalls Vakanzen. Und ich bin in dem Fall ...«

»Es war ein Vermisstenfall. Jetzt ist es ein Mordfall. Wir sind damit raus, und Schultz und Janson und ihre Kollegen sind drin. Du bist außerdem keine Mordermittlerin. Du warst bei den Drogen.«

»Ich weiß. Es geht aber ...«

»Es geht um dein Ego, Torner. Um nichts anderes. Du hältst dich für zu gut, um in dieser Abteilung zu arbeiten.«

Cleo keuchte.

Janson hüstelte. Er hielt eine rote Pappkladde in der Hand.

»Weißte, Hanka«, sagte er, »wir denken da eher an Ermittlungsunterstützung. Wenn du willst, bespreche ich das gern auf höherer Ebene und mache es schriftlich. Niemand will dir deine Leute wegnehmen. Ist nur so eine Idee, vorübergehend abteilungsübergreifend zu arbeiten. Torner ist im Bilde über die Lage. Wenn wir wieder jemand anderes hinzuziehen, braucht der ein Briefing, und alles geht von vorne los. Wir sollen doch alle strukturübergreifend arbeiten, das große Ganze, Flexibility und so? Und jetzt macht man das mal, dann isses auch wieder nicht richtig?«

Schuddebohm atmete tief durch. Cleo ebenfalls. Jetzt blickte sie auf und bemerkte Nick. Schuddebohm drehte sich um und sah Nick ebenfalls.

»Ach«, sagte sie. »Nick Beck.«

Sie musterte ihn eingehend. Was sie sah, schien ihr nicht sonderlich zu gefallen. Nick kannte Hanka Schuddebohm seit einer gefühlten Ewigkeit. Sie hatten zwei Jahre zusammengearbeitet, bevor sie dann hier die Abteilungsleitung übernommen hatte und ein paar Gehaltsstufen aufgestiegen war. Hanka war ein Karrieretyp. Taff. Haare auf den Zähnen, sagte man ihr nach, was natürlich Unsinn war. Vermutlich war das Gerücht von männlichen Kollegen in Umlauf gebracht worden, die neidisch auf ihren Job waren oder nicht damit klarkamen, sich von einer Frau etwas sagen zu lassen. Nick war dahingehend anders. Er ließ sich generell nicht gerne etwas sagen – egal von wem.

»Tag«, erwiderte Nick und klopfte symbolisch an den Türrahmen.

»Was machst *du* denn hier?«, fragte Schuddebohm.

»Der Monecke-Fall«, sagte Nick. »Ich wollte mit Cleo darüber sprechen.«

»Der Bezirksdienst kommt zum Regionalkommissariat, um mit einer Drogenermittlerin über Angelegenheiten vom Morddezernat zu sprechen?«

Nick steckte die Spitze locker weg. Zuckte nur mit den Schultern. »Ich dachte«, sagte er, »Bürokratie und Schubladendenken wären ausgestorben.«

»Ich dachte«, erwiderte sie, »Dinosaurier wie Nick Beck ebenfalls.«

»Die Knochen bleiben übrig. Kommen ins Museum. Menschen bezahlen Geld, um sie zu bestaunen.«

Die beiden Kollegen grinsten. Cleo war immer noch wie versteinert. Schuddebohm reagierte überhaupt nicht. Gefühlte zehn Sekunden später sagte sie zu Cleo: »Also gut. Kooperation zwischen unseren Abteilungen hinsichtlich dieser Ermittlung wegen Personalnotstands. Wir helfen den Kollegen aus. Nicht mehr.«

»Klar«, sagte Cleo.

Schuddebohm wandte sich an Schultz und Janson. »Für die Kollegin gelten besondere Regeln. Darauf müssen bitte alle achten. Es gibt keine Alleingänge im Außeneinsatz. Es ist stets eine weitere Person dabei zur Sicherheit. Cleo befindet sich im Mutterschutz.«

Bämm, dachte Nick.

Schultz und Janson hatten offenbar auch noch nichts davon gehört und wirkten mindestens ebenso überrascht.

»Oh«, sagte Schultz. »Glückwunsch«, kam gleichzeitig von Janson. Beide lächelten Cleo zu. Sie wirkte nicht erfreut über das Outing, und erst recht nicht darüber, dass über sie gesprochen wurde, als sei sie ein Möbelstück.

»Glückwunsch«, sagte auch Nick.

»Danke«, erwiderte sie leise, hielt sich mit den Fingern an der Schreibtischkante fest. Das Weiß der Knöchel war zu erkennen.

Schuddebohm blieb ungerührt. Sie bewegte sich auf Nick zu, blieb vor ihm stehen und wartete, dass er den Weg zur Tür freigab.

»Hattest früher kürzere Haare, Nick«, sagte sie.

»Früher war vieles anders.«

»Du siehst schlecht aus.«

»Danke. Ich gebe mir alle Mühe.«

Schuddebohm verzog den Mund. Es sollte wohl ein Lächeln werden. Nick trat zur Seite.

»Wie du meinst, Nick«, sagte sie, drängte sich an ihm vorbei, streifte ihn mit dem Oberarm und rauschte dann ab. Sie roch nach einem würzigen Deo.

Nick blieb, wo er stand, wartete das Gespräch zwischen Cleo und den beiden anderen Polizisten darüber ab, wie sie Aufgaben verteilen wollten. Sie unterhielten sich, als sei Nick gar nicht da. Was er gewissermaßen ja auch nicht war. Er gehörte nicht mehr zum Team.

Schließlich verließen auch Schultz und Janson den Raum. Janson klatschte Nick im Gehen mit der Aktenkladde an die Schulter. »Alter, Schuddebohm hat recht – du siehst scheiße aus. Geht's dir gut?«

»Nein.«

»Das sieht man.«

»Du wiederholst dich.«

»Geh mal zum Friseur. Ich fühle mich danach immer wie neugeboren.«

»Danke für den Tipp. Wäre ich nie drauf gekommen.«

»Lass dich nicht hängen, Alter, das steht dir nicht.«

Nick lächelte nur knapp. Janson sah ihn bedeutungsvoll an. Dann schwirrte er Schultz hinterher, der bereits den Flur entlangging.

Nick wandte sich wieder zu Cleo. Sie stand nach wie vor wie zur Salzsäule erstarrt am Schreibtisch.

»Ich wusste das gar nicht mit der Schwangerschaft«, sagte Nick.

»Woher auch«, erwiderte sie und ließ es nicht wie eine Frage klingen.

»Das erklärt den Abteilungswechsel.«

Sie zuckte mit den Schultern und wirkte nach wie vor reichlich angefressen. »Was verschafft mir die Ehre des Besuchs?«, fragte sie.

Nick berichtete ihr von seinen Überlegungen. Erklärte seine Annahme vom Transport der Leiche, wie der Körper das Grundstück verlassen haben könnte, beschrieb, was er an dem Tor gesehen hatte und dass der Körper dann vielleicht in einem Auto zum Wald gebracht wurde. Von dem Windrad und der Baugrube sagte er nichts.

»Ich schaue mir das noch mal an und gebe der Spurensicherung einen Hinweis. Danke«, sagte sie.

»Was hat die Obduktion ergeben?«

Cleo sagte es ihm. Nick war erleichtert, als er nichts von Lacksplittern hörte, vernahm jedoch alarmiert, dass ein Auto eine Rolle gespielt haben könnte, worauf bestimmte Verletzungen hinwiesen. Andererseits: Was hatte Nick denn erwartet? Natürlich würde man darauf kommen.

Er sagte: »Vielleicht war es der Wagen, mit dem die Leiche transportiert wurde.«

»Kann sein«, erwiderte Cleo. »Wir werden sehen.«

»Und jetzt?«, fragte Nick.

»Und jetzt befasse ich mich mit den Zeugenbefragungen und den vier Personen, auf die wir das Hauptaugenmerk legen. Die vom Video. Die Kollegen nehmen sich die eine Hälfte der Hauptverdächtigen vor. Ich die andere. Ganz einfach.«

»Morten Carstens«, sagte Nick.

»Was ist mit dem?«

»Er sollte der erste sein. Monecke hatte gesagt, er sei vernarrt in Fanny gewesen und ihr zu nahe gekommen. Ein Loser – das waren Moneckes Worte. Und er wisse nicht, was Fanny an ihm finde. Gefiel ihr vielleicht, ihn um den Finger zu wickeln, mit ihm zu spielen. Er könnte sich gerächt haben.«

»Danke für den Hinweis.«

»Fahren wir zu ihm.«

»Wir?«

»Wir. Jetzt.«

Cleo starrte Nick für einen Moment an. Dann sagte sie: »Du bist nicht mehr beim LKA, du bist Bezirksbeamter, du bist nicht im Dienst und …«

»… und es handelt sich um keine offizielle Vernehmung mit Vorladung, und du sollst nicht alleine unterwegs sein, hat Schuddebohm gesagt.«

»Ich brauche keinen Aufpasser, Nick.«

»Ich habe kein Interesse, auf dich aufzupassen.«

»Sondern?«

»In meinem Bezirk ist eine junge Frau ermordet worden. Quasi vor meiner Nase. Das lasse ich nicht zu.«

»Du klingst wie ein Sheriff.«

»Man nennt mich Dorfsheriff. Von daher ist es nicht so falsch.«

Cleo lachte.

Nick wurde wieder ernst. »Ich war bei Monecke mit dir, habe mir alles angesehen. Ich war am Leichenfundort. Ich bin mittendrin. Tut mir leid, aber ich kann meine Vergangenheit als Ermittler nicht abstreifen«, erklärte er.

Das alles stimmte. Außerdem hatte er Fanny an ihrer Leiche versprochen, dass er denjenigen finden wird, der an allem schuld war – auch daran, dass Nick bis zum Hals in Schwierigkeiten steckte. Weswegen er so nah wie möglich an den Ermittlungen sein wollte – auch, um früh genug reagieren zu können, falls das Pflaster für ihn zu heiß werden würde.

»Ist schon in Ordnung, Nick«, sagte Cleo.

»Ich werde mich raushalten, so gut es geht«, antwortete Nick.

»Manche Dinge verändern sich eben doch nicht.« Cleo lächelte. »Man bleibt, wer man ist.«

»Man bleibt, wer man ist«, bestätigte Nick und ergänzte: »Mein Wagen hat immer noch keine Klimaanlage. Auch keine Airbags. Ich weiß nicht, ob das mutterschutzgerecht ist.«

»Dafür hat er Stil. Für Stil nimmt man einiges in Kauf«, erwiderte Cleo. »Auch als werdende Mutter.«

»Okay«, sagte Nick.

23

Morten nahm den BMW i3, dessen Batterie gerade voll aufgeladen war, und fuhr nahezu lautlos durch die Stadt. Zwei-, dreimal wurde er von anderen Autofahrern angehupt, weil er entweder nicht bemerkt hatte, dass die Ampel schon auf Grün gesprungen war, oder jemandem die Vorfahrt genommen hatte. Mit den Gedanken war er nicht beim Straßenverkehr. Alles kreiste nur um Fanny und um das, was geschehen war. Und darum, dass er unbedingt Marie sprechen musste.

Er hörte das Signal für eine eingehende Mail. Er sah nach rechts, wo das Smartphone in der Mittelkonsole lag. Die Nachricht stammte von Marie. Endlich. Morten blickte auf das Display. Es war ein Link ohne jeden Kommentar, der zu Google Maps führte. Er gab Maries Standort an. Der Veringkanal in Wilhelmsburg. Der Kanal lag im Hamburger Süden. Nicht dort, wo sie wohnte, aber nicht weit von da, wo er gerade war. Einige Minuten später erreichte er eine alte Fabrikanlage, die so aussah, als stehe sie seit Jahren leer. Morten fiel ein, dass sich dort das Tonstudio eines Freundes von Marie befand, sie hatte davon gesprochen, dass sie ein Stück für ihn einsingen sollte. Sie hatte eine wunderschöne Stimme.

Er parkte das Auto, nahm das Handy und stieg aus. Von hier aus konnte er das Wasser sehen, den Kanal, der an dieser Stelle links und rechts von Bäumen und Wiesen gesäumt war und wo sich ein altes Schiffshebewerk befand. Morten ging auf den Eingang der Fabrik zu. Dort befanden sich drei Firmenschilder – eines für eine Werbeagentur, eines für ein Möbellager, das dritte war für »Rock Kitchen Studios«. Er öffnete gerade die Tür, als er hinter sich laute Motoren und Reifen hörte, die auf dem Asphalt quietschend zum Stillstand kamen. Morten drehte sich herum. Zwei Autos hielten dort. Die Türen gingen auf. Insgesamt vier Männer kamen heraus. Drei trugen Arbeitskleidung und wirkten muskulös. Der vierte war mit einem Anzug bekleidet, hatte eine randlose Brille auf und zurückgegeltes Haar. Morten hatte keine Ahnung, wer die Leute waren oder was sie von ihm wollten. Dass sie etwas von ihm wollten, lag auf der Hand, denn sie kamen direkt auf ihn zu und wirkten entschlossen. Sie mussten ihm gefolgt sein, oder … Er ging rückwärts, bewegte sich fort von dem Quartett, das immer näher kam. Sein Handy klingelte. Unbekannte Rufnummer. Er nahm das Gespräch an.

»Ja?«, fragte er.

»Torner, Kriminalpolizei«, hörte er eine weibliche Stimme.

24

»... Herr Carstens, wir müssen uns dringend unterhalten. Wir haben Sie zu Hause nicht angetroffen. Falls Sie also gerade irgendwo unterwegs sind, dann ...«

Cleo stockte. Hörte sie da Rufe? Ächzen? So, als werde jemand bedrängt?

»... altes Zinnwerk, Wilhelmsburg, hier sind Leute, die mich ... Kommen Sie ...«

Dann wieder Rufen. Lautes Rascheln. Das Gespräch brach ab.

»Was war das denn?«, fragte sie.

»Keine Ahnung«, sagte Nick, der den Blinker nach links setzte. »Sag du es mir.«

»Wilhelmsburg. Altes Zinnwerk. Gib Gas«, erwiderte sie, worauf Nick abbog und das Pedal durchtrat. Der Mercedesmotor quittierte es mit einem anschwellenden Grollen.

»Er ging direkt ans Telefon«, erklärte Cleo unterdessen, »und es hörte sich an, als ob da irgendetwas los sei. Er hat sofort seinen Standort angegeben, als ich mich gemeldet habe. Dann wurde das Gespräch unterbrochen. Es klang nach einer Rangelei oder so etwas in der Art.«

Nick kommentierte das nicht weiter. Es konnte alles und

nichts bedeuten. Menschen gerieten immer wieder mal in Rangeleien. In spätestens fünf Minuten sollten sie den angegebenen Standort erreichen, denn sie hatten Glück: Der Verkehr lief zurzeit sehr flüssig. Nick klappte den Blendschutz herab, als die Sonne direkt ins Auto schien.

»Darf ich dich etwas fragen?«, sagte Cleo.

»Sicher«, antwortete Nick.

»Warum hast du aufgegeben? Ich meine: der Elbripper-Fall, was alles passiert ist, dein Rückzug …«

»Man muss wissen, wenn man verloren hat.«

»Alles wegen Betty Duschkow?«

»Ja. Alles wegen dem, was passiert ist. Ein Abgrund hat sich geöffnet. Ich bin hineingestürzt.«

»Und jetzt? Siehst du ein Licht am Ende des Tunnels?«

»Wer weiß.«

»Ich frage nur, weil dich der Fanny-Monecke-Fall so sehr beschäftigt. Wir haben uns nur ein paarmal gesehen, aber ich habe das Gefühl, dass du dich veränderst.«

»Wird das eine therapeutische Sitzung?«

»Nein«, erwiderte Cleo und schüttelte den Kopf. »Tut mir leid. Ich bin manchmal etwas zu neugierig. Ich frage mich, warum du die Flinte ins Korn geworfen hast. Das ist alles.«

»Ich bin in einem Loch verschwunden. Und der Elbripper ist ebenfalls verschwunden.«

Cleo nickte. Seit etwas mehr als einem Jahr hatte es zum Glück keinen weiteren Mord gegeben, der dem Killer zugeordnet werden konnte. Seine Vorgehensweise war extrem einzigartig. Ein weiteres Opfer wäre sofort aufgefallen. Davor hatte er innerhalb weniger Monate mehrfach zugeschlagen. Er war wie aus dem Nichts aufgetaucht und über Hamburg gekommen. Und jetzt schien er wieder wie im Nichts verschwunden zu sein. Ein äußerst untypisches Verhalten für Serien- und Ritualmörder, und der Elbripper war beides gleichzeitig. Er war als triebgesteuert klassifiziert worden, als psychopathischer Sadist mit einer narzisstischen Persönlichkeitsstörung. Jemand wie er könnte nicht einfach aufhören. Er müsste weitermachen. Tat es aber nicht, und das war bemerkenswert.

Nick bog erneut ab, beschleunigte wieder. Cleo wurde sanft in den Sitz gepresst.

»Aber ich glaube«, sagte Nick, »dass er noch da ist. Er legt eine Pause ein. Wir sind ihm damals zu nahe gekommen, zum Greifen nah. Er ist von der Bildfläche verschwunden, um abzuwarten. In der Zwischenzeit nährt er sich von seinen Erinnerungen. Wie ein Trinker, der weiß, dass er ein bestimmtes Level nicht überschreiten darf. Aber die Sucht wird sich wieder Bahn brechen, und er wird gefährlicher denn je sein, denn er dürfte aus seinen Fehlern gelernt haben.«

»Vielleicht ist er fortgezogen. In eine andere Stadt. In ein anderes Land.«

»Nein, er ist noch in der Stadt. Ganz sicher. Wäre er woanders aktiv, hätten wir das mitbekommen. Haben wir aber nicht. Er ist noch hier.«

»Oder er ist tot?«

Nick zuckte mit den Achseln. »Ich glaube, er hält die Füße still.«

»Und du willst ihn dir nicht schnappen?«

»Andere gute Leute sind am Ball. Man braucht mich nicht.«

»Niemand kennt den Fall so gut wie du.«

»Jeder ist austauschbar. Man muss wissen, wann man verloren hat. Ich kenne meine Grenzen. Er hat sie mir aufgezeigt. Er ist besser als ich, und ich habe verloren. *That's it*. Also lieber neue Spieler aufs Feld bringen. Ich bin raus.«

»Darf ich dich noch etwas fragen?«

»Nur zu.«

»Trinkst du?«

Nick sagte nichts. Er kurbelte das Seitenfenster bis nach ganz unten. Die Lüftung hatte den Kampf gegen die Hitze nicht gewonnen. Er legte den Ellenbogen ab, ließ die linke Hand vom Fahrtwind kühlen.

Cleo sagte. »Mein Vater hat getrunken. Ich kenne diesen Geruch nach Pfefferminzbonbon, Mundwasser, scharfem Aftershave, um den Alkoholgeruch zu übertünchen. Alkohol betäubt. Er ist keine Lösung.«

»Das stimmt.«

»Geht mich ja nichts an, Nick.«

»Stimmt ebenfalls.«

»Aber es geht mich dann etwas an, wenn du fährst und etwas intus hast.«

»Ich bin aktuell clean«, sagte Nick und hob zwei Finger. »Pfadfinderehrenwort.«

Einen Moment später bog er erneut ab, beschleunigte wieder und fuhr dann auf den Hof einer alten Fabrik. Dort standen mehrere Autos. Er bremste, stellte den Motor aus und war bereits ausgestiegen, als Cleo noch mit dem Lösen des Sicherheitsgurts beschäftigt war. Er sah sich um und blickte dann am Gebäude hinauf.

Cleo stieg ebenfalls aus, warf die Fahrertür zu. Dann ging ein Ruck durch Nick, und auch durch Cleo, als sie laute Rufe aus der dem Anschein nach leerstehenden Fabrik hörten. Im zweiten Stockwerk gab es eine breite Glasfront. Einige Fenster standen offen. In dem Raum dahinter hielten sich mehrere Personen auf, von denen zwei einen jüngeren Mann in der Mangel hatten und ihn gerade am Kragen packten. Ein dritter hielt eine junge Frau fest, die panisch reagierte. Und dann stand da ein vierter, an das geöffnete Fenster gelehnt, der einen Anzug trug.

Cleo erkannte ihn auf Anhieb.

»Moneckes Leute«, sagte Nick.

Er setzte sich in Bewegung in Richtung Eingang, der von einer verwitterten Holztür versperrt war, die jedoch nicht abgeschlossen war. Er stockte einen Moment, dann hastete er die Treppenstufen hinauf. Cleo lief ihm hinterher.

25

Nick betrat das Treppenhaus und hielt einen Moment inne. Er sah sich selbst vor einem Jahr. Ein Gebäude wie dieses, nur vollkommen leer, abbruchreif. Ein Mann, der floh. Betty und Nick, die ihm an den Fersen klebten. Nick, der den ersten Stock übernahm. Betty, die er ein Stockwerk höher in den Tod schickte.

Im nächsten Augenblick hastete er die Treppenstufen hinauf und hörte Cleos Schritte hinter sich. Eine Etage höher befand sich der Eingang zu einem Tonstudio, wie das Schild an der Tür verriet. Nick stieß sie auf und stand im Mischraum. Links und rechts standen Ledersofas, in der Mitte ein großes Mischpult, kleine Monitorboxen, Computerbildschirme und ein Durchsichtfenster zum Aufnahmeraum. Vor den Reglern saß ein Hipster mit Bart und Nerdbrille, der von zwei fleischigen Händen an den Schultern festgehalten wurde. Sie gehörten zu einem kräftig wirkenden Kerl mit Halbglatze, der schwitzte und Arbeitssachen trug – graue Hose und ein T-Shirt. Ein zweiter kräftiger Kerl im selben Aufzug hielt eine junge Frau in kariertem Minirock, Springerstiefeln und einem Shirt mit Nirvana-Aufdruck in Schach. Ein dritter in identischer Arbeitskluft befasste sich mit einem eher hageren jungen Mann, bei dem es sich um Morten handeln musste.

Er hielt ihn von hinten fest. Sie standen vor den weit geöffneten Fenstern, und ein vierter Kerl stand vor Morten. Es war der Assistent von Klaas Monecke im Anzug, Dimitri. Alle schrien herum, redeten durcheinander. Die Atmosphäre war aufgeheizt wie der gesamte Raum, in dem deutlich über dreißig Grad herrschen mussten, woran auch zwei Standklimageräte nichts änderten.

Als Nick hereinkam, schienen alle Personen wie in der Bewegung zu gefrieren, um ihn sowie Cleo anzustarren, die jetzt hinter Nick auftauchte.

»Polizei«, sagte Nick und zeigte seinen Ausweis vor. Cleo tat es ihm gleich.

»Alle beruhigen sich, bitte«, sagte sie. »Nehmen Sie sofort die Hände von den beiden und treten einen Schritt zurück!«

Die junge Frau wand sich aus dem Griff ihres Bewachers und rief: »Was ist denn das hier für eine Scheiße!« Sie wollte auf den Mann einschlagen, der ihren Hieb aber abfing und ihre Faust am Handgelenk schnappte. Seine Pranke wirkte groß genug, um ihr die Knochen brechen zu können.

»Marie, nicht!«, rief Morten Carstens. Damit war klar, dass es sich bei der jungen Frau um die Person handeln musste, die ebenfalls auf Moneckes Überwachungsvideo zu sehen gewesen war.

»Schnauze«, sagte der Kerl in Mortens Rücken, der ihn immer noch festhielt. Der Hipster im Sessel vor dem Mischpult bewegte sich kein Stück und wurde nach wie vor in den Sitz gepresst. Lediglich der Mann im Anzug regte sich, wandte sich zu Nick und Cleo um und hob beschwörend die Hände. Ihm musste klar sein, dass Cleo und Nick ihn wiedererkannt hatten.

Er sagte: »Frau Torner, Herr Beck. Wir unterhalten uns lediglich mit den beiden jungen Leuten über den Abend, an dem …«

»Dimitri. Sie pfeifen jetzt Ihre Leute zurück! Genau wie meine Kollegin gesagt hat.«

»Sonst?«, fragte der Kerl, der Maries Handgelenk in der Pranke hielt.

»Das willst du nicht wissen«, erwiderte Nick leise.

Mit einigen raschen Blicken sondierte er die Lage erneut. Dimitri sah nicht aus wie jemand, der sich in körperliche Auseinandersetzungen stürzte, und auch von der Statur her nicht wie jemand, der daraus erfolgreich hervorgehen würde. Wenngleich die Narbe auf seiner Wange und sein kalter Blick etwas anderes sagten.

Bei dem Trio in Arbeitskluft sah das schon anders aus. Drei kräftige Kerle vor ihm, dachte Nick. Der, der Morten festhielt, stand am nächsten. Ein Tritt in die Kniekehle würde ihn fällen und zunächst stoppen. Daraufhin würde der, der den Hipster festhielt, sich auf Nick stürzen, denn er musste nicht mit der jungen Frau ringen wie sein Kollege. Ein Stoß mit dem Ellenbogen auf die Nasenwurzel wirkte Wunder, dachte Nick – vor allem, wenn sich der Gegner auf einen zubewegte und damit die kinetische Energie verdoppelte. Außerdem könnte Nick dann beide Hände vor dem Körper behalten, um den dritten Mann abzuwehren, der sich in der Zwischenzeit von Marie gelöst haben würde.

Cleo nahm ihr Handy und sagte: »Ich rufe Verstärkung und werde Sie allesamt verhaften, wenn Sie meiner Anweisung nicht Folge leisten. Außerdem sieht mir hier alles nach Nötigung und Freiheitsberaubung aus, weswegen ich Sie anzeigen werde. Sie haben drei Sekunden zum Nachdenken.«

»Bitte«, sagte Dimitri.

»Eins …«, erwiderte Cleo.

Nick behielt die Gorillas im Blick.

»Frau Torner, das ist ein Missverständnis.«

»Drei«, sagte Cleo, die »Zwei« hatte sie ausgelassen, und nahm das Handy ans Ohr.

Dimitri machte eine halsabschneidende Geste zu seinen Leuten. Sie nahmen augenblicklich die Hände fort und traten einen Schritt zurück.

»Was, zum Teufel«, fragte Cleo Dimitri, »haben Sie sich eigentlich dabei gedacht?«

»Wir wollten lediglich miteinander reden und …«

Marie schrie und rieb sich das Handgelenk: »Einen Scheiß wollten die! Verpisst euch!«

Morten sah Nick und Cleo an und murmelte nur: »Gott sei Dank. Gott sei Dank sind Sie gekommen.«

Dimitri deutete auf Morten. »Dieser hier«, sagte er und sah Cleo dabei an, »ist ein Stalker. Er hat Fanny Monecke seit geraumer Zeit verfolgt, fotografiert, gefilmt. Untersuchen Sie sein Handy.« Dimitri zog ein Handy aus der Sakkotasche. Er hatte es Morten offensichtlich bereits abgenommen. »Und er ist außerdem …«

Cleo schnitt ihm das Wort ab. »Sie geben Herrn Carstens

sofort das Telefon wieder. Und dann verschwinden Sie und Ihre Leute, und zwar sofort.«

Dimitri stand regungslos da. Blickte zwischen Nick und Cleo hin und her.

»Also gut«, sagte er und gab Morten das Gerät.

Dann ging er zwischen Nick und Cleo hindurch zum Ausgang. Seine Gorillas folgten ihm. Der mit der Halbglatze rempelte Cleo absichtlich an. Cleo strauchelte, stolperte. Ihr Fuß verfing sich in einem Kabel. Sie fiel halb nach vorne. Fiel auf das offen stehende Fenster zu.

Sie stürzte.

Sie schlug auf.

Sie war tot.

Nicks Herzschlag setzte aus.

Cleo fing sich mit den Händen an der Fensterbrüstung ab.

»Mann! Passen Sie doch auf!«, schnauzte sie.

Nick machte einen Schritt auf den Fleischzerleger zu.

»Was?«, fragte der und hob das Kinn an, stellte sich breitbeinig auf.

Nick war kurz davor, zuzuschlagen.

»Nick«, hörte er Cleos Stimme. »Nicht!«

Nick atmete ein. Atmete aus.

»Raus«, sagte Nick dann leise zu dem Kerl vor ihm, der ihm ein kaltes Lächeln schenkte, bevor er sich umdrehte und mit den anderen das Studio verließ. Die Schritte auf der Treppe wurden leiser. Autotüren klappten. Motoren starteten.

Dann wurde es ruhig.

26

Einige Minuten später stand Cleo mit Marie am Schiffshebewerk am Kanal. Das Wasser sah ölig aus, dunkelgrün. Aus der Ferne drangen die Geräusche der Stadt herüber. Die Luft war selbst im Schatten noch zum Schneiden. Cleo lehnte an einem Betonpfeiler, der mit Graffiti besprüht war. Marie hielt sich mit den Armen umfangen. Ihre Schminke war zerlaufen. Einige lose Strähnen klebten ihr an der Wange. Sie zog die Nase hoch und schien mit den Blicken nach irgendetwas zu suchen, an dem sie sich festhalten konnte.

»Was wollten die Ihrer Meinung nach von Morten?«, fragte Cleo.

Marie zuckte nur mit den Schultern. »Brauche ich einen Anwalt?«, fragte sie zurück, zog nochmals die Nase hoch und schluckte schwer.

Cleo schüttelte den Kopf. »Ich wüsste nicht, wozu. Aber wenn Sie möchten, rufen Sie einen an, wir fahren aufs Revier und unterhalten uns in einer ganz offiziellen Vernehmung.«

»Ich will aber nicht verhaftet werden.«

»Es gibt auch gar keinen Anlass, Sie zu verhaften. Warum

sind diese Leute Morten gefolgt? Und warum kam Morten überhaupt hierher?«

»Er wollte mit mir reden.«

»Worüber?«

»Über Fanny.«

»Woher wissen Sie von Fanny?«

Marie ließ ihren Blick auf Cleo ruhen, schaute sie an, als habe sie nicht mehr alle Tassen im Schrank. Wie ein bockiger Teenager. Es konnte noch nicht allzu lange her sein, dass sie ein ebensolcher gewesen war. Alles in ihr sprach von Widerstand und Rebellion, was im krassen Widerspruch zu der Aura der Verletzlichkeit und Empfindsamkeit stand, die sie umgab wie ein verfliegender Parfümduft.

Sie sagte: »Na, es kam vielleicht in den Medien?«

»Ein Name wurde nie an die Medien gegeben.«

»Hallo? Fanny war verschwunden, in der Nachbarschaft wurde eine weibliche Leiche gefunden – und die Medien haben sehr wohl den Namen genannt!«

»Darüber wollte Morten mit Ihnen sprechen?«

»Schon. Ja. Nehme ich an. Groß zum Reden sind wir ja gar nicht gekommen, weil sofort diese Leute auftauchten.«

»Wollten die ebenfalls mit Morten sprechen?«

»Scheint wohl so.«

»Worüber?«

Marie holte genervt tief Luft. »Worüber wollen *Sie* denn mit ihm reden?«

Cleo sagte: »Mein Kollege und ich ermitteln in einem Todesfall. Fanny Monecke ist als vermisst gemeldet worden. Eine Frauenleiche wurde gefunden. Es könnte Fanny sein.

Das ist also eine ziemlich ernste Sache. Fanny ist an dem Abend verschwunden, an dem eine Party auf dem Firmengelände gefeiert wurde. Wir haben uns Videoaufnahmen von Überwachungskameras angesehen …«

Marie zuckte leicht zusammen.

»… anhand derer wir versuchen, den Abend zu rekonstruieren. Auf diesen Aufnahmen ist uns aufgefallen, dass Fanny zum Bootshaus am Teich ging. Wir sprechen mit allen Gästen der Party. Dazu gehört Morten. Dazu gehören auch Sie.«

»Ich habe nichts mit Fannys Verschwinden zu tun, echt nicht. Morten auch nicht.«

»Die Mitarbeiter von Herrn Monecke, die Morten gefolgt sind, haben womöglich eine andere Meinung.«

»Pfff …«

»Noch mal: Was, glauben Sie, könnten die von Morten gewollt haben?«

Marie zögerte. Dachte augenscheinlich darüber nach, was sie jetzt tun sollte. Schabte mit den Sohlen der Docs auf dem schmutzigen Boden herum, kaute auf der Unterlippe. Dann entschied sie sich.

27

Nick schloss für einen Moment die Augen. Er sah sie fallen. Hörte sie aufschlagen. Spürte das Rumpeln, als er über den Körper fuhr. Sah die toten Augen, in denen sich das Wasser sammelte. Er schwitzte am ganzen Körper.

Dann öffnete er die Augen, machte einen Schritt auf Morten zu und fühlte sich, als ob er durch Gelee ging. Morten saß auf dem Stuhl vor dem Mischpult. Der Hipster, dem der Laden gehörte, war vor die Tür gegangen, eine rauchen. Ihm war das alles zu viel geworden. Stress, den er echt nicht gebrauchen konnte, wie er sagte.

Wer konnte schon Stress gebrauchen?

»Warum wollten die Ihr Handy?«, fragte Nick.

»Keine Ahnung.«

Morten sah aus wie ein Häufchen Elend. Nicht viel gesünder als Nick selbst, zumindest im Augenblick.

»Moneckes persönlicher Assistent und drei seiner kräftigen Mitarbeiter folgen Ihnen hierher, stellen Sie zur Rede und nehmen Ihnen das Handy ab«, fasste Nick zusammen. »Ohne Grund?«

Morten schwieg.

»Reden wir mal Klartext«, sagte Nick. »Fanny ist verschwunden. Eine Leiche wurde gefunden. Es könnte Fanny sein. Wenn ich Ihr Handy konfisziere und Sie mitnehme zu einer Vernehmung, lesen wir das Handy aus – und wir beide wissen, dass wir Anrufe oder Mitteilungen oder Bilder finden werden, die Sie in Schwierigkeiten bringen.«

Morten schluckte. »Ich möchte jetzt gehen. Sie können mich hier nicht festhalten. Und wenn Sie etwas von mir wollen, rufen Sie meinen Vater oder unseren Anwalt an.«

»Kann ich machen. Ihr Handy nehme ich dennoch mit. Ändert dann nicht besonders viel für Sie.«

»Ich habe nichts zu sagen.«

»Fannys Onkel hat uns erzählt, sie hätten Fanny gestalkt. Können Sie sich vorstellen, warum er uns das sagen sollte? Und dann schickt er seine eigenen Leute los, um Sie sich vorzuknöpfen.«

Morten zuckte mit den Achseln.

»An dem Abend, an dem Fanny verschwand, waren Sie auf der Party. Wir haben Videoaufnahmen gesehen. Darauf sind auch Sie zu erkennen. Fanny ist zum Bootshaus gegangen. Einige Zeit später gehen auch Sie dorthin, bleiben einige Minuten. Sie hatten einen Rucksack dabei. Dann kommen Sie zurück, ohne den Rucksack. Was haben Sie am Bootshaus gemacht?«

Morten wurde noch blasser.

»Ich habe nichts mit Fannys Verschwinden zu tun«, sagte er leise und begann, seine Knöchel zu kneten.

»Moneckes Leute scheinen da anderer Meinung zu sein.«

»Ich weiß nicht, was die wollten.«

»Doch«, erwiderte Nick, »das wissen Sie. Also, was ist an dem Abend passiert?«

»Es war eine völlig normale Party, ich weiß nicht, warum Fanny tot ist …« Seine Stimme brach. Die Augen wurden feucht. »Ist sie denn tot? Die Medien berichten … Ist sie es?«

»Darüber darf ich nicht reden. Aber Sie dürfen mir erzählen, was an dem Abend vorgefallen ist. Sie sollten es sogar«, sagte Nick.

Morten bearbeitete weiterhin seine Knöchel. Schließlich nickte er langsam.

28

Marie blickte auf, schien nach Worten zu suchen.

»Okay«, sagte sie dann. »Also, ich weiß nicht, ob Ihnen jemand erzählt hat, wie Fanny so ist. Oder war …«

»Wie war sie denn?«, fragte Cleo.

»Ziemlich hübsch, und sie wusste das sehr genau. Hübsch, reich, sie konnte alle um den Finger wickeln. Und ihr gefiel das. Sie hat gerne gespielt. Auf der anderen Seite war sie total nett. Sie hat mir nie das Gefühl gegeben, nicht dazuzugehören. Wir waren befreundet, obwohl meine Eltern echt nicht reich sind, so wie die der anderen. Fanny war das immer egal. Sie hat den Menschen gesehen – und nicht, was er darstellen will oder so. Na ja, auf der anderen Seite war ein Talent von ihr, andere zu instrumentalisieren. Sie konnte manipulativ sein, egozentrisch und eiskalt.«

»Verstehe«, sagte Cleo.

Marie betrachtete die Spitzen ihrer Docs. »Morten mag sie sehr gerne. Beziehungsweise … mochte sie sehr gerne. Vielleicht zu gerne. Nein, bestimmt zu gerne.«

»Er ist verliebt in Fanny?«

Marie zuckte mit den Schultern, blickte dann wieder auf und sah schweigend an Cleo vorbei.

Die interpretierte Maries Reaktion, zog ihre Schlüsse daraus und fragte: »Morten und Sie sind zusammen?«

»Quatsch.«

»Nur Freunde?«

Marie sah Cleo durchdringend an. »Natürlich sind wir nur Freunde! Was soll denn die Frage?«

Touché, dachte Cleo. Marie hatte etwas für Morten übrig, aber Morten mochte Fanny.

»Ich versuche nur, ein paar Zusammenhänge zu klären, damit ich mir alles besser vorstellen kann. Sie wollten mir erzählen, was an dem Abend passiert ist?«

»Also …«, sagte Marie und blickte wieder in die Ferne, »es war eine normale Party. Und Morten war total aufgeregt, schaute immer nur Fanny an in ihren hübschen Klamotten. Er fuhr wirklich auf sie ab. Sie hat mir einmal gesagt, dass sie ihn süß findet, mehr aber auch nicht. Ich habe immer versucht, Morten das zu erklären, aber es interessierte ihn nicht. Er wollte nicht hören. Also habe ich gesagt: Dann geh doch zu ihr. Mach sie an. Und dachte: Dann wird er schon sehen. Weil: Fanny interessierte sich für jemand ganz anderes, nicht für Morten. Na ja, und er hatte schon ein paar intus, und dann hörte er auf mich, ging zu ihr – und kam drei Minuten später zurück, völlig am Boden zerstört. Fanny hatte offenbar wieder auf ihren Kühlschrankmodus umgeschaltet und ihn mit ein, zwei Bemerkungen schockgefroren. Darin war sie wirklich gut. Tja. Ich hatte es ihm ja gesagt. Also hat er noch mehr getrunken. Und er tat mir ja auch leid, echt.«

»Sie mögen Morten?«

»Wie man einen guten Freund so mag?«, fragte Marie zurück und sah Cleo herausfordernd an.

»Was ist weiter passiert?«

29

Morten schluckte. »Sie hat mich voll vor die Wand laufen lassen. Ich wollte nur freundlich sein. Habe ihr ein Kompliment gemacht. Und sie hat gelacht und gesagt: ›Morten, was soll das denn? Schau weiter die Bildchen von mir an, die du heimlich machst, und kümmere dich lieber mal um Marie.‹«

»Bildchen?«, fragte Nick.

»Es kommt ja doch raus«, sagte Morten. »Ja, ich habe ein paar Fotos von ihr gemacht und gedacht, sie wüsste das nicht. Die sind auf meinem Handy. Und deswegen wollten Moneckes Leute das Telefon haben. Es ist überhaupt nichts dabei.«

»Kann ich die Bilder sehen?«

Morten lief rot an, nickte aber und rief den Bilderordner auf, scrollte durch einige Aufnahmen. Keine problematischen Bilder, soweit Nick es einschätzen konnte. Bikiniaufnahmen vom Pool. Bilder in einem Café. Einige sahen so aus, als seien sie mit Zustimmung des Models gemacht, andere nicht. Mochte sein, dass das sämtliche Bilder waren. Vielleicht aber auch nicht. Vielleicht gab es Aufnahmen, die Morten bereits gelöscht hatte. Aber nichts löschte man so nachhaltig, dass Computerforensiker es nicht aufstöbern konnten.

»Das ist alles?«, fragte Nick.

»Das ist alles.«

»Was meinte Fanny damit, Sie sollten sich um Marie kümmern?«

»Na ja«, sagte Morten, »also ich glaube, dass Marie mich echt mag, verstehen Sie? Und Fanny schien das ebenfalls anzunehmen. Das meinte sie wohl mit der Bemerkung.«

»Verstehe. Und Sie mögen Marie ebenfalls?«

»Spielt das eine Rolle?«

»Alles spielt eine Rolle.«

»Sie ist eine enge Freundin. Mehr nicht.«

»Okay«, sagte Nick. »Was passierte weiter?«

»Ich habe ziemlich viel getrunken. Ist nicht so toll, wenn man abblitzt.«

Nein, dachte Nick, kein tolles Gefühl. Vor allem nicht, wenn man jung war. Später lernte man, damit umzugehen.

Morten erzählte: »Irgendwann habe ich mich nach Fanny umgesehen. Ich wollte ihr sagen, dass ich mich blöd angestellt habe und es mir leidtut. Marie meinte, ich solle das ruhig tun, wenn ich mich dann besser fühle. Außerdem wollten wir eh gehen.«

Nick konnte es sich vorstellen. Der Verstoßene jammert seiner Vertrauten die Ohren voll, bis die es nicht mehr hören kann und denkt: *Dann geh doch noch mal hin, Idiot, und mach dich noch lächerlicher – im Zweifel bin* ich *es, die davon profitieren wird, wenn sie dich noch mal abblitzen lässt, also los.*

»Na ja«, redete er weiter, »und sie war nirgends zu sehen. Also bin ich runter zum Teich gegangen, weil ich dachte, dass sie vielleicht dort sein könnte.«

»Sie hätte auch im Haus sein können. Im Bad, zum Beispiel.«

»Ja, klar.«

»Aber Sie dachten, dass sie am Teich sein musste.«

Morten zuckte mit den Achseln.

»Reden Sie bitte weiter.«

»Am Teich habe ich sie nicht gesehen. Ich habe meinen Rucksack abgenommen, weil ich mein Handy rausnehmen wollte, um ihr eine Textnachricht zu schicken. Da fiel mir auf, dass jemand im Bootshaus sein musste. Da war leise Musik, etwas Licht und Geräusche. Also bin ich dorthin, weil ich dachte, es könnte Fanny sein. Ja, und …« Morten machte eine Pause, knetete die Hände. »Da waren eine männliche und eine weibliche Stimme. Musik vom Handy. Und – na ja, die machten da herum.«

»Wer?«

»Fanny und jemand anders.«

»Wer war das?«

Morten atmete schwer. Dachte nach. »Ich bin näher ans Haus gegangen. Ich weiß, ich hätte es nicht tun sollen, aber ich konnte durch einen Spalt blicken. Und da war also Fanny, die mit jemandem herummachte.«

»Sie hatte Sex im Bootshaus?«

Morten nickte.

»Mit wem?«

»Ich konnte das nicht so genau sehen. Es war nur wenig

Licht dort. Ein zweites Handy war eingeschaltet. Die Taschenlampen-App.«

»Wenn Sie Fanny erkennen konnten, dann doch auch wohl die Person, die bei ihr war?«

»Schwer zu sagen.«

»Auf wen würden Sie denn tippen?«

Morten schwieg.

Nick sagte: »Herr Carstens – noch mal: Wir sind in einer ziemlich ernsten Ermittlung. Fanny Monecke wird vermisst, dann eine tote junge Frau gefunden, Sie wissen schon. Ich denke, es ist nicht der Zeitpunkt, möglicherweise jemanden schützen zu wollen.«

»Rasmus«, sagte Morten.

»Okay«, erwiderte Nick.

Also ganz so, wie es sich Klaas Monecke schon auf Grundlage der Überwachungsvideos zusammengereimt hatte, erinnerte er sich. Fanny zieht sich mit Rasmus ins Bootshaus zu einem Schäferstündchen zurück. Morten, ihr Stalker, bekommt das mit, schaut zu, verschwindet dann und lässt in der Aufregung seinen Rucksack liegen. Und Marie …

30

»... er kam gar nicht wieder«, sagte Marie. »Also bin ich ihm nach ein paar Minuten hinterher. Und da stand er am Bootshaus, kam mir entgegen und war völlig durcheinander.«

»Wegen dem, was er beobachtet hat?«, fragte Cleo.

»Er hat gesagt, dass Fanny mit Rasmus dort herummacht. Das hat ihn fertiggemacht. Wenn man das so mit eigenen Augen sieht und in die Frau verknallt ist ...«

Cleo nickte.

»Und dann haben Sie beide die Party verlassen?«

»Wir sind zu meinem Auto gegangen. Morten hat eine Flasche Schnaps mitgenommen und wollte sich besaufen. Wir haben diskutiert und gestritten. Schließlich hatte ich genug und habe gesagt: ›Mir doch egal, dann bleib halt und geh wieder spannen, wie Fanny sich vögeln lässt.‹ Er hat sich entschuldigt, die Flasche weggeworfen und bemerkt, dass sein Rucksack weg war. Den hatte er vergessen. Ich bin dann noch mal los und habe den Rucksack geholt.«

»Wie lange hat das gedauert?«

»Keine fünf Minuten, wieso?«

»Und dann sind Sie beide weggefahren?«

»Ja.«

»Fanny hatte also ein Verhältnis mit Rasmus?«

Marie blähte die Backen, fuhr sich mit der Hand durchs Haar. »Ich weiß nicht, ob es mir zusteht, das zu beurteilen.«

»Tun Sie es doch einfach.«

»Keine Ahnung. Sie fand ihn wohl schon ganz gut, ja.«

»Obwohl er eine Freundin hat.«

»Fee ist seine Freundin, ja. Aber an so etwas hat sich Fanny nie gestört.«

»Hat Fee mitbekommen, dass da etwas im Bootshaus lief?«

»Das müssen Sie Fee fragen.« Marie fuhr sich wieder durchs Haar, schien etwas sagen zu wollen. Cleo blieb stumm, gab Marie einen Moment, um sich zu entscheiden.

Schließlich sagte Marie: »Ich möchte nicht, dass Morten Probleme bekommt.«

Cleo nickte.

»Ich meine – bekommt er welche?«

Cleo sagte: »Wir müssen mit allen Gästen der Party sprechen, um den Abend möglichst genau zu rekonstruieren. Jeder Gast stand in irgendeinem Verhältnis zu Fanny. Das müssen wir ebenfalls klären, um zu verstehen, was passiert sein könnte. Das bedeutet nicht automatisch, dass jemand Probleme bekommt.«

»Ich möchte ihn nicht reinreiten.«

»Sie erzählen ja nur, was passiert ist. Und das deckt sich mit den Videoaufnahmen, die die Überwachungskameras am Pool aufgezeichnet haben.«

Maries Augen weiteten sich. »Da sind Kameras?«

»Ja. Viele Firmen und wohlhabende Menschen lassen ihre Grundstücke überwachen.«

»Ich … Ich hätte das nicht tun dürfen.«

»Was meinen Sie?«

»Ich hätte Morten nicht motivieren sollen, mit Fanny zu reden und ihr hinterherzugehen. Ich …« Ihre Stimme zitterte. In den Augenwinkel glitzerte es feucht. »Ich habe ihn ins offene Messer laufen lassen. Ich wusste ja, dass Fanny auf seinen Gefühlen herumtrampeln würde. Und jetzt bringe ich ihm womöglich noch Probleme mit der Polizei …«

Cleo schwieg, ließ Marie einfach weiterreden. Sie verstand, worauf Marie hinauswollte. Sie stand heimlich auf Morten und war eifersüchtig auf Fanny, hatte Morten in dem Wissen zu Fanny geschickt, dass er abblitzen würde, um selbst davon zu profitieren. Und jetzt merkte sie, dass sie ihrem Schwarm dadurch Probleme gebracht hat, denn die Polizei könnte denken: Ein Stalker beobachtet, wie seine Angebetete jemand anderen vögelt – und dreht durch. Eifersucht als Motiv. Woran Marie im Moment nicht zu denken schien, war die andere Variante: Die Verschmähte rächt sich an der Person, in die der Mann, den sie selbst begehrt, unglücklich verliebt ist.

»Ist schon gut, Marie«, sagte Cleo. »Danke für Ihre Informationen. Wären Sie bereit, das alles noch einmal offiziell zu Protokoll zu geben?«

Marie schniefte, zuckte mit den Achseln und nickte.

»Sehr gut«, sagte Cleo, lächelte und dachte: Entweder, das hier ist echt – oder Marie ist eine gute Schauspielerin. Das würde sich noch zeigen.

31

»Morten, ich denke, wir sollten uns auf dem Revier noch mal unterhalten. Es ist wichtig, dass wir eine offizielle Zeugenaussage haben«, sagte Nick.

»Was soll ich denn noch erzählen? Ich habe alles erzählt«, erwiderte Morten.

»Einfach alles noch mal wiederholen«, erklärte Nick. »Es ist wichtig, dass wir Ihre Aussage auf Papier haben. Worüber wir geredet haben, hilft zwar mir persönlich weiter – aber: Sie wissen ja, wie das ist. Behördenkram. Vielleicht fällt Ihnen noch etwas ein, das Sie vergessen haben. Und zu verheimlichen haben Sie ja nichts, wie Sie sagen.« Nick rang sich ein Lächeln ab.

Morten blickte auf. »Nein«, sagte er. »Natürlich nicht.« Nickte dann und bestätigte: »Okay, ich kann das alles noch mal erzählen.«

»Gut.«

Ob das mit dem Handy und den Fotos von Fanny stimmte, würde sich noch herausstellen, dachte Nick. Denn natürlich würde er es Morten abnehmen, das war unerlässlich. Auch, damit die Forensiker Chatverläufe, Mails und Bewegungsprofile auslesen konnten.

Nick warf einen Blick auf die Uhr und schaute aus dem Fenster. Ihm wurde schwindelig. Ein Schatten schien von oben nach unten zu stürzen, aber es war nur ein vorbeifliegender Vogel. Nick sah Cleo und Marie, die vom Kanal zurück zum Hof der Fabrik kamen. Dort unten stand auch der Hipster, rauchte immer noch oder schon wieder und telefonierte. Morten stand auf, um Nick zu folgen.

»Ach«, sagte Nick. »Ihr Handy. Würden Sie es mir bitte geben?«

Morten stockte. »Warum?«

»Weil ich es als Beweismittel benötige.«

»Wieso, ich habe Ihnen doch die Bilder gezeigt, und …«

»Klar, aber ich muss Sie dennoch bitten, es mir auszuhändigen. Wir müssen die Fotos von Fanny sichern und uns ein paar weitere Dinge ansehen, das ist alles. Sie bekommen es dann natürlich wieder zurück.«

In diesem Moment merkte Morten, dass er einen Fehler gemacht hatte, Nick die Fotos zu zeigen. Das Erwachen war ihm regelrecht anzusehen.

»Aber«, stammelte er, »ich brauche mein Handy. Ich kann die Fotos ja schicken oder so.«

»So läuft das leider nicht«, sagte Nick. »Schauen Sie, ich bin ein netter Kerl, und ich erkläre es Ihnen gerne noch mal: Moneckes Leute folgen Ihnen hierher, um wer weiß was mit Ihnen anzustellen – aber auch, um Ihnen das Handy abzunehmen. Kann sein, dass es keinen Grund dafür gab. Glaube ich aber nicht. Kann sein, dass Sie mir sämtliche Fotos von Fanny gezeigt haben. Vielleicht auch nicht. In jedem Fall haben Sie private Bilder einer vermissten Person auf Ihrem

Gerät, die möglicherweise tot ist. Weiter sind Sie eine der letzten vier Personen, die Fanny vor ihrem Verschwinden gesehen haben. Daher werden wir uns die Bewegungsdaten auf Ihrem Handy ansehen müssen und auch die Bilder.«

Morten war inzwischen kalkweiß.

Nick streckte die Hand aus. »Ihr Telefon?«

»Ich denke, ich ... Ich sollte meine Eltern und den Anwalt ...«

»Logisch«, sagte Nick. »Wie Sie mögen. Dann wird alles schwieriger für Sie, und das Handy werden wir trotzdem beschlagnahmen. Da können Sie es mir direkt freiwillig geben.«

Morten zögerte.

Nick sagte: »Ich kann Ihnen gerne erläutern, was passiert, wenn Sie sich weigern. Ich kann Ihnen erklären, dass es zwecklos ist, Daten zu löschen, denn unsere Forensiker stellen die sowieso wieder her. Und ich kann Ihnen auch darlegen, was ich dann über Sie und Ihr Handy denke und wie sich meine Auffassung bezüglich Ihrer Aussage von eben ändert. Ich würde glauben, Sie haben mich angelogen, weil Sie etwas zu verbergen haben.«

Morten wollte etwas sagen, brachte aber kein Wort heraus. Er zögerte. Schließlich gab er Nick das Handy.

»Ich habe nichts mit dem Mord an Fanny zu tun«, stammelte er.

»Wer sagt denn«, fragte Nick und steckte das Telefon ein, »dass es Mord war?«

32

Nick fuhr sich mit beiden Händen durchs Gesicht. Er wünschte, er hätte eine Valium dabei, aber Fehlanzeige. Er musste sehen, wie er klarkam. Er saß in einem abgedunkelten Raum des LKA-Gebäudes, der sich an die Vernehmungszimmer anschloss, in denen an der Decke Kameras angebracht waren, und blickte auf zwei Monitore. Die Videobilder zeigten jeweils aus der Vogelperspektive, was in den Zimmern vor sich ging.

Auf dem einen Monitor war das Standbild einer zurzeit pausierenden Aufzeichnung der Befragung von Fee Beermann zu sehen, auf dem anderen der laufende Stream der Befragung von Rasmus Stoever.

Rasmus saß an einem einfachen Tisch, ihm gegenüber Schultz mit spiegelnder Glatze und Janson, der sich zwischendurch immer wieder an den Bart fasste. Schultz und Janson hatten sie unter dem Hinweis mit in die Behörde gebracht, dass man sowieso Fingerabdrücke von allen Partygästen benötige – und wo man gerade schon mal hier sei, könne man ja kurz die Zeugenaussage aufnehmen. Aber Nick hatte keinen Zweifel, dass die Familienanwälte bereits verständigt worden waren und sich in

Kürze entweder melden oder persönlich vorstellig werden würden.

Schultz fragte nun zum dritten Mal: »Also, Sie und Fanny waren zu zweit im Bootshaus – und dann?«

Rasmus schwieg weiterhin, tat, als würde er nachdenken, und betrachtete seine kräftigen Hände. Er war muskulös, athletisch, wirkte aber wie ein zu groß geratenes Kind.

»Habe ich doch schon gesagt«, nuschelte er. »Fanny wollte sich mit mir in Ruhe unterhalten. Also haben wir uns unterhalten.«

Janson und Schultz hielten alle Karten in der Hand. Sie waren kurz zuvor von Cleo gebrieft worden. Sie wussten, was auf den Videoaufnahmen vom Partyabend zu sehen war und was Marie und Morten Nick und Cleo erzählt hatten. Sie wussten außerdem, dass Fannys und Mortens Handys bei den Computerforensikern zur Auswertung waren und bald auf dem Tisch liegen sollten. Zwar kannten sie schon das Ergebnis der Obduktion, aber in Kürze müssten Informationen über die Identifikation der Toten auch schriftlich und damit offiziell eintreffen, womit sie die Angaben dann als Trumpf verwenden konnten.

»Okay«, wiederholte Schultz, »wir haben ja auf dem Video gesehen, dass Sie und Fanny sich unterhalten haben und Sie dann zu der Hütte gingen. Aber was passierte in der Hütte?«

»Wir haben geredet.«

»Worüber?«

»Dies und das.«

»Kam es zu Sex?«

Rasmus blickte auf, schmunzelte überheblich. »Wie kommen Sie denn darauf?«

»Ist nur eine Frage. Ja oder nein?«

»Ich denke nicht, dass das irgendwen was angeht, oder?«

»Worüber wollten Sie sich unterhalten?«

»Das war privat, sagte ich doch schon.«

Schultz lehnte sich zurück. Janson fragte: »Sie waren etwa eine halbe Stunde mit Fanny im Bootshaus. Dann ist Ihre Freundin Fee dorthin gekommen, hat aufgebracht das Bootshaus wieder verlassen, und Sie sind ihr hinterhergelaufen. Was genau ist denn da passiert?«

Rasmus betrachtete seine Finger. »Sie hat sich aufgeregt.«

»Weil Sie mit Fanny im Bootshaus waren?«

»Ja.«

»Sie dachte, Sie hätten dort Sex mit Fanny gehabt?«

»Keine Ahnung. Wir haben uns nur unterhalten.«

»Aber Sie werden doch bestimmt mit Ihrer Freundin darüber gesprochen haben?«

Rasmus zuckte mit den Schultern.

Janson fragte: »Ihre Freundin hat Sie also im Bootshaus gesehen, hat sich aufgeregt – und dann sind Sie ihr hinterhergelaufen?«

»Sieht man ja auf dem Video.«

»Und Fanny blieb im Bootshaus?«

»Als ich rausging, war sie noch drin, logisch.«

»Wohin ist Ihre Freundin gelaufen?«

»Zu den Autos.«

»Und Sie?«

»Ihr hinterher. Ich habe ihr erklärt, dass wir nur geredet haben und sie etwas Falsches denkt.«

»Anschließend haben Sie die Party verlassen?«

»Ja.«

Schultz erhielt einen Anruf. Er brach die Befragung ab und erklärte, dass er und sein Kollege etwas besprechen müssten, aber in ein paar Minuten wieder zurück wären. Sie standen auf und verließen den Raum.

Nick lehnte sich zurück, als Cleo die Aufzeichnung der Befragung von Fee startete. Sie schilderte, dass ihr Freund plötzlich weg war und sie ihn gesucht habe. Am Bootshaus stellte sie dann fest, dass er sich dort mit Fanny aufhielt, worauf sie, Fee, sauer geworden sei und nach Hause fahren wollte. Sie habe absolut nicht den Eindruck gehabt, dass ihr Freund mit Fanny herumgemacht habe, denn so etwas würde er niemals tun, weil schließlich sie, Fee, auf dem Spiel stehen würde – und Fanny ja im Vergleich nur so irgendeine beliebige Tussi wäre. Nein, die hätten sich bloß unterhalten, aber sie wisse, dass Fanny schon immer hinter Rasmus her gewesen sei und Rasmus, na ja, manchmal eben etwas zu naiv sei, um zu kapieren, was da mit ihm gespielt werde. Und das sei alles.

Die Frage war jedoch, ob etwas im Bootshaus vorgefallen war, das zum Tod von Fanny geführt hatte und ob Rasmus damit in Verbindung stand, überlegte Nick. Er könnte sie getötet haben – und das war es in Wirklichkeit, was seine Freundin so schockiert hatte. Oder sie hatten Sex gehabt, waren in flagranti erwischt worden – und Fee hatte Fanny dann in einer Affekthandlung getötet. Weiter stellte sich die

Frage, ob sich Fanny noch im Bootshaus befunden hatte, nachdem Marie dorthin zurückgekehrt war – nach ihren Angaben, um den von Morten vergessenen Rucksack zu holen. *Oder um Fanny etwas anzutun.* Es gab diverse Möglichkeiten, dachte Nick. Vielleicht sagte außerdem keiner die ganze Wahrheit, oder die vier deckten sich gegenseitig, weil sie gemeinsam etwas mit Fannys Tod zu tun hatten. Motive gab es durchaus, und am Ende des Tages hatte Fanny halbnackt und tot auf der Straße gelegen, wo Nick die Leiche überfahren hatte.

Cleo stoppte die Aufzeichnung, als sich die Tür öffnete und Schultz und Janson hereinkamen. Man konnte beiden am Gesichtsausdruck ablesen, dass es Neuigkeiten gab. Janson lehnte sich an einen der Tische und spielte mit seinem Tablet. Schultz hatte eine Aktenkladde und zwei Beweismittelbeutel aus festem Papier dabei. Schwer zu sagen, was sich darin befand. Er nahm sich eine Flasche Wasser, schraubte sie auf und trank etwas, bevor er loslegte.

Er sagte: »Nick, deine Reputation in allen Ehren, aber dir ist schon klar, dass du hier nichts zu suchen hast?«

»Sonst noch etwas«, erwiderte Nick, »das irgendwen interessiert oder neu ist?«

Schultz legte eine kurze Pause ein, trank noch einmal. Dann sagte er: »Fangen wir mit der Leiche an. Die Bestätigung kam eben offiziell rein – es handelt sich um Fanny Monecke. Da müssen wir jetzt mit dem alten Monecke reden, und er muss sie identifizieren. Zweitens: Das toxikologische Gutachten hat ergeben, dass sie Betäubungsmittel intus hatte – Kokain, nicht zu knapp, außerdem THC, Marihuana.«

Nick merkte auf. Cleo ebenfalls. Sie erschien mit einem Mal hellwach zu sein.

»Drittens«, redete Schultz weiter, »haben wir ein Tütchen gefunden.« Er tippte gegen einen Beweismittelbeutel. »Die Kollegen von der Computerabteilung haben es entdeckt, als sie das Handy angeschaut haben. Es war zwischen der Rückseite vom iPhone und der Hülle versteckt. Es ist sogar noch etwas Koks drin.«

»Das heißt«, sagte Cleo, »wir werden uns für ihre Wohnung das Okay zu einer Durchsuchung geben lassen müssen. Werden wir sowieso – aber jetzt erst recht.«

»Klare Sache«, redete Janson dazwischen. »Was auf ihrem Handy war, ist superinteressant. Das, was auf dem Handy von diesem Morten ist, ebenfalls. Weißte, diese Kids erzählen uns einen vom Pferd.«

Janson drehte das Tablet um. Man konnte einen leicht verwackelten Film sehen, den Ton hören. Er war durch einen Spalt aufgenommen worden und zeigte Fanny und Rasmus, die aufeinander lagen, und zwar im Bootshaus. Ganz klar: Sie waren nicht nur am Reden. Und ebenfalls ganz klar: Beide schnupften zwischendurch Kokain, bevor sie sich wieder mit sich selbst befassten. Fanny schlang die Beine um Rasmus Hüften. Man hörte sie sagen: »So, und jetzt kannst du deine Schulden abarbeiten, mein Lieber.«

»Du kriegst das Geld schon.«

»Sind inzwischen fast fünftausend, hm?«

»Nächste Woche spätestens, echt.«

»Dann fang schon mal mit den Zinsen an.«

Fanny fummelte an seiner Jeans herum. Der Rest ging im

Murmeln unter. Das Video lief noch zwei oder drei Minuten, bevor es verwackelte und abbrach.

»Das«, fragte Cleo, um sich zu versichern, »hat Morten aufgenommen?«

»War auf seinem Handy«, bestätigte Janson. »Der Typ ist ein Spanner. Wir haben diverse Bilder von Fanny gefunden – wie Nick gesagt hat: Er war ihr Fan. Er hat gefilmt, wie sie einen anderen vögelt. Kann man sich vorstellen, was da in einem Jungen vorgeht?«

»Ich frage mich eher«, sagte Cleo, »warum man das dann aufnimmt.«

Janson nickte. Er sagte: »Wir haben uns den WhatsApp-Verlauf angesehen. Alle vier haben miteinander kommuniziert. Sie wollten sich absprechen.« Dann las er etwas vor: »Zum Beispiel diese Fee und Rasmus. *Du idiotischer Ficker, was ist da los?* Oder: *Ich mach dich fertig. Und: Ich weiß, was du getan hast, Psycho. Halt bloß die Klappe. Ich mach dich fertig. Klar? Ich mach dich fertig. Bevor du auch nur daran denkst, mein Leben zu zerstören, zerstöre ich deins.* Und vor der Polizei hatten sie alle Angst. Sie wussten, was auf sie zukommen wird. Und dann: *OMG, wir waren so blind. Und ihr denkt nur mit dem Schwanz, ihr Idioten, und kapiert gar nichts mehr!*«

»Wow«, machte Cleo. »Wovon reden die da? Welche Schulden hatte Rasmus bei Fanny, die er abarbeiten sollte?«

»Tja«, machte Janson. »Fragen wir sie doch noch mal, oder?«

»Wir reden mit Fee. Danach nehmen wir uns noch einmal Marie und Morten vor. Schultz redet mit Rasmus. Ach. Ähm, Beck?«

»Hm?«

»Wo du schon mal hier bist – kannste dich mal nützlich machen und mit Schultz zusammen da reingehen?«

»Ich dachte, ich hätte hier nichts zu suchen.«

Schultz schwieg. Janson sagte: »Haste auch nicht. Aber dich neben den Kollegen setzen und ein bisschen Eindruck schinden, das haste ja wohl noch drauf, oder?«

»Ich werd's versuchen«, sagte Nick.

»Ach«, sagte Cleo, »und dieses Koks-Tütchen – kann ich das mal haben? Die Kollegen von den Drogen könnten es sich genauer ansehen.«

»Logo, hast ja beste Kontakte«, sagte Janson und setzte sich in Bewegung.

33

Der Rest verlief nach Plan. Nick und Schultz hatten zwar noch nie zusammengearbeitet, aber intuitiv fühlte Nick, dass sie ein gutes Team abgaben. Schultz war routiniert, ruhig, souverän. Er wusste, was er tat und wovon er sprach, wenn er den Mund aufmachte. Was nicht so häufig vorkam – es sei denn, er hatte tatsächlich etwas zu sagen. Nick wusste das zu schätzen. Er hielt nichts von vielen Worten. Norddeutsche Mentalität. Außerdem hatte es sich gut angefühlt, mal wieder im Sattel zu sitzen.

Nachdem auch Janson und Cleo die Befragungen abgeschlossen und sie ihre Resultate anschließend zusammengeworfen und interpretiert hatten, ergab sich folgendes Bild.

Fanny Monecke mochte Rasmus Stoever. Optisch, das musste Nick zugeben, hätten beide durchaus ein besseres Paar abgegeben als Rasmus und Fee Beermann – Fanny, die athletische und lebenslustige Blondine, und Rasmus, der breitschultrige Footballspieler. Außerdem standen beide auf Kokain. Angesichts des Videos hatte Rasmus sich nicht herausreden können und ausgesagt, dass er manchmal etwas von Fanny gekauft habe, was ihn am Ende in finanzielle Nöte brachte, denn es war mehr und mehr geworden. Der

Druck im Studium, im Elternhaus und die Notwendigkeit, beim Football stets hellwach zu sein – da habe er sich gelegentlich eine Nase gegönnt. Die sich anschließenden Untersuchungen würden ergeben, in welchem Maße sich sein Konsum tatsächlich bewegt hatte und ob seine Freundin Fee ebenfalls konsumierte. Denn wenn sich Rasmus' Schuldenstand tatsächlich auf fünftausend Euro belief, wie Fanny in dem Video sagte, dann war das nicht zu knapp. Der Straßenpreis für ein Gramm lag bei etwa siebzig Euro. Koks im Wert von fünftausend Euro entsprach rund siebzig Gramm, was eine respektable Menge war.

Fanny hatte bei der Party die Situation ausgenutzt, sich Rasmus geangelt, mit ihm gekokst und ihn – nach seinen Worten – unter Druck gesetzt, um Sex mit ihm im Bootshaus zu haben und ihn möglicherweise Fee auszuspannen. Morten Carstens und Marie Tigges bekamen mit, dass sich die beiden ins Bootshaus verzogen haben. Morten war schwer in Fanny verschossen und Marie wiederum in Morten, der in ihr allerdings nur eine beste Freundin sah. Als solche hatte sie ihn angestachelt, Fanny auf der Party anzumachen – und sich später dafür verflucht. Morten war natürlich abgeblitzt, doch Maries Hoffnung hatte sich nicht erfüllt, dass er sich nun von Fanny ab- und ihr zuwenden würde.

Morten hatte sich im Frust noch mehr betrunken und im Bootshaus das Video aufgenommen. Morten sagte, er verachte sich selbst dafür, außerdem sei es sehr schmerzhaft gewesen, sich das anzusehen. Aber andererseits versetzte das Video Morten in die Lage, Fanny beim Sex zuzuschauen und sich in die Rolle von Rasmus zu träumen.

Marie ging ihm hinterher, bekam ebenfalls mit, was im Bootshaus lief und dass Morten davon tief getroffen war. Das habe sie mit Genugtuung erfüllt, aber auch weh getan, weil sie sich dafür verantwortlich fühlte. Sie ging mit ihm zum Auto, um die Party zu verlassen. Dabei fiel Morten dann auf, dass er seinen Rucksack am Bootshaus vergessen hatte. Marie ging dann noch mal zurück, um den Rucksack zu holen und Morten eine weitere Konfrontation zu ersparen.

Das Hin und Her hat Fee aufmerksam gemacht. Sie hat Rasmus nicht gefunden und registriert, dass Morten und Marie in einer merkwürdigen Verfassung aus Richtung Bootshaus kamen. Einer inneren Stimme folgend, war Fee dorthin gegangen, wo sie ihren Freund in flagranti mit Fanny erwischte. Fee wollte die Feier fluchtartig verlassen – doch Rasmus kam ihr sofort hinterher. Fee gab an, nicht den blassesten Schimmer davon gehabt zu haben, dass ihr Lebensgefährte regelmäßig Kokain schnupfte und es offensichtlich von Fanny bezog, die Rasmus womöglich gezielt unter Drogen gesetzt habe, um ihn rumzukriegen. Eine Ausrede, dachte Nick, um sich die Sache schönzureden oder Rasmus in Schutz zu nehmen oder beides.

Fanny blieb schließlich allein im Bootshaus zurück. Niemand konnte sagen, was danach passiert war. Aber alle hatten ein Motiv, um Fanny etwas anzutun. Rasmus hatte Schulden, stand unter Drogen und hatte Sex mit dem Opfer gehabt – in dieser Kombination wäre vieles denkbar. Fee hatte ihren Freund in flagranti mit ihrer schlimmsten Kontrahentin erwischt. Auch das gab ein Motiv her: Eifersucht.

Das galt ebenfalls für Morten, der ein Stalker und in Fanny verliebt sowie an dem Abend schwer betrunken und traumatisiert war. Angesichts der Situation hatte er vielleicht die Nerven verloren. Das mochte ebenfalls für Marie gelten, die wie Fee in Fanny eine Konkurrenz gesehen haben könnte.

Die Frage war, ob einer von ihnen die Gelegenheit hatte, Fanny unbemerkt zu töten. Die Frage war außerdem, ob einer von ihnen alleine die Leiche hätte beseitigen können. Nick war sich sicher, dass das unmöglich war. Physisch wäre allenfalls Rasmus dazu in der Lage. Aber da alle vier ein mögliches Motiv hatten, war nicht auszuschließen, dass sie zusammengearbeitet hatten.

Und es blieb die Frage, woher Fanny den Stoff bezog, den sie an Rasmus verkaufte. War er der Einzige, mit dem sie Geschäfte gemacht hatte? Und was war in Monecke gefahren, dass er seine Leute losschickte, um an dem Jungen Selbstjustiz zu verüben, den er für Fannys Mörder hielt?

»Der Nebel klärt sich langsam«, sagte schließlich Schultz und massierte sich den Nasenrücken. »Ich brauche ’nen Kaffee.«

»Dito«, sagte Janson.

Damit verließen sie das Besprechungszimmer.

»Danke für die Hilfe«, sagte Cleo zu Nick.

»Gern geschehen.«

»Du hättest im Team bleiben und dich nicht versetzen lassen sollen. Du verschwendest dein Talent.«

»Danke für das Kompliment.«

»Ich meine das ernst.«

»Ich ebenfalls.«

»Du hast dich geschlagen gegeben. Der Elbripper hat gewonnen. Er ist noch nicht gefasst – und du hast die Flinte ins Korn geworfen. Lässt du das einfach so zu?«

»Sieht so aus.«

»Er war seit über einem Jahr nicht mehr aktiv.«

»Wer weiß«, wiederholte Nick.

»Wie meinst du das?«

»Er ist seit einem Jahr nicht aufgefallen. Das heißt nicht, dass er nicht mehr aktiv ist. Vielleicht tötet er weiter und versteckt seine Opfer einfach besser.«

»Glaubst du das?«

»Es spielt keine Rolle, was ich glaube«, sagte Nick.

»Okay«, sagte Cleo. »Wie du meinst.« Sie nahm den Beweismittelbeutel, den sie von Schultz hatte. Den mit dem Koks aus Fanny Moneckes Handycase. »Schauen wir mal, was die Kollegen hierzu sagen. Bis dann.«

»Bis dann«, sagte Nick.

Er wartete, bis Cleo gegangen war. Sah sich noch ein wenig im Gebäude um, blickte aus den Fenstern, inhalierte die Luft. Schließlich verließ er das LKA, setzte sich in den Mercedes und fuhr zurück nach Nordbek.

Er betrachtete sich im Rückspiegel und überlegte, dass er dringend einen Haarschnitt brauchte.

34

Der Haartrimmer surrte. Ein Profigerät, wie Lola eben ausdrücklich wiederholt hatte, während sie von ihrer Ausbildung im Friseursalon erzählte und dass das alles nicht das Richtige für sie gewesen war, auch nicht die Ausbildung als Bürokauffrau und ein, zwei andere angefangene Dinge.

»Ich mag ja die längeren Haare an dir«, sagte sie dann.

»Nichts da, die müssen weg«, erwiderte Nick und beugte den Kopf nach vorn, damit Lola den Nacken rasieren konnte.

Er saß auf einem Stuhl im Bad. Lose Haare klebten auf seinen bloßen Schultern. Das Licht war eingeschaltet, draußen dämmerte es bereits. Als Nächstes wäre der Bart an der Reihe. Nick betrachtete Lola im Spiegel. Die Blicke trafen sich. Ihre Hand ruhte auf seinem Hinterkopf. Der Trimmer fräste eine Schneise in sein ergrauendes Haar.

Er schloss die Augen, gab sich der Berührung hin. Wie lange war es her, dass … sehr lange.

Nachdem Betty ums Leben gekommen war, hatte Nick jeden zwischenmenschlichen Kontakt gemieden und sich vollkommen zurückgezogen. Er glaubte manchmal, nicht einmal mehr zu wissen, wie sich ein intensiver Kuss oder ein weiblicher Körper in seinen Händen anfühlte. Die letzte

Frau, die er berührt hatte, war Betty gewesen, in der Nacht vor ihrem Tod. Sie waren sich während der Ermittlungen nähergekommen – näher, als gut für sie beide war. Schließlich, nach Wochen oder eher Monaten, waren sie im Bett gelandet. Zwei einsame Seelen, die sich sehr ähnlich waren, zwei Jäger, die wie Billardkugeln im Wissen aufeinander zugerast waren, dass eine Kollision unvermeidlich war.

Vielleicht wäre es nur für eine Nacht gewesen, vielleicht für den Rest des Lebens. Nick würde es nie erfahren. Betty war tot. Zerbrochen. Zerschlagen. Abgestürzt. So wie Cleo heute ebenfalls hätte stürzen können. Realistisch betrachtet war sie natürlich bloß auf ein offenes Fenster zugestolpert, hatte sich schnell wieder gefangen und war, ebenfalls realistisch betrachtet, in keiner ernsthaften Gefahr gewesen. Jedoch hatte die Situation etwas in Nick ausgelöst, wie ein Trigger. Er wollte niemals mehr jemanden in Gefahr bringen. Doch kaum hatte er begonnen zu ermitteln, geschah es wieder. Hatte das etwas zu bedeuten? War es das Schicksal, das mit dem Säbel rasselte? Oder sah er nur Gespenster?

Schließlich war Lola fertig und schien zufrieden mit ihrer Arbeit zu sein.

»Du siehst sehr gut aus, Nick«, sagte sie und strich ihm mit den Händen die losen Haare von den Schultern.

»Danke«, sagte Nick und betrachtete sich im Spiegel. Es war ungewohnt, sich mit dem kurzen Schnitt zu sehen. Hinten und an den Seiten scharf rasiert, oben länger. Lola sagte, das würde mit etwas Gel gut aussehen. Ihre Blicke trafen sich erneut im Spiegel. Lola lächelte leicht.

Schließlich legte sich ihre Hand von hinten unter sein

Kinn und bog seinen Kopf zurück. »Jetzt der Bart. Drei Millimeter«, sagte sie.

Erneut begann der Trimmer zu surren. Nicks Barthaare flogen durch die Luft wie Spreu, wenn ein Mähdrescher mit rotierenden Klingen durch das Korn fuhr. Lola pustete einige aus ihrem Gesicht. Nick konnte ihren Atem riechen. Er roch nach Erdbeere, vermutlich vom Kaugummi in ihrem Mund. Ihr weißes Tanktop war mit grauschwarzen Barthaaren besprenkelt. Sie trug nichts drunter und ansonsten nur Jeansshorts. Ihre Flipflops machten schmatzende Geräusche, wenn sie sich mit dem Haarschneider um Nick herum bewegte.

»Wo ist Heitzer?«, fragte er.

Lola machte eine abwinkende Geste. »Besucht seinen Bruder. Zwillinge, gleichen sich wie ein Ei dem anderen. Er hat sogar auch eine Werkstatt, in Schleswig. Und er hat mindestens ebenso viel Kohle wie Heitzer. Glaubt man kaum, oder? Aber der Laden läuft mal richtig gut, und das Haus und alles. Kann mich nicht beklagen.« Sie lachte.

Ja, dachte Nick, denn wenn Heitzer irgendwann mal nicht mehr war und Lola vorher geheiratet hatte, würde ihr alles in die Hände fallen. Dann könnte sie die Tankstelle und die Werkstatt zum Beispiel mit Frankie weiterführen.

»Ich weiß«, fuhr sie fort und setzte den Trimmer wieder unter Nicks Kinn an, »Heitzer ist ein bisschen alt für mich. Aber er hat mich in einer schwierigen Zeit aufgefangen, weißt du? Ich habe keine Familie und war ziemlich unten, weil ich auch keinen Job hatte zu der Zeit und gar nichts, kein Geld für Miete, nicht mal eine Wohnung. War wirklich krass. Ich hatte schon gedacht: Scheiße, jetzt muss ich auf den Strich gehen oder so. Da bin ich durch Zufall hier vorbeigekommen, wollte nur ein paar Kippen kaufen, und Heitzer hat mir einen Job an der Kasse angeboten. Na ja, und dann führte irgendwie eines zum anderen. Er hat mich wieder aufgebaut. Ich schulde ihm was. Und er ist wirklich kein schlechter Kerl. Ich meine, er kann ein absoluter Oberarsch sein, aber nicht immer.«

»Klar«, sagte Nick.

»Fertig«, sagte sie dann, pustete Nick die restlichen Bartstoppeln von der Wange und ergänzte: »Aber manchmal fehlt mir schon etwas, weißt du. Da denke ich: Das kann noch nicht alles gewesen sein.«

»Ich kenne das Gefühl«, erwiderte Nick. Sein Adamsapfel hüpfte auf und ab.

»Ja?«

Lola legte den Trimmer zur Seite. Einen Moment später hob sie ein Bein an, um über Nicks Beine zu steigen, und setzte sich auf seinen Schoß. Sie legte die Hände auf seine Schultern, blies über seine Lippen und das Kinn, wischte mit der Hand verbliebene Stoppeln fort.

Nick keuchte leise auf. »Hör mal …«, sagte er. Spürte, wie sie ihre Hüften langsam auf seinen Lenden vor und zurück bewegte.

»Was denn?«, flüsterte sie.

Scheiße, dachte Nick. Er spürte, wie sein Körper in den Automatikmodus schaltete und im Gehirn einige Lichter ausgingen. Seine Hände legten sich auf Lolas Hintern, wo er das Handy in der Hintertasche ihrer Shorts spürte. Dann stand er auf, hob sie an, hörte sie leise kichern, ihre Arme um seinen Hals, die Beine um die Hüften geschlungen. Klatschend fielen die Flipflops zu Boden.

Nick trug Lola rüber zum Bett, warf sie regelrecht auf die Matratze, atmete schwer, und sie ebenfalls. Sie griff nach vorn, packte in seinen Hosenbund und zog ihn zu sich herab. Einen Moment später lag er halb auf ihr, spürte ihre Schenkel an seinen Hüften, ließ sich auf den Rücken drehen und bäumte sich auf, als ihre Fingernägel über seinen Oberkörper kratzten, hin zu den Hüften, um den Gürtel zu öffnen. Er hörte das Geräusch seines Reißverschlusses, spürte dann wieder ihre tanzenden Hüften und wie sie sich an ihm rieb. Sie hob die Hände an, zog das Top aus, atmete schwer und ritt auf ihm, obwohl beide noch die Hosen trugen.

»Ich will dich«, flüsterte sie. »Ich will dich schon ganz schön lange.«

Nick fühlte sich, als tobte heiße Lava in seinen Adern. Statt zu antworten, hob er die Hände an, umfasste ihre Brüste. Sie griff seine Gelenke, schob die Hände fort, über Nicks Kopf als wolle sie sie dort mit Handschellen am Bettpfosten festmachen. Dann ihre Brüste auf seiner Brust, ihr Atem über seinen Lippen. Er konnte an nichts anderes mehr denken.

»Hast du deine Pistole hier? Der Gedanke daran macht mich total geil«, flüsterte sie erhitzt in sein Ohr, während sie sich ein Stockwerk tiefer an ihm rieb.

»Habe ich«, keuchte Nick.

»Wo?«

Er musste verrückt sein. War er verrückt? Ja, war er.

Aber egal. Er konnte nicht anders, und das bisschen mehr Wahnsinn würde sein Leben kaum schlimmer machen. Nick antwortete wie automatisch: »Im Gitarrenkoffer … Kabelfach …«

Lola grinste, biss sich auf die Unterlippe, schaute nach rechts, wo der Tweedkoffer stand. Einen Moment später glitt sie von Nick herab, kniete neben dem Koffer, öffnete die Schnappverschlüsse und flüsterte: »Oh, mein Gott«.

Dann saß sie wieder auf Nick, starrte auf die Glock, als sei es das Schwert Excalibur, und streichelte die Waffe mit glühenden Augen. »Ist sie geladen?«

»Ja.«

Lola stöhnte leise auf, fuhr mit dem Lauf über ihren Körper, rieb sich wieder an ihm. Sie zog das Handy aus der Hintertasche ihrer Jeans, hielt es hoch über ihren Kopf und machte ein Selfie von sich auf Nick mit der Waffe. Nick blinzelte. Was, zum Teufel, machte sie da? Lolas Hüften bockten, sie atmete schwer, glitt mit dem Lauf über Nicks Bauch und Brust, presste den Lauf unter sein Kinn.

»Fick mich, Bulle«, keuchte sie und knöpfte ihre Shorts auf.

Die Handykamera klickte immer wieder. Jedes Klicken beförderte Nick einen Schritt zurück ins Hier und Jetzt. Er packte ihr Handgelenk, verdrehte es, nahm ihr gleichzeitig die Glock aus der Hand. Lola wimmerte, klang zunächst noch erregt, dann aber nicht mehr, als sie begriff, dass das hier nicht mehr zum Spiel gehörte.

»Aua, was soll das?«, zischte sie und rieb sich das Handgelenk.

Nick schob sie von seinem Schoß, die Glock in der Hand, stand auf, während Lola auf den Rücken fiel und Nick in einer Mischung aus Überraschung, verblassender Erregtheit und Zorn anschaute. Nick atmete immer noch schwer. In seinem Körper glühte nichts mehr, und in seinem Gehirn fühlte sich mit einem Mal alles wieder richtig verdrahtet an.

»Was ist mit dir los?«, fragte er.

Lola sah ihn entgeistert an. »Was denn? Was ist mit *dir* los?«, zischte sie, griff sich ihr Shirt, zog es an und steckte ihr Handy wieder ein.

»Das mit der Pistole, das mit den Bildern«, sagte Nick, packte die Glock wieder ins Kabelfach.

»Das ist ... Ich dachte ...« Lola stand auf, funkelte Nick an. »Ich dachte, das ist heiß, okay? So was macht mich an!«

Nick ließ die Kofferverschlüsse zuschnappen, stand auf, zog den Reißverschluss wieder hoch und knöpfte die Hose zu.

»Das ist verrückt«, sagte er, blickte auf und ergänzte: »Nichts gegen dich. Ich kann das nicht. Fahre ich nicht drauf ab. Kein Stück.«

»Das habe ich gemerkt«, grummelte Lola, funkelte Nick nochmals an und ging dann ins Badezimmer, um ihre Schlappen und die Haarschneideutensilien aufzusammeln.

»Wir hätten das nicht tun sollen«, sagte er.

Lola schwieg, packte ihr Zeug und ging zur Tür.

»Danke für den Haarschnitt.«

Lola drehte sich zu Nick. »Gern geschehen«, sagte sie leise, öffnete die Tür und schloss sie hinter sich.

Verdammt, dachte Nick und fuhr sich mit beiden Händen

durchs Gesicht. Verdammt, er würde in der Hölle schmoren. Er *sollte* in der Hölle schmoren. Was, zum Teufel, hatte er sich dabei gedacht? Er ging zurück ins Bad, nahm den Duschkopf aus der Halterung, beugte sich über die Wanne und brauste sich über den Kopf und das Gesicht, wusch die Haare ab. Er nahm das Handtuch, rubbelte sich trocken und nahm den Blister mit den Diazepam. Aber es war kein Valium mehr da. Wann hatte er denn die letzte genommen? Er konnte sich nicht mehr erinnern.

Alles in ihm schrie nach einem Drink.

Er ging zurück ins Wohnzimmer, zum Bett, fand zwei leere Flaschen. Im Wagen hatte er noch einen Flachmann liegen. Aber der Inhalt würde kaum ausreichen. Ihm fiel die Kneipe ein, das »Roadhouse« an der Bundesstraße.

Nick zog sich ein Paar Turnschuhe an, schlüpfte dann in ein frisches T-Shirt, griff sich seine Sachen und verließ das Haus. Wenige Momente später saß er im Mercedes – mit der klaren Absicht, sich nach allen Regeln der Kunst abzuschießen.

35

Der Nachgeschmack des Currys vom Chinesen brannte Cleo auf der Zunge und erst recht im Magen. Vielleicht hätte sie doch etwas anderes nehmen sollen. In der letzten Zeit war sie empfindlicher, was Geschmack und Gerüche anging. Seit sie schwanger war, schienen ihr Körper und ihre Sinne feiner gestimmt zu sein.

Chris räumte gerade ab und brachte anschließend den Müll hinunter, damit es in der Wohnung nicht so roch. Cleo hatte es sich auf dem Sofa bequem gemacht und textete mit Susann wegen eines neuen Termins für die Anprobe vom Hochzeitskleid. Susann hatte ihr außerdem den Entwurf für eine Einladungskarte als Datei geschickt. Sie war sehr schlicht gehalten. Elegant. Auf der Front einfach nur zwei ineinander verschlungene C's, die Anfangsbuchstaben ihrer Namen. Beinahe wie bei Coco Chanel.

Cleo lächelte. Das war *ihre* Einladungskarte zu *ihrer* Hochzeit.

Manchmal kam ihr das alles ziemlich unwirklich vor. Heiraten, ein Baby bekommen … Noch vor einem Jahr hätte sie sich das kaum vorstellen können. Und jetzt war alles so real und fühlte sich ganz anders an, als sie erwartet hatte.

Cleo bemerkte, wie sie mit der freien Hand versonnen über ihren Bauch strich und sie darauf ablegte. Wann würde sie zum ersten Mal eine Bewegung spüren? Und was würde das für ein Moment sein? Ein Moment, in dem alles noch realer werden würde und sich mit einem Fußstoß aus dem Inneren ihres Körpers manifestierte, dass dort etwas lebte – ein kleiner Junge oder ein kleines Mädchen?

Chris kam wieder herein, warf beiläufig einen Blick auf sein Handy, das auf dem Küchentisch lag, um zu checken, ob er ebenfalls eine Mail erhalten hatte. Aber das war nicht der Fall. Cleo drehte ihr Telefon herum, damit er den Entwurf der Einladungskarte sehen konnte.

»Hier, schau mal«, sagte sie.

Chris kam näher, beugte sich vor und berührte das Display beinahe mit der Nasenspitze. »Hübsch«, sagte er. »Aber etwas nüchtern.«

»Wir wollten es doch dezent haben.«

Chris schob die Hände in die Taschen seiner Shorts.

»Schon«, erwiderte er. »Aber man erkennt ja gar nicht, dass es um eine Hochzeit geht. Das könnte auch ein Visitenkärtchen sein.«

Cleo legte das Handy auf ihrem Oberschenkel ab. »Also«, sagte sie und fuhr sich durch die Haare, »Susann ist nicht einfach irgendwer, Chris, sie hat Ausstellungen, sie hat eine Galeristin, sie hat Aufträge von großen Firmen …«

Er machte eine beschwichtigende Geste. »Ja. Das weiß ich doch«, schnitt er Cleo das Wort ab. »Aber offensichtlich hat sie noch keine Einladungskarten für Hochzeiten entworfen.«

Cleo funkelte ihn an. »Chris«, sagte sie, »wir haben es doch besprochen, und ich habe Susann danach gebrieft. Sie weiß, was sie tut. Dass es um eine Einladung zu unserer Hochzeit geht, das wissen die Empfänger entweder sowieso oder werden es merken, sobald sie die Karte aufschlagen und lesen, was drinsteht.«

»Ich meine ja nur, dass es nicht wie eine Karte zu einer Hochzeitseinladung aussieht.«

»Wie sollte sie denn deiner Meinung nach aussehen? Mit turtelnden Täubchen drauf?«

Chris zuckte mit den Achseln.

»Das meinst du jetzt nicht ernst, oder?«, fragte Cleo.

»Nein«, antwortete Chris, aber das klang nicht sehr überzeugend. »Müssen ja nun keine Turteltauben sein, aber so ein Symbol vielleicht, das irgendwie mit der Ehe zu tun hat. Das von Susann – es sieht halt aus wie das Icon von einer App …«

Cleo hielt das Handy wieder hoch, das Display zu Chris gewandt. »Unsere Initialen, die beiden C's, formen eine Art Kreis, ja? Es sieht aus wie zwei angedeutete Eheringe einerseits und wie ein einzelner Ring andererseits. Es steckt also sogar eine doppelte Bedeutung dahinter, wenn man etwas darüber nachdenkt.«

»Soll das heißen, dass ich nicht nachdenke?«

»Chris …«

»Wenn ich zu blöd bin, den Symbolgehalt zu erkennen, dann sind andere es ebenfalls.«

»Du bist nicht blöd.«

»Hast du doch gerade gesagt.«

»Echt, Chris.« Cleo stöhnte genervt auf, nahm ihr Handy und ging zur Toilette. »Okay«, sagte sie und öffnete die Tür zum Bad, »ich werde sie bitten, einen weiteren Entwurf vorzulegen.«

Chris konnte manchmal ein solcher Blödmann sein. Cleo wollte weder Täubchen noch irgendwelche Zweige oder Kränze als Symbole auf ihrer Hochzeitseinladung sehen!

Ihr Handy gab ein leises »Ping« von sich. Eine Sprachnachricht war eingegangen. Sie stammte von Paul Möller, Laborant im LKA. Er hatte heute Spätschicht, und vorhin hatte Cleo ihn gebeten, die Kokainprobe aus dem Beweismittelbeutel zu untersuchen.

Cleo hörte die Nachricht ab. Pauls jugendliche Stimme erklang. Eigentlich Dr. Paul Möller. Sie konnte ihn regelrecht vor sich sehen im Labor, den Mundschutz locker unters Kinn geklemmt, die dickrandige Ray-Ban-Brille hochgeschoben, den weißen Kittel offen und darunter T-Shirt und Jeans. Er schickte meistens Sprachnachrichten, weil ihm das Tippen zu umständlich war.

»Hey, Torner. Ich habe mir die Probe angeschaut. Die genaue Analyse bekommst du noch. Nach meiner Meinung ist es derselbe Stoff, den ich immer wieder auf den Tisch bekomme. Das neue Zeug.«

Uff, dachte Cleo. Und das in der Handyhülle von Fanny Monecke? In einem Tütchen, in dem für gewöhnlich größere Mengen von bis zu zehn Gramm portioniert wurden?

»Bemerkenswert an der Probe ist noch etwas anderes. Sie enthält kaum Zusatzstoffe zum Strecken, fast nur Levamisol. Das heißt, wir haben es nicht nur mit einem hohen

Reinheitsgrad zu tun, sondern es stammt direkt von der Quelle.«

Ja, dachte Cleo, denn die Kartelle streckten ihr Kokain quasi ab Werk meist mit Levamisol, bei dem es sich um ein Entwurmungsmittel handelte. Einerseits vergrößerte es die Menge des Produktes, andererseits musste man Kokain ohnehin strecken, weil man den puren Stoff kaum konsumieren konnte, ohne sich das Gehirn zu rösten und Herz und Kreislauf zum Explodieren zu bringen. Levamisol sorgte außerdem dafür, dass die Wirkung des Kokains sich verstärkte und verlängerte. Die Wirkung von Levamisol setzte meist genau dann ein, wenn die Wirkung des Kokains nachließ. Also eine effektive Kombination.

Während Heroin gerne mit Paracetamol oder Koffein gestreckt wurde, wurde Kokain anschließend mit Phenacetin verlängert, einem Schmerzmittel. Außerdem galten Diltiazem und Hydroxyzin als Stoffe, die zum Strecken verwendet wurden. Da waren manchmal echte Pharmaexperten am Werk, denn Diltiazem wirkte gegen Bluthochdruck und somit dem den Herzschlag beschleunigenden Effekt von Koks entgegen. Hydroxyzin wiederum war ein Mittel gegen Angstzustände und außerdem gut gegen starken Juckreiz – was jeweils die Nebeneffekte vom Kokainkonsum bekämpfte, denn Süchtige litten oft an Verfolgungswahn oder erlitten Psychosen und kratzten sich blutig, weil sie meinten, Insekten krabbelten unter ihrer Haut.

»Ich hoffe«, hörte Cleo Pauls Stimme, »das hilft dir irgendwie weiter. Ich habe gehört, dass man gratulieren kann und du Nachwuchs erwartest. Glückwunsch, Torner. Und wenn du noch was brauchst, melde dich einfach. Bericht kommt morgen mit der Beweismittelprobe retour.«

Cleo beendete die App. Ein Zehn-Gramm-Tütchen, quasi frisch vom Werk in der Handyhülle von Fanny – wie war sie an das Zeug gelangt, und: Gab es mehr davon?

Sie spülte, wusch die Hände, verließ das Bad und sah, dass Chris auf dem Balkon stand und in den Nachthimmel blickte. Sie legte das Handy auf den Küchentisch und ging raus, um mit ihm in aller Ruhe über den Entwurf von Susann zu sprechen.

Als das Telefon klingelte, verdrehte Cleo die Augen. Sie ging wieder rein und schaute auf das Display. Eine unbekannte Nummer. Sie überlegte, ob sie das Gespräch ignorieren sollte, und tat es dann schließlich doch nicht.

Die Stimme am anderen Ende erkannte sie zunächst nicht auf Anhieb und verstand auch nur Bruchteile dessen, was gesagt wurde. Der Mann, der da mit ihr redete, schien entweder gerade aus dem Tiefschlaf erwacht zu sein, stand unter Drogen oder war ziemlich betrunken. Jedenfalls sprach er leise und lallte und – und jetzt erkannte Cleo, wer da am anderen Ende war. Und sie verstand auch, was er von ihr wollte. Dennoch brauchte sie ein paar Sekunden, um sich zu sammeln, und sagte schließlich: »Du bist wohl nicht ganz dicht, das kannst du aber mal völlig vergessen, Nick Beck!«

36

Nick saß auf dem Barhocker. Das Handy lag links neben ihm. Das Display vom Anruf bei Cleo war bereits vor einigen Minuten erloschen. Das Glas und die Schnapsflasche waren rechts griffbereit. Direkt vor ihm stand Jenny, die das »Roadhouse« führte, auf der anderen Seite des Tresens. In dem großen Spiegel hinter ihr konnte er den Rest des Raums betrachten. Kein Gast da außer ihm, Nick Beck, der bereits den achten Tequila und das vierte Bier intus hatte, sich aber wacker hielt. Der Alkohol begann gerade erst zu wirken, und Nick war noch lange nicht am Ende angekommen.

Jenny warf einen Blick auf die Uhr. »Kommt dein Taxi nicht mehr?«

»Ich hoffe, dass es kommt. Ich schätze es als zuverlässig ein«, sagte Nick.

»Privattaxi?«

»So was in der Art.«

»Wenigstens fährst du nicht selbst wie letztes Mal.«

»Nein«, sagte Nick.

Ihm schossen die Bilder durch den Kopf. Wie er nach dem Flachmann griff. Etwas Helles vor ihm. Das Rumpeln. Fanny Monecke in einem improvisierten Bodybag.

»Wieder einer dieser Tage, hm?«, fragte Jenny. Ihr Indianerschmuck klimperte.

»Wieder einer dieser Tage«, bestätigte Nick.

»Wird langsam zur Gewohnheit mit diesen Tagen.«

»Sie verschwimmen ineinander.«

»Dagegen solltest du etwas tun, Nick.«

Nick schmunzelte und goss sich noch einen ein. Die Jukebox spielte Tom Petty.

Into the great wide open
Under them skies of blue
Out in the great wide open
A rebel without a clue.

»Keine Ahnung«, sagte Nick, »was ich tun soll. Wirklich nicht.«

»Manchmal hilft es, einfach irgendetwas zu tun, statt stehenzubleiben und abzuwarten, dass die Dinge sich ändern. So kommst du nicht vorwärts. Einfach einen Schritt machen. Und wenn er in die falsche Richtung geführt hat, machst du einen in die andere. Aber es ist besser, immer in Bewegung zu bleiben.«

»Du bist eine kluge Frau, Jenny.«

»Sag das mal meinem Exmann.«

Nick lachte. Goss sich nach. Er trank den nächsten Shot Tequila und verzichtete auf Zitrone oder Salz. Er war auf Wirkung aus.

»Die kurzen Haare und der kurze Bart stehen dir gut«, sagte Jenny.

Nick lächelte, während der Tequila in seiner Speiseröhre brannte, die Nerven betäubte und einen Schleier über seine Seele legte. Betty Duschkow. Fanny Monecke. Die Todesopfer in seinem Leben, für die er sich verantwortlich fühlte. Lola – war es richtig gewesen, sie fortzustoßen? Die Rache von Frauen, die man ablehnte, konnte schlimm sein. Cleo Torner, die zudem schwanger war – und er tat genau das, was er sich selbst verboten hatte: wieder an der Seite einer Partnerin zu ermitteln.

Scheiß auf alles, dachte Nick, scheiß auf mich.

Dann röhrten draußen einige Motorräder.

Jenny blickte auf. Sah zur Tür, blickte zurück zu Nick. »Sind das wieder deine Freunde von neulich?«, fragte sie.

Nick zuckte mit den Achseln.

»Falls die deinen Wagen demolieren wollen, solltest du besser gleich vor die Tür gehen.«

»Wir werden sehen«, sagte Nick.

Die Motoren verstummten. Einige Momente lang war es still. Dann öffnete sich die Tür vom »Roadhouse«. Jenny straffte sich. Ihre Kiefermuskulatur arbeitete. In ihren Augen erkannte Nick, dass sie Ärger erwartete. Nachdem er den Kopf gehoben und in den Spiegel hinter Jenny geschaut hatte, erwartete er ebenfalls welchen.

Kalle Harm kam herein, flankiert von drei weiteren Bikern. Alle vier trugen abgewetzte Lederjacken mit Kutten. Einer war der Kerl, den Harm schon beim ersten Mal dabeigehabt hatte. Die anderen beiden sagten Nick nichts, außer, dass sie sich allein von der Statur her ebenfalls als

Türsteher eigneten. Gegen die anderen drei wirkte Harm schmächtig, was sich allerdings nicht negativ auf sein Selbstbewusstsein auswirkte.

Harm sagte: »Der bescheuerte Dorfbulle lässt sich wieder mal volllaufen. Wir haben deinen Wagen gesehen, Arschloch.«

»Und, hast du ihn angerührt?«, fragte Nick, der immer noch an Jenny vorbei in den Spiegel blickte. »Denn wenn du ihn angerührt hast, breche ich dir beide Arme.«

Harm lachte. Die anderen drei grinsten, stellten sich in Pose. »An deiner Scheißkarre«, sagte Harm, »mache ich mir nicht noch mal die Hände schmutzig.«

Jenny sagte: »Dann bestellt euch etwas zu trinken und haltet die Klappe – oder verschwindet.«

Harm antworte: »Wir sind nicht wegen Bier hier.«

»Sondern?«

Harm zeigte auf Nick. »Ausschließlich wegen dem da.«

Jetzt streckte sich Nick, drehte sich auf dem Barhocker herum und nahm die vier ins Visier.

»Womit kann ich dienen?«, fragte Nick.

»Du könntest dir selbst eine reinhauen«, sagte Harm.

»Weil du dich nicht traust?«

Die drei Burschen neben Harm rückten einen Schritt nach vorne.

»Hey«, hörte Nick Jennys Stimme von hinten. »Ich will hier keinen Ärger. Ihr verschwindet jetzt, oder ich rufe die Polizei. Und ihr solltet nicht vergessen, dass hier bereits ein Polizist sitzt.«

»Na und?«, sagte Harm. »Ist eh kein richtiger Polizist.

Wie man hört, lässt er vor seiner eigenen Haustür die Leute sterben. Fanny Monecke zum Beispiel. Wer wird die nächste sein?«

Nick hatte genug von Harm. Er hatte genug von den Bikern und die Schnauze gestrichen voll von allem. Er fühlte sich schlagartig nüchtern. Vernünftig war es keineswegs, sich mit vier Männern gleichzeitig einzulassen, von denen drei ziemliche Schränke waren. Außerdem wusste die Hälfte des Quartetts bereits aus eigener Erfahrung, womit sie zu rechnen hatte, und wäre vorbereitet.

Harm grinste, zuckte mit den Achseln. »Ist doch so, oder? Ich meine, jeder weiß, dass die Kleine eine Schlampe war. Und der alte Monecke dreht vollkommen durch, weil die Polizei nichts gerissen bekommt, und muss es selbst in die Hand nehmen. Weil der Dorfbulle zu blöd dazu ist.«

Nick stutzte kurz. Offensichtlich wusste Harm von Fannys Ruf. Er wusste außerdem, dass Monecke jemanden zu Morten geschickt hatte, um die Sache selbst in die Hand zu nehmen. Nick erinnerte sich an zwei Motorräder, die auf dem Firmengelände geparkt hatten, als er und Cleo zum ersten Mal in der Fabrik gewesen waren. Arbeitete Harm dort? Vielleicht einer der anderen? Oder gab es andere Verbindungen zu Monecke? Denn die Bikes waren an einer Stelle abgestellt gewesen, wo ein normaler Angestellter sein Fahrzeug nicht parken würde.

Nick griff nach hinten, um seine Geldbörse aus der Hosentasche zu ziehen. Zwei der Gorillas zuckten. Sie nahmen wohl an, Nick würde möglicherweise zu einem Messer greifen. Er klappte die Geldbörse auf, nahm seinen Polizeiausweis heraus und legte ihn auf dem Tresen ab. Eine symbolische Geste.

»Vergessen wir«, sagte er und schob sich vom Barhocker, »dass ich bei der Polizei arbeite.«

Harm sagte: »Stehen sowieso vier Aussagen gegen dich, dass du den Ärger angefangen hast.«

Nick nahm aus den Augenwinkeln wahr, wie Jenny zum Telefon griff. Er machte eine beschwichtigende Geste, stellte sich dann vor die vier Biker, rollte den Kopf im Nacken und taxierte seine Gegner, die wiederum bei ihm Maß nahmen. Vier gegen einen, dachte Nick. Harm mal abgerechnet, blieben drei ernstzunehmende Gegner.

Nick hatte seine Polizeilaufbahn beim Bundesgrenzschutz begonnen, was ihn damals von der Wehrpflicht befreite. Beim BGS, der später zur Bundespolizei umfirmierte, war er hinreichend in Kampftechniken ausgebildet worden und hatte sogar an einem Auswahlverfahren für die GSG-9 teilgenommen, es aber letztlich nicht in die Elitetruppe geschafft. Vom Grenzschutz war er in den regulären Polizeidienst sowie nach zwei Jahren in ein SEK gewechselt und vom SEK schließlich als Fahnder zur Kriminalpolizei, nachdem er von den Sondereinsätzen die Nase voll hatte.

Mit anderen Worten: Nick wusste, wie man kämpfte. Die drei Biker mit den Kutten schätzte er als Schläger ein. Sie wussten, wie man sich prügelte. Es gab einen gravierenden Unterschied zwischen kämpfen und sich prügeln – so wie es einen Unterschied zwischen einem Degen und einem Schlagstock gab, einem Leoparden und einem Gorilla.

Aber vier waren vier, und einer war einer.

Die Biker bauten sich im Halbkreis vor Nick auf. Es interessierte sie tatsächlich kein Stück, dass er Polizist war. Andererseits hatte er es mehr als herausgefordert. Nick schob eine Hand in die Vordertasche seiner Jeans, stand gelassen da. Sein Verstand arbeitete unter Adrenalineinwirkung schnell genug, um zu begreifen, dass Kalle Harm zwar ein Hänfling sein mochte, aber offensichtlich ein Rädelsführer innerhalb des Clubs war – eine physische und mentale Schwachstelle für die anderen. Deswegen konzentrierte sich Nick auf Harm.

Er machte einen schnellen Schritt nach vorn, griff Harm am Hemd und drehte ihn in den Schwitzkasten. Gleichzeitig hielt er in der Hosentasche den Autoschlüssel umfasst, hatte ihn in die Kerbe zwischen Ring- und Mittelfinger geklemmt, den gezackten Bart voran. Wenn man nachts auf der Straße unterwegs war und angegriffen wurde, konnte ein Schlüssel immer eine Notlösung darstellen. Musste man ein Paket aufschneiden, aber keine Schere war zur Hand – ein Schlüssel war stets ein guter Messerersatz.

Bevor die anderen drei reagieren konnten, hielt Nick Harm bereits fest im Griff und schob ihm den scharfkantigen Schlüssel ins Nasenloch. Die Gorillas kapierten, was die Stunde geschlagen hatte. Sie konnten sich Nick zwar schnappen und ihn krankenhausreif prügeln. Aber in dem Fall würde ihr Anführer einen kosmetischen Chirurgen benötigen, denn Nick musste nur das Handgelenk bewegen, um Harm die Nase der Länge nach mit dem Schlüssel aufzureißen.

Harm zischte: »Scheiße, verdammt …«

Nick hielt ihn im Schwitzkasten wie einen zunächst noch zappelnden Aal, dem aber langsam die Puste ausging. Harm wagte es nicht mehr, sich auch nur einen Deut zu bewegen. Ihm war seine Nase lieb und teuer.

»Und jetzt?«, fragte Nick. »Wollt ihr mich jetzt immer noch aufmischen?«

Die drei Gorillas bewegten sich kein Stück.

Harm fauchte: »Nimm den Schlüssel weg, oder ich lasse dir die Eingeweide rausreißen.«

»Vorher schlitze ich dir die Nase auf. Vielleicht steche ich dir auch noch ein Auge aus.«

»Fuck«, keuchte Harm.

»Ihr drei«, sagte Nick zu den kräftigen Burschen, »geht jetzt nach draußen. Rückwärts. Und ich will eure Hände sehen.«

»Ohne Kalle? Keine Chance«, sagte einer der Hünen.

»Harm? Ist das auch deine Meinung?«, fragte Nick.

»Und wenn sie draußen sind, schlitzt du mir die Nase auf, oder was?«

»Wenn sie draußen sind, nehme ich den Schlüssel weg – und du gehst ebenfalls.«

»Ich glaube dir kein Wort, Mann!«

Im nächsten Moment öffnete sich die Eingangstür zum »Roadhouse«. Nick sah über Harm hinweg und zwischen dem Trio hindurch. Eine Frau kam herein.

Unverkennbar sein Taxi, dachte Nick.

»Was ist hier denn los?«, fragte Cleo Torner. Ohne die Antwort abzuwarten, zog sie ihren Dienstausweis, hielt ihn hoch und sagte in Richtung der Biker: »LKA Hamburg. Alle beruhigen sich jetzt wieder. Das gilt auch für den Kollegen Beck.«

»Gott sei Dank«, hörte Nick Jenny hinter sich seufzen.

Die drei Biker blickten zwischen Cleo und Nick hin und her. Nick nahm den Schlüssel fort und löste den Griff.

»Und jetzt«, sagte Cleo, »verschwindet ihr von hier, nachdem Kollege Beck sich zur Bar zurückbewegt hat. Ansonsten verhafte ich euch alle vier wegen Widerstand gegen die Staatsgewalt und rufe sofort Verstärkung.«

»Aber …«, keuchte Harm.

»Nichts aber«, knurrte Nick und ließ Harm ganz los. Er machte einen Schritt zurück.

Harm rieb sich den Nacken, drehte sich zu Nick herum. Sein Kopf stieß leicht voran, als er Nick ins Gesicht spuckte.

»Alle! Raus!«, rief Cleo.

Nick ballte die Fäuste.

»Nick!«, rief Cleo.

»Nick, nicht«, hörte er Jenny hinter sich sagen.

Nick hob eine Faust an und wischte sich damit Harms Rotze von der Wange. Harm stierte mit hochgezogener Oberlippe zurück und grinste.

»Okay, Leute, Abmarsch«, sagte er dann und ging triumphierend raus. Die anderen folgten ihm.

Dich knöpfe ich mir vor, dachte Nick. Dich ganz allein, schon morgen. Ich hänge mich an deine Fersen, und dann reden wir zwei unter vier Augen über den heutigen Abend und überprüfen, wie sich dein Schädel und meine Autotür vertragen, wenn ich sie dir wieder und wieder vor die Birne schlage.

37

Cleos Finger hielten das Lenkrad umklammert. Sie starrte nach vorn, wo die Scheinwerfer über den grauen Belag der Straße und den Bewuchs links und rechts der Fahrbahn strichen. Nick saß auf dem Beifahrersitz. Er knetete seine Hände, dünstete einen Schnaps- und Bieratem aus und sah mehr in sich hinein als aus dem Fenster hinaus.

»Ich kann nicht glauben«, sagte Cleo, »dass ich das hier mache.«

»Danke«, sagte Nick. »Ich weiß das zu schätzen.«

»Hoffentlich.«

»Du kannst mich nicht am späten Abend anrufen und als Taxi benutzen.«

»Klar.«

»Du hast es aber trotzdem getan.«

»Und du bist trotzdem gekommen.«

»Weil du mir leidtust und ich dich nicht hängen lassen will. Aber das geht nur, wenn du selbst dich nicht hängen lässt. Doch genau das tust du, schießt dich hirnlos ab und fängst beinahe eine Schlägerei mit vier Bikern an.«

»Yep.«

»Das geht gar nicht.«

»Nein.«

Cleo schwieg, blickte zu Nick und dann wieder nach vorn. Er hatte sich die Haare schneiden lassen und den Bart. Auf den ersten Blick hatte sie ihn fast nicht wiedererkannt. Die optische Veränderung sprach eigentlich dafür, dass sich auch etwas in seinem Inneren zum Positiven veränderte. Wenngleich dieser Absturz heute genau für das Gegenteil sprach. Wie auch immer: Sie hatte ihn zwar verflucht, sich aber dennoch ins Auto gesetzt, nachdem er angerufen hatte, und sich deswegen einen Streit mit Chris eingehandelt. Sie hatte ihm gesagt, dass sie dringend zu einem Einsatz müsse. Chris hatte nicht verstehen wollen, wie das sein könne, wo sie doch jetzt am Schreibtisch saß und er davon ausging, dass es mit diesen spontanen nächtlichen Einsätzen endgültig vorbei wäre.

Cleo bog nach rechts ab. Nick bemerkte das, machte eine fahrige Geste nach vorn und sagte: »Nein. Nicht … nicht hier entlang. Geradeaus.«

»Aber hierher ist es kürzer«, sagte Cleo und deutete aufs Navi. Die Nebenstraße würde direkt nach Nordbek führen. Sie verlief in Sichtweite der Wurstfabrik von Klaas Monecke.

»Okay, aber …«

»Nick, ich drehe jetzt ganz bestimmt nicht um.«

Er atmete tief ein, schaute nach unten, knetete seine Hände. Atmete wieder durch. Er schwitzte. Als ob er plötzlich irgendein Flashback bekam oder ein Anfall drohte.

Sie kamen an einer Baustelle für ein Windrad vorbei. Dort gab es eine Absperrung, aber offensichtlich wurde auch noch in der Nacht dort gearbeitet. Flutlichter waren aufgebaut.

»Soll ich anhalten?«, fragte Cleo.

Nicks Mund öffnete sich. Er schien etwas sagen zu wollen.

»Ich …« Er öffnete die Augen, riss sie weit auf, schloss sie wieder. »Ich … muss dir etwas sagen …«

»Klar. Was denn?«

»Cleo …« Er blickte nach draußen. Dann wieder nach vorn. Zu ihr. Schloss die Augen wieder. »Ich …«

»Ist dir schlecht?«

»Nein, es ist wegen …«

»Ja?«

»… wegen eben«, sagt er dann, obwohl Cleo den Eindruck hatte, dass er etwas ganz anderes sagen wollte. »Tut mir echt leid.«

»Mir auch.«

»Die Situation ist mir entglitten. Dieser Harm … Er und seine Leute haben es auf mich abgesehen.«

»Und warum?«

»Ich habe ihn mal aus dem Verkehr gezogen. Er will sich rächen am Dorfcop, der nur ein Säufer ist.«

»Dann solltest du ihm zeigen, dass du weder ein Dorfcop noch ein Säufer bist, Nick.«

Er sah nach draußen, hielt sich die Hand vor die Augen und nickte.

»Alles okay?«

Nick blickte wieder auf, legte den Kopf dann gegen die Nackenstütze und schloss die Augen. Cleo kam es vor, als würde er zittern.

»Nick?«

Er machte eine abwehrende Geste.

»Sicher?«

Er nickte.

Ein paar Minuten später gelangten sie schließlich nach Nordbek. Cleo konnte nicht sagen, ob sie sich schon in Schleswig-Holstein oder noch in Hamburg befanden. Nick schien es wieder besser zu gehen. Er deutete mit dem Finger nach rechts. Dort tauchte eine Tankstelle auf, an die eine Werkstatt und ein Gebrauchtwagenhandel angeschlossen waren.

Cleo setzte den Blinker und bog auf das Gelände, stoppte vor einem rostigen Tor. Etwas weiter hinten stand ein Wohnhaus. Ein einzelnes Fenster war beleuchtet.

»*Da* wohnst du?«

»Yep«, machte Nick und schnallte sich ab.

»Aha«, machte Cleo. Niemals im Leben würde sie hier wohnen wollen. Und warum Nick Beck hier lebte statt in einer vernünftigen Wohngegend – sie würde keine Erklärung finden.

»Schick«, sagte sie spöttisch.

»Es erfüllt seinen Zweck.«

Cleo zuckte mit den Schultern. »Für morgen ist eine Wohnungsdurchsuchung bei Fanny Monecke angesetzt. Ich werde hinfahren. Und ich hätte dich gern dabei. Fit. Und nüchtern. Also schlaf dich aus.«

Nick öffnete die Seitentür und stieg aus. Er hielt inne, drehte sich noch mal zu Cleo. »Danke«, sagte er.

»Ruf mich nie wieder an, um dich abzuholen, weil du besoffen bist.«

»Nein.«

»Lass die Finger weg vom Alk, Nick. Echt. Hol dir Hilfe. Du kannst nicht als Polizist arbeiten, wenn du was getrunken hast. Und wenn du mit Promille fährst …«

Nick starrte Cleo ausdruckslos an.

»Bist du das etwa schon? Betrunken im Dienst gefahren oder privat? Nick, sag mir nicht, dass du das schon gemacht hast.«

Er zögerte. Wollte wieder etwas sagen. Zögerte erneut. Schüttelte dann den Kopf und sagte: »Don't drink and drive.«

Dann warf er die Autotür zu und wankte dem Wohnhaus entgegen. Cleo sah ihm einen Moment nach. Dann setzte sie zurück und fuhr wieder in die Stadt.

38

Don't drink and drive.

Verdammt, dachte Nick am anderen Morgen. Von wegen. Außerdem war er gestern Nacht verflucht nahe dran gewesen, Cleo alles zu gestehen. Sie hatte ausgerechnet die Nebenstraße gewählt, um ihn nach Nordbek zu fahren, auf der Nick die Leiche von Fanny Monecke überrollt hatte. Dann hatte ihn wieder ein Flashback erwischt.

Als sie an der Unfallstelle entlanggekommen waren, hatte Nick gezittert. Und es hatte aus ihm herausgewollt. Er wollte Cleo alles erzählen, sich ihr anvertrauen – egal, was die Konsequenzen sein würden – und herausschreien, dass er Fanny nicht getötet hatte, obwohl er sie mit dem Wagen im Suff überrollt hatte. Die Wahrheit suchte sich am Ende immer ihren Weg. Genau wie Wasser. Deswegen spielte man bei Tätern in Vernehmungen auf Zeit und gab ihnen Raum zum Erzählen, denn: Die Wahrheit wollte heraus. Sie war nicht für die dunklen, schmutzigen Ecken gemacht, sondern fürs helle Licht. Zum Glück war der Moment so schnell vergangen, wie er gekommen war.

Jetzt saß Nick in der kleinen Polizeistation vor dem Computer und warf eine zweite Kopfschmerztablette ein. Eine

Datei war geöffnet. Sie zeigte das Passbild von Karl-Heinz Harm, Kalle Harm. Nick notierte seine Adresse. Heute Abend, nach Dienstschluss, würde er sich an Harms Hacken heften und ihn sich vorknöpfen. Die Sache musste ein für alle Mal geregelt werden. Nick wusste, dass es nicht der optimale Zeitpunkt dafür war. Es gab weitaus wichtigere Dinge zu klären. Aber er konnte nicht aus seiner Haut.

Dornberg hatte Nick heute Morgen beim »Roadhouse« vorbeigefahren, um den Mercedes abzuholen, sich Nachfragen gespart, aber gewiss seinen Teil gedacht. Jetzt drehte der mit einem Mitarbeiter vom Kommunalen Ordnungsdienst die Runde im Ort, während Nick darauf wartete, dass Cleo Torner vorbeikam, um ihn zur Wohnungsdurchsuchung bei Monecke abzuholen. Sie traf wenige Minuten später ein, machte sich nicht die Mühe auszusteigen, sondern hielt mit laufendem Motor auf dem Parkplatz vor dem Fenster und hupte zweimal. Nick schnappte sich seine Sachen, ging raus, schloss ab und setzte sich zu Cleo in den Wagen.

»Moin«, sagte sie.

»Moin«, erwiderte Nick und spürte ihren musternden Blick. Sie schien einigermaßen zufrieden zu sein – Nick hatte geduscht, eine frische Uniform angezogen, sich rasiert, dreimal den Mund mit Listerine ausgespült sowie eine Ibuprofen eingeworfen. Eine halbe Valium wäre ihm deutlich lieber gewesen angesichts der Tatsache, dass er erneut in die Höhle des Löwen musste und dieses Mal vermutlich sogar ins schwarze Herz seiner eigenen Finsternis vordringen würde: in Fannys Wohnung.

»Geht's wieder?«, fragte Cleo und wartete, bis Nick angeschnallt war, bevor sie zurücksetzte und losfuhr.

»Könnte nicht besser sein«, antwortete Nick.

»Besser geht immer«, sagte Cleo. »Schlechter aber auch.«

Nick setzte seine Ray Ban auf. Die Sonne glühte wie in den vergangenen Tagen. Die Luftfeuchtigkeit war wieder gestiegen. Für heute Nacht waren erneut Gewitter angekündigt.

Cleo wollte gerade etwas sagen, als Nicks Handy klingelte. Er zog es aus der Seitentasche der Uniformhose, blickte aufs Display und überlegte, ob er den Anruf wirklich annehmen oder besser später zurückrufen sollte. Die Umstände für dieses Telefonat waren nicht die besten. Aber er benötigte Gewissheit. Deswegen ging er dran.

Prof. Dr. Jonas Peterson von ForGenTox. »Vielleicht werde ich den 51er doch wieder verkaufen und stattdessen einen 62er Jazzbass nehmen. Du hast zwar den 64er vorgeschlagen, aber ich bin ein Fan von Stacked Knobs.«

Fast hätte Nick geschmunzelt. Stacked Knobs waren Regler für Lautstärke und Klang, die an den allerersten Jazzbässen von Fender verwendet wurden. Wichtiger war die damit verbundene Botschaft: Peterson schien mit dem Job fertig zu sein und Ergebnisse zu haben.

»Stylish«, erwiderte Nick.

»Äußerst«, sagte Peterson. »Ich hatte nicht viel Zeit, habe aber eine Nachtschicht eingelegt. Detaillierte Ergebnisse kannst du nicht erwarten.«

»Ein grober Überblick reicht mir.«

»Okay«, sagte Peterson und legte los. »Ich schicke dir die

Befunde noch zusammengefasst in einer E-Mail. Die Blutgruppe und so weiter.«

»Klar.«

Nick schwitzte, obwohl die Klimaanlage eingeschaltet war. Cleo durfte hiervon nichts mitbekommen, absolut nicht, und manchmal konnte man Fetzen von Gesprächen noch hören, wenn jemand neben einem telefonierte. Mit dem Zeigefinger regelte Nick die Lautstärke daher so weit herunter, dass er Peterson gerade eben noch verstehen konnte.

Peterson sagte: »Die Testperson hatte Drogen konsumiert. Kokain, nicht zu knapp und nicht allzu lange entfernt vom Zeitpunkt der Blutentnahme. Es gibt einige Fasern, die ich wegen der Kürze der Zeit und der durchschnittlichen Ausstattung meines Heimlabors nur grob zuordnen kann. Ich habe einige textile Gewebe festgestellt. Jeans Denim. Jersey, vermutlich von einem T-Shirt. Weitere Fasern, die von einer Wolldecke stammen könnten.«

Nick erinnerte sich an das, was Fanny auf dem Video an dem Abend getragen hatte. Außerdem hatte es geheißen, das Bootshaus sei wie eine Liebeshöhle hergerichtet gewesen. Dazu passte eine Wolldecke.

Peterson fuhr fort: »Es gibt weitere feine, schwarze Fasern. Sie könnten vom Typ her zu einem Anzug passen. Das war es, was die Gewebe angeht. Die Fasern befanden sich gemäß deiner Probenbeschriftung im unteren Körperbereich, an den Beinen, Innenseite. Außerdem an den Oberarmen. Die von der mutmaßlichen Decke im Halsbereich und an den Schultern.«

Nick schluckte. Von Fasern, die zu dem passten, was

Nick an dem Abend anhatte, war keine Rede gewesen. Das war gut. Andererseits hatte niemand auf der Party einen Anzug oder eine Anzughose oder ein Sakko getragen. Morten nicht, Rasmus nicht, Fee und Marie sowieso nicht. Und im unteren Körperbereich an den Beinen, zumal der Innenseite, und dann an den Oberarmen …

Peterson sagte: »Weiterhin einige unterschiedliche Haartypen und Haarfarben von Männern wie von Frauen, insgesamt sechs Personen zuzuordnen, würde ich sagen – zudem von Personen unterschiedlichen Alters. Es waren auch fast weiße Haare dabei, die zu einer Einzelperson gehören.«

»Okay«, sagte Nick.

Er überlegte: Wenn man jemanden umarmte, blieben Haare zurück. Fanny hatte an dem Abend bestimmt viele Menschen umarmt und begrüßt. Außerdem konnten Haare und Textilfasern von Sitzmöbeln übertragen werden.

»Weiterhin«, fuhr Peterson fort, »gibt es unterschiedliche Körpersekrete. Einerseits Scheidenflüssigkeit und Sperma, was dafür spricht, dass Sex im Spiel war.«

»Okay«, sagte Nick erneut. Der Schweiß lief ihm den Rücken hinab. Cleo starrte auf die Straße und schwieg.

»Interessant ist, dass es zwei unterschiedliche Spermaspuren sind. Ich habe sie nicht genauer analysiert oder DNA extrahiert. Aber sie sind ja safe, das kann man immer noch tun. Ich kann dir nur so viel sagen, dass sie in jedem Fall von zwei Personen stammen und beide relativ frisch erschienen.«

Nick schwieg. Versuchte, das Gehörte zu verarbeiten. Die Spurenlage belegte also, dass Fanny an dem Abend mit zwei Männern Sex gehabt hatte. Nicht nur mit Rasmus, sondern außerdem noch mit einem Mister X. Dieser Sex mochte vor der Party stattgefunden haben. Er konnte aber auch im Anschluss an Rasmus, kurz zuvor – oder parallel geschehen sein, ein Dreier. Andererseits, dachte Nick, mochte es auch einen postmortalen Koitus gegeben haben. In jedem Fall gelangte nun eine neue Variante ins Spiel, und in Verbindung mit den Faserspuren …

Es waren keine Anzugträger auf der Party gewesen. Aber es hätte vorher ein Anzugträger da gewesen sein können, oder es war später einer hinzugekommen. Einer, der Sex mit Fanny hatte und außer seinem Sperma Textilfasern an den Innenseiten ihrer Schenkel hinterlassen hatte. Außerdem an ihren Oberarmen. Vielleicht, als er auf ihr kniete, dabei die Hämatome verursachte, die Nick an der Leiche gesehen hatte – und noch viel schwerwiegendere Hämatome am Hals, indem er Fanny erdrosselt hatte.

Dummerweise, dachte Nick, konnte er mit den Ergebnissen und den Spuren nichts anfangen, ohne sich selbst in massive Schwierigkeiten zu bringen. Jeder würde sich fragen, wie er diese Proben hatte nehmen können. Dennoch waren sie gesichert und zum Teil ausgewertet. Wer wusste, dachte Nick, wozu das vielleicht doch noch gut sein mochte. Außerdem hatte er die Gewissheit, dass er selbst keine Spuren hinterlassen hatte.

Nick überlegte, wie er sich ausdrücken sollte, damit Cleo keine Lunte roch oder sich wunderte. Er fragte Peterson: »Kannst du dieses Duo noch etwas präziser – arrangieren?«

»Du meinst, die Spermaspuren auf DNA untersuchen?«

»Das meine ich.«

»Kann ich nachher noch machen, ja, das sollte klappen. Für einen DNA-Abgleich ist ausreichend Material vorhanden. Ich melde mich dann.«

»Danke, okay, ich weiß Bescheid«, sagte Nick.

»Nichts zu danken«, antwortete Peterson.

»Alles Weitere regeln wir auf dem kurzen Dienstweg. Ich komme bei dir vorbei.«

»Wochenende wäre gut«, sagte Peterson. »Bring die Gitarre mit. Wir jammen ein wenig zusammen. Ich habe einen kleinen Proberaum im Keller.«

»Deal, wir rocken ab«, erwiderte Nick und beendete das Gespräch. Er schob das Handy zurück in die Seitentasche und trocknete die feuchten Hände an der Hosennaht.

»Abrocken?«, fragte Cleo.

Nick sagte: »Ein Freund von mir. Er ist Bassist. Ich spiele etwas Gitarre. Wir treffen uns und machen Musik.«

»Oh, cool. Gitarre? Das wusste ich ja gar nicht.«

»Nur für den Hausgebrauch«, sagte Nick und dachte an seinen Tweedkoffer, die Glock im Kabelfach und daran, was Lola damit getan hatte.

»Ach, deswegen soll er das ›Duo arrangieren‹«, zitierte Cleo. Sie schmunzelte leicht, wohl wegen der gewählten Ausdrucksweise. »Was wird das für ein Duo?«, fragte sie Nick.

»Nur etwas Geklampfe«, antwortete er. »Nichts Besonderes.«

39

»Nichts Besonderes? Würde ich anders formulieren.«

Janson und Schultz standen auf dem Flur von Fanny Moneckes Apartment im Westflügel der Villa.

»Nichts Besonderes wäre«, sagte Schultz, »wenn hier alles normal wäre. Aber ich finde hier gar nichts normal.«

Es war ein in sich abgeschlossenes Apartment mit Wohn- und Schlafzimmer, einer kleinen Küche und einem Bad, insgesamt rund achtzig Quadratmeter, schätzte Nick, stilvoll eingerichtet, könnte aus einer Einrichtungszeitschrift sein.

Alles war akkurat aufgeräumt, nichts lag einfach so herum. Die Spurensicherung war zwar schon vor einigen Tagen hier gewesen, um Proben zu nehmen. Aber die hatten wohl kaum Ordnung gemacht, dachte Nick. Entweder Fanny war extrem penibel. Oder hier hatte in der Zwischenzeit jemand anders aufgeräumt. Auch Cleo war das nicht entgangen, wie er einer Bemerkung von ihr über die übertriebene Ordnung in der Wohnung entnommen hatte. Janson und Schultz schienen ebenso zu denken. Doch es gab noch weitere Auffälligkeiten.

Alle Räume waren erneut von der Spurensicherung in Beschlag genommen worden, um sie zu durchsuchen. Dieses Mal ging es nicht um das Sichern von DNA oder Fingerabdrücken. Dieses Mal ging es um das Sicherstellen ihres Laptops und weiterer technischer Geräte und darum, Kokain oder ein Geldversteck zu finden. Sie hatten aber bislang nichts dergleichen sicherstellen können, auch keine Drogen. Genau genommen hatten sie gar nichts gefunden, überhaupt nichts.

»Weißte«, sagte Janson, »bei mir ist auch immer alles bestens aufgeräumt. Ich brauche das gegen das Chaos im Kopf. Schafft eine klare Birne. Ist so.«

Schultz kommentierte: »Hier sieht es aber aus wie in einem Showroom von einem Designermöbelladen. Na ja, jetzt nicht mehr.«

Denn inzwischen sah es ziemlich chaotisch aus, weil die Spurensicherung ganze Arbeit geleistet und die Wohnung von rechts auf links gekrempelt hatte. Aber vorher … Die Bettdecke war straff gespannt. Alle Kleidung lag ordentlich in den Regalen und Schubladen oder hing auf Bügeln. In der Küche gab es keinen Krümel auf dem Boden. Einzig die dunklen Markierungen an Griffen und Türrahmen vom Pulver, mit dem zuvor schon Fingerabdrücke abgenommen worden waren, wirkten wie Fremdkörper.

»Aber«, sagte Schultz, »wenn du eine Studentin bist wie Fanny, dann hast du doch irgendwo mindestens ein Laptop. Hier ist aber nirgends eines.«

Und ein weiteres Handy gab es auch nicht. Cleo hatte Nick gerade erzählt, dass Fannys Telefon ausgelesen worden war. Doch dabei hatten sich keine Auffälligkeiten ergeben. Es gab lediglich Telefonate mit Nummern, die sie sowieso gespeichert hatte und die unverdächtig erschienen, sowie Chats und Mails mit eben diesen Bekannten aus dem Nummernspeicher. Es gab keine verdächtige Kommunikation mit Rasmus oder anderen hinsichtlich Drogen und Geld und derlei Dingen. Daraus war zu schließen, dass Fanny entweder sehr vorsichtig gewesen war – oder, und das war wahrscheinlicher, ein weiteres Handy haben musste, das für die delikatere Kommunikation genutzt wurde, so wie es die meisten Kriminellen taten.

Cleo drehte sich um. Sie hatte hinter sich etwas gehört. Nick schaute auf und sah Klaas Monecke in Begleitung seines Assistenten vor dem Apartment stehen.

»Die kommen mir wie gerufen«, sagte Cleo und setzte sich in Bewegung. Nick folgte ihr. Schultz und Janson blieben in der Wohnung.

Cleo nickte den beiden zu, die jeweils dunkle Anzüge mit hellblauen Hemden trugen. Klaas Monecke sah noch blasser aus als üblich. Seine blauen Augen waren matt. Kein Wunder, nachdem ihm kurz zuvor die Nachricht überbracht worden war, dass es sich bei der Toten um Fanny handelte.

»Sie«, sagte er mit bebender Stimme, »Sie … Sie beschmutzen das Ansehen meiner Nichte und meines Namens. Nicht genug damit, dass sie getötet wurde und Sie nicht in der Lage sind, den Täter zu fassen. Nicht genug damit, dass Sie …«

»Herr Monecke, ich verstehe Ihre Trauer und Aufregung«, sagte Cleo.

»… Sie hier anrücken und unterstellen, sie würde Drogen nehmen.«

»Kokain«, sagte Nick.

»Sie haben also auch etwas zu melden, Herr Beck?«, zischte Monecke.

»Ihre Nichte war randvoll mit Kokain. Sie muss es regelmäßig genommen haben. Deswegen die Durchsuchung.«

»Ich brauche Sie nicht, um mir zu erklären, was hier vor sich geht, Beck.«

Cleo blickte zwischen beiden hin und her. Sie sagte: »Die Polizei tut, was sie kann. Wir tun, was wir können, ich ...«

Monecke fuhr ihr dazwischen.

»Sie tun überhaupt nichts! Sie sollten sich um die Suche nach dem Mörder kümmern, und nicht wie die Ratten in Fannys Sachen herumschnüffeln! Warum läuft dieser Stalker noch frei herum, he?«

»Herr Monecke ...«

Nick sagte: »Weil er vielleicht nichts mit der Sache zu tun hat. Weil Sie Ihren Schoßhund umsonst losgeschickt haben. Er sollte besser an der Leine bleiben.«

Klaas Monecke funkelte Nick an. Sein Adlatus, Dimitri, funkelte mit.

»Kommt nicht gut an«, fuhr Nick fort, »wenn jemand Selbstjustiz üben will.«

»Fanny war meine Nichte. Das ist meine Sache. Geht Sie nichts an. Und wenn die Polizei weiter untätig bleibt ...«

»... werde ich eben tätig«, sagte Dimitri.

Nick schaute zu ihm und schüttelte den Kopf. »Besser, unsere Wege kreuzen sich nicht mehr auf diese Art und Weise.«

»Nein?«

»Nein.«

Cleo schaltete sich wieder ein. »Herr Monecke, ist Ihnen denn bekannt gewesen, dass Fanny Drogen genommen hat?«

»Nein, niemals. Und ich glaube es auch nicht.«

»Die Blutuntersuchung ist eindeutig.«

»Ich kann es nicht fassen. Das muss der schlechte Umgang mit diesen reichen Kids aus der Stadt sein. Es kann sich nur um einen Ausrutscher gehandelt haben.«

»Hatte Fanny noch anderen, wie Sie es nennen, schlechten Umgang?«

»Ist mir nicht bekannt.«

»Hatte sie ein weiteres Handy, ein Laptop, ein Tablet oder einen PC?«

»Natürlich. Ein Laptop und ein Tablet. Ich habe ihr beides gekauft.«

»Wo sind die?«

»In Fannys Wohnung, nehme ich an?«

»Dort sind sie nicht.«

»Dann kann ich Ihnen auch nicht helfen.«

Cleo nickte. »Die Wohnung wirkt sehr ordentlich, fast steril. Ist sie in den Tagen nach Fannys Verschwinden betreten worden?«

»Die Putzfrau war hier.«

Nick hörte, wie Cleo die Luft einsog. »Das … ist schlecht.«

»Ich habe ihr gesagt, sie soll die Wohnung reinigen, nachdem sie von der Polizei betreten worden war. Ich wollte nicht, dass die Wohnung verschmutzt ist.«

»Aber die Kollegen hatten ja nur ein paar Dinge eingesammelt und Abdrücke genommen.«

»Ich habe ihr gesagt, sie soll die Bereiche nicht putzen, an denen die Polizei dieses Puder verteilt hat.«

»Trotzdem schlecht. Die Wohnung …«

»… war zu diesem Zeitpunkt eine ganz normale Wohnung und von Fremden betreten worden.«

Cleo nickte. »Wir werden mit der Putzfrau sprechen müssen.«

»Kein Problem«, sagte Monecke.

»Hatte Fanny in den vorherigen Nächten hier geschlafen?«

Monecke zuckte mit den Schultern. »Ich gehe davon aus«, antwortete er. »Ich war ja auf einer Geschäftsreise.«

»Wo waren Sie eigentlich?«, fragte Nick.

»Geht Sie das etwas an?«

»Im Moment geht mich alles etwas an.«

»In Buenos Aires. Es ging um argentinisches Rindfleisch. Hilft Ihnen das weiter?«

Nick antwortete nicht. »Und Ihr Assistent?«

»Ich war nicht in Argentinien«, sagte Dimitri. »Ich war hier und habe Herrn Monecke zum Flughafen gefahren und wieder abgeholt, wie Sie wissen.«

»Und dazwischen?«

»Gearbeitet.

»War Fanny in ihrer Wohnung?«

»Ich nehme es an.«

»Was genau ist Ihre Arbeit?«

Dimitri legte den Kopf schief und funkelte Nick an. Jetzt wirkte er gar nicht mehr wie ein Banker, sondern wie jemand, der sich die Narbe im Gesicht bei einem Kampf zugezogen hatte und seinem Gegner fraglos ebenfalls eine Narbe zugefügt hatte. Mindestens.

»Was wird das hier?«, fragte Dimitri leise.

»Ich stelle die Fragen. Sie geben Antworten. Das ist doch nicht so schwer zu kapieren.«

»Also«, fuhr Monecke dazwischen, »ich muss doch sehr bitten. Wenn Sie jetzt noch unverschämt werden, dann …«

Cleo unterbrach ihn. »Herr Monecke, es tut mir wirklich leid, dass wir die Wohnung ausgerechnet zu diesem Zeitpunkt durchsuchen müssen. Aber es muss leider sein. Ich muss Sie außerdem um zwei Dinge bitten. Das eine ist die Identifizierung der Leiche. Das andere ist eine offizielle Zeugenbefragung. Wir müssen eine Menge Dinge wissen.«

»Natürlich«, sagte Monecke und schluckte.

»Und Sie müssen wir ebenfalls befragen.« Cleo blickte zu Dimitri. Dimitri nickte.

»Wo soll ich mich melden?«, fragte Monecke.

Cleo sagte es ihm.

Monecke nickte. Dimitri ließ Nick nicht aus den Augen.

Der dachte an Anzüge, Fasern an Armen und Beinen, weiße Haare und zwei unterschiedliche Spermaspuren. Er dachte daran, dass jemand auf Fannys Oberarmen gekniet hatte, um ihren Körper zu fixieren und sie mit der Decke zu erdrosseln. Er dachte daran, dass Fannys lebloser Körper von jemandem mit Ortskenntnis aus der Hütte zu dem Durchgang getragen, womöglich auf eine Schubkarre geladen und dann durch das Gelände transportiert worden war, um sie im Fundament des neuen Windrades verschwinden zu lassen. Er dachte daran, dass beim Überqueren der Straße etwas schiefging, weil er mit dem Mercedes dort entlanggefahren war. Und er fragte sich, ob die Faserspuren eines Anzugs wirklich etwas zu bedeuten hatten oder ob Fanny sich bloß in einen Sessel ihres Onkels gesetzt hatte oder in einen, den Dimitri vorher benutzt hatte.

Außerdem überlegte er, dass die Alibis von Dimitri und Monecke noch nicht überprüft worden waren. Nick hatte ein paar alte Freunde bei der Bundespolizei. Die Bundespolizei hatte Zugriff auf Daten, zum Beispiel auf die von Fluggesellschaften und Ausweiskontrollen. Er würde diesbezüglich gleich ein Telefonat führen.

»Nick?«

»Hm?«

»Komm, wir gehen wieder rein. Auf Wiedersehen, Herr Monecke.«

Cleo ging zurück in die Wohnung. Nick folgte ihr ins Wohnzimmer, wo sie sich umsah und Janson und Schultz mit den Schultern zuckten – es war immer noch nichts gefunden worden, kein Geld, keine Drogen, keine Handys oder Laptops. Entweder, Fanny hatte ein ziemlich gutes Versteck dafür. Oder jemand anderes hatte dafür gesorgt, dass die Polizei hier nichts finden würde.

»Was sollte das eben?«, fragte sie Nick. »Du warst echt ganz schön unverschämt.«

Er machte eine fahrige Bewegung. »Tut mir leid. Ich mag die beiden nicht.«

»Das ist kein Grund und außerdem ziemlich unprofessionell.«

»Kommt nicht wieder vor.«

Nick nahm wahr, dass Schultz an Nick und Cleo vorbeiblickte und mit dem Zeigefinger wedelte. »Also, das geht aber nicht«, sagte er über Cleos und Nicks Kopf hinweg. »Ich muss Sie bitten, die Wohnung zu verlassen.«

Nick drehte sich um. Monecke und Dimitri standen im Flur.

»Das ist mein Haus«, sagte Monecke. »Und ich lasse mich nicht aus meinem Haus werfen.«

Bevor irgendjemand noch etwas sagen konnte, kam ein Kollege von der Spurensicherung aus der Küche. Er hielt vier Fertigpizzakartons in den Händen, stellte sie auf dem Wohnzimmertisch ab und sagte: »Bingo.«

Die Kartons waren an den Seiten aufgeschlitzt. Er schüttete einen davon aus. Diverse Tütchen mit weißem Pulver rutschten heraus. In einem anderen Karton befanden sich Bündel mit Hundert-Euro-Scheinen. Alles in allem ein halbes Kilo weißes Pulver, dem Augenschein nach Kokain, und etwa dreißigtausend Euro, schätzte Nick. Dazu zwei Kreditkarten, zwei EC-Karten sowie Bankdokumente in Klarsichthüllen, was dafür sprach, dass es Konten mit mehr Geld geben musste.

»War alles im Tiefkühlfach«, sagte der Kollege.

Cleo schnappte nach Luft. Schultz und Janson waren ebenfalls beeindruckt. Dimitri regte sich kein Stück. Monecke wurde noch weißer. Er drehte sich auf dem Absatz um und verließ die Wohnung. Dimitri folgte ihm – nicht ohne Nick noch einen scharfen Blick zuzuwerfen.

Cleo betrachtete die Tüten. Sie nahm ein paar Einweghandschuhe aus der Hintertasche ihrer Jeans und zog sie an. Dann nahm sie einen Beutel, öffnete ihn, tippte mit dem Finger hinein und zerrieb den Stoff zwischen den Fingern.

Sie sagte: »Ich werde eine Tüte mitnehmen und umgehend analysieren lassen. Die Probe aus Fannys Handycase hat ergeben, dass es sich um den neuen Stoff handelt.«

»Echt?«, fragte Janson. »Dieses neue Zeug?«

»Dieses neue Zeug«, bestätigte Cleo. »Ungestreckt. Ich frage mich, wie jemand wie Fanny daran gelangen konnte. Und wenn es sich hier ebenfalls um den neuen Stoff handelt …«

»Mein lieber Scholli.«

»Bestimmt ein halbes Kilo«, sagte Nick. »Außerdem diverse Konten und Cash.«

»Das ist professioneller Handel«, sagte Cleo.

»Professioneller Handel, den jemand wie Fanny Monecke betreibt.«

»Es könnte auch jemand hier mit ihrem Wissen deponiert haben.«

»Richtig.«

»Das würde den Kreis der Tatverdächtigen sehr erweitern. Abgesehen davon: Womöglich haben auch die anderen etwas damit zu tun. Rasmus, Fee, Morten, Marie.«

»Ja«, sagte Nick und fuhr sich mit der Hand durchs Gesicht. »Womöglich.«

40

Der Himmel in dieser Nacht war schwarz. Die schweren Gewitter hatten Deutschland bereits fest im Griff. Eben hatte Nick im Radio gehört, dass der Flugverkehr in Frankfurt vorübergehend eingestellt worden war, weil der Regen von Orkanböen begleitet wurde. Den Norden sollte es nicht so heftig treffen, was den Sturm anging. Aber das Wetterleuchten deutete bereits auf massive Gewitterzellen hin, die sich über Hamburg aufbauten. Sie komprimierten die Luft, die zum Schneiden war. Wie in den Tropen.

Nick hatte eine Sonderschicht im Büro eingelegt, nachdem Cleo ihn zurück zur Polizeistation gebracht hatte, und einige Streifendienstberichte getippt. Sie selbst war zum LKA gefahren, um den aufgefundenen Stoff testen zu lassen. Außerdem wollte sie die Zeugenaussagen von Rasmus, Marie, Fee und Morten noch einmal durchgehen sowie die Protokolle der ausgelesenen Handys, um zu sehen, ob ihr etwas Neues auffiel. Außerdem wollte sie die Kreditkarten aus den Pizzakartons und die Konten, die zu den EC-Karten gehörten, überprüfen lassen.

Nick hatte überdies einige Telefonate geführt und eine informelle Anfrage an einen früheren Kumpel bei der Bundespolizei gestellt – über den Fluggast Klaas Monecke, gebucht auf einer Maschine, die in Fannys Todesnacht aus Buenos Aires gekommen und am späten Abend in Hamburg gelandet war. Die Antwort sollte nicht lange auf sich warten lassen.

Jetzt saß Nick im Mercedes, hörte weiter Nachrichten und bog auf das Gelände der Tankstelle in Nordbek ein. Er wollte duschen, sich umziehen und dann Kalle Harm einen Besuch abstatten. Der Zeitpunkt dafür war nach wie vor nicht optimal, aber Nick dachte, es wäre besser, sich heute Nacht mit irgendetwas abzulenken, statt in seinem Zimmer zu hocken, Heitzer und Lola beim Vögeln zuzuhören oder sich in einer Kneipe um den Verstand zu trinken. Außerdem könnte er bei der Gelegenheit im Umfeld des Monecke-Anwesens vorbeifahren und sich den Zugang zum Garten ein weiteres Mal genauer anschauen. Vielleicht wäre auch ein Abstecher nach St. Pauli drin. Nick hatte dort Kontaktpersonen von früher. Und er war sich ziemlich sicher, dass es irgendjemand dort gehört hätte, wenn eine junge Studentin mit einem praktisch reinen Stoff dealte – oder jemand anderes, den man im Mordfall Fanny Monecke noch nicht auf der Karte hatte. Wenngleich sich Nick sicher war, dass Cleo ihre Kollegen aus dem Drogendezernat ebenfalls in Gang setzen würde.

»Wie«, hatte sie vorhin im Auto gefragt, »kann denn nur jemand wie Fanny an eine solche Menge von dem Zeug gelangen? Ich bin mir ziemlich sicher, dass es sich um den gleichen Stoff handelt wie in ihrem Handy.«

»Jemand hat sie gebeten, den Stoff zu deponieren«, vermutete Nick. »Oder sie hat ihn gefunden.«

»Einfach so gefunden?«

»Eine Sporttasche, die bei einem Deal verlorenging. Irgendetwas wurde angespült, der Teil einer Ladung.«

»Und die anderen stecken mit drin? Morten, Fee, Rasmus, Marie?«

»Wer weiß«, sagte Nick. »Dass Rasmus Schulden bei Fanny hatte, spricht eher dagegen.«

»Okay. Ja.«

»Vielleicht hat jemand etwas bei Fanny deponiert. Und sie hat sich etwas davon abgezweigt.«

»Die Kreditkarten laufen auf ihren Namen. Die EC-Karten ebenfalls.«

»Sie könnte für jemanden als Strohmann agiert haben.«

»Denkbar. Oder sie und die vier anderen stecken unter einer Decke. Sie sind gemeinsam an eine Drogenladung gelangt, die Fanny verwaltet hat und wovon sie zum Eigenkonsum etwas abzweigte. In dem Fall müssen wir davon ausgehen, dass alle vier uns bezüglich des Partyabends anlügen.«

»Ja.«

»Es könnte Streit zwischen ihnen gegeben haben, Uneinigkeiten über die Drogen, das Geld, oder weil Fanny eine Affäre mit Rasmus begonnen hat. Sie wollten Fanny aus dem Weg räumen. Jemand drang nach dem Mord und dem Beseitigen der Leiche in Fannys Wohnung ein, wollte die Drogen und das Geld an sich bringen sowie alles weitere, was damit in Verbindung stand. Er fand das Versteck im Kühlfach allerdings nicht und ließ nur das Laptop und vielleicht ein weiteres Handy mitgehen.«

»Wer weiß«, sagte Nick.

Ja, dachte er und stieg aus dem Mercedes, wer weiß. Cleo würde herausfinden, wie das alles zusammenhing. Und Nick würde seinen Teil zu den Ermittlungen beisteuern und Cleo in die richtige Richtung lenken, ohne dass sie es mitbekam. Denn wie auch immer dieser Fall ausging: Am Ende würde der Täter sagen, dass er die Leiche nicht dort versteckt hatte, wo sie aufgefunden wurde. Und er würde ebenfalls angeben, dass er sie nicht mit dem Auto überrollt hatte. Ob das dann noch wirklich wichtig für den Abschluss der Ermittlungen sowie eine Verurteilung war, würde sich zeigen.

Nick war erschöpft. Eine kalte Dusche sollte ihn wieder aufwecken, bevor er sich auf den Weg zu Kalle Harm machte. Und seine Glock würde er besser mitnehmen.

Auf dem Weg zum Haus sah er Frankies Fahrrad am Zaun stehen. Nick wunderte sich. War Heitzer nicht zu Hause, und Lola traf sich heimlich mit seinem Angestellten? Na ja, besser, Lola vergnügte sich mit Frankie, als dass sie noch einmal auf die Idee kam, Nick anzugraben.

Er schloss auf, hörte Geräusche aus der Wohnung von Lola und Heitzer, die er nicht zuordnen konnte. Stimmen, Gemurmel, dann Stille, als er die Haustür öffnete und wieder hinter sich schloss. Er ging die Treppe hinauf, betrat seine eigenen vier Wände und zog sich schon im Gehen das Hemd aus, warf es auf das Bett, entledigte sich der Schuhe, der Hose und der Unterwäsche, stellte die Dusche an und verließ sie zehn Minuten später, nachdem er sich sauber und erfrischt fühlte. Er betrachtete sich im Spiegel und war zufrieden mit seinem Äußeren. Allerdings spürte er, wie seine

Hand zitterte – der Mangel von Alkohol, außerdem hatte er zu wenig gegessen und getrunken und war reichlich unterzuckert.

Er verließ das Bad, zog sich an und hörte dabei leises Donnergrummeln. Nicht mehr lange, dann würden sich die Schleusen im Himmel öffnen. Er zog ein Paar Turnschuhe an und ging zur Küche, während die Stimmen von unten wieder lauter wurden, dann ziemlich laut und plötzlich völlig verstummten. Nick trank eine halbe Flasche Mineralwasser und machte sich ein Sandwich, das er im Stehen aß. Schließlich fühlte er sich fit genug, um Kalle Harm einen Besuch abzustatten. Er nahm seine Geldbörse, die Autoschlüssel und das Handy von der Kommode, steckte alles ein und ging zum Bett, neben dem der Gitarrenkoffer stand. Er bückte sich, öffnete die Schnappverschlüsse und hob den Gitarrenhals an, damit er an das Kabelfach darunter gelangen konnte. Er öffnete es, um die Glock herauszunehmen.

Aber die Glock war nicht da.

Nick verstand nicht. Er hatte sie nicht weggenommen und nirgends anders deponiert. Er hatte sie zurückgetan, nachdem Lola …

Lola.

Die Stimmen von unten. Sie wurden jetzt sehr laut.

Scheiße, dachte Nick.

41

Er sprang auf, hastete die Treppe hinab und hämmerte mit der Faust gegen die Tür zu Heitzers und Lolas Wohnung. Die Stimmen waren immer noch laut. Eine männliche, eine weibliche. Die Stimmen von Lola und Frankie. Heitzer hörte er nicht.

Auf sein Klopfen folgte keine Reaktion. Vielleicht, überlegte Nick und hämmerte erneut gegen die Tür, war auch er ein Teil von Lolas Plan, irgendwann die Tankstelle und das Haus zu übernehmen. Kürzlich hatte sie ihn auf dem Flur nach der Waffe gefragt. Später hatte er sie ihr gezeigt. Und jetzt hatte sie sich die Glock geholt, um womöglich die Sache mit dem Erbe zu beschleunigen und mit Hilfe von Frankie, auf den sie ein Auge geworfen hatte, Heitzer umzulegen, damit sie künftig zusammen den Laden führen konnten.

Er klopfte erneut. Immer noch keine Reaktion. Nick zögerte nicht. Er hatte in seiner SEK-Zeit mehr als eine Tür geöffnet und wusste, worauf es ankam. Er trat einen Schritt zurück, holte mit dem Fuß aus und trat zwei Mal mit der Hacke gegen das Schloss. Im nächsten Moment sprang die Tür krachend auf.

Nick bewegte sich voran, geduckt und voller Adrenalin. Er musste damit rechnen, dass mit seiner eigenen Waffe auf ihn geschossen werden würde. Er hörte die lauten Stimmen von Frankie und Lola, die sich überschlugen. Sie kamen aus dem Schlafzimmer. Mit drei großen Schritten war Nick dort, klopfte an die Tür, presste sich mit dem Rücken an die Wand und rief: »Hier ist Nick! Lola! Wenn du die Waffe hast – leg sie hin! Und dann kniet euch beide hin und verschränkt die Arme hinter dem Kopf!«

»Ich hasse ihn!«, kreischte Lola.

Dazwischen schrie Frankie: »Lola! Lola! Hör auf! Nick ist da! Leg die Pistole weg!«

»Ich hasse den Scheißkerl! Ich …«

Nick holte tief Luft. Dann betrat er das Schlafzimmer.

Es war mit Möbeln eingerichtet, die noch aus den Siebzigern stammen mussten. Textiltapete, ein wuchtiger Eiche-Kleiderschrank mit verspiegelter Front, zwei Cord-Sessel, Bilder von Südseestränden an der Wand – und in der Mitte ein Bett, in dem Heitzer lag. Er trug nichts als eine Unterhose und war entweder im Tiefschlaf, bewusstlos, betrunken oder schon tot. Auf alle Fälle regte er sich kein Stück. Die Luft roch nach Schweiß und Angst.

Vor dem Bett stand Lola in Shorts und einem T-Shirt. Ihre Wangen glühten. Sie hielt Nicks Glock in beiden Händen und zielte damit auf Heitzer. Einige Haarsträhnen klebten ihr an der schweißnassen Stirn. Frankie stand neben ihr, die Hände beschwörend erhoben. Er trug ein ärmelfreies Basketballtrikot. Sein tätowierter Athletenkörper war von einem feuchten Schweißfilm überzogen.

Lola starrte zu Nick. Frankie ebenfalls. Die Stimmung war hochexplosiv.

»Weg mit der Waffe«, sagte Nick so ruhig wie möglich.

»Du hast keine Ahnung, Nick!«, schrie Lola. Er sah, dass ihre Unterlippe aufgeplatzt und leicht geschwollen war. »Du hast nicht die geringste Ahnung!«

»Was auch immer es ist – es wird sich lösen lassen, ohne dass du Heitzer erschießt.«

»Keine! Ahnung! Hast du!«

»Das ist meine Waffe. Wenn du sie benutzt, bekomme ich mächtige Probleme. Und ich bin Polizist. Ich kann dich auf der Stelle verhaften.«

Lola atmete schwer. Sie lachte kurz auf und grinste. »Klar«, sagte sie, »hängst du mit drin. Was meinst du, was deine Kollegen sagen, wenn sie die Bilder von uns auf meinem Handy sehen?«

Nick schluckte. Scheiße, dachte er. Die Fotos würden eine sehr eindeutige Sprache sprechen – und dann Heitzer, erschossen mit Nicks persönlicher Waffe …

»Du bist ganz schön gerissen.«

»Und du kannst mir überhaupt nichts, kapiert?«

Er kapierte. Wenn sie Heitzer jetzt umlegte, würde Nick keine Wahl bleiben, als Lola und Frankie zu helfen, die Leiche verschwinden zu lassen. Es sei denn, er wollte sich einen weiteren Berg von Problemen an den Hals laden.

»Scheiße«, murmelte Frankie. Seine Augen waren weit aufgerissen. »Scheiße, Lola …«

»Halt die Klappe, Frankie«, sagte sie. »Wir haben x-mal darüber geredet. Wir führen beide die Werkstatt und die

Tankstelle gemeinsam, bekommen das Haus und Heitzers Geld, und Nickieboy hilft uns, dass keinem etwas auffällt.«

Nick sagte: »Das willst du nicht wirklich, Frankie. Und du, Lola, glaubst nicht ernsthaft, dass ihr damit durchkommt und ich da mitspiele.«

»Doch«, sagte Lola und schniefte. Sie weinte jetzt. »Doch, das glaub ich. Weil du keine andere Chance hast.«

Nick deutete auf Heitzer. »Was habt ihr ihm gegeben?«

»Dein Valium. Ich habe mir immer mal ein paar geholt, als du weg warst. Ich hatte nur keine Ahnung, ob du eine Pistole hast. Aber das weiß ich ja jetzt.«

Verflucht, dachte Nick. Deswegen hatte sich der Blister so schnell geleert.

Draußen grollte der Donner. Das Licht von einem Blitz erhellte den Raum. Lola zuckte. Zitterte. Ihre Körpersprache sagte Nick, dass sie Angst hatte, den Abzug zu betätigen. Es war eine Sache, sich derlei Dinge auszumalen, aber eine vollkommen andere, sie in die Tat umzusetzen.

»Leg die Waffe hin«, sagte Nick ruhig. »Dein Plan wird nicht funktionieren.«

Lola schien gar nicht zuzuhören. Sie zog die Nase hoch. »Jede Nacht«, sagte sie mit gebrochener Stimme, »wenn er mich fickt, möchte ich sterben. Er macht Fotos von mir, Nick, weißt du das? Fotos und Filme. Er vertickt sie im Internet, und ich muss mitmachen, weil er mich sonst auf die Straße setzt. Ich nehme das alles in Kauf, weil ich hier ein gutes Auskommen habe – ein Dach über dem Kopf, einen Job. Aber der Preis, den ich dafür zahlen muss, ist zu hoch. Ich kann nicht mehr. Jetzt muss Heitzer seinen Preis bezahlen. Ich habe es verdient, das alles hier zu bekommen. Schau ihn dir doch an, diesen fetten, hässlichen, stinkenden alten Kerl, der mich wie seine verdammte Nutte benutzt!«

»Ganz ehrlich«, sagte Nick, »ich wohne über euch, ich höre euch, und es klingt nicht so, als würde es dir nicht gefallen. Und du hast mir gesagt, dass er kein schlechter Kerl ist und du ihm etwas schuldest.«

Lola schniefte wieder, zog die Nase erneut hoch und wischte sie sich mit dem Handrücken ab. »Heute Nachmittag wollte er wieder ein Video machen, ich sollte mir etwas reinschieben. Aber ich habe gesagt: Einen Scheiß werde ich tun. Da ist er sauer geworden und hat mich ins Gesicht geschlagen. Er hat mich schon mal geschlagen, in den Magen. Letzte Woche auch. Da habe ich mir gesagt, wenn er es noch mal tut, lege ich ihn um. Weißt du, wer einmal mit dem Schlagen anfängt, macht das wieder und wieder. Es wird nicht besser. Niemand schlägt mich, Nick, niemals wieder. Also habe ich dich nach der Pistole gefragt. Dann haben wir rumgemacht, und du hast mir gezeigt, wo sie ist. Und als er mich heute wieder geschlagen hat …«

»Du hättest ihn jederzeit verlassen können.«

Lola lachte spöttisch auf. »Und auf meinen Anteil verzichten? Von wegen. Ich habe es verdient, das alles zu bekommen. Ich mag Frankie und will das mit ihm zusammen machen. Oder, Frankie?«

»Du … Du hast mit Nick rumgemacht?«

»Vergiss es, Frankie«, sagte Lola. »Ich wollte nur wissen, wo die Pistole ist.«

Frankie lief der Schweiß in Strömen vom Körper. Sein

Adamsapfel hüpfte auf und ab. »Klar«, sagte er und räusperte sich. »Aber … Lola, echt, ich glaube …«

»Scheiße, du Idiot!«, blaffte sie. »Hast du jetzt die Hosen voll?«

»Das hier … das ist mir zu krass, und Nick ist Polizist …«

»Kapierst du nicht, dass er uns helfen muss?«

»Einen Scheiß werde ich, Lola«, sagte Nick. »Wir hätten darüber reden können, wenn du Heitzer loswerden willst. Wir können ihn wegen sexuellen Missbrauchs drankriegen, wegen häuslicher Gewalt. Du zeigst ihn an, und ich bestätige alle deine Vorwürfe. Immerhin bin ich Polizist und bekomme außerdem alles mit, was hier läuft, okay? Die Bilder und Videos von dir sind Beweismittel, und ich oder Frankie können dir jederzeit eine knallen, wir fahren zur Ambulanz und sagen: Das war Heitzer. Dann geht er in den Knast – und du und Frankie, ihr führt den Laden weiter.«

»Bullshit«, sagte Lola.

»Dein Plan ist Bullshit. Wenn du ihn umlegst, bist du wegen Mordes dran. Abgesehen davon seid ihr nicht verheiratet. Dir steht nichts von dem hier zu.«

»Wem, verfickt noch mal, denn sonst?«, schrie Lola. »Ich verdiene das alles hier!«

»Heitzers Bruder zum Beispiel«, sagte Nick. »Der würde alles bekommen. Vielleicht ein anderer Verwandter. Stehst du etwa in seinem Testament? Weißt du das?«

»Keine Ahnung«, sagte Lola. »Außerdem hängst du mit drin, Nick. Ich habe unsere Fotos. Wenn du mir irgendwas anhängen willst, dann fährst du mit ein.«

Wieder grollte der Donner. Dann ein Blitz. »Tue ich

nicht«, sagte Nick. »Du hast meine Waffe geklaut, und deine Bilder sagen nicht mehr, als dass wir miteinander rumgemacht haben. Sie sagen nichts darüber aus, dass ich an einem Mord beteiligt wäre.«

»Die Bilder bringen dich in maximale Schwierigkeiten, Nickieboy, kapierst du das nicht?«

»Sie sind ein Problem für mich. Du hältst ein Ass in der Hand. Deswegen mache ich dir einen Vorschlag. Wenn Heitzer dich missbraucht, habe ich die Pflicht, dir zu helfen und Heitzer anzuzeigen. Dafür löschst du im Gegenzug die Bilder vom Handy und bekommst die Tankstelle, die Werkstatt und das Haus, weil Heitzer in den Knast geht und dir außerdem Schmerzensgeld bezahlen muss. Legst du ihn aber um, gehst du sehr wahrscheinlich leer aus und lädst lediglich dir, Frankie und mir einen Mord an den Hals. Und seien wir mal ehrlich. Frankie, wenn die Polizei dich wegen Heitzers Verschwinden in die Mangel nimmt, hältst du das keine fünf Stunden durch und singst wie ein Vogel.«

Frankie schüttelte zitternd den Kopf. »Doch ... Ich meine ... Ich verpfeife keinen!«

»Ich kenne Burschen wie dich. Du hast eine harte Schale und bist vielleicht nicht der cleverste Mann unter der Sonne, aber bestimmt ein guter Kerl. Doch für einen Mord hast du absolut nicht die Nerven.« Frankie blickte nervös zwischen Lola und Nick hin und her. Nick redete weiter, ruhig, sachlich. »Als Polizist kann ich außerdem keinen Mord durchgehen lassen. Auf gar keinen Fall, Lola.«

»Aber du ...«

»Kein Aber. Ich könnte dich schon jetzt und hier auf der

Stelle verhaften, und du und Frankie würdet für das, was hier gerade passiert, beide in den Knast gehen.«

»Und du mit.«

»Nein.«

»Meine Fotos …«

»Beweisen überhaupt nichts. Ich will sie aus der Welt haben. Aber sie sind nicht der starke Trumpf, den du dir vorstellst. Noch können wir das alles hier vergessen. Es ist nie passiert. Nur wir drei wissen, was hier los war. Die Hitze macht uns außerdem alle vollkommen verrückt. Wir drehen durch, die Nerven liegen blank. Ich habe keine Ahnung, was du in deiner Vergangenheit durchgemacht hast, Lola. Und wenn du sagst, dass dein Leben mit Heitzer die reinste Folter ist, dann vielleicht, weil es dich an Dinge erinnert, die dir früher mal passiert sind.«

Nick sah an Lolas Gesichtsausdruck, dass er einen Treffer gelandet hatte.

Sexueller Missbrauch. Sie kannte das. Sie war traumatisiert. Nick hatte trotzdem nicht den Eindruck, dass sie allzu unglücklich mit Heitzer war. Er machte Pornoaufnahmen von ihr und verkaufte die im Internet? Das war eine ziemliche Sauerei. Andererseits war Nick von Berufs wegen skeptisch, und Lola behauptete zwar, das geschehe gegen ihren Willen. Aber Lola war eher nicht der Typ Frau, der sich ausnutzen ließ. Sie war nicht schwach, kein Stück. Lola mochte trotzdem ein Opfer sein, gleichzeitig war sie gerissen und eiskalt. Klaute Nick die Pistole und machte aus taktischen Gründen heiße Bilder mit ihm. Setzte Sex ein, um zum Ziel zu kommen.

Lola sagte: »Du hast keine Ahnung, Nick, echt. Keine Ahnung. Ich hasse mich selbst für das, was ich tue, und das liegt alles nur an Heitzer.« Ihre Stimme hatte sich verändert. Sie klang schwächer, nachdenklicher. Außerdem hielt sie die Glock nicht mehr so fest wie zuvor.

Nick sagte: »Es liegt immer an vielen verschiedenen Dingen, niemals an nur einem. Manchmal ist es dann zu viel, und man muss Dampf ablassen. Ich habe viel gesehen und erlebt, und deswegen garantiere ich dir, dass das hier nach allen Regeln der Kunst schiefgehen wird. Gib mir die Pistole, und wir vergessen, was vorgefallen ist. Die verfluchten Hundstage bringen jeden zum Durchdrehen.«

»Allerdings«, sagte Frankie. Ein Hoffnungsschimmer keimte in ihm auf, das konnte man an seinem Gesicht ablesen. »Ich«, fügte er an, »finde, dass Nick recht hat. Und seine Idee ist gut. Das mit der Anzeige.«

Lola sagte leise: »Du willst nur deinen Arsch retten, Nickieboy.«

»Meinen. Deinen. Frankies. Heitzers. Denk drüber nach, was ich gesagt habe, Lola. Die Anzeige und meine Aussage im Tausch gegen die Bilder. Wir warten noch etwas ab, bis du ein paar Dinge wegen der Tankstelle geregelt hast und sichergehen kannst, dass du sie bekommst, wenn Heitzer im Knast sitzt. Und wenn ihr in der Zwischenzeit weitere Videos und Bilder aufnehmt, dann wirst du auf einigen davon sehr unglücklich aussehen. Außerdem wirst du dir einige Male selbst ein blaues Auge verpassen und damit zum Arzt gehen, damit so etwas wie körperlicher Missbrauch aktenkundig wird.«

»Ähm …«, machte Frankie, »also, ich möchte eigentlich nicht, dass du und Heitzer weiter …«

»Halt die Klappe, Frankie«, zischte Lola. Sie atmete tief ein und wieder aus. Ihr Körper bebte. Sie dachte nach. »Wenn du mich anzeigst, schicke ich unsere Fotos an die Polizei. Wenn du mir nicht hilfst, lege ich Heitzer trotzdem um, ersticke ihn oder so, sende die Bilder ebenfalls an die Polizei und sage ihnen, du hättest mir geholfen, weil du in mich verliebt bist.«

»Du bist der Boss«, sagte Nick. »Gib mir jetzt die Pistole, und wir alle werden wieder ganz cool.«

Lola zögerte. Sie sah Nick an. Ihre Augen waren gerötet. Sie sagte leise: »Du hast keine Ahnung, wie es ist, Nick.«

»Nein, habe ich nicht.«

»Tut mir leid, dass ich das machen musste.«

»Manchmal sieht man keinen anderen Ausweg. Aber dein Weg führt zu keinem Ziel. Du bist clever, Lola. Du weißt, dass ich recht habe.«

»Verarsch mich nur nicht, Nick. Ich bin zu oft verarscht worden.«

»Tue ich nicht. Ab heute sitzen wir in einem Boot. Du, Frankie und ich. So sieht's aus.«

Lola betrachtete Nick weiter. »Die Hitze hat mir das Gehirn weichgekocht, weißt du?«

»Kein Wunder«, sagte Nick. »Sie macht uns alle verrückt.«

Lola drehte die Pistole in den Händen um, hielt sie am Lauf fest und streckte sie Nick hin.

»Keine Ahnung«, sagte sie dann, »warum du deine private Knarre bei dir hast. Ist das wegen der Fanny-Sache?«

»Genau, wegen der Fanny-Sache.«

Nick nahm die Waffe und steckte sie hinten in den Hosenbund. Ihm fiel ein zentnerschwerer Stein vom Herzen.

»Gott sei Dank«, murmelte Frankie.

Lola wischte sich über die Wangen. »Hast ja recht, Nick«, sagte sie und atmete tief durch. »Mit allem. Diese verdammten Hundstage.« Ein Blitzschlag unterstrich Lolas Worte.

Nick sagte: »Vielleicht solltet du und Frankie Heitzer besser seinen Rausch ausschlafen lassen. Und ab morgen sieht die Welt wieder anders aus.«

»Ja.«

»Vielleicht solltet ihr am besten hier verschwinden und ein paar Bier trinken gehen.«

Lola nickte. Jetzt sah sie aus wie ein kleines Mädchen, dem der Vater gute Ratschläge gab.

»Und du?«, fragte Lola.

»Ich habe noch was zu erledigen.«

»Wegen Fanny?«

»Wegen dem Mordfall, ja.«

»Stressen dich die Biker noch? Harm und Konsorten?« Lola wischte die Hände an den Shorts ab.

»Halb so wild.«

Frankie sagte: »Mit denen ist nicht zu spaßen.«

»Ich hatte auch nicht vor, mit ihnen zu spaßen.«

»Besser nicht. Bin mal mit einem aneinandergeraten damals bei Monecke, war nicht gut.«

»Bei Monecke?« Nick merkte auf.

»Ich habe da bis letztes Jahr gearbeitet, bis der Laden

kurzfristig geschlossen werden musste. Fuhrparkpflege. Ab und zu kamen die dort vorbei. Einer wollte, dass ich an seinem Bike etwas schraube. Für umsonst! Ich habe gesagt, kommt gar nicht in Frage. Da hat er Stress gemacht, und dann kam von ganz oben die Anweisung, ich soll das halt kurz machen.«

Nick erinnerte sich an die Motorräder, die er auf dem Firmengelände gesehen hatte. »Was machen die Biker bei Monecke?«, fragte er.

»Weiß ich nicht«, antwortete Frankie. »Ab und zu tauchen die dort auf. Schätze, die holen sich Steaks für ihre Partys. Oder es läuft irgendetwas anderes mit denen.«

»Zum Beispiel?«

»Dieser Helfer vom alten Monecke war früher wohl auch mal Biker.«

»Dimitri?«

»Er hat so eine Narbe. Motorradunfall.«

Nick verstand.

»Ich störe nur ungern«, sagte Lola schnippisch. »Aber können wir bitte verschwinden? Ich halte es hier nicht mehr aus.«

»Klar«, sagte Frankie.

Nick sah Lola an. »Bau keinen Scheiß, Lola. Wenn man in einem Boot sitzt und einer verlagert sein Gewicht oder paddelt nicht mit, läuft alles aus dem Ruder.«

»Ich baue keinen Scheiß, Nick«, sagte sie und schob das Unterkinn vor. »Und du besser auch nicht.«

Nick sparte sich einen Kommentar und verließ die Wohnung. Er ging aus dem Haus zum Mercedes, stieg ein, ließ ihn an und setzte zurück. Im Rückspiegel sah er, wie Frankie und Lola ebenfalls das Haus verließen.

Großartig, dachte Nick. Jetzt steckte er noch tiefer in Problemen. Die Fanny-Sache, die Lola-Sache ... Verflucht, alles in Nick schrie nach einem Drink, am besten eine ganze Flasche. Wie sollte das bloß funktionieren: Weiterhin in dem Haus leben mit dem Wissen, dass Lola Heitzer aus dem Verkehr ziehen will – und er, Nick Beck, als ihr Verbündeter?

Wir werden sehen, dachte Nick, und fuhr los. Wir werden sehen. Er würde das Kind schon noch schaukeln. Aber jetzt musste er sich erst mal auf Kalle Harm und seine Freunde fokussieren. Nick ging davon aus, dass Frankie recht hatte: Monecke und die Biker hatten irgendetwas am Laufen. Es konnte kein Zufall sein, dass Nick die Motorräder dort hatte parken sehen und nun Frankie davon sprach, dass Dimitri die Kutte gegen einen Dreiteiler getauscht hatte. Nein, das war kein Zufall, dachte Nick und stieg aufs Gaspedal.

Der schwarze Mercedes rauschte wie ein Schatten durch die Nacht. Im Himmel über der Straße zuckten die Blitze, als würden sich jeden Moment die Tore der Hölle öffnen, um Nick zu verschlucken.

42

Draußen kündigte sich ein weiteres schweres Gewitter an. Das Klima spielte verrückt, dachte Cleo, seit zwei, drei Jahren wurde es immer deutlicher. Diesen Sommer erst wochenlange Trockenheit, dann Saharahitze im Wechsel mit monsunartigen Wolkengüssen und schlimmen Stürmen. Hatte nicht irgendjemand errechnet, dass der Meeresspiegel in den nächsten Jahren um einen Meter steigen könnte? Bye, bye, Hamburg, meine Perle. Und in was für einer Welt, fragte sie sich, würde ihr Kind dann aufwachsen?

Chris saß vor dem Fernseher, schaute sich eine Doku über David Bowie auf Arte an und spielte gleichzeitig irgendein Online Game auf dem Handy. Cleo stand in der Küche, räumte den Geschirrspüler aus und überlegte, ob das nun ihre Zukunft wäre, Abend für Abend. Nur dass künftig noch ein schreiendes Baby dazukäme, die Wohnung und die Küche ein Chaos, Cleo ein vom Schlafentzug komatöses Wesen, das von morgens bis abends im Jogginganzug herumlief, dazwischen die Wäsche machte, einkaufte, kochte – und gelegentlich wie bewusstlos auf dem Sofa vor sich hin dämmerte.

Sie wischte den Gedanken fort, verließ die Küche und

ging ins Wohnzimmer, um sich zu Chris zu setzen. Auf dem Weg griff sie nach ihrem Handy.

Sie las die zwischenzeitlich eingetroffenen Nachrichten. Demnach handelte es sich bei dem Kokain aus Fannys Wohnung wie vermutet um den puren Stoff. Und es war wirklich ein Rätsel, wie sie daran gelangt war. Cleo hatte ihren bisherigen Abteilungsleiter Erhardt verständigt sowie die Kollegen von den Drogen. Alle tippten darauf, dass jemand das Zeug bei Fanny zwischengelagert hatte oder Fanny und ihre Freunde vielleicht wirklich zufällig eine Ladung Koks gefunden hatten.

Dann rief sie Frantzen im Krankenhaus an. Ihm ging es mittlerweile besser, er scherzte sogar, dass er jetzt seine Kinder wesentlich öfter als sonst zu Gesicht bekäme, weil sie ihn regelmäßig besuchten. Cleo gestand ihm ihr schlechtes Gewissen, weil sie ihn noch nicht besucht hatte, und versprach, das bald nachzuholen. Frantzen spaßte, dass sie dann ja gleich den Kreißsaal besichtigen könne. Demnach war ihm die Sache mit der Schwangerschaft nicht entgangen, und von dem Fall Fanny Monecke hatte er ebenfalls gehört.

»Möglich«, sagte er am Telefon, »dass die Kids eher zufällig an den Stoff gelangt sind. Irgendwer wird ihn vermissen, und der hat mitbekommen, dass plötzlich irgendwelche Neulinge damit dealen, und hat sich Fanny vorgeknöpft.«

»Ich weiß nicht«, meinte Cleo, »dann würde er sich doch alle anderen auch vorknöpfen?«

»Wäre vielleicht eine gute Idee«, sagte Frantzen, »die Kids zu überwachen.«

»Ja. Ist aber nicht mehr meine Baustelle.«

»Ramis Fino soll gesungen haben«, meinte Frantzen. »Hat mir Erhardt erzählt. Er kam gestern vorbei und hat mir Pralinen mitgebracht. Wie altmodisch ist der denn? Ich hasse Pralinen. Ramis Fino hatte die Hosen gestrichen voll, weil zusätzlich zu den Drogen jetzt obendrauf kommt, dass er auf mich geschossen hat.«

»Was hat er gesungen?«

»Fino arbeitet für die Albaner, und die Albaner wiederum kontrollieren ein paar Umschlagplätze in St. Georg. Der neue Stoff ist plötzlich in seinem Kiez aufgetaucht und wird angeblich von St. Pauli aus in Umlauf gebracht. Namen hat er nicht genannt, aber die Kollegen sind am Ball. Wenn du mich fragst …«

»Ja?«

»… Wenn ich mir überlege, dass jemand wie Fanny Monecke ein halbes Kilo im Gefrierfach versteckt hat, dann würde ich annehmen, dass der Import und der Vertrieb noch nicht ganz astrein laufen.«

»Nein, da gibt es offensichtlich Schwachstellen im System.«

»Was wiederum dafür sprechen würde, dass einige Neulinge mit im Geschäft sind. Leute, die sich das Netzwerk erst aufbauen müssen und deren bisheriges Netz noch nicht sehr engmaschig ist.«

»Ich verstehe, was du meinst.«

»Ich hatte vor zwei Wochen, als du in den USA warst, eine Videoschalte mit der DEA. Wir haben ein paar Infos zusammengeworfen, um den Ramis-Fino-Zugriff vorzubereiten.«

»Und?«

»Die Amis haben einige Dinge preisgegeben, obwohl sie

ja sonst sehr zugeknöpft sind, aber sie sind heiß auf diesen neuen Stoff. Es ist eher unwahrscheinlich, dass wir es mit einem der großen Kartelle zu tun haben. Die würden sich ins eigene Fleisch schneiden, wenn der Markt auf Dauer mit hochprozentigem Stoff geflutet wird. Wahrscheinlicher ist, dass ein neuer Player an einer neuen Quelle sitzt und mit seiner Topqualität die Konkurrenz verdrängen will. Dieser neue Player testet derzeit aber nicht nur sein Produkt, sondern auch den Vertriebsweg, die Logistik. Er hat sich Deutschland ausgesucht und Leute in Hamburg, mit denen er ein bisschen herumprobiert, um Erfahrungen zu sammeln, bevor er auf den großen Markt geht. Aber das läuft alles noch nicht richtig rund.«

»Klingt schlüssig.«

»Die DEA hat keine Ahnung, wer der neue Player sein könnte oder ob es um Streitigkeiten zwischen den Kartellen geht. Falls jemand in Mexiko auf eigene Rechnung arbeitet, werden sich die Kartelle darum kümmern. Vielleicht tun sie das auch schon. Deswegen kann ich mir vorstellen, dass der Stoff auf mittlere Sicht wieder von der Straße verschwinden wird.«

Da war etwas dran.

»Aber«, ergänzte Frantzen, »das hilft uns aktuell nicht weiter. Erhardt hat gesagt, dass sie Fino weiter bearbeiten werden und außerdem ein paar Leute aus seinem Umfeld hochnehmen wollen, um ein bisschen mehr Druck aufzubauen. Ich schätze, wenn die Kollegen jetzt ausschwärmen und in der Szene ein bisschen über Fanny Monecke und ihre Pizzakartons erzählen, werden sie bestimmt etwas zu hören bekommen, gar keine Frage. Und das hilft dir dann weiter.«

»Hoffentlich«, sagte Cleo. Sie nahm sich vor, Rasmus, Fee, Marie und Morten am nächsten Tag richtig unter Druck zu setzen. Sie würde hinsichtlich einer Überwachung der vier mit Janson und Schultz und außerdem mit Hanka Schuddebohm reden.

»Cleo?«, fragte Chris, als sie aufgelegt und eine Weile in die Luft gestarrt hatte. »Ist alles okay?«

»Hm?« Cleo legte das Handy zur Seite. »Was? Entschuldigung, ich war gerade in Gedanken.«

»Das habe ich gemerkt. Ich habe noch mal über die Einladung nachgedacht. Und ich finde das Logo von Susann jetzt doch gut.«

Cleo lächelte. »Na, das sind doch mal schöne Nachrichten.«

»Ich habe es Yvonne und Heike im Institut gezeigt, und sie haben gemeint, das würde super aussehen, sie wüssten gar nicht, was ich habe.«

»Ah«, machte Cleo und nickte. Er zeigte also *ihren* Hochzeitskartenentwurf bei Kolleginnen herum, die Cleo noch nicht mal kannte, und gab mehr auf deren Urteil als auf das seiner zukünftigen Frau und Mutter seines Kindes?

»Ja«, sagte Chris, »Yvonne und Heike kennen sich ja etwas mit Design aus. Jedenfalls bin ich jetzt sehr mit dem Logo einverstanden und finde, wir sollten es so machen mit der Einladung.«

»Schön«, sagte Cleo, ohne dass ihr Lächeln die Augen erreichte. Sie wollte Chris gerade noch sagen, dass er sich die Meinung von Yvonne und Heike sonst wohin stecken könnte, aber sie wollte nicht ungerecht werden – und sie konnte schnell ungerecht werden, vor allem in einer Zeit wie dieser, wo ihre Hormone Achterbahn fuhren.

»Gut«, sagte Chris und lächelte, beugte sich nach vorn und gab Cleo einen Kuss auf die Wange, bevor er sich wieder mit seinem Spiel befasste.

Cleo legte das Handy zur Seite, massierte sich den Nacken und starrte auf den Bildschirm. Der Produzent Tony Visconti erzählte gerade, wie sie damals »Heroes« aufgenommen hatten und Bowie alle rausgeschickt hatte, um den Text aufzuschreiben. Er hatte in Berlin ein Liebespaar beobachtet, das sich unter einem Wachturm an der Mauer traf, und war fasziniert davon gewesen. Schließlich stellte sich heraus, dass es sich bei dem Mann um Bowies Produzenten Tony Visconti selbst handelte, der zu dem Zeitpunkt verheiratet war, aber ein Verhältnis hatte.

Cleo stand auf und ging auf den Balkon. Sie stützte sich auf dem Geländer ab und inhalierte die dicke, schwüle Luft. Ein Blitz zuckte über Hamburg und ließ die schwarzen Umrisse der Kräne am Containerhafen aufleuchten. Sie stellte sich vor, wie es wäre, in die dicken Gewitterwolken einzutauchen und wegzuschwimmen. *Like the dolphins*, dachte sie, *like dolphins can swim*.

Cleo lächelte und summte die Melodie von »Heroes«, die nun aus den Lautsprechern vom Fernseher kam. Sie war müde. Am besten, sie ginge gleich ins Bett. Morgen würde ein anstrengender Tag werden.

Hauptsache, Nick Beck klingelte sie heute Nacht nicht wieder raus.

43

Kalle Harm – oder besser Karl-Heinz Harm – lebte in einer umgebauten Scheune außerhalb von Duvenstedt und Nordbek in einem Niemandsland. Der frühere Hof, der sich an die Scheune anschloss, stand dem Anschein nach leer. Drei schwere Motorräder parkten davor. Vielleicht war in dem Gebäude eine Art Clubhaus eingerichtet, schwer zu sagen. Jedenfalls brannte dort Licht.

Nick hatte den Wagen in der Einfahrt eines Wirtschaftswegs neben der Landstraße geparkt. Niemand würde den Mercedes dort sehen können. Es grummelte am Himmel, aber das Gewitter konnte sich nach wie vor noch nicht dazu durchringen loszubrechen. Ansonsten war alles totenstill.

Nick stand zwischen einigen Hecken und unter Bäumen, von wo aus er einen guten Blick auf das Areal hatte. Die Glock steckte in seinem Hosenbund. Er hatte sie nicht auf dem Beifahrersitz liegen lassen wollen. In der anderen Hand hielt er ein lichtstarkes Fernglas, das er sich für die Jagd nach dem Elbripper gekauft hatte. Es verfügte über keine Restlichtverstärkung, aber über ausgezeichnete Linsen.

Er hatte es auch an dem Tag eingesetzt, als Betty gestorben war. Der Ripper gehörte zu der Sorte Killer, die es immer wieder an den Tatort zurückzog. Das hatten Untersuchungen an seinen Opfern nahegelegt, und deswegen hatten Nick und Betty über Tage hinweg den letzten Fundort überwacht. Schließlich war ein Kerl aufgetaucht, den sie nur von hinten sehen und fotografieren konnten und der außerdem halb hinter einer Mauer versteckt war. Sie waren aus dem Auto gestiegen, um den Mann anzusprechen, bei dem es sich um einen harmlosen Spaziergänger handeln mochte. Aber dann war er geflohen und auf dem Abbruchgelände in einem Haus verschwunden.

Der Rest war Geschichte.

Harm hatte offenkundig Besuch von zwei weiteren Bikern. Was bedeutete, dass Nick ihn sich an einem anderen Tag vorknöpfen würde. Außerdem glaubte er nicht, dass Harm das Haus verlassen würde. Wenn erst mal das Gewitter lostobte, wollte man nicht mit dem Motorrad unterwegs sein.

Nick betrachtete das Gelände, machte sich einige gedankliche Notizen und fragte sich, was Harm und seine Leute mit Monecke zu schaffen hatten. Wenn es stimmte, was Frankie erzählt hatte, und Dimitri früher in der Biker-Gang aktiv gewesen war, lag es nahe, dass er Kontakte zur Szene hatte und für eine Zusammenarbeit auf Personen zurückgreifen würde, die ihm vertraut waren. Blieb die Frage nach dem Zweck. Und die Frage, was Dimitri dazu bewogen hatte, die Lederjacke aus- und ein Sakko anzuziehen.

Nick nahm das Fernglas wieder runter, hängte es sich um und schlug eine Mücke am Hals platt, schnippte sie dann fort. Er wollte zum Wagen zurückgehen und sich noch einmal das Monecke-Grundstück von außen ansehen, als er Stimmen hörte und das Geräusch von schlagenden Türen. Drei Männer verließen das Haus. Harm war von der Statur her gut zu erkennen. Jeder setzte sich auf ein Motorrad und ließ es an. Dann fuhren sie alle drei vom Hof. Harm auf dem Motorrad – ohne Führerschein. Das klang nach einer guten Gelegenheit, dachte Nick.

Er lief los, hastete durch das Unterholz zum Mercedes und stieg ein. Er ließ den Motor an und sah im Rückspiegel die Bikes vorbeifahren. Schnell setzte er aus dem Wirtschaftsweg zurück auf die Straße, legte den ersten Gang ein und trat aufs Gas, um den Bikes zu folgen, deren rote Rücklichter vor ihm auf der Straße tanzten. Zwei Minuten später gesellten sich zwei weitere Rücklichter dazu. Sie gehörten allerdings nicht zu Motorrädern. Nein, es war ein Auto, schwarz, wie Nick erkannte, als die Kolonne unter einer Straßenlaterne hindurchfuhr.

Eine schwarze Limousine, und die Biker flankierten sie. Geleitschutz, dachte Nick. Genau so sah das aus. Geleitschutz für wen – und warum? Dann begriff er, wohin die Bikes und die Limousine unterwegs waren.

Sie fuhren in Richtung Nordbek. In Richtung von Klaas Moneckes Fabrik.

44

Klaas Monecke stand an der Rampe und starrte auf den Betriebshof. Über ihm zuckte ein Blitz. Der Donner grollte und verschwamm mit dem Dröhnen von Motorrädern und der heranrollenden Limousine, die von den Bikes begleitet wurde. Vor rund einer Stunde war ein Lkw angekommen. Die Rinderhälften waren bereits entladen und in den Kühlraum gebracht worden.

Die Rampe befand sich nahe dem Eingangsbereich zum Firmengelände. Sie lag dem Haupthaus direkt gegenüber. Weiter hinten schloss sich die Fabrik an, die von den Kühlräumen hinter der Rampe aus zugänglich war. Zwischen den beiden Arealen wurden täglich Tonnen von Fleisch hin- und hergeschoben und anschließend zerkleinert, in den Fleischwölfen zerhackt und zu Monecke-Wurstwaren verarbeitet. Manche Produkte gelangten anschließend noch in die Räucherkammern. Auf der hinteren Seite des Gebäudekomplexes befanden sich weitere Rampen und Schleusen. Dort wurde die fertige und verpackte Ware auf Kühlwagen geladen und zu den Großmärkten oder Logistikzentren der Supermarktketten gebracht. Ein perfekter Kreislauf. Vorne kam das frische Fleisch herein, hinten die fertige Ware wieder heraus.

Letztes Jahr war dieser Kreislauf auf sehr empfindliche Art unterbrochen worden. Es hatte intensive Kontrollen gegeben, denn der Hygieneskandal in einer Wurstfabrik in Edertal hatte die Branche erschüttert und die Behörden sensibilisiert.

In der Folge war Moneckes Traditionsfabrik in wirtschaftliche Schieflage geraten. Es mussten von heute auf morgen teure Gutachten und neue Geräte besorgt werden, weil aktualisierte Normen einzuhalten waren, sich die Arbeitsbedingungen drastisch veränderten, und wo Kontrolleure und Gesundheitsämter früher mal ein Auge zudrückten, schauten sie heute ganz genau hin. Was dazu führte, dass im Zuge einer Untersuchung bei Monecke die Überschreitung von Grenzwerten bei Keimen festgestellt worden war und der Laden für einige Wochen geschlossen wurde.

Monecke war durchgedreht, hatte die Verantwortlichen sofort gefeuert, weil sie nicht schnell genug reagiert und den Betrieb an die neuen Bedingungen angepasst hatten. Das half nicht viel. Die Quittung bekam er dennoch: in die Höhe schießende Kosten plus Lebensmittelskandal.

Schlimmer noch als der wirtschaftliche Schaden war der fürs Image gewesen. Monecke stand stets für feinste Qualität, und es kostete jede Menge Geld, um das Ansehen des Unternehmens nach dem Skandal mit Werbung und Marketingmaßnahmen wieder aufzupolieren.

Monecke hatte das Wasser bis zum Hals gestanden. Innerhalb eines Quartals war er vom solventen Traditionsunternehmer des Mittelstandes zum fast insolventen Bankrotteur mutiert.

Schließlich hatte sich dann doch eine Möglichkeit aufgetan. Eher durch Zufall. Und deswegen parkten nun die schwarze Limousine und die Motorräder an der Laderampe. Das dunkle Auto hatte Monecke vor dem Bankrott gerettet sowie Hunderte von Arbeitern und deren Familien. Allerdings, wie sich immer deutlicher zeigte, zu einem sehr hohen Preis mit noch höherem Risiko. Das war ihm zwar von Anfang an bewusst gewesen. Klar. Aber jetzt …

Aber jetzt war Fanny tot.

Das war das Schlimmste. Fanny war tot – und mit ihr war die Zukunft von Monecke gestorben. Die Blutlinie endete mit Klaas Monecke. Das Unternehmen würde irgendwann an ein viel größeres Unternehmen verkauft werden müssen. Die Familientradition war bereits Geschichte. Und warum, dachte Klaas Monecke, warum eigentlich sollte er den ganzen Laden nicht mit in den Abgrund reißen, wenn er selbst zur Hölle fuhr?

Die Biker stiegen ab. Die Türen der Limousine öffneten sich. Drei Männer kamen heraus. Alle sechs wandten sich zu Klaas Monecke, der wie eine Salzsäule dastand. Dann drehten sich die Biker um und gingen mit einem der Insassen aus der Limousine durch die Schleuse zu den Kühlräumen. Monecke vernahm ein Geräusch neben sich. Es war Dimitri, der schweigend zu ihm getreten war. Seine Augen ruhten wie die von Monecke auf den beiden anderen Männern aus der Limousine, die sich nun auf die Rampe zubewegten, wo Monecke und sein Assistent standen. Oder besser: der Assistent, den man ihm zugeteilt hatte.

Monecke sagte leise: »Wie konnte es nur möglich sein, dass das Kühlfach in Fannys Wohnung übersehen wurde?«

»Wie gesagt«, erwiderte Dimitri, »es wurde alles auf den Kopf gestellt. Aber niemand hat an die Pizzakartons gedacht.«

»Die Polizei wird uns die Hölle heiß machen.«

»Die Polizei«, sagte Dimitri mit Blick auf die Männer, die nur noch wenige Meter entfernt waren, »dürfte das geringste Problem sein.«

»Dieser Nick Beck …«

»… ist ein weiteres Problem. Aber das haben wir von Anfang an gewusst. Ich werde mich drum kümmern.«

Monecke sagte: »Davon erwarte ich nicht viel, Dimitri. Du hast die Sache mit den Pizzakartons verpatzt. Du solltest dir diesen Morten vornehmen und bei ihm Beweise platzieren. Aber das hast du ebenfalls verpatzt.«

Ja, das hatte Dimitri in der Tat, dachte Monecke. Er hatte Morten nicht nur hochnehmen sollen. Er hatte außerdem ein Tütchen Koks und den Slip bei ihm platzieren sollen, der Fanny gehörte und noch im Bootshaus gelegen hatte. Nick Beck hatte Dimitri einen Strich durch die Rechnung gemacht – dieser verfluchte Beck, der sowieso an allem schuld war … Und das mit den Pizzakartons: Dimitri hatte mit zwei Leuten Fannys Wohnung auf den Kopf gestellt und ihr Zweithandy sowie das Laptop verschwinden lassen. Aber er hatte weder Geld noch Kokain gefunden, obwohl das Versteck wirklich nicht allzu genial gewesen war. Die Polizei war ja schließlich auch draufgekommen.

Monecke hätte Dimitri am liebsten den Kopf abgerissen.

Allerdings wäre das nicht zu seinen Gunsten ausgegangen, regelmäßiges Boxtraining hin oder her. Mit Dimitri war nicht zu spaßen. Er war einige Jahre lang bei den Hells Angels gewesen, während er zeitgleich als Banker gearbeitet hatte. Eine beachtliche Vita. Inzwischen war er nicht mehr bei den Angels, hatte aber immer noch gute Kontakte in die Szene sowie zwischenzeitlich seinen Arbeitgeber gewechselt. Eben dieser Arbeitgeber war auch Moneckes neuer Arbeitgeber und hatte Dimitri letztes Jahr zu Monecke geschickt, um als Bindeglied zu agieren. Darüber hinaus hatte Dimitri ein paar schwere Jungs organisiert, die die Transporte bewachten.

Die beiden Männer kamen die Stufen hinauf. Sie standen vor Monecke und Dimitri. Monecke konnte sie riechen. Aftershave und Zigaretten. Beide trugen schwarze Hosen und eng anliegende schwarze Shirts, teure Uhren und kunstvoll rasierte Bärte. In den halblangen Haaren des jüngeren Mannes glänzte Gel. Der ältere hatte eine Glatze. Ihre Namen kannte er nicht. Er wusste aber, dass sie einen albanischen Clan vertraten. Der albanische Clan wiederum war in Hamburg der Partner eines Ablegers des mexikanischen Sinaloa-Kartells, das sich am Ende von diversen Kriegen und Fusionen neu gebildet hatte und eine aufstrebende Größe darstellte. Das heißt, es arbeitete derzeit auf eigene Rechnung und unter dem Radar der übrigen Kartelle und baute ein neues Vertriebsnetz auf. Es schleuste seine Waren über den Landweg nach Argentinien, und von dort aus wurde die Ware per Schiff und über den Hamburger Hafen nach Deutschland und damit nach Europa gebracht. Für diesen Import war ein Logistikpartner gesucht und in Klaas Monecke in Zeiten der Firmenkrise gefunden worden.

Der Mann mit der Glatze sagte: »Mein herzliches Beileid wegen ihrer Nichte.«

»Danke.«

»Ist hart, wenn junge Menschen vor den älteren sterben.«

»Das ist es.«

»Man hört, sie sei ermordet worden.«

»Das hört man.«

»Schlimme Sache.«

»Ja.«

»Man hört außerdem, dass die Polizei in ihrer Wohnung etwas gefunden hat.«

»Hört man das?«

»Das hört man. Spricht sich schnell herum. Ist es das, was wir vermissen?«

»Ich nehme es an.«

»Ich mache mir Sorgen um die Sicherheit. Außerdem haben wir einen wirtschaftlichen Schaden erlitten.«

»Ich werde das regeln.«

»Das haben Sie schon einmal gesagt.«

»Ich weiß.«

»Ich mache mir dennoch Sorgen um die Sicherheit. Die Polizei hat etwas gefunden, das niemals hätte verschwinden dürfen.«

»Wie ich bereits versichert habe: Es wird nicht wieder passieren.«

Der Mann nickte und sagte: »Weil Ihre Nichte jetzt tot ist, wird es nicht wieder passieren.«

Monecke schwieg.

»Wissen Sie«, fuhr der Mann fort, »wenn ich ehrlich bin, ist es schade um sie. Ich hätte sie ihre Schuld auf dem Strich abarbeiten lassen oder ihr die Finger abgeschnitten, wie man es bei uns mit solchen macht, die sich am Eigentum anderer vergreifen.«

Der Mann hob das Kinn und funkelte Monecke an. Monecke schwitzte. Er riss sich zusammen.

»Vielleicht«, sagte der Mann, »hätte ich sie aber auch zu meiner persönlichen Begleitung gemacht. Sie hatte einen schönen Mund.«

In diesem Moment spürte Klaas Monecke, dass etwas in seiner Brust zersprang.

»Dreckschwein«, zischte er, holte aus und schlug mit der Faust zu.

Bevor der Mann reagieren konnte, schlug Monecke erneut zu. Wieder und wieder, mit beiden Fäusten im Wechsel, ließ eine Kaskade von Hieben auf den kahlen Schädel und in das grinsende Gesicht hageln. Blut spritze. Monecke war zwar deutlich älter als der Kerl. Aber das regelmäßige Boxtraining zahlte sich nun aus. Der Mann ging zu Boden. Eine Sekunde später war Monecke über ihm und wollte mit der Hacke zutreten, den Kopf zu Brei verarbeiten. Da wurde er gepackt und nach hinten gerissen. Etwas Hartes, Kaltes wurde ihm seitlich unter das Kinn gepresst. Monecke musste nicht lange nachdenken. Er wusste, dass es eine Pistole war. Dimitri hielt ihn von hinten fest. Der Kerl mit den gegelten Haaren stand vor Monecke, presste die Zähne aufeinander und fauchte ihn an.

»Bist du irre!« Er presste die Waffe fester unter Moneckes Kinn. »Bist du vollkommen verrückt, alter Mann?«

Moneckes Herz raste. Er spürte Dimitris Atem im Nacken. Außerdem drückte nun auch von hinten etwas gegen seinen Schädel. Dimitri hatte ebenfalls eine Pistole gezogen.

»Niemand redet so über meine Nichte«, flüsterte Monecke und starrte zurück.

»Das geht nicht gut aus für dich, alter Mann. Hörst du? Das geht nicht gut aus.«

Monecke spuckte auf den am Boden liegenden Kerl, der sich kaum regte. Sein Gesicht glänzte dunkel und nass.

»Nehmt euren Abfall mit, wenn ihr geht«, sagte Monecke.

»Das kommt dich teuer zu stehen, Mann!«

»Werden wir ja sehen.«

Monecke hörte Dimitris ruhige Stimme von hinten. »Alles wieder in Ordnung?«

»Nein.«

»Kann ich die Waffe wegnehmen?«

»Natürlich.«

Dimitri ließ ihn los und nahm die Pistole runter. Der Kerl vor Monecke tat das ebenfalls, steckte die Waffe in seinen Hosenbund, funkelte Monecke noch einmal an und beugte sich dann zu seinem Kollegen hinab, um dessen Gesicht zu begutachten und ihm aufzuhelfen.

»Sie sind gut in Form«, sagte Dimitri, steckte die Waffe ebenfalls ein und stellte sich neben Monecke, dessen Herz immer noch raste. Seine Hände schmerzten. Die Knöchel waren vermutlich geprellt.

»Danke.«

»Es war dumm. Aber er hat es verdient.«

»Niemand redet so über meine Nichte.«

Gegenüber kamen die Biker und der dritte Man aus dem Kühlraum. Sie stockten kurz, betrachteten, was da vor sich ging, und verlangsamten ihr Tempo beim Beladen der Limousine mit einigen Sporttaschen. Der Mann mit den gegelten Haaren hatte dem anderen aufgeholfen und stützte ihn.

»Ich bring dich um«, sagte der Kerl mit der Glatze. Er sah nicht gut aus.

Monecke sagte kalt: »Du hältst besser deine Schnauze, blödes Stück Scheiße, du bist ein verzichtbarer Handlanger, vergiss das nicht. Keiner weint dir eine Träne hinterher.«

Der Kerl wollte etwas antworten, aber der andere sagte irgendetwas auf Albanisch und zog ihn mit sich. Das Duo überquerte die asphaltierte Fläche und stieg dann mit dem dritten Mann in die Limousine, die eine Minute später den Hof verließ. Die Biker fuhren links und rechts daneben.

Der Donner grollte. Ein Blitz zuckte. Aber der Himmel wollte sich nicht durchringen, aufzureißen und zu weinen.

Dimitri sagte: »Ich habe Sie unterschätzt, Herr Monecke. Mein Respekt.«

»Es ist ein Fehler, mich zu unterschätzen«, antwortete Monecke und massierte sich die Hände. »Müssen wir deswegen mit Problemen rechnen?«

»Nicht wegen des Albaners. Er ist ein Großmaul. Ein Handlanger wie der andere.«

»Gut.«

»Wegen Fannys Tiefkühlfach werden wir mit Problemen rechnen müssen. Mit der Polizei. Und mit …«

Monecke hob die Hand. Dimitri verstummte. Monecke sagte: »Diese Probleme sind mir bereits nachdrücklich angekündigt worden. Ich werde eine Lösung finden.«

»Hoffentlich.«

»Ich werde eine finden. Am Ende sitze ich am längeren Hebel. Ohne mich läuft nichts.«

»Ihr Wort in Gottes Ohr.«

»Gehen wir rein. Es wird regnen.«

»Okay.«

Dimitri wandte sich zum Gehen. Monecke ebenfalls. »Eines noch, Dimitri«, sagte Monecke und legte Dimitri die Hand auf die Schulter.

»Ja?«

»Richte nicht wieder eine Waffe gegen mich.«

»Geben Sie mir nie wieder einen Grund dafür.«

Monecke blickte Dimitri an. Dimitri blickte gelassen zurück.

Dann nickte Monecke, klopfte auf Dimitris Schulter. »Gehen wir und schalten die Videoüberwachung wieder an. Ich brauche außerdem Eis für meine Hände. Der Bursche hatte einen Kiefer aus Stahl.«

45

Nick nahm das Fernglas wieder runter und kniff die Augen gegen die grellen Scheinwerfer zusammen, als die Limousine und die drei Motorräder an ihm vorbeirauschten. Hinter ihnen schloss sich das automatische Gitter. Nick war sich sicher, dass ihn niemand gesehen hatte. Links und rechts wurde die Einfahrt zum Gelände von großen Rhododendren flankiert. Sie boten einen perfekten Schutz. So wie ihm das Licht auf dem Betriebshof ausreichend Helligkeit geboten hatte, um das Geschehen mit dem Feldstecher zu beobachten.

Nick hatte den Mercedes in der Einfahrt zu einem Fliesenlegerbetrieb etwa hundert Meter weiter abgestellt, nachdem der Konvoi aus Limousine und Bikern auf das Monecke-Areal abgebogen war. Er hatte die Straße im Laufschritt überquert und dann das Dickicht genutzt, um sich zu verstecken und zu beobachten, was vor sich ging. Er hatte verfolgt, wie drei Biker und ein Insasse der Limousine nach rechts gegangen und ein Firmengebäude betreten hatten und gesehen, dass zwei Männer zu zwei anderen auf der gegenüberliegenden Seite marschiert waren, die Nick im Halbdunkel als Klaas Monecke und seinen Assistenten identifizierte. Die vier hatten miteinander geredet. Dann hatte Monecke auf einen der Kerle eingeschlagen, worauf er mit Waffen bedroht worden war – bemerkenswerterweise gehörte eine davon seinem Adlatus Dimitri.

Schließlich waren Kalle Harm und seine Clubbrüder mit dem anderen Burschen zurück aus dem Gebäude gekommen. Jeder trug eine Sporttasche. Sie wirkten schwer. Nachdem sie die Taschen im Kofferraum verstaut hatten, setzten sie sich wieder auf die Bikes und die anderen in die Limousine – und rauschten ab. Nick hatte zuvor die Nummernschilder notieren können und außerdem mit dem Handy Fotos und ein Video gemacht. Ob die Dateien zu gebrauchen wären – man würde sehen.

Was gerade vor sich gegangen war, lag auf der Hand. Eine gesicherte Eskorte hatte etwas abgeholt, das Monecke lieferte oder aufbewahrt hatte. Es gab Uneinigkeiten zwischen den Parteien, die zu einer Auseinandersetzung geführt hatten. Waffen waren im Spiel.

Nick nahm das Handy, gab das Kennzeichen der Limousine an die Kollegen auf der Leitstelle weiter und bat darum, nach dem Wagen zu suchen und ihn auf dem mutmaßlichen Weg von Nordbek in die City im Rahmen einer Verkehrskontrolle zu stoppen sowie einen Blick in den Kofferraum zu werfen. Er gab ihnen außerdem den Hinweis, dass sich eine verletzte Person im Wagen befände. Weitere Details sparte er sich.

Um Moneckes Lager zu filzen, gab es jedoch keinen hinreichenden Tatverdacht. Noch nicht. Im Prinzip könnten sich in den Taschen schmutzige Trikots befunden haben, woran Nick allerdings nicht glaubte. Er wusste zwar nicht, was sie beinhalteten, aber es musste sich um etwas Wichtiges handeln. Vielleicht die Drogen, an die Fanny durch Zufall gelangt war. Falls die Limousine gestoppt würde und die Streife einen Blick in die Taschen werfen könnte, würde Nick weiterkommen. Klappte das nicht und war der Konvoi gar nicht in die City unterwegs, bräuchte er einen Plan B.

Deswegen beschloss er, parallel zu arbeiten, das Gebäude ohne Durchsuchungsbeschluss zu betreten und nachzusehen, was sich dort befand. Doch vier Augen sehen mehr als zwei, weswegen Nick seinen Standort mit Google Maps markierte und ihn an Cleo Torner per WhatsApp schickte – verbunden mit der Nachricht: »Komm dringend her. Stell den Wagen neben meinem bei dem Fliesenleger ab.«

Es war zwar davon auszugehen, dass Cleo nicht mit seiner Idee einverstanden wäre, in das Gebäude einzudringen. Aber vielleicht würde sich ihre Sichtweise ändern, wenn er ihr ein Update über die Vorgänge gab.

Er schaltete das Handy auf stumm und wartete einige Minuten. Er ignorierte Cleos Rückruf. Auch den zweiten. Er las ihre Nachricht, in der lediglich »Mistkerl!« stand, was er als Zeichen für ihren Aufbruch wertete. Er checkte die Uhrzeit, nahm das Areal nochmals mit dem Fernglas ins Visier und versuchte, Überwachungskameras zu lokalisieren. Schwer zu sagen, ob sie eingeschaltet waren. An Moneckes Stelle hätte er sie vor einer Übergabe von was auch immer jedenfalls ausgestellt.

Als Nick sich gerade in Bewegung setzen wollte, um zurück zum Auto zu laufen und dort Cleo abzufangen, vibrierte sein Handy nochmals. Eine Mail der Bundespolizei war eingegangen. Passagier Klaas Monecke war auf einem Flug aus Buenos Aires gebucht gewesen, der am betreffenden Abend in Hamburg gelandet war.

Allerdings zwei Stunden früher, als Klaas Monecke angegeben hatte.

Damit klaffte eine Lücke in seinem Alibi und in dem von Dimitri – und es warf außerdem die Frage auf, warum Monecke falsche Angaben gemacht hatte. Zwei Stunden, dachte Nick, waren eine Menge Zeit. In zwei Stunden konnte man essen gehen, im Kino einen Film ansehen oder sich die Zeit auf dem Flughafen vertreiben.

Buenos Aires, überlegte Nick. Er dachte außerdem an Faserspuren von einem dunklen Anzug. Er dachte an zwei unterschiedliche Spermaspuren, weiße Haare, Würgemale und die Pforte hinterm Teich. Er dachte an Kokain in Fannys Tiefkühlfach, Bargeld, an zwei Pistolen an Klaas Moneckes Kopf, Taschen im Kofferraum einer Limousine und an einen Adlatus im Dreiteiler, der offenbar eher ein Aufpasser war, sowie an einen älteren Herrn, aus dem die rohe Gewalt wie aus einem Vulkan hervorbrechen konnte.

Ja, überlegte Nick, in zwei Stunden konnte eine Menge passieren. Wer wusste, was das für die kommenden zwei Stunden bedeutete.

46

»Was ist hier los?«, zischte Cleo beim Aussteigen.

»Kann ich nicht sagen«, erwiderte Nick und blickte in den Himmel. Es donnerte. Hinter den Wolken flackerte ein Blitz auf. Die Luft war tropisch warm. Er hielt eine Jacke in der Hand, die er eben vom Rücksitz genommen hatte.

»Du schickst mich schon wieder mitten in der Nacht durch die Gegend, als ob ich deine persönliche Assistentin wäre.«

»Tut mir leid.«

»Hast du eine Ahnung, was das mit meinem Privatleben anstellt?«

»Ich kann es mir vorstellen.«

»Ich hoffe, es lohnt sich.«

Nick erklärte ihr, was er beobachtet hatte, nachdem er Harm gefolgt war. Er zeigte Cleo die Aufnahmen, die er mit dem Handy gemacht hatte, und informierte sie, dass eine Fahndung nach der Limousine laufe. Er berichtete zudem, dass Monecke zwei Stunden früher als angegeben vom Flughafen gekommen war, was Dimitri miteinschließen musste. Cleo hörte zu. Man konnte sehen, wie es hinter ihrer Stirn arbeitete.

»Buenos Aires …«, sagte sie dann. Mehr zu sich selbst, wie um ihre Gedanken zu sortieren.

Als Nick fertig war, brachte Cleo Nick auf den neuesten Stand. Sie berichtete von dem Gespräch mit Frantzen, umriss in knappen Worten, was er zu dem Stoff gesagt hatte, zu den Kartellen, was er von der DEA wusste, sowie zu den Transportwegen über Argentinien.

»Buenos Aires«, sagte nun wiederum Nick, was wie eine Bestätigung klang.

»Das ist alles kein Zufall«, erwiderte Cleo.

»Denke ich ebenfalls nicht.«

»Was war in den Taschen?«

»Ich weiß es nicht.«

»Was glaubst du?«

»Der neue Stoff.«

Cleo schwieg. »Es ist … schwer vorstellbar. Ich meine: Klaas Monecke …«

»Er hat einen seiner Geschäftspartner niedergeschlagen und dabei nicht zu knapp zugelangt. Die anderen mussten ihn zurückhalten. Sie hielten ihm Waffen an den Kopf. Ich hatte nicht den Eindruck, dass er sich deswegen in die Hosen gemacht hätte.«

»Dennoch ist er ein angesehener Fabrikant, sein Unternehmen hat Tradition.«

»Vielleicht brauchte er Geld. Das Unternehmen hatte letztes Jahr wirtschaftliche Probleme.«

»Ich kann es mir trotzdem schwer vorstellen.«

Nick meinte: »Man könnte ihn gezwungen haben.«

»Und wie sollen die Drogen ins Land kommen?«

»Vielleicht lagert er sie nur.«

»Ich kann es mir wirklich kaum vorstellen.«

»Die Limousine, die Biker, die Waffen. Ein halbes Kilo vom feinsten Stoff in Fanny Moneckes Kühlfach, dazu einige Zehntausend Euro Bargeld.«

»Fanny hat sich etwas abgezweigt.«

»Fanny – oder Fanny und ihre Freunde. Oder Monecke selbst und hat es bei Fanny gelagert. Oder Dimitri.«

»Wenn es Fanny war, dann ist sie vielleicht deswegen getötet worden.«

Nick sagte: »Möglich. Der Empfänger wird seine Lieferung kontrolliert und festgestellt haben, dass etwas fehlte.«

Cleo nickte. Schwieg. Überlegte. Sie fragte: »Warum bin ich hier?«

»Weil vier Augen mehr sehen als zwei. Weil zwei Zeugen besser sind als einer.«

»Das heißt?«

»Wir sehen uns Moneckes Fabrik an.«

»Wir haben keinen Durchsuchungsbeschluss.«

Vereinzelte dicke Tropfen platschten auf den Boden. Sie schienen auf dem dunklen Asphalt zu verdunsten. Zwei trafen Nick im Gesicht. Er wischte sie mit der Hand fort und antwortete: »Nein, haben wir nicht. Werden wir auch nicht bekommen.«

»Es sei denn, sie schnappen das Auto und finden in den Sporttaschen etwas anderes als Steaks.«

»Wenn sie das Auto stoppen, wird Monecke eine Warnung erhalten. Jemand wird ihn kontaktieren. Vor morgen früh bekommen wir keinen Durchsuchungsbeschluss. Und in der Zwischenzeit lässt sich vieles beseitigen. Darauf sollten wir es nicht ankommen lassen.«

Cleo sah Nick an. »Wir können große Probleme bekommen, wenn wir einfach so das Firmengelände betreten und in das Gebäude eindringen. Es gibt Überwachungskameras.«

Nick war sich dessen ebenfalls sicher. Aber wenn er richtig lag und Monecke die Kameras während der Übergabe ausgeschaltet hatte, waren sie das vielleicht immer noch. Das Risiko, von jemandem entdeckt zu werden, der vor einer Wand von Monitoren saß, lag nach Nicks Meinung bei fünfzig zu fünfzig. Niemand starrte ununterbrochen hin. Bewegungsmelder wären ein größeres Problem.

»Hast du noch nie ein Gebäude ohne Beschluss betreten?«, fragte Nick.

»Natürlich. Diverse Male.«

»Noch nie dabei gefilmt worden?«

Cleo zuckte mit den Achseln. »Ich habe es stets vermieden. Aber wer weiß.«

Nick lächelte.

»Ich habe meine Dienstwaffe nicht dabei«, sagte Cleo.

Nick lupfte sein T-Shirt, um Cleo den Knauf seiner Glock zu zeigen. In ihrem Gesicht war schwer abzulesen, ob sie wegen Nicks privater Waffe beruhigt oder irritiert war.

»Besser als nichts«, erwiderte sie. »Dann los, bevor wir klatschnass werden. Du hast wenigstens eine Jacke dabei.«

»Ich habe nicht vor, sie anzuziehen«, sagte Nick.

47

Auf dem automatischen Gitter zum Firmengelände war eine scharfzackige Kante angebracht. Außerdem war es fast zwei Meter hoch. Praktisch unmöglich, darüber zu klettern. Seitlich war das Areal mit einem einfachen Metallzaun eingefasst, der mehr Chancen bot. Seine Querstreben waren wie die Tritte einer Leiter angebracht. Die vertikalen Stäbe standen oben etwas über. Aber sie waren nicht angespitzt, so dass es ausreichte, dass Nick seine Jeansjacke drauflegte, um sich nicht zu verletzen. Er stieg als Erster über den Zaun und wartete, bis Cleo ihm gefolgt war.

Dann orientierte er sich. Links lag das Hauptgebäude, vor dem Klaas Monecke eben auf einer Rampe zwei Pistolen gegen den Kopf gedrückt worden waren. Auf der anderen Seite befand sich die Laderampe, die zu den Kühlhäusern führen musste, wo die Biker eines der Rollgitter hochgelassen hatten und dahinter verschwunden waren.

Sie hielten sich links und drängten sich dicht an die Fabrikwand, bewegten sich rasch vorwärts. Nicht, dass sie damit außerhalb des Blickwinkels von Kameras wären. Aber es war dennoch besser, in Deckung zu bleiben. Nick ging voran, hielt die Augen offen und suchte nach Bewegungsmeldern, die möglicherweise einen Alarm auslösen oder das Flutlicht anschalten würden. Aber nichts dergleichen geschah.

Einen Augenblick später standen sie an der Laderampe. Eine Metalltreppe führte hinauf. Die Biker und der dritte Mann aus der Limousine hatten sie vorhin benutzt. Vor dem Rollgitter stoppten Nick und Cleo.

Nick deutete auf einen roten Druckknopf, der so aussah, als würde er oft benutzt. Cleo nickte, hob aber die rechte Hand als Zeichen zum Stoppen. Sie bewegte sich an Nick vorbei zu einer Tür zwischen den Ladedocks. Cleo betätigte den Griff. Der Eingang öffnete sich mit einem metallischen Klicken. Die Rolltore hätten weitaus mehr Krach gemacht.

Cleo sah zu Nick und machte eine Kopfbewegung. *Du zuerst.* Nick zog seine Waffe, ging voran, den Lauf der Glock nach unten gerichtet, während Cleo die Lage checkte und den Betriebshof taxierte.

Drinnen war es stockfinster und kühl, mindestens zehn Grad kälter als draußen, wenn nicht mehr. Es roch einerseits klinisch nach Reinigungs- und Desinfektionsmitteln, andererseits nach Räucherkammer, Fleisch und Blut.

Nicks Augen waren zwar schon an die Dunkelheit gewöhnt, dennoch konnte er nicht viel erkennen. Er hörte, wie sich hinter ihm die Tür schloss und Cleo hereinkam. Einen Augenblick später flammte Licht auf – Cleo hatte die Taschenlampen-App an ihrem Handy eingeschaltet.

Der Raum war groß, mindestens zwanzig Meter lang und fast genauso breit, der Boden weiß gefliest, ebenfalls die Wände. Einige Rollwagen aus Metall, an denen Rinder-

oder Schweinhälften aufgehängt wurden, standen herum. Außerdem sah Nick Metalltische, die denen in Obduktionsräumen glichen. Unter der Decke verliefen jede Menge Rohre. Er zog sein Handy und stellte ebenfalls die Taschenlampen-App ein. Unmittelbar vor sich erkannte er zwei große Türen, die mit Bullaugen und Griffen versehen waren. Nach links ging es in einen weiteren Teil der Fabrik. Dort standen noch mehr Tische und Rollwagen. Außerdem waren die Umrisse großer Maschinen und Förderbänder zu sehen.

Nick verdeutlichte sich den Betriebsablauf: Die Ware wurde am Dock angeliefert, durch die Tore auf Rollwagen hereingefahren und in Kühlräumen zwischengelagert, zu denen wahrscheinlich die Türen mit den Bullaugen führten. Dann wurde die Ware aus den Kühlräumen geholt, zerteilt und in den anderen Teil der Fabrik gebracht. Er nahm wahr, dass Cleo auf einen der Tische zuging. Im Unterschied zu den anderen war die Metalloberfläche dort verschmiert. Auf dem Boden standen rötliche Pfützen. Plastikfolie lag herum. Sie sah feucht aus. Und jetzt erkannte Nick auf den Tischen auch Messer. Lange, sehr scharf aussehende, wie man sie zum Zerteilen von Fleisch benutzte.

Nick merkte auf, als der Raum von einem anschwellenden Dröhnen erfüllt wurde. Er blickte nach oben, Cleo ebenfalls. Der Regen. Er prasselte aufs Dach. Der Lautstärke nach musste ein regelrechter Monsun losgebrochen sein. Cleo schwenkte das Handy auf die beiden Türen mit den Bullaugen. Vor der rechten stand ein Rollwagen. Sie ging dorthin, umfasste den Griff der Tür und zog daran. Mit einem leisen Zischen sprang sie auf. Cleo ging hinein. Nick folgte ihr.

Es war tatsächlich ein Kühlraum. Darin befanden sich Rinderhälften, die mit Haken an unter der Decke befestigten Laufleisten hingen. Gewaltige Teile, mehr als mannshoch, rotes Fleisch, weiße Knochen, die Wirbelsäulen der Länge nach aufgesägt, ein intensiver Geruch.

Cleo trat näher an eine Rinderhälfte heran. Sie strahlte das Fleisch mit der Handy-LED an. Es sah aus, als seien zwischen das dicke Fett und die Rippen Fächer geritzt worden. An den Außenkanten des Gewebes glänzte eine feste Masse, kaum sichtbar, aber vorhanden.

»Klebstoff«, sagte Cleo und befühlte das Fleisch und die Eingriffe. »Sie schneiden Taschen in die Rinderhälften, stecken die in Folie verpackten Drogen tief in das Fleisch und verkleben es wieder.«

»In Buenos Aires«, sagte Nick.

»Ja.«

Schließlich verließen sie den Kühlraum. Der Regen trommelte aufs Dach. Cleo musste lauter sprechen. »Monecke importiert die Rinderhälften aus Argentinien. Sobald sie da sind, kommt eine Crew vorbei, schneidet das Fleisch auf und holt die Drogen raus.«

»Sieht so aus«, sagte Nick und blickte sich weiter um.

Sein Telefon vibrierte. Er stellte die LED aus, drehte das Handy um und sah, dass eine Mail eingegangen war. Es war eine Mitteilung von Dr. Jonas Peterson von ForGenTox. Nick hatte ihn um DNA-Untersuchungen von den Spermaspuren gebeten. Und Peterson hatte geliefert. Nick las die

Mail. Es brauchte einige Momente, bis die Informationen in seinem Gehirn ankamen.

»Nick?«, fragte Cleo.

Nick drückte die Mail weg. »Hm?«

»Alles klar?«

»Ja. Nein. Ich weiß nicht.«

Im nächsten Moment ging überall das Licht an. Nick wurde geblendet, Cleo ebenfalls.

»Shit«, zischte sie.

Eines der Rolltore wurde hochgefahren.

Nick griff Cleo am Unterarm – und lief los. Die beste Chance, sich zu verstecken oder zu entkommen, hätten sie in dem Raum mit den vielen Maschinen, wo es nach wie vor dunkel war. Nick sprintete vorwärts, Cleo rannte ihm hinterher. Er rammte mit der Hüfte einen Metalltisch. Die Schmerzen waren höllisch. Aber er lief weiter und erreichte den noch dunklen Teil der Fabrik. Cleo war direkt hinter ihm. Sie atmete schwer. Beide stoppten vor einem großen Fleischwolf, sahen sich nach links und rechts um.

Dann flammte auch hier die Deckenbeleuchtung auf. Nick musste die Augen zukneifen. Er tastete instinktiv nach der Glock im Hosenbund und zog sie. Cleo hielt sich schützend den Unterarm vors Gesicht. Nick hörte eine hallende Stimme.

»Guten Abend.«

Nick blinzelte. Zwischen den glänzenden Fleischwölfen, Laufbändern und übrigen Maschinen stand Klaas Monecke in einem dunklen Anzug. Er richtete ein Jagdgewehr auf Nick und Cleo. Hinter sich hörte Nick Laufschritte. Er sah hin – und erkannte Moneckes Assistenten Dimitri. Er kam näher und hielt eine Pistole in der Hand.

»Fuck«, keuchte Cleo leise.

In der Tat, dachte Nick. Sie saßen in der Falle. Und niemand wusste, dass sie hier waren.

48

»Weg mit der Pistole«, sagte Dimitri. »Weg mit den Handys.«

»Ich schlage vor«, erwiderte Nick, »wir machen es andersherum: Sie legen Ihre auf den Boden und Herr Monecke sein Gewehr.«

Monecke lachte leise. »Ich nehme nicht an, dass irgendjemand weiß, dass Sie beide hier sind. Ich habe Sie auf der Überwachungskamera gesehen, wie Sie beide hier rumgeschlichen sind. Das sieht mir doch ziemlich inoffiziell aus.«

Cleo sagte: »Seien Sie nicht dumm, alle beide. Legen Sie Ihre Waffen fort. Sie bedrohen gerade Polizisten – vollkommen egal, ob wir in Ihre Fabrik, Ihr Kühlhaus eingedrungen sind. Legen Sie die Waffen fort.«

Aber nichts dergleichen geschah. »Ziemlich dumm übrigens«, sagte Dimitri, »zu glauben, dass das Areal nicht überwacht sei.«

»Die Aussicht auf das, was wir finden könnten, wog schwerer als das Risiko, gesehen zu werden«, erwiderte Nick.

Dimitri sagte nichts.

»Sie sind ein erstaunlicher Mann«, sagte Nick zu ihm.

»Vor einer halben Stunde richten Sie Ihre Waffe noch gegen den Kopf Ihres Chefs. Jetzt zielen Sie auf einen Polizisten.«

Dimitri merkte auf. Monecke ebenfalls.

»Sie …«, fragte Monecke. »Sie haben uns beobachtet?«

»Alles.«

Dimitri sagte: »Jetzt runter mit der Waffe, Beck. Weg mit dem Handy. Frau Torner: Ihr Handy. Weg damit.«

»Sonst?«, fragte Nick.

»Schieße ich.«

»Die Eier haben Sie nicht, Dimitri.«

»Darauf würde ich nicht wetten«, erwiderte er und zielte jetzt demonstrativ auf Nicks Kopf.

»Mach keinen Blödsinn«, flüsterte Cleo. Sie bückte sich, legte ihr Handy auf den Boden.

Nick regte sich nicht, hielt das Telefon in der linken und die Glock nach wie vor in der rechten Hand, auf den Boden gerichtet. Er ließ das Handy fallen. Die Waffe würde er erst ablegen, wenn er der Auffassung war, dass die Situation bis zum Ende ausgereizt war. Er hatte noch nicht das Gefühl, dass es so weit war. Zudem schien sich Dimitri noch mit der Idee anfreunden zu müssen, auf einen Polizisten zu schießen. Er mochte in diverse Straßenkämpfe verwickelt gewesen sein, Messerstechereien, was auch immer. Aber es war eine Sache, mit einer Pistole auf den Kopf eines anderen Mannes zu zielen, und eine vollkommen andere, abzudrücken, zumal, wenn es sich um einen Polizisten handelte. Genau das spürte Dimitri jetzt.

Nick machte einen Schritt zurück, um dichter an Cleo zu stehen und sie im Notfall mit seinem Körper zu schützen.

Außerdem hatte er von hier aus Monecke und Dimitri etwas besser im Blick. Sie zuckten mit den Waffen, als Nick sich bewegte.

»Warum dringen Sie in meine Firma ein?«, fragte Monecke.

Cleo atmete schwer. Sie sagte: »Das wissen Sie sehr gut, Herr Monecke.«

Monecke schüttelte den Kopf. »Nein. Ich habe keine Ahnung. Ich weiß es beim besten Willen nicht. Und Sie sehen ja, wie gefährlich das ist. Sie könnten für Einbrecher gehalten werden, auf die geschossen wird.«

»Damit kommen Sie nicht durch. Jeder wird Sie fragen, warum Sie nicht die Polizei verständigt haben, nachdem Sie mutmaßliche Einbrecher gesehen haben.«

»Wer ist *jeder*?«

»Die Polizei. Sie werden den Kollegen ziemlich viel zu erklären haben, wenn Sie auf zwei andere Polizisten schießen und erklären, dass Sie sie für Einbrecher gehalten und eigenmächtig gehandelt haben.«

»Das kommt darauf an«, sagte Monecke. »Denn wenn keine Einbrecher mehr da sind, dann gibt es auch nichts zu erklären.«

Moneckes Gesicht war wie versteinert. Wortlos löste er eine Hand vom Schaft der Flinte, drückte auf den roten Knopf eines großen Gerätes, das rechts neben ihm stand. Es maß etwa zwei mal zwei Meter, war aus glänzendem Edelstahl, ein rechteckiger Behälter, etwas mehr als hüfthoch, oben offen und leicht trichterförmig. Im Inneren befanden sich zwei große Walzen, die rasiermesserscharf und wie

Korkenzieher aussahen. Sie setzten sich brummend in Gang, rotierten, griffen ineinander. Es musste sich um einen Fleischwolf oder Mixer handeln. Wenn dort jemand hineinfiel, würde er fraglos als rote, mit Knochensplittern und Zähnen gespickte Masse auf der anderen Seite wieder herauskommen.

Cleo verstummte. Nick sah, wie ihre Augenlider zuckten. Dimitri bewegte sich vorwärts. Er ging zunächst auf Nick zu, sah ihn durchdringend an, zog das auf dem Boden liegende Handy mit der Schuhspitze zu sich. Das Gleiche machte er mit dem von Cleo, bevor er die Telefone mit der linken Hand aufhob, wobei er Cleo und Nick weiter im Blick hielt, die Pistole auf sie gerichtet. Er warf die Handys in den Fleischwolf, der sie krachend zu Staub zermahlte.

Cleos Augenlid zuckte heftiger. Sie sagte: »In Rinderhälften aus Südamerika werden über Ihr Unternehmen Drogen nach Hamburg geschmuggelt. Es handelt sich um hochwertiges Kokain, das seit einigen Monaten im Umlauf ist. Es ist dasselbe Kokain, das im Besitz Ihrer Nichte gefunden wurde. Sie wurden vorhin bei der Übergabe der Ware beobachtet. Das Spiel ist aus, Monecke. Sie sind kein Drogenbaron, kein Dealer, nichts dergleichen. Ich habe keine Ahnung, wie Sie da hereingeraten sind, aber es gibt immer einen Ausweg, und wenn Sie mit uns kooperieren …«

»Das ist alles Blödsinn«, sagte Monecke, »und es gibt keinerlei Beweise.«

»Arbeiten Sie mit uns zusammen.«

»Halten Sie Ihren Mund«, zischte Monecke.

»Haben Sie das auch zu Fanny gesagt?«, fragte Nick.

»Wie?«

»Haben Sie das auch zu Fanny gesagt, als Sie über ihr gekniet und sie erdrosselt haben?«

Moneckes Gesichtszüge gefroren. Dimitri nahm die Waffe fester in die Hand. Cleos Kopf zuckte herum. Nick spürte ihren Blick auf sich.

»Oder waren Sie es, Dimitri? Nein, ich denke, es war ihr eigener Onkel.«

»Sie verdammter Scheißkerl«, fauchte Monecke. Jetzt richtete er das Gewehr auf Nick. Besser auf mich, dachte Nick, als auf Cleo.

»Sie sind der Scheißkerl, Monecke.«

Nick zögerte. Er spürte, dass jetzt alles aus ihm herauswollte – egal, ob Cleo mithörte. Der Staudamm war kurz davor, zu brechen. Er hatte schon vor einigen Minuten einen heftigen Riss erlitten, als Nick die Mail von ForGenTox erhalten hatte. Jonas Peterson hatte die beiden Spermaspuren von Nicks Abstrich isoliert, genauer untersucht – und erstaunt festgestellt, dass eine davon eine ähnliche DNA aufwies wie die weibliche in seiner Probe. Es handelte sich um Verwandtschaft.

Und das ließ nur einen Schluss zu: Nicht nur Rasmus Stoever hatte in der Nacht ihres Todes Sex mit Fanny gehabt, sondern auch ihr eigener Onkel.

Nick öffnete den Mund, um es zu sagen. *Ich weiß alles*, wollte er sagen. *Ihr Sperma auf Fannys Körper und in ihr. Außerdem Fasern Ihres Anzugs, Ihre Haare. Hat Dimitri geholfen, als Sie Fannys Leiche entsorgt haben? Sie wollten sie in den Bauschacht am Windrad werfen. Die Betonmischer waren schon da. Am anderen Tag wäre sie im Fundament verschwunden. Ich verstehe nur eines nicht, Monecke: Was ist mit Ihnen los, dass Sie Ihre eigene Nichte vergewaltigen? Sind die Pferde mit Ihnen durchgegangen – oder haben Sie sie mehr gemocht, als gut war? Konnten es nicht ertragen, dass sie mit Rasmus Stoever gevögelt hat? Wie ist das gelaufen an dem Abend? Denn ich weiß zwar, was Sie getan haben. Doch ich weiß nicht, warum. Oder war es wegen der Drogen, die sich Fanny abgezweigt hat? Reden Sie, Monecke, lassen Sie es raus.*

Aber stattdessen wiederholte Nick nur: »Sie sind der Scheißkerl. Ich weiß, was Sie mit Fanny gemacht haben.«

Moneckes Unterlippe bebte. Er zuckte. Seine Blicke suchten Nick ab. Er schaute hilfesuchend zu Dimitri, der nicht reagierte. Und Nick verstand, dass er mit seiner Bemerkung ins Schwarze getroffen hatte.

Cleo starrte Nick mit offenem Mund an. Als würde sie einen Geist sehen. Sie hatte keine Ahnung, wovon er da redete. Monecke und Dimitri allerdings wussten es sehr genau, dachte Nick.

»Und ich weiß«, flüsterte Monecke mit hasserfüllter Stimme, »was *Sie* getan haben, Beck. Ich habe alles gesehen. Ihr Auto … alles.«

Jetzt traf die Erkenntnis Nick mit voller Wucht.

Monecke hatte Fannys Leiche über die Straße zur Baustelle bringen wollen. Er war überrascht worden, als plötzlich ein Auto vorbeikam. Nick sah es bildlich vor sich. Wie Dimitri und Monecke die Leiche in einer Schubkarre die Böschung hinabrollten. Dann die sich nähernden Abblendlichter. Panik. Die Schubkarre verkeilt sich, verliert das

Gleichgewicht. Sie kippt. Der Körper rollt auf die Straße. Das Auto kommt näher. Monecke und Dimitri gehen in Deckung. Hoffen, dass alles gutgeht, die Leiche nicht entdeckt wird. Aber dann rollt der schwarze Mercedes über Fannys Körper. Der Wagen bremst. Ein Mann steigt aus – der Mann, den Monecke und Dimitri später wiedererkannten, als er in Polizeiuniform mit Cleo Torner zur Vernehmung kam. Deswegen hatten sie ihn so befremdlich angesehen. Monecke hatte die Vermisstenmeldung aufgegeben, um alles zu kaschieren – und dann hatte er kapiert, dass es ein Polizist gewesen war, der ihm den Job abgenommen hatte, Fannys Leiche verschwinden zu lassen. Monecke musste fassungslos gewesen sein, als man Fanny in dem Wald fand. Er musste zu jedem Zeitpunkt unsicher darüber gewesen sein, was Nick wusste und was nicht. Er hatte versucht, andere zu belasten, insbesondere Fannys Stalker Morten. Die ganze Zeit über hatte er wie Nick abgewartet, gepokert und sein Wissen als Ass im Ärmel behalten, um es irgendwann auszuspielen.

Das war jetzt der Fall.

»Was ist hier los?«, hörte er Cleos Stimme wie durch Watte. Moneckes Blick durchbohrte ihn wie eine Nadel. Nick umfasste den Griff der Glock fester. Der Schweiß lief ihm am Rücken herab. Er hatte keine Ahnung, was im nächsten Augenblick geschehen würde. Alles war möglich.

49

Der kalte Schweiß stand Klaas Monecke auf der Stirn. Und während Nick Beck redete und redete, wanderten Moneckes Gedanken zurück zu dem Abend …

… an dem Fanny starb.

Monecke war früher vom Flughafen gekommen als erwartet. Der Rückflug war um eine Stunde nach vorn verlegt worden. Über dem Atlantik hatten sie zudem Rückenwind gehabt. Bei der Zwischenlandung in Heathrow hatte Monecke Dimitri per Mail darüber informiert, und Dimitri hatte geantwortet, dass er das bereits auf einer App gesehen habe, mit der man Flüge verfolgen konnte.

Der Trip nach Buenos Aires hatte nur drei Tage gedauert. Monecke war vom Flughafen abgeholt und auf eine Hazienda im Hinterland gebracht worden, auf deren Ländereien prächtige Rinder gezüchtet wurden. Die Rinder, die Monecke seit einigen Monaten in Hälften aufkaufte, importierte und zu Steaks verarbeitete. Tatsächlich waren sie die Hülle für das Kokain, mehr nicht. Der Zweck der Reise hatte nur fünf Minuten gedauert und seinen Geschäftspartnern ausschließlich dazu gedient, Monecke persönlich kennenzulernen. Sie waren in einem Konvoi aus vier dunklen SUVs herangerollt, hatten ein paar unverfängliche Worte mit Monecke gewechselt und waren dann wieder verschwunden.

Alle bis auf einen. Er hieß Tico. Tico war ein kleiner, drahtiger Kerl mit den Augen einer Eidechse. Er sagte zu Monecke: »Es gibt ein mexikanisches Sprichwort. Es lautet: Wer die Wahrheit sagt, begeht keine Sünde, aber er verursacht Unannehmlichkeiten.« Monecke konnte den Satz nicht einordnen – zumindest so lange nicht, bis die Unannehmlichkeiten begannen und er im Keller der Hazienda gefesselt auf einem Tisch lag, einen Lappen im Gesicht, den Tico immer wieder mit Wasser begoss und strammzog.

Tico verdeutlichte Monecke zwischen mehreren Erstickungsanfällen, dass bei drei von vier Lieferungen nicht alles vollständig beim Endkunden in Hamburg angelangt sei. Es fehlten jeweils ein paar hundert Gramm, insgesamt etwas mehr als ein halbes Kilo, was zwischen dem Endkunden und Ticos Bossen zu Meinungsverschiedenheiten geführt hatte. War zu wenig geliefert und zu viel berechnet worden? Oder wurde nur behauptet, es sei zu wenig geliefert worden, um sich finanzielle Vorteile zu erschleichen? Oder ging unterwegs etwas verloren – und wenn ja, wie? Man war sich schließlich einig darüber geworden, dass die Fehlerquelle beim Zwischenstopp in Moneckes Kühlhäusern liegen musste, denn mit einem Mal sei in Hamburg sporadisch etwas von dem hochprozentigem Kokain auf der Straße aufgetaucht, was dafür sprach, dass ein kleiner, unabhängiger Player sich etwas abzweigte und auf eigene Rechnung arbeitete.

Zwischen dem Nahtod und den Neuerweckungen, wenn das nasse Tuch fortgenommen wurde, war Monecke klargeworden, dass zwar alle möglichen Mitarbeiter dafür in Frage kommen könnten, aber auch seine Nichte. Fanny war einmal spät nachts nach Hause gekommen, hatte die Biker und die Limousine aus dem Fenster gesehen und gefragt, was denn das für Typen gewesen seien. Monecke hatte ausweichend geantwortet. Fanny hatte außerdem in der letzten Zeit ziemlich viel teure Modeartikel und Schmuck gekauft. Monecke fielen blitzartig weitere Dinge ein, die er zuvor nicht beachtet hatte, die aber jetzt einen Sinn ergaben. Abgesehen davon: Kein Mitarbeiter konnte einen Schimmer davon haben, was da ablief. Dimitri fiel ebenfalls aus. Er stand auf der Gehaltsliste der Albaner. Die Albaner waren die Endkunden, und die hätten in jedem Fall auch Dimitri überprüft. Und da Dimitri noch lebte, blieb nur Fanny übrig. Der Gedanke war schockierend. Monecke musste sich damit abfinden, dass das alles nicht ohne Folgen bleiben würde.

Wie Tico gemeint hatte: Wer die Wahrheit sagt, verursacht Unannehmlichkeiten. Er tut das Richtige und sündigt nicht wie ein Lügner. Aber er muss mit den Konsequenzen leben. Unter Umständen mit ziemlich drastischen.

Schließlich flehte Monecke Tico an, ihn am Leben zu lassen und schwor, dass er nichts damit zu tun habe, von nichts wisse, aber sich darum kümmern und für den Schaden geradestehen werde. Worauf Tico die Folter stoppte und sagte: »Die Männer, die dich hergebeten haben, wollten in deine

Augen sehen. Hätten sie nicht das gesehen, was sie sehen wollten, wärst du bereits tot. Sie kennen sich aus. Du wärst nicht der Erste, der meint, auf eigene Rechnung arbeiten zu können. Du hast einen einmaligen Vertrauensvorschuss erhalten, weil man dich nicht für einen Betrüger hält. Ich halte dich ebenfalls nicht für einen Betrüger. Nicht mehr nach dem hier. Außerdem bist du im Moment ein wichtiger Mann an einer wichtigen Position. Das kann sich aber schnell ändern. Und deswegen solltest du nicht nur den Schaden gutmachen, du solltest auch gründlich vor deiner Haustür kehren. Denn tust du das nicht, werden andere es tun und dich wegfegen. Verstehst du das?«

Monecke hatte verstanden.

Einen Tag später war er wieder zurückgereist und von Dimitri in Hamburg-Fuhlsbüttel in Empfang genommen worden. An seinem Blick hatte Monecke abgelesen, dass er von vornherein gewusst haben musste, welchem Zweck die Reise dienen würde. Er hätte Monecke warnen können, es aber nicht getan. Monecke nahm es ihm nicht übel. Sie waren keine Freunde, auch keine Partner. Ihre Beziehung war rein geschäftlich und professionell.

»Ich lebe noch«, hatte Monecke zu Dimitri nur gesagt, und ergänzt, dass er sofort mit Fanny sprechen müsse. »Das habe ich mir gedacht«, sagte Dimitri. »Sie gibt gerade eine Party.«

Etwas später trafen sie in der Villa ein. Aus seinem Büro betrachtete Monecke das Treiben. Er hatte Fanny zum Bootshaus gehen sehen. Sie hatte sich dort mit Rasmus Stoever zurückgezogen, und ihr Stalker, dieser Morten, ging gerade ebenfalls dorthin. Monecke stand am Fenster und starrte hinab auf den Pool. Er wusste, was Fanny im Bootshaus trieb. Und das machte ihn verrückt. Es war das Tüpfelchen auf dem i. Es brachte das Fass zum Überlaufen. Es machte ihn vollkommen wahnsinnig.

Der Wahnsinn hatte im Wesentlichen drei Gründe.

Fanny hatte das Unternehmen und sich selbst in allergrößte Gefahr gebracht. Sie hatte sicherlich nicht darüber nachgedacht, was geschehen könnte, wenn sie sich ein wenig von den großen Mengen an Kokain abzweigte, die regelmäßig in Moneckes Kühlhaus gebracht wurden. Würde schon keinem auffallen. Und dafür hatte man Monecke gefoltert und mit dem Tod bedroht. Alles nur wegen ihres Fehlverhaltens.

Fanny hatte ihn außerdem betrogen und hintergangen. Dabei wollte er sie doch als seine Nachfolgerin aufbauen. Die Blutlinie sollte erhalten bleiben, doch dazu musste er ihr vertrauen können. Und was würde sie außerdem über ihn denken? Ihr Onkel, der Drogenhändler.

Drittens brach sein Herz, weil er mit ansehen musste, wie sie mit dem tumben Footballspieler verschwand. Monecke hatte in Fanny stets das Ebenbild ihrer Mutter Stacy gesehen. Und er hatte seinen Bruder Joost immer beneidet. Ja, er war in seine Schwägerin verliebt gewesen und hatte immer gewusst, dass er niemals eine Frau wie sie haben würde, weil er nun mal das Gegenteil von seinem attraktiven Bruder war, dem Lebemann Joost. Ihr Flugzeugabsturz bei der Safari hatte Klaas Monecke ins Mark getroffen, und es hatte ihn sehr viel mehr geschmerzt, dass Stacy gestorben war als sein Bruder.

Fanny wuchs schließlich zur jungen Frau heran. Und Moneckes Gefühle fingen irgendwann an, Achterbahn zu fahren. Wenn er sie am Pool im Bikini betrachtete oder manchmal heimlich, wenn sie duschte ... Er verfluchte sich, weil seine Gedanken und Gefühle abartig waren, pervers, schlimm. Aber sie war die Tochter ihrer Mutter – Stacy, die Frau, für die Monecke alles getan hätte. Monecke lebte außerdem wie ein Mönch, ließ sich nur gelegentlich mal ein Escort kommen und kämpfte ansonsten gegen seine Begierden im Keller an, wenn er den Boxsack malträtierte.

Jetzt stand er am Fenster und wusste genau, was in dieser Hütte vor sich ging. Das, was er sich immer ersehnt hatte. Das, was niemals sein durfte.

Dann verschwand dieser Rasmus, wurde von seiner Freundin aus dem Bootshaus abgeführt, die ihn offensichtlich in flagranti erwischt hatte. Auch der Stalker Morten verschwand mit dieser Marie – und schließlich auch andere Gäste, bis alles leer war.

Und niemand, dachte Monecke, nicht ein Einziger von diesem am Ende noch übrig gebliebenem Dreckspack, von diesen Zecken und Blutsaugern, hatte sich darum gekümmert, wo Fanny wohl war, um sich bei ihr für die Feier zu bedanken und zu verabschieden. Ja, dachte Monecke, am Ende sind wir alle allein – und Fanny war noch im Bootshaus. Allein. Vielleicht eingeschlafen. Egal. Er musste sie sich vorknöpfen. Sofort.

»Soll ich sie holen?«, fragte Dimitri.

»Nein, ich gehe zu ihr«, erwiderte Monecke. »Ich rede mit ihr.«

Er ging um das Poolareal herum, weil er nicht gesehen werden wollte und außerdem immer um das Poolareal herumging. Er mochte den Gedanken nicht, gefilmt zu werden, obwohl er die Kameras selbst hatte aufstellen lassen. Er erreichte das Bootshaus, hörte leise Musik, öffnete die Tür und sah Fanny auf dem Futon zwischen Kissen liegen, nur mit dem BH bekleidet. Es roch harzig und nach Sex. Sie entspannte sich und rauchte einen Joint, machte große Augen und zog sich sofort die leichte Sommerdecke über die Beine.

»Du?«, fragte sie. »Was machst du denn hier?«

Sie war high, keine Frage, nutzte das Gras, um wieder runterzukommen, vorher hatte sie wohl Kokain geschnupft.

»Was hast du getan?«, zischte er. »Was hast du getan? Du hast dir etwas abgezweigt, und dafür hätten sie mich in Argentinien fast umgebracht! Man hat es bemerkt! Woher weißt du es überhaupt?«

»Ich bin nicht blind«, flüsterte sie und zog die Knie an. »Die schwarze Limousine. Die Motorräder. Ich wollte wissen, was da vor sich geht. Es war kein Kunststück. Und ich habe nicht viel genommen, echt nicht.« Sie hatte Angst. Aber Monecke wusste, dass sie reagierte wie eine in die Ecke getriebene Ratte. Fanny mochte keine Kritik. »Halt mich nicht für dumm«, sagte sie, »und erklär mir lieber, was *du* da tust, Klaas!«

»Ich tue, was getan werden muss! Und es spielt jetzt keine Rolle. Es muss aufhören. Wo hast du es versteckt?«

Fanny sagte nichts.

»Wo ist es? Verstehst du nicht – die werden mich umlegen und dich auch!«

»Pff«, machte sie nur. »Ist doch dein Problem.«

»Du liegst hier herum und lässt dich von diesem Dummkopf vögeln, während man mich in Argentinien foltert wegen dem, was du getan hast, verdammt, und …«

»Na und?«, erwiderte sie und funkelte ihn an. »Bist du etwa eifersüchtig? Wärst wohl gern an seiner Stelle gewesen? Wie gesagt, Klaas, ich bin nicht dumm. Ich weiß, wie du mich manchmal ansiehst.«

Moneckes Nerven wollten explodieren. Fanny stand unter Drogen. Er musste sich zusammenreißen. Er durfte nicht durchdrehen und sich provozieren lassen.

Sie lachte und sagte: »Du bist armselig, Klaas. Du bist ein Drogenhändler und machst mir Vorwürfe? Und du bist eifersüchtig – mein eigener Onkel?« Sie beugte sich etwas vor und drückte den Joint aus. »Du bist noch armseliger, als ich jemals dachte. Und ich werde jetzt meine Sachen packen und verschwinden. Ich muss hier raus. Und dieses verfickte Drogenunternehmen, dass du hier führst … Mach was du willst, aber ohne mich. Ich muss weg.«

»Du wirst tun, was ich dir sage!«

Wieder dieser provozierende Blick. Das gestreckte Kinn. »Ich sage dir etwas: Fick dich, Klaas. Und du wirst niemals meine Pussy haben. Jeder andere, aber niemals du. Du bist ein echt kranker Typ. Vollkommen fertig. Und jetzt verpiss dich!«

Das war der Moment, in dem Klaas Monecke die Sicherungen durchbrannten. Er stürzte sich auf Fanny. Ihre Reaktion war träge. Sie trat nach ihm, erwischte ihn aber nicht. Er kniete sich auf ihren Oberkörper, auf ihre Arme. Die Decke war hochgerutscht, über ihre Brüste bis zum Hals. Sie schrie, verfluchte und beschimpfte ihn. Worauf er ihr ins Gesicht schlug, die Decke packte und zudrückte, damit sie endlich ruhig war. Er war nicht mehr er selbst. Etwas Fremdes war in ihn gefahren. Er war vollkommen außer Kontrolle.

»Jeder kann deine Pussy haben? Ich zeige dir, wer deine Pussy haben kann«, keuchte er. »Ich zeige es dir, siehst du? Siehst du? Jeder kann es. Ich auch.«

Er drückte weiter zu, bis ihre Gegenwehr schwächer wurde, riss mit einer Hand seinen Reißverschluss runter – und dann war er in ihr, zeigte ihr, wer der Boss war.

Schließlich regte sich Fanny nicht mehr. Die Tür zum Bootshaus wurde aufgerissen. Dimitri kam herein, packte Monecke am Kragen und riss ihn von Fanny, zerrte ihn von ihr, verpasste ihm Ohrfeigen.

Es dauerte einige Minuten, bis Monecke wieder klar denken konnte und begriff, was er getan hatte. Dimitri fühlte nach Fannys Puls. Es war keiner mehr zu spüren. Monecke brach zusammen. Weinte, heulte, schrie, riss sich selbst die Haare aus. Dimitri schlug ihn noch mal ins Gesicht und sagte, dass er zur Vernunft kommen müsse. Dass sie Fannys Leiche loswerden mussten. Monecke war zunächst außerstande, eine Entscheidung zu treffen. Aber dann kam das Monecke'sche Blut in ihm durch, und er wurde ganz ruhig, sachlich. Etwas war geschehen, es bedurfte einer Lösung.

»Das Windrad. Das Fundament«, sagte Dimitri, und Monecke hasste ihn dafür.

Ein paar Minuten später hatten sie eine Schubkarre aus dem Schuppen hinter dem Teich geholt. Monecke hatte das alte

Tor aufgeschlossen, und sie fuhren mit der Karre und Fannys Leiche darin über den Feldweg hinterm Firmengelände. Sie mussten nur noch über die Straße und eine Böschung.

Und in dem Moment kam ein Auto.

Sie stockten im Laufen. Die Schubkarre verlor das Gleichgewicht, kippte um. Monecke schrie auf, als Fannys Körper die Böschung hinabrollte und auf der Straße liegen blieb. Dimitri und Monecke versteckten sich hinter einer Hecke. Dann gab es ein fürchterliches Geräusch, als das Auto Fannys Körper überrollte. Monecke schrie wieder auf. Dimitri hielt ihm den Mund zu. Monecke ließ es geschehen. Er selbst war nicht mehr Herr über sich.

Der Wagen war ein Mercedes Oldtimer. Er stoppte. Ein Mann trat ins Freie. Er wirkte betrunken, untersuchte den Körper. Monecke verlor die Fassung, als er mitverfolgte, wie der Mann Fannys Leiche in Folie wickelte, in den Kofferraum packte und mit ihr wegfuhr.

Dimitri hatte Monecke angeherrscht, dass er sich zusammenreißen sollte und sie keinen Fehler machen durften. Er war mit ihm zurück zur Villa gegangen. Moneckes Gedanken hatten sich geklärt, und er flüsterte im Gehen zu Dimitri: »Wir sind gerade vom Flughafen gekommen. Wir haben die Überreste der Party gesehen. Fanny war aber nicht da. Wir sorgen dafür, dass die Kameras am Pool das aufzeichnen. Ich werde sie anrufen und ihr besorgte Mails schicken, damit sie auf ihrem Handy gesichert sind. Später geben wir eine Vermisstenmeldung auf. Wir schieben die Sache diesem Pack unter, das am Bootshaus war. Wir finden einen Weg.«

Und schließlich taten sie genau das. Sie gingen über das

Gelände, inspizierten die Reste der Party und das Bootshaus, ließen die Kameras alles filmen, taten so, als seien sie gerade erst angekommen und würden Fanny suchen.

Schließlich hätte er beinahe erneut die Fassung verloren, als der Mann, der über Fannys Leiche gefahren war, zusammen mit der Polizistin zu ihm kam. Er hatte sich mit Dimitri beratschlagt, und sie hatten beschlossen, alles einfach laufen zu lassen. In der Zwischenzeit könnte dieser Stalker der optimale Tatverdächtige für die Polizei sein. Oder dieser Rasmus. Wer auch immer. Und alles könnte so lange gutgehen, bis man Fannys Leiche fand. Denn dann würde eine Obduktion mit Sicherheit ergeben, dass sich Moneckes Sperma in ihrem Körper befand. Aber es war davon auszugehen, dass ihre Leiche vielleicht niemals auftauchte, weil der Polizist sie versteckt hatte, um eine Unfallflucht mit Todesfolge zu verdecken.

Monecke hatte sich den Kopf darüber zermartert, was dieser Beck mit Fanny angestellt hatte. Wo ihre Leiche war. Dann hatte er ein weiteres Mal die Fassung verloren, als Fannys Leiche plötzlich auftauchte. Und ihm war klargeworden, dass Beck jetzt selbst in der Klemme steckte. Dass er die Leiche gereinigt haben musste, damit niemand seine, Becks, Spuren an ihr finden würde oder Hinweise darauf, dass Beck Fanny überfahren und getötet haben könnte.

Moneckes Gedanken kamen zurück ins Hier und Jetzt. Er musterte Beck. Woher sollte er wissen, dass Monecke selbst … Oder hatte er etwas entdeckt und auf eigene Faust ermittelt?

50

Cleo verstand nicht, worüber Nick und Monecke redeten. Wer hatte was gesehen? Bluffte Nick, indem er einen Schuss ins Blaue jagte und Monecke beschuldigte? Und worauf wollte Monecke hinaus? Denn nach seiner Bemerkung über Nick und ein Auto war Nick regelrecht erstarrt.

Aber es kam jetzt nicht darauf an zu verstehen, was zwischen den beiden vorging. Es kam darauf an, dass sie überlebten.

Cleo betete, dass die Sache mit dem Handy funktioniert hatte. Als Dimitri und Monecke die Szene betraten, hatte sie intuitiv mit dem Daumen über das Display gewischt, beim vorvorletzten Anruf auf Wahlwiederholung gedrückt, Jansons Nummer, und mit einer weiteren Wischbewegung wieder auf den Standardhintergrund umgeschaltet. Wenn Janson drangegangen war, dann hätte er alles mitangehört. Und als Cleo das Handy auf den Boden gelegt hatte, hatte sie sich vergewissert, dass es wieder auf den Bildschirmschonermodus umgesprungen und das Display dunkel war. Dimitri dürfte also nichts bemerkt haben, als er die Geräte aufhob und in den Fleischwolf warf. Jetzt kam es darauf an, dass Janson alles kapierte und so schnell wie möglich einen Streifenwagen in Gang setzte. Am besten gleich mehrere.

»Weg mit der Waffe«, sagte Dimitri. »Finale Warnung.«

Nick reagierte nicht. Sah nur dabei zu, wie Monecke das Gewehr aus der Hüfte hoch und in Anschlag nahm, um auf Nicks Kopf zu zielen.

»Nick«, zischte Cleo. »Nick!«

Aber er wirkte wie paralysiert.

»Sie haben alles versaut, Beck«, fauchte Monecke. »Alles!«

Im nächsten Moment passierten einige Dinge nahezu gleichzeitig.

Eine Tür wurde hinter Klaas Monecke aufgetreten. Zwei Polizisten tauchten mit gezogenen Waffen auf. Hinter Dimitri kamen ebenfalls zwei Polizisten zum Vorschein. Ihre Maglites blendeten Cleo.

»Polizei! Waffen runter!«, hallten laute Rufe durch die Fabrik.

Dimitri wirbelte in Richtung der Lichtkegel herum. Mit der Waffe in der Hand. Großer Fehler.

»Nicht!«, schrie Cleo.

Einige Schüsse krachten. Ohrenbetäubend. Dimitris Pistole feuerte zweimal ins Leere, bevor er in sich zusammenfiel und hart auf dem Boden aufschlug.

Monecke blickte hektisch hin und her. Zu den Streifenpolizisten. Zu Cleo. Zu Nick, Dimitri. Seine Augen waren weit aufgerissen.

»Runter mit der Waffe!«, herrschten ihn die Polizisten an.

»Monecke«, sagte Cleo beschwörend. »Legen Sie das Gewehr fort. Jetzt! Das Spiel ist aus.«

Monecke blickte immer noch hektisch umher. Wie ein getriebenes Tier. Der blanke Wahnsinn sprach aus seinen Augen. »Ich wollte sie nicht töten«, keuchte er. »Ich wollte Fanny nicht töten.« Er kniete sich hin. Nahm das Schrotgewehr runter. Aber nicht, um es beiseitezulegen. Stattdessen setzte er nur den Kolben auf den Boden.

51

Klaas Monecke blickte in die Öffnung des Laufs. Man hätte den Daumen hineinstecken können. Das Gewehr gehörte seinem Bruder. Er hatte es für die Großwildjagd in Afrika gekauft.

Afrika, dachte Monecke.

Er sah sich selbst mit diesem Gewehr in der Hand, der Lauf gekippt und offen, vor der Kulisse des Kilimandscharo. Er stand im Schatten eines Affenbrotbaumes, sah zum Schnee auf dem Gipfel und drehte sich dann herum, wo Stacy und Fanny neben dem Landrover standen, Fotos machten und ihm zuwinkten.

Dann klärte sich sein Blick. Wie durch Watte hörte er die Rufe der Polizisten. Er sah Dimitri, der wie eine weggeworfene Puppe auf dem Boden in einer Pfütze von Blut lag, die sekündlich größer wurde. Er sah Nick Beck und Cleo Torner vor sich, die auf ihn einredete, während Beck stumm blieb.

Monecke hätte ihm am liebsten den Kopf weggeschossen. Andererseits hätte das nicht das Geringste geändert. Moneckes Leben war im Eimer. Zerstört, verpfuscht, Nick Beck hin oder her. Und wenn er sich selbst gegenüber ehrlich war, dann musste er sich fragen: Hätte er jeden Tag auf ein Windrad schauen können und wissen, was sich in dessen Fundament befindet, ohne verrückt zu werden?

Er sah sich auf Fanny knien, starrte noch einmal in ihre voller Angst geweiteten Augen, die schließlich brachen. Was hatte er nur getan? Wie hatte es so weit kommen können?

Afrika, dachte Monecke.

Er lächelte Stacy und Fanny zu, blickte wieder zurück zum Gipfel des Kilimandscharo. Die weiße Spitze war nun blutrot und der Himmel darüber schwarz und ohne Sterne.

Monecke holte noch einmal Luft, rückte sich den Safarihut zurecht, klemmte sich die Flinte unter den Arm – und machte sich auf den Weg zum Berg.

52

Cleo sah, wie sich Moneckes Gesichtsausdruck veränderte. Er war leer. Ausdruckslos. Tot. Ein Mann, der in seine Zukunft blickte – und dort nichts als Dunkelheit sah. Monecke wandte die Schrotflinte, schob sich den Lauf unters Kinn und legte den Daumen auf den Abzug.

»Nein!«, rief Cleo. »Nein!«

Es gab eine Explosion. Moneckes Kopf zerplatzte wie eine Melone. Seine Schädeldecke flog durch den Raum und landete klatschend auf einem Förderband. Der Körper wirbelte nach hinten, kippte auf den Rand vom Fleischwolf und fiel hintenüber. Es krachte einige Male, als die Knochen zermalmt wurden, Fleisch zerriss. Dann blockierte der Sicherheitsmechanismus die Maschine. Moneckes Körper zuckte einige Male. Die letzten Reflexe, obwohl er längst nicht mehr lebte.

Wie bei einem Aal.

Wie bei einem toten Fisch.

53

»Dann willkommen in der Mordkommission.«

Janson grinste breit. Schultz blickte so nichtssagend wie immer. Cleo nickte beiden zu und stellte den Karton mit ihren Sachen auf den Schreibtisch, der ihr zugedacht war. Hanka Schuddebohm war nicht glücklich darüber gewesen, dass man ihr die Vertretung so schnell wieder abgezogen hatte. Ein bisschen tat es Cleo ja auch leid, aber sie hatte ihre Chancen genutzt, nochmals mit Erhardt gesprochen, der wiederum mit Schuddebohm und dem Chef vom Morddezernat geredet hatte, der grauen Eminenz Gregor Franz, und der war mehr als bereit gewesen, Cleo in sein Team zu nehmen.

Nach dem Mordfall Fanny Monecke, und angesichts der Tatsache, dass dessen Klärung auf Cleos Kappe ging, hatte man anerkennen müssen, dass ihre Kapazitäten in dieser Abteilung besser eingesetzt wären. Immerhin war nicht nur der Mörder von Fanny Monecke gefunden worden. Es war gleichzeitig ein Drogenring gesprengt worden. Die Kollegen hatten die Biker und die Limousine aufgespürt und nach einer kleinen Schießerei zweihundert Kilogramm Kokain sichergestellt sowie eine Reihe von Verhaftungen vorgenommen.

Gleichzeitig war der Vertriebsweg für den neuen Stoff gekappt worden, was auch bei Europol für Aufatmen gesorgt hatte. Zudem hatte die US-Drogenbehörde DEA einige wichtige Informationen erhalten, auch die Federales in Mexiko und Argentinien, was wiederum dort zu einigen Zugriffen und Verhaftungen geführt hatte. Eine große Sache also, die sich hinter einer kleinen Vermisstenmeldung verborgen hatte.

»Oh«, machte Cleo und bemerkte einen in durchsichtige Folie verpackten Fresskorb auf dem Schreibtisch.

»Kleines Willkommensgeschenk«, sagte Janson und grinste immer noch breit.

Cleo zupfte an der Folie. Dann verdrehte sie die Augen und murmelte, nun ebenfalls grinsend: »Ihr Arschgeigen.«

Denn in dem Fresskorb befand sich eine Auswahl von Monecke-Wurstspezialitäten. Ein derber Scherz. Aber so waren die Kollegen eben.

»Ich habe das Herstellungsdatum gecheckt«, sagte Janson, der offenbar verantwortlich war. »Demnach dürften eigentlich keine Teile von Klaas Monecke drin sein. Er ist erst später in den Fleischwolf gefallen. Aber weißte ja nie hundertprozentig, ne.«

»Nein«, ergänzte Schultz trocken. »Man kann sich da nie wirklich sicher sein.«

»Sollte ich einen Finger finden«, murmelte Cleo, »stecke ich ihn euch in den Hintern.«

Jetzt lachten beide und machten sich dann bereit, wieder zu gehen.

»Jedenfalls«, sagte Janson, »gut, dich im Team zu haben. Auch wenn's ja nur für kurz sein wird.«

»Danke«, sagte Cleo und sah Janson und Schultz dabei zu, wie sie auf den Flur gingen und dann verschwanden.

Sie blickte aus dem Fenster, sah sich im Büro um, das sie tatsächlich für sich allein hatte, bis sie Anfang Dezember in den Mutterschutz gehen würde. Ein echter Glücksgriff. Cleo strich sich geistesabwesend über den Bauch, sah sich weiter um. Das war ihre Bleibe für nicht mal ein halbes Jahr. Und dann? Danach? Würde sie die volle Elternzeit auskosten? Oder würde Chris das machen? Würden sie sich die Zeit teilen? Darüber hatten sie noch gar nicht gesprochen, aber sollten das dringend mal tun. Einerseits konnte sie sich gut vorstellen, so schnell wie möglich zurück in den Job zu gehen, denn Chris wäre sehr viel besser in der Lage, eine längere Pause einzulegen, weil er schlicht und ergreifend eine andere Einstellung zu seinem Job hatte als Cleo. Er könnte außerdem Teilzeit im Homeoffice arbeiten – und dann würden sie die verbleibende Elternzeit vielleicht später gemeinsam nehmen und als kleine Familie für ein Jahr in die USA oder sonst wohin gehen, bevor dann die Schulzeit anfing. Ja, alles Optionen, die sie dringend mal mit Chris besprechen musste, zumal vom ihm ja diesbezüglich nichts kam.

Cleo packte ihre Sachen aus, legte einige Akten auf den Tisch. Nachdenklich schlug sie die Mappe mit dem Obduktionsbericht von Fanny Monecke auf.

Klaas Monecke hatte den Mord gestanden, kurz bevor er sich erschossen hatte. Er hatte sie erwürgt, dann den Körper beseitigt. Allerdings blieben Fragen offen.

Warum hatte er sie in den Wald gebracht und dort einfach

abgelegt? Und hatte Dimitri ihm geholfen? Klaas Monecke hätte weitaus bessere Möglichkeiten gehabt, eine Leiche zu beseitigen. Außerdem musste ihm klar gewesen sein, dass man seine DNA und weitere Spuren an Fanny finden würde. Er hatte ja nicht voraussetzen können, dass der strömende Bach und der Regen alles vernichten würden. Warum also der Wald? Und wenn schon der Wald: Warum hatte er die Leiche dann nicht vergraben? Hatte er gewollt, dass sie gefunden wird, und sollte man dann annehmen, Rasmus Stoever hätte sie getötet, der ja immerhin mit ihr geschlafen hatte? Warum hatte er seine Leute auf Morten gehetzt? Sicher, der kam als Tatverdächtiger schnell in Frage, weil er Fanny stalkte. Dennoch gab es für Cleo einige Ungereimtheiten, die sich wohl nicht so schnell, falls überhaupt jemals, klären würden. Zumal der Fall abgeschlossen war: Es gab einen Mörder, der Mörder hatte vor Zeugen gestanden und sich dann selbst gerichtet.

Und da war die Sache mit Nick. Genauer gesagt: mit Nick und Monecke. Es ging um Nicks Bemerkung darüber, dass er wisse, was Monecke getan habe. Und um Moneckes Antwort, dass er wiederum gesehen hatte, was Nick getan habe, und dass Nick alles zerstört habe, und er hatte »das Auto« gesagt.

Cleo hatte Nick natürlich darauf angesprochen.

»Ich habe geblufft«, hatte Nick erklärt. »Man musste nur eins und eins zusammenzählen. Monecke importiert Drogen. Es gab eine Auseinandersetzung mit seinen Kunden unter Einsatz von Waffen. Bei der unbescholtenen Fanny tauchte Kokain auf. Und am Tag ihres Todes kehrt Monecke aus Argentinien zurück. Es spricht viel dafür, dass sich Fanny ohne Wissen ihres Onkels etwas abgezweigt hatte, worüber es Streit mit seinen Auftraggebern und Kunden gegeben haben muss. Zwangsläufig wird er Fanny damit konfrontiert haben, und die Dinge liefen aus dem Ruder.«

»Und was hat er damit gemeint, dass er gesehen hat, was du getan hast?«

»Keine Ahnung. Vielleicht hat er damit nur das widerrechtliche Eindringen in seine Firma gemeint.«

»Was meinte er mit deinem Auto?«

»Weiß ich ebenfalls nicht.«

»Aber warum hat er es dann gesagt?«

»Nicht die geringste Ahnung. Könnte sein, dass er meinen Wagen auf einem Überwachsungsvideo gesehen hat, als ich an der Firma vorbeifuhr, geparkt und mich dann auf die Lauer gelegt habe. Vielleicht hat er das gemeint. Abgesehen davon war er am Ende ziemlich verwirrt, stand unter Schock. Wir werden es nie erfahren.«

Cleo hatte Nick außerdem auf den Fundort der Leiche angesprochen und nach seiner Meinung dazu gefragt.

»Sicher«, hatte Nick gesagt, »er hätte die Leiche auch in den Fleischwolf werfen können. Aber vielleicht wollte er es aussehen lassen, als sei sie vergewaltigt und dann getötet worden, um den Mord jemandem in die Schuhe zu schieben.«

»Aber das passt doch nicht. Ihm hätte klar sein müssen, dass die Polizei dann auch seine Spuren an der Leiche finden würde.«

»Das stimmt.«

»Also ist es unlogisch.«

»Ja. Vielleicht hat er auch Dimitri mit der Entsorgung beauftragt. Dimitri aber hatte ein doppeltes Spiel im Sinn: Monecke damit unter Druck zu setzen, dass die Leiche mit seiner DNA gefunden werden könnte.«

»Ich weiß nicht.«

»Monecke hat gestanden. Wir beide haben es gehört. Und die Kollegen von der Streife.«

»Ja.«

»Der Fall ist glasklar. Und du streichst eine Menge Lorbeeren ein.«

»Es ist nicht alles rund.«

»Manchmal«, hatte Nick gesagt, »ist eben nicht alles rund.«

Trotzdem, dachte Cleo und blätterte im Obduktionsbericht. Trotzdem würde sie sich das alles gerne noch mal genauer ansehen. Irgendetwas an Nicks Erklärungen hatte ihr nicht gefallen. Die Art und Weise, wie er sich ausdrückte, ihren Anmerkungen eher auswich, statt darauf einzugehen, und das unbestimmte Gefühl, dass es da doch irgendetwas zwischen ihm und Monecke gegeben haben musste, von dem sie vielleicht nichts wusste …

Schließlich waren da noch die Verletzungen an Fannys Körper, die nach den Untersuchungen der Rechtsmedizin von einem Auto stammten, das den Körper überrollt hatte. Auch das konnte sich Cleo nicht wirklich erklären. Zudem waren Fannys sowie Moneckes und Dimitris Autos untersucht worden, natürlich auch einige aus dem Fuhrpark und die Autos von Fee, Morten, Rasmus und Marie. Nirgends war etwas Verdächtiges festgestellt worden.

Nick hatte gesagt: »Ist vielleicht beim Manövrieren passiert, als Fannys Leiche im Wald abgelegt worden war.«

»Ich kann es mir bildlich einfach nicht vorstellen.«

»Die Leiche wird aus dem Kofferraum genommen und abgelegt. Monecke oder Dimitri oder beide steigen wieder ins Auto, legen versehentlich den Rückwärts- statt den Vorwärtsgang ein …«

»Ich weiß nicht. Ich frage mich sowieso, wie die Leiche vom Bootshaus zu einem Auto gebracht worden ist. Die Videokameras hätten das doch aufzeichnen müssen?«

»An sich schon.«

»Und die Aufnahmen, die zeigen, wie Dimitri und Monecke das Areal absuchen, nachdem die Party beendet war …«

»Eine Show. Das war inszeniert, um die Täterschaft zu verdecken.« Nick hatte sich eine Zigarette angezündet und schließlich wiederholt: »Der Fall ist abgeschlossen. Wende dich neuen Ufern zu.«

»Für mich ist er noch nicht abgeschlossen.«

»Dann such weiter nach Erklärungen. Du bist die Ermittlerin. Ich bin bloß ein Dorfbulle«, hatte er erwidert und war dann aufgebrochen, um im Bezirksdienst eine Runde durch den Ort zu drehen.

Nicht sehr befriedigend, hatte Cleo gedacht, beim Einsteigen in ihr Auto einen Blick auf Nicks Mercedes geworfen, an dem inzwischen die Tür wieder ausgebeult worden war.

Jetzt schloss Cleo die Akte. Sie warf einen Blick auf die Uhr und öffnete das Bürofenster. Nach Feierabend würde sie sich endlich mit Susann im Brautmodenladen treffen. Cleo lächelte leicht. Sie freute sich darauf.

Sie hörte den entfernten Glockenschlag einer Kirchturmuhr. Ziemlich genau jetzt war die Beisetzung von Fanny Monecke. Ein schöner Tag dafür, dachte Cleo und ging zurück zum Schreibtisch, um den Computer einzuschalten.

Cleo Torner, Mordkommission, dachte sie. Sie war endlich angekommen – und musste doch so schnell schon wieder fort, wenn erst mal das Baby kam. Aber trotzdem, überlegte Cleo, trotzdem bin ich endlich da, wo ich hingehöre. Und ich lasse es mir nicht wieder wegnehmen.

54

Die Urnen mit der Asche von Fanny und Klaas Monecke wurden im Familiengrab auf dem Friedhof Bergstedt neben den Gräbern von Fannys Großeltern Urs und Maria Monecke und den symbolischen Gräbern ihrer Eltern Joost und Stacy Monecke beigesetzt, deren Leichen in Afrika nie gefunden worden waren. Es war ein besinnlicher Ort, über den eine aus roten Klinkern gebaute Stele mit der in Gold gefassten Inschrift »Monecke« wachte. Es war still. Nur das Glöckchen der Friedhofskapelle schlug. Keiner der fast zweihundert Anwesenden sprach ein Wort. Nicht einmal das Rascheln der Kleidung war zu hören, allenfalls ein vereinzeltes Schniefen.

Ein warmer Wind zerrte an den Haaren von Marie und trocknete ihre von Tränen nassen Wangen. Schon eben bei der Trauerrede hatte sie dauernd weinen müssen. Jetzt fühlte es sich an, als würde etwas in ihr zerreißen. Alles war so unglaublich traurig und ungerecht. Das hatte Fanny nicht verdient. Und dann hatte sich auch noch ihr Onkel erschossen. Wie man sagte, war er mit der Trauer nicht klargekommen, nachdem er ja vor rund fünfundzwanzig Jahren schon seinen Bruder und dessen Frau, Fannys Eltern, verloren hatte. Außerdem gab es nun keinen Monecke mehr, der einmal die Fabrik weiterführen würde. Alles war schrecklich tragisch, und das ging Marie sehr nahe.

Neben ihr stand Morten, der ebenfalls weinte. Er wollte ihre Hand halten, aber Marie stieß sie weg. Sie wollte nichts mehr mit ihm zu tun haben. Sie war vollkommen verrückt gewesen – wie hatte sie nur in ihn verliebt sein können, obwohl er so sehr auf Fanny stand und sie sogar stalkte? Das Ausmaß hatte Marie erst in den vergangenen Tagen erkannt, bei den Befragungen durch die Polizei. Dann hatte sie ihn auch noch schützen wollen.

Sie war fertig mit diesem Emotionsvampir, der ihre Empathie und Feinfühligkeit ja doch nur für seine Zwecke ausnutzte, wenn er sich bei ihr ausheulte. Nein, Schluss damit. Schluss mit der ganzen Clique, zu der Marie ohnehin nicht passte. Morten mochte sich noch so lässig kleiden und noch so locker geben – er gehörte dennoch zu einer anderen Gesellschaftsschicht, und irgendwie schwang das auch immer mit. Da konnte Morten sagen, was er wollte. Er und die anderen waren am Ende halt Hamburger Reiche-Leute-Kids – und Marie nicht. Sie hätte sich niemals auf sie einlassen sollen.

Fanny war zwar immer anders gewesen, aber sie hatte zwei Seiten gehabt. Die eine, die Marie sehr gern mochte, na ja, und die andere Hälfte war die, die Kokain vertickte, mit Geld um sich warf, Party machte und eiskalt sein konnte. Trotzdem hatte sie nicht verdient, was geschehen war. Und wie es hieß, würde man vielleicht niemals herausfinden, wer sie umgebracht hatte, was ziemlich gruselig war.

Es gab Gerüchte um diesen ekligen Assistenten von Klaas Monecke, dass der etwas damit zu tun hätte. Er war bei einem Polizeieinsatz auf dem Gelände der Fabrik von der Polizei erschossen worden. Und zwei Tage später hatte die Polizei in den Medien mit einem echt großen Fund von Kokain und mit einem Schlag gegen die organisierte Kriminalität geprahlt. Vielleicht hatte ja dieser Dimitri mit dem Kokain und damit zu tun, dass Fanny überhaupt an den Stoff gelangt war?

Morten jedenfalls musste mit Ärger rechnen – genau wie Rasmus und Fee, die neben Morten stand und Krokodilstränen vergoss. Wahrscheinlich heulte sie mehr um sich selbst und Rasmus und darum, dass alles vor die Hunde ging.

Rasmus war wegen den Ermittlungen gegen ihn aus dem Footballteam geworfen und von der Uni suspendiert worden. Er stand ein paar Tage lang sogar unter Mordverdacht. Aber das war wieder fallengelassen worden, nachdem es anscheinend andere Beweise gab. So genau wusste Marie das nicht. Sie redete ja inzwischen mit keinem mehr. Außerdem war Rasmus wegen des Kokains dran. Zwar hatte man nichts in seinem persönlichen Besitz gefunden, aber trotzdem wurde deswegen ermittelt.

Und Fee war gesellschaftlich mindestens so unten durch wie Rasmus. Es wusste ja jeder, was mit ihrem Freund los war und dass er Sex mit Fanny gehabt hatte, dass man ihre gemeinsame Wohnung auf den Kopf gestellt hatte und sogar gegen Fee ermittelt wurde wegen dem, was sie vielleicht über das Koks wusste. Alle Familien, die von Morten, Fee und Rasmus, hatten ihre Anwälte längst in Gang gesetzt –

und der von Fee hatte ihr empfohlen, sich von Rasmus zu trennen, was sie auch getan und Rasmus aus der Wohnung geworfen hatte. Ja, ihr Leben und das von Rasmus lagen in Trümmern, da konnten die sündhaft teuren Anwälte sich noch so anstrengen – den gesellschaftlichen Schaden würden sie niemals reparieren können.

Marie hatte keinen Anwalt. Sie hatte ja noch nicht mal eine Rechtsschutzversicherung. Aber sie brauchte beides nicht, denn gegen sie gab es keine Ermittlungen. Sie hatte ihre Zeugenaussagen gemacht und alles auf den Tisch gelegt, was sie wusste – und bei der Gelegenheit gleich reinen Tisch im Privaten gemacht, die Fäden zu dieser Clique gekappt und alle Telefonnummern geblockt.

Ein Song von Tom Waits fiel ihr ein. Sie hatte ihn in den vergangenen Tagen immer wieder gehört und überlegt, ob sie nicht ganz aus der Stadt abhauen und mit ihrem Leben etwas völlig Neues anfangen sollte.

She thought she had the moon in her pocket
But now she's dead
She's so dead
Forever dead and lovely now

Ja, das galt für Fanny und die anderen auch. Sie dachten, sie hätten alles. Aber jetzt war alles kaputt. So wollte Marie nicht enden. Sie hatte genug. Sie ertrug es nicht mehr. Diese ganze aufgesetzte Trauer und Heuchelei.

Marie drehte sich um und ging fort. Die Schritte knirschten im Kies. Sie hatte keine Ahnung, wohin sie verschwinden würde. Vielleicht wieder zu ihren Eltern. Sie ging an einem Mann vorbei, der weit abseits stand, einen schwarzen Anzug trug und eine Sonnenbrille. Er schien die Beerdigung zu verfolgen, hatte wohl aber ebenfalls genug davon und wandte sich zum Gehen.

Marie fragte sich, ob sie ihn schon einmal gesehen hatte, war sich aber nicht sicher. Als sie ins Auto stieg, schloss er seines gerade auf. Es war ein sehr alter und sehr cooler schwarzer Mercedes.

55

Nick war von einer Beerdigung gekommen, als er das erste Mal nach Nordbek gelangte. Jetzt kehrte er wieder von einer zurück, fuhr ein weiteres Mal mit dem Mercedes auf das Gelände der Tankstelle, stoppte vor dem rostigen Metalltor und beobachtete nach dem Aussteigen die flirrende Luft über der Straße. Genau wie vor einem Jahr.

Er dachte darüber nach, ob er nicht einfach seine Gitarre, die Zahnbürste und ein paar Sachen zum Anziehen holen und wieder einsteigen sollte, um der Straße zu folgen. Vielleicht nach Norden. So lange, bis es nicht mehr weiterging. Oder nach Süden. An diese Straße würde sich eine weitere anschließen, dann eine Autobahn, die in eine weitere Autobahn einmündete, und irgendwo sprach ihn vielleicht ein Ortsname an oder der Anblick einer Landschaft, und er würde den Blinker setzen und dort abbiegen.

Er hatte die Alpen lange nicht mehr gesehen oder gar das Mittelmeer. An der Nordsee gab es ebenfalls einige schöne Gegenden. Einer seiner früheren Kollegen besaß eine Hütte in Norwegen, wo er mit dem Bogen jagen ging. Soweit Nick wusste, hatte er kein Handy und kein Internet. Vielleicht wäre das auch etwas für Nick.

Ja, dachte Nick, die Möglichkeiten waren vielseitig. Mensch sein und sich eine Weile treiben lassen, eine Auszeit nehmen, ein Sabbatjahr, aus dem ein zweites und ein drittes werden könnten, in dem er ein paar Sachen wieder auf die Reihe bekam, vornehmlich sich selbst. In Hamburg hielt ihn nichts. Es gab keine Bindungen, gar nichts.

Nick schob die Hände in die Hosentaschen, blinzelte in die grelle Sonne und kickte einen kleinen Stein fort. Allerdings, dachte er, floh er schon seit einem Jahr vor sich selbst. Der Neuanfang hier in Nordbek war der vergebliche Versuch gewesen, den Schatten der Vergangenheit zu entkommen. Doch die waren bloß noch größer geworden. Daran würde sich nichts ändern, wenn er sich komplett ausklinkte.

Außerdem würde Cleo Torner weiterhin skeptisch sein, was Nicks Rolle in dem Fall Fanny Monecke anging. Sie hatte die Signale zwischen Nick und Klaas Monecke aufgefangen und Fragen gestellt. Nick war ausgewichen. Aber Cleo war nicht der Typ, der lockerlassen würde. Zudem waren da Lola, Heitzer und Frankie. Wenn Nick jetzt einfach verschwand, wäre es nur eine Frage der Zeit, dass auch Heitzer verschwinden würde, zum Beispiel eingewickelt in Plastikfolie und mit Steinen beschwert in der Elbe oder im Moor.

Vor allem aber wäre Betty Duschkow immer noch tot. Ob in den Fjorden, auf der Zugspitze, am Mittelmeer oder auf dem Mond – Nick würde sich überall für ihren Tod verantwortlich fühlen und schuldig daran, ihren Mörder nicht gefasst zu haben. Den Mann, der so viele Leben zerstört hatte, auch Nicks. Denn in einem besseren Leben wäre aus ihm und Betty vielleicht etwas geworden. In einem anderen Leben stünde er hier nicht allein an der Straße und würde darüber nachdenken, ob sich dieses Leben, wie er es führte, noch lohnte.

»Standing at the Crossroads«, dachte Nick. Gehst du nach links, nach rechts, geradeaus – oder bleibst du noch eine Weile stehen?

Er hörte eine Stimme. »Heute erinnerst du mich nicht mehr so an Vince Vega.« Nick wandte sich nach rechts. Lola war aus der Tankstelle gekommen und lutschte an einem Eis. »Zu kurze Haare.« Sie kicherte. »Ist wohl meine Schuld.«

Nick zuckte mit den Schultern. »Die Dinge ändern sich«, sagte er.

»Die Menschen auch«, erwiderte Lola und kam näher. Sie trug Flipflops, Shorts, ein Top, das wie ein geripptes Männerunterhemd aussah.

»Nicht immer. Und nicht alle«, sagte Nick. »Wo ist Heitzer?«, fragte er.

»Besorgt irgendwas im Autoteilecenter. Keine Sorge, er lebt noch.« Lola grinste schief.

»Ist besser so.«

Lola stand jetzt direkt vor Nick. Sie roch nach einer Mischung aus Schweiß, Deo und Erdbeeren. Letzteres musste an dem Eis liegen.

»Hör mal«, sagte sie, »ich bin durchgedreht und habe Scheiße gebaut neulich Nacht. Ich war nicht ich selbst.«

»Die Hitze macht uns alle verrückt.«

Lola blickte Nick fest an, leckte sich etwas Flüssigkeit von der Unterlippe. »Ich hätte ihn nicht umgelegt.«

»Okay.«

»Ich hasse ihn. Aber ich liebe ihn auch. Er zwingt mich zu Dingen. Aber du hast schon recht: Es ist nicht so, dass ich alles fürchterlich finde. Manchmal fühlt es sich so an, als müsste ich platzen und würde am liebsten weglaufen. Geht aber nicht. Ich kann nicht. Ich weiß auch nicht, Nick, vielleicht bin ich einfach nicht ganz richtig im Kopf.«

»Ich weiß, was du meinst«, sagte Nick.

»Ehrlich?«

»Ja.«

»Zwei kranke Typen auf einem Haufen.« Lola grinste und sog geräuschvoll am Eis. »Vielleicht passen wir doch besser zusammen, als du glaubst.«

Nick lachte leise. »Du hast Frankie.«

»Ich stehe auf ihn. Aber du kennst Frankie. Er ist ein lieber großer Pandabär und ein guter Kerl. Mehr nicht.«

»Vielleicht genau das, was du brauchst.«

»Die dunkle Seite ist verlockender.«

»Dunkle Seite?«

»Es fühlt sich nicht so an, als ob du auf der hellen stehst, Nickieboy, ob du ein Bulle bist oder nicht … Du könntest locker auch einer von den bösen Jungs sein.« Lola sog den letzten Rest Eis in den Mund und verzog das Gesicht wegen der Kälte. »Stehst du zu deinem Wort? Wegen Heitzer? Hilfst du mir?«

Nick sagte: »Ich helfe dir, und zwar, damit du keine Dummheiten anstellst. Du solltest ihn am besten verlassen, deine Sachen nehmen und abhauen.«

Lola lachte und schüttelte gleichzeitig den Kopf. »Das

hier ist meine Chance. Ich habe bisher nie eine bekommen, Nick.«

»Trotzdem.«

»Ich hätte ihn nicht erschossen.«

»Du hast es erwogen und vorbereitet. Das ist der erste Schritt.«

»Wohin sollte ich denn abhauen?«

Nick zuckte mit den Achseln. »Egal, wohin. Wende dich der Sonne zu. Lass die Schatten hinter dir.«

»Und was ist mit dir?«

»Mich würden die Schatten verfolgen.«

»Klingt nicht so schön.«

»Nein«, antwortete er. »Nicht so schön. Aber nicht zu ändern.«

»Ich laufe nicht weg. Ich habe ein Ziel vor Augen«, erwiderte Lola, machte mit der leeren Eisverpackung eine umfassende Bewegung. »Das alles hier. Und wenn ich es habe, brauchst du nicht mal mehr Miete bezahlen.«

Lola grinste.

Ja, dachte Nick schließlich, es lohnte sich, Ziele zu erreichen. Allein der Weg zum Ziel war wertvoll, selbst wenn man niemals ankam. Und wer zur Quelle wollte, zum Ursprung, der musste meist gegen den Strom angehen. Oder warten. Warten wie ein Jäger auf seine Beute, um im richtigen Moment zuzuschlagen.

Nick hatte das schon einmal geschafft. Er hatte auf den Elbripper gelauert, und die Geduld hatte sich ausgezahlt – wenngleich es entsetzlich schiefgelaufen war und er den Kerl unterschätzt hatte. Seitdem war der Killer abgetaucht.

Aber Nick war sich sicher, dass er irgendwann zum Luftholen wieder an die Oberfläche kommen würde. Und dann sollte Nick bereit sein – hier und nicht irgendwo anders. Er konnte nicht verschwinden, bevor das nicht geregelt war. Es mochte Monate oder Jahre dauern. Aber er musste zuschlagen, sobald der Ripper auch nur seine Nasenspitze blicken ließ, und …

… und dann werden wir sehen, dachte Nick. Wir werden sehen. Denn ich könnte auch einer von den bösen Jungs sein, wie Lola sagt.

»Klingt gut«, sagte Nick. »Ich gehe jetzt duschen. Ich schwitze wie ein Stier.«

»Sexy«, sagte Lola und grinste, atmete schließlich tief ein und aus und ergänzte: »Und ich gehe mal besser wieder arbeiten.«

Sie drehte sich um, schlappte zurück in den Verkaufsbereich der Tankstelle. Die Glastür fiel scheppernd hinter ihr zu. Nick stieß sich mit der Hüfte vom Kofferraum ab, in dem er Fannys Leiche ins Moor transportiert hatte. Nicht gerade das, was ein guter Cop machen würde, dachte Nick und ging rüber zum Haus. Nein, ganz sicher nicht. Verdammt, er brauchte eine Dusche, um den Kopf wieder frei zu bekommen. Und seine Gitarre, um sich abzulenken und fortzudriften.

Crossroads, dachte Nick. *Elmore James*.

Well I'm standing at the crossroads
With my head hung down and cryin'.

Genau, das war der Text. Und wie ging der Song? Bluesschema in A? Wahrscheinlich. Über Robert Johnson, den großen Bluesmusiker, sagte man, er habe seine Seele an einer Kreuzung an den Teufel verkauft.

Standin' at the crossroads, baby, risin' sun going down
I believe to my soul now, poor Bob is sinkin' down.

Er würde die Noten gleich nach dem Duschen googeln und dann mal sehen, welche Tonart das war. Vielleicht sollte er Peterson anrufen, der ihn zu einer Jamsession eingeladen hatte. Warum eigentlich nicht? In der passenden Stimmung für die Songs war er so oder so. Heiß wie auf einer Kreuzung mitten in Texas und schwül wie in den Sümpfen Louisianas war es außerdem.

Verdammte Hundstage, dachte Nick, als er aufschloss und das Halbdunkel des Hauses ihn verschluckte.

EPILOG

Der Mann öffnete den weißen Range Rover Evoque mit der Fernbedienung, drehte sich noch einmal um und dachte: Leck mich, was geht es mir phantastisch.

Er betrachtete das Einfamilienhaus in Groß Flottbek, das er von seinen Eltern geerbt hatte. Es hatte einen großen Garten und war gerade vor drei Jahren saniert worden. Er wurde mit Ende vierzig immer noch für Anfang vierzig gehalten, hatte einen Bombenjob, eine Frau, die mit den Jahren immer attraktiver geworden war, und eine Tochter und einen Sohn, die zwar im Teenageralter waren, aber sich für Teenager ziemlich entspannt verhielten sowie eine Erfolg versprechende Zukunft vor sich hatten. Mit der Familie fuhr er jedes Jahr in den Urlaub, manchmal auch zweimal. Er ging regelmäßig ins Fitnessstudio, seine Frau ebenfalls, die zudem ihren eigenen Instagram-Kanal mit ein paar tausend Followern hatte, regelmäßig Interior-Design-Bilder postete und dafür jede Menge Likes bekam. Einige Firmen hatten ihr sogar schon Produkte geschickt, damit sie sie in Szene setzte. Und diesen Sommer waren sie bei Prachtwetter nach Kreta in ein Fünf-Sterne-Resort geflogen.

Okay, das war alles an sich nichts Besonderes. Es war

gehobener Durchschnitt, aber: Was wollte man im Leben schon mehr als einen gehobenen Durchschnitt?

Ein Lächeln lag auf seinen Lippen, als er die Sonnenbrille aus dem dichten dunklen Haar nahm, auf die gebräunte Nase setzte und seine engstehenden Augen dahinter verbarg. Die Augen eines Raubtieres, bekam er manchmal im Spaß zu hören. Er zog die Umhängetasche mit dem Laptop von den Schultern, die in einem mintgrünen Poloshirt von Ralph Lauren steckten, öffnete den Wagen und warf die Tasche auf den Rücksitz, bevor er einstieg, den Motor anließ und sich freute, dass der Evoque auch nach einem halben Jahr immer noch wie neu roch.

Nein, er konnte sich beim besten Willen nicht beschweren. Echt nicht.

Trotzdem fehlte etwas ganz Entscheidendes.

Er spürte es gerade jetzt ganz deutlich, als er an der Kreuzung anhielt, um eine Fußgängerin über die Straße zu lassen. Es war eine Frau mittleren Alters. Attraktiv, aber keine ausnehmende Schönheit. Sie trug Shorts, Ballerinas, ein Top, unter dem sich ihre schlanke Figur gut erkennen ließ. Sie hatte blonde Haare, eine große Sonnenbrille auf der Nase und telefonierte im Gehen auf diese Art und Weise, in der Menschen seit einiger Zeit telefonierten: indem sie die Handys wie eine Scheibe Knäckebrot vor den Mund hielten, von der sie gerade abbeißen wollten.

Sie hatte es eilig. Aber aus seiner Perspektive ging sie eher in Zeitlupe. Er sah den Faltenwurf ihres Tops, der den Bewegungen des Oberkörpers folgte. Er sah den Busen, der sich darunter ohne BH abzeichnete. Er verfolgte das Spiel ihrer Oberschenkelmuskeln bei jedem Schritt und wie sich die Waden wechselseitig an- und wieder entspannten. Das Haar wogte wie der Weizen auf dem Feld, wenn der Sommerwind darüber hinwegstrich.

Wahrscheinlich redete sie gerade mit einem Mann und flüsterte ihm heiße Sachen zu, um ihn später abblitzen zu lassen und ihm die kalte Schulter zu zeigen, so wie es die Schlampen von ihrem Kaliber immer taten. Gaben sich als nette Mädchen aus, waren aber zu allem bereit – und dann, wenn es darauf ankam … Verfluchte hochnäsige Tussen, die mit Gefühlen spielten oder sie nur vorgaukelten. Nichts anderes als miese Nutten, die schlimme Dinge taten, oh, ja, er wusste das genau. Moralische Missgeburten waren das, Dreck in der Gosse, den man beseitigen musste, damit diese Welt eine bessere wurde.

Er zuckte kurz, als hinter ihm jemand hupte, und spürte, dass er mit den Zähnen mahlte. Die Frau war längst über die Straße gegangen und aus seinem Blickfeld verschwunden. Er blickte in den Rückspiegel, hob entschuldigend und mit einem Lächeln die Hand und sagte, ohne dass es der andere hören könnte: »Reg dich ab, Idiot, oder ich ziehe deiner Frau die Haut ab. Glaubst du nicht? Solltest du aber, habe ich nämlich schon Übung drin.« Dann trat er aufs Gaspedal, worauf der Motor wieder ansprang und der Wagen weiterfuhr.

So erging es ihm oft. Dauernd. Immer wieder sah er irgendeine beliebige Passantin – und seine Gedanken flogen davon und rissen ihn mit sich. Es verging kein Tag, an dem er sich nicht wenigstens für ein paar Sekunden ausmalte, was er mit ihnen tun würde.

Am Strand von Kreta hatte er in der Sonne gelegen, die Touristinnen in ihren Bikinis betrachtet und sich vorgestellt, wie die Spitze eines sehr scharfen Messers in die gebräunten, geölten und glänzenden Körper eindrang wie in ein Stück weicher Butter. Wie sich Hände um ihren Hals legten, sich volle Lippen nutzlos öffneten, um nach Luft zu saugen, und Augen sich weiteten, wenn sie plötzlich und wie durch Magie in der Lage waren, in die Zukunft zu blicken und sich quasi selbst zu sehen, wie sie brachen und das vormals glänzende Strahlen matt und stumpf wurde.

Doch er lebte in seiner Erinnerung. Es handelte sich um ein selbst auferlegtes Martyrium im Exil. Ja, er hatte sogar gehofft, dass dieses klosterartige Leben etwas mit ihm tun würde. Bei Alkoholikern oder Drogensüchtigen wirkte es ja auch – ein Jahr Abstinenz, und man brauchte den Stoff, der glücklich machte, nicht mehr und dachte nur noch daran zurück, so dann und wann.

Von wegen.

Er hatte zu viel vom Nektar der Macht über Leben und Tod genascht, der stärksten und ganz offensichtlich gefährlichsten Droge der Welt – zumindest für Menschen wie ihn. Und schließlich war es mit jeder Droge so: Heroin nahm man doch deswegen, weil es wirkte, weil es gut war, weil es etwas mit einem machte, das einen großartigen Kick verschaffte. Aus diesem Grund trank man ja auch Alkohol. Weil die Wirkung klasse war. Natürlich: Nahm man zu viel, wurde man süchtig. Dann kam man von dem Zeug einfach nicht mehr los.

Genau so erging es ihm. Er war süchtig. Dabei hatte er in

der Zwangspause wirklich ernsthaft versucht, davon loszukommen. Er hatte sich gedacht, dass es ausreichen würde, sich mit kleinen Dosen über Wasser zu halten, sich regelmäßig Fotos und Videos auf seinem speziellen Laptop anzusehen oder im Hobbyraum in den Erinnerungsstücken seiner Souvenirkiste zu kramen. Wenn der Drang zu heftig wurde, hatte er gelegentlich SM-Studios aufgesucht und viel Geld bezahlt, damit er sich abreagieren konnte.

Das war auf Dauer nur ein schwacher Trost gewesen. Denn er musste sich stets beherrschen und durfte gewisse Grenzen nicht überschreiten. Dabei kam es ihm genau darauf an: Grenzen hinter sich zu lassen und seine eigenen neu zu definieren, sie ständig zu erweitern. Eine Professionelle hatte außerdem niemals wirklich Angst um ihr Leben. Doch genau dieses Gefühl war es, das seine geschundene Seele nährte. Weiter fehlte ihm das betörende Gefühl der Jagd, die Vorbereitung und schließlich der Tag X, an dem es geschah. Alles andere war … unwürdig.

Immerhin war er der schlimmste Mörder der Hamburger Nachkriegsgeschichte. Zumindest sagten das die Medien, die ihm den Titel »Elbripper« verliehen hatten. Beides gefiel ihm nicht. *Schlimm* war aus seiner Sicht absolut nicht das treffende Wort. *Gerecht*, *effizient* oder *erfolgreich* würde besser passen, denn natürlich lag er, was die Zahlen anging, ganz weit vorne. Er hatte das nachgeprüft und internationale Vergleiche angestellt. Auch da konnte er durchaus mithalten und hatte bereits zu Lebzeiten Geschichte geschrieben.

Nicht, dass es ihm darauf ankam. Nein, das war ihm

eigentlich völlig gleichgültig, aber eine amüsante Randnotiz, die zumindest dokumentierte, dass er nicht irgendjemand war. Denn das war er beileibe nicht.

Er war … Wie sollte man sagen? Gottgleich. Schließlich hatte er ja auch eine gottgleiche Aufgabe zu erfüllen, nicht? Deswegen wäre ein anderer Titel hübscher gewesen. Irgendetwas, das erhabener klang.

Denn ihm konnte keiner das Wasser reichen. Nicht einmal die Polizei war auch nur ansatzweise in seine Nähe gekommen. Bis auf den Tag, an dem sie ihn beinahe doch geschnappt hatten. Dummer Fehler.

Der Polizist hieß Nick Beck und seine Partnerin Betty Duschkow, wie er gelesen hatte. Sie hatten ihm aufgelauert und ihn verfolgt. Und diese Frau Duschkow hatte oben auf dem Dach sogar sein Gesicht gesehen und beinahe auf ihn geschossen, wenn er sie nicht rechtzeitig vom Dach gestoßen hätte. Das Geräusch von ihrem Aufschlag war wirklich außergewöhnlich gewesen. Also: Er hätte nie gedacht, dass es sich so anhörte, wie es sich angehört hatte. Wie musste es erst geklungen haben, als die Menschen an 9/11 aus dem World Trade Center gesprungen waren und einige hundert Meter tiefer aufschlugen? Wow.

Ihm selbst war die Flucht gelungen. Knapp, aber er hatte es geschafft. Und weil er einfach nicht wusste, was die Polizei wusste und was nicht und ob sie ihm dicht auf den Fersen war, hatte er sich in sein Schneckenhaus verkrochen und den Ball flach gehalten. Schon mehr als ein Jahr lang.

Ein hartes Jahr. Ein extremes Jahr. Ein Jahr, in dem er einige Male fast wieder schwach geworden wäre, um seiner

Bestimmung nachzugehen. Er hatte manchmal gelitten wie ein Hund. Doch er hatte durchgehalten. Es ging nicht anders, um sich selbst und die Familie zu schützen.

Er bog auf die mehrspurige Hauptstraße und fuhr in Richtung City. Der Morgen war strahlend und der Verkehr so verrückt wie an jedem Tag. Die Hafenanlagen kamen in Sicht. Ein Blick, den er liebte. Im Radio lief gerade einer seiner absoluten Favoriten von der Playlist. »Achterbahn« von Helene Fischer.

Er trommelte den Beat auf dem Lenkrad mit. Den Text kannte er auswendig.

Gefühle außer Plan
In meinem Kopf ist eine Achterbahn
Völlig abgehoben, keine Schwerkraft mehr
Nur noch du und ich und ein Lichtermeer.

Ganz genau so fühlte es sich an. Als könnte Helene in ihm lesen. Sie war sowieso eine tolle Frau. Fabelhaft. Ihr muskulöser Hals würde sich phantastisch zwischen seinen Händen anfühlen, ach was, ihr gesamter Körper wäre geradezu ein Altar, wenn er mit ihm tun würde, was er für gewöhnlich so tat. Und das war eine ganze Menge. Zum Beispiel …

Nein, dachte er und biss sich auf die Unterlippe, blinzelte die Gedanken fort. Nein, er würde es nicht schaffen. Er würde nicht mehr lange durchhalten. Der Punkt rückte näher, an dem es einfach nicht mehr ging. Er könnte nicht aufhören und durfte auch nicht aufhören, denn er hatte eine verdammte Aufgabe an der Spitze der Nahrungskette zu erfüllen. Ganz klar. Und abgesehen davon, dachte er, abgesehen davon wollte er auch gar nicht aufhören zu tun, was ihm zustand, wofür er in dieser Welt vorgesehen war, so wie ein Leopard in der Wildnis. Was er im Moment machte, war widernatürlich für ein überlegenes Wesen.

Und eines war mal klar, dachte er: Da hatte sich viel aufgestaut. Es gab so einiges nachzuholen. Jede Menge.

LESEPROBE AUS
EISZEIT FÜR BECK
VON TOM VOSS

Der zweite Band der
norddeutschen Krimi-Reihe
erscheint im Dezember 2021.

I

Es gab Tausende Arten zu sterben. Die meisten waren natürlichen Ursprungs oder Unfälle. Und dann es gab gewaltsame oder brutale: Menschen wurden erstochen, erschlagen, erwürgt, ertränkt oder erschossen. Manchmal geschahen noch weitaus schrecklichere Dinge.

Manchmal … dauerte es.

Romina kannte das alles nur vom Hörensagen oder aus Filmen und Serien. Sie war 22 Jahre alt und hatte mit dem Tod bisher noch nichts zu tun gehabt. Als sie in dieser eiskalten Dezembernacht nach Hause ging, hatte sie keine Ahnung, dass sich ihr Erfahrungshorizont in Kürze dramatisch verändern sollte.

Sie trug gefütterte weiche Stiefel und eine knallrote Daunenjacke, die deutlich dicker war als die Schminke in ihrem Gesicht. Die Plateau-Heels und die anderen Sachen, die sie beim Lapdance anzog, hatte sie in einer Plastiktasche aus dem Supermarkt verstaut und trug sie am Handgelenk, die Finger in den Seitentaschen versteckt, die Schultern gegen die Kälte hochgezogen.

Hamburg war nicht freundlich im Winter, und St. Georg still und einsam wie eine schweigende Witwe in der Nacht.

Und in Rominas kleinem Apartment in Wilhelmsburg, für das sie monatlich eine horrende Summe bezahlen musste, war es nicht anders: kalt, einsam und dunkel. Es gab nur ein Fenster zum Hinterhof, aus dem man auf graue Fassaden schaute.

Klar, sie hatte einen deutlich besseren Job gehabt, nachdem sie endlich volljährig geworden und auf eigene Faust aus Sofia abgehauen und nach Deutschland gekommen war, und hatte in einer deutlich schickeren Wohnung gelebt. Aber sie war rausgeflogen aus dem Job und der Wohnung, nachdem das mit den Drogen begonnen hatte. Fredo, der das »Puppethouse« führte, hatte das mit dem Crack ziemlich schnell gemerkt, Romina ein paar geknallt und gesagt, er habe ihr x-Mal erklärt, dass sie mit dem Scheiß nicht anfangen soll und er in seinem Laden keine Mädchen haben wolle, die auf Drogen sind, ob sie eigentlich total bescheuert sei oder er Chinesisch redete?

Danach war sie auf dem Straßenstrich gelandet und hatte Trucker und Außendienstler im Wohnmobil auf Parkplätzen bedient. Einstieg mit einem Zehner. Endstation mit 22. Ja, und das war dann erst recht nicht ohne Drogen auszuhalten gewesen.

Trotzdem hatte sich Romina oft verflucht, denn im »Puppethouse« hatte sie es gar nicht so schlecht gehabt, echt nicht. Zudem war sie nicht blöd und verstand, dass sie in einem Teufelskreis steckte. Alles Geld, das sie einnahm, ging für die Miete der versifften Wohnmobile und das Crack drauf. Das würde so lange weitergehen, bis sie entweder auf Heroin umsattelte und mit einer Überdosis tot umfiel oder durch das Dope kaputtging, hässlich wurde und man sie wegwarf wie eine ausgelutschte Zitronenhälfte. Für so ein Leben war sie nicht nach Deutschland gekommen.

Also hatte sie sich das mit dem Crack abgewöhnt, einmal durch die Hölle und wieder zurück. Aber sie hatte es innerhalb von drei Monaten geschafft.

Schließlich war sie noch mal zu Fredo gegangen, um ihm zu versichern, dass sie clean war, und ihn anzuflehen, wieder bei ihm arbeiten zu dürfen. Seine Antwort war, dass sie sich mal nicht vorstellen solle, dass das so einfach geht – heute mal hier, morgen mal da und so weiter, vielleicht woanders, aber bestimmt nicht in Hamburg.

Er hatte dennoch ein gutes Herz. Alte Schule, wie man so sagt. Außerdem war Romina hübsch und hatte anfangs guten Umsatz gemacht.

Weswegen Fredo sich schließlich durchrang, mit Goran vom Wohnmobilhafen telefonierte und sich auf eine Summe für Romina verständigte, für die er sie zurückkaufte. Und jeden Cent davon, hatte Fredo Romina verdeutlicht, jeden einzelnen Cent würde sie abarbeiten müssen, bevor man wieder über eine hübsche Wohnung und Vertrauen und so reden könne.

Tja, aber sie war auf dem besten Weg, sich wieder hochzuarbeiten. Und selbst in dem dunklen Apartment in Wilhelmsburg war es immer noch besser, als in dem Loch am Wohnmobilhafen oder in den kalten, klapprigen Karren auf den grauenhaften, seit Jahren von Tausenden Menschen durchgefickten Schaumgummimatratzen.

Von daher …

Romina ging durch die Lange Reihe, die am Bahnhof in den Heidi-Kabel-Platz am Ohnsorg-Theater und am Deutschen Schauspielhaus mündete. Am Steintorplatz würde sie dann in die U-Bahn steigen, die sie zu den Wohnblocks brachte. Sie überlegte, ob sie sich unterwegs einen Döner oder irgendetwas anderes zum Mitnehmen besorgen sollte, das sie zu Hause zum Aufwärmen in die Mikrowelle stecken konnte. Natürlich hatten um drei Uhr morgens nicht mehr viele Läden geöffnet, nur die üblichen Verdächtigen.

Ja, Döner wäre gut, dachte sie und zischte »Shit«, als sie fast in eine große Pfütze gelaufen wäre, die mit Schneematsch gefüllt war. Na toll, da hätte sie sich fast ihre hellen Wildleder-Uggs total ruiniert, und das waren echte und keine für zwanzig Euro.

Sie stoppte kurz und checkte die Stiefel. Sah aber alles gut aus.

»Alles okay?«, fragte eine Stimme hinter ihr.

Romina hatte gar nicht mitbekommen, dass da jemand war. Kein Auto unterwegs, kein Mensch, hatte sie gedacht. Sie drehte sich um und sah den Mann, der freundlich lächelte und keinerlei Gefahr signalisierte. Irgendein Nachtschwärmer, der aus einem Club kam, oder einer, der nicht schlafen konnte. Zum Glück musste man nicht mehr automatisch um sein Leben fürchten, wenn einen nachts jemand ansprach. Die Straßen waren wieder sicherer geworden, nachdem dieser Serienmörder verschwunden war, vor dem alle Angst gehabt hatten, weil auch Prostituierte auf seiner Liste standen. Auch Fredo war wieder ruhiger und lief nicht mehr dauernd mit einer Pistole herum. Dennoch hatte Romina natürlich CS-Gas in der Tasche und ein Rasiermesser, das man einklappen konnte. Die Jungs in Sofia hatten ihr erzählt, dass das besser sei als jedes Butterfly und den Nachteil, nicht damit zustechen zu können, durch Schärfe wettmachte.

»Alles okay, danke, blöde Matschpfütze«, sagte Romina mit ihrem schweren rumänischen Akzent und überprüfte nochmals die Stiefel.

»Prima«, erwiderte der Mann.

Romina blickte kurz zu ihm und wollte etwas erwidern. So weit kam sie aber nicht, weil der Mann eine umgedrehte Maglite in der Hand hielt und damit ausholte.

Bevor Romina reagieren konnte, traf sie das stumpfe Ende des harten Stahlstabs wie ein Schlagstock im Genick. Ein Tritt in den Magen raubte ihr die Luft, um nach Hilfe zu schreien. Ein zweiter Hieb mit der Maglite erwischte sie mitten auf der Stirn.

Sterne tanzten. Blut floss.

Sie bekam noch mit, dass sie unter den Armen gepackt und einige Meter mitgeschleift wurde. Und hörte, dass der Mann sagte: »Ein Glück, das mit der Pfütze. Wäre schade um die schönen Boots. Aber eigentlich egal, die wirst du eh nicht mehr brauchen.«

Romina verlor den Bodenkontakt. Sie wurde angehoben und in einen Kofferraum gestopft, spürte Rucken an ihren Hand- und Fußgelenken. Ihr wurde etwas in den Mund gestopft.

Sie kam wieder etwas zu sich, zuckte und wollte sich aufbäumen, was aber nicht ging.

»Na, na«, sagte der Mann. »Jetzt bleib mal locker.«

Romina spürte seinen Blick auf sich. Bekam mit, dass er sich nach links und rechts umsah und nach dem Kofferraumdeckel fasste, um ihn zuzuwerfen. Sie keuchte, stöhnte in den Knebel, konnte ihre Hände und Füße nicht bewegen. Ihr Nacken fühlte sich an, als seien einige Wirbel gebrochen. Hinter ihrer Stirn tobte ein Presslufthammer.

»Soll ich dir sagen, wer ich bin und was ich mit dir machen werde?«

Romina schnaufte, riss die Augen auf, versuchte, nach dem Kerl zu treten, was jedoch nicht möglich war. Dann sagte er ihr in drei Sätzen, wer er war und was er gleich mit ihr tun würde. Jedes Wort traf Romina wie ein Stromschlag.

Oh Gott, wäre sie doch nur zehn Minuten später losgegangen oder hätte einen anderen Weg gewählt. Warum war sie heute bloß nicht mit Lara zur U-Bahn gegangen wie sonst immer? Warum …

Der Mann holte erneut mit der Maglite aus und schlug zu. Noch härter als vorher.

Alles wurde dunkel.

Und niemals wieder hell.

2

In jeder Stadt gab es Orte, die als *Lost Places* bezeichnet wurden. Verlassene Fabriken, Gewerbebrachen, alte Hotels, Theater, Bahnhöfe, Schulen, Krankenhäuser, Kraftwerke, Kasernen oder Wohnblöcke. Ruinen aus besseren Zeiten, manche auch aus schlechteren. Ihr morbider Charme konnte eine magische Anziehungskraft ausüben, die Vergangenheit atmen und Vergänglichkeit spüren lassen. *Lost Places* verhießen Abenteuerlust und Gefahr, denn nicht jeder dieser Orte durfte betreten werden, weswegen Zäune überwunden und sehr oft Risiken eingegangen werden mussten, was Nervenkitzel mit sich brachte. Ein falscher Tritt oder eine andere Unachtsamkeit, und man konnte sich unter Umständen schwer verletzen oder sogar ums Leben kommen.

Es gab Amateurfotografen, die süchtig danach waren, den pittoresken Verfall in Bildern einzufangen, und in ganz Europa nach versteckten Plätzen suchten, bekannte abklapperten oder neue entdecken wollten. Es gab Profis, die solche Orte kunstvoll in Szene setzten oder gezielt als Location für Kunst-, Objekt- oder Modefotografie nutzten, um den Kontrast zwischen dem Schönen und Neuen und dem Hässlichen und Alten als bildnerisches Mittel einzusetzen.

Memento Mori – sei dir deiner Sterblichkeit bewusst. Das schillernde Leben und der Tod ganz nah beieinander.

Genau aus diesem Grund waren Rodrigo und Meike gerade auf dem riesigen Areal des alten Überseezentrums auf dem Kleinen Grasbrook an der Elbe unterwegs. Sie hatten sich von der Stadtverwaltung eine Genehmigung zum Betreten des Areals besorgt, weil sie nach einer Location suchten, in der die Frühjahrsmode-Kollektion für die Vogue fotografiert werden sollte. Sie arbeiteten als Scouts für große Agenturen, und der Vogue-Job war eine ziemliche Nummer. Für die deutsche Ausgabe hatte Karl Lagerfeld vor einigen Jahren die Speicherstadt als Örtlichkeit genutzt. Nachdem Lagerfeld nun einige Jahre tot war, planten die Herausgeber eine Retrospektive mit Hamburg als Thema, allerdings nicht mit Karls Hamburg, weil es eine Hommage und keine Kopie werden sollte.

Daher war das Gespräch auf den Grasbrook links der Elbbrücken und gegenüber der Hafencity gekommen. Früher befand sich hier der seinerzeit weltweit größte Warenverteil-Hub der Welt. Er beanspruchte eine Fläche, die weitaus größer als die Binnenalster war. Aber vor einigen Jahren war der Betrieb aufgegeben worden, nachdem alles längst auf Container umgeschwungen und die gesamte Anlage mit ihren gigantischen Schuppen veraltet und überflüssig geworden war.

Die riesigen Hallen verfielen zusehends. Auf den alten Bahngleisen wuchsen Bäume. Hätte Hamburg den Zuschlag für die Olympischen Spiele 2024 oder 2028 bekommen, wären hier Spielstätten und das Olympische Dorf entstanden. Jetzt sollte alles abgerissen und der Grasbrook zu Hamburgs neuem Vorzeigestadtteil direkt am Wasser auf der Südseite der Norderelbe werden und Impulse hinsichtlich wirtschaftlicher und ökologischer Nachhaltigkeit, Mobilität und Digitalisierung setzen. Wohnungen für 6000 Menschen, 16000 Jobs, Promenaden, ein Museum an Bord der »Peking«, Schulen, Kitas, Sportmöglichkeiten, Dienstleister, ein U-Bahn-Anschluss waren geplant. Aber noch gab es hier nichts anderes als ein totes, verrottendes Stück Hamburg. Und so schick die Pläne auch aussahen, war wohl kaum damit zu rechnen, dass der Grasbrook an den Elbbrücken ein neues Altona werden würde.

»Das ist sehr abgefahren«, sagte Rodrigo und sah sich in der gigantischen früheren Lagerhalle um, deren Dächer zum Teil eingestürzt waren.

Er nahm eine Digitalkamera aus der kleinen Fototasche an seiner Schulter und machte ein paar Probeaufnahmen. Mit jedem Ausatmen stieß er weiße Fahnen aus. Er trug eine orangefarbene Daunenjacke, dasselbe Modell, das Robert de Niro in der Jagdszene in »Die durch die Hölle gehen« getragen hatte, wie Rodrigo stets betonte, und dazu eine dicke Strickmütze. Meike hatte einen schlichten, schwarzen Mantel an, mit dessen Fellkragen ihre dünnen, blonden Haare eine Allianz eingegangen waren.

Sie sah sich ebenfalls um, stellte sich die Inszenierung der Models vor – und es war witzig, denn einige Jahre lang war genau diese Halle vom Otto-Konzern als Lager genutzt worden. Zwar wusste Meike nicht, was genau der Versandhandel hier aufbewahrt hatte, denn schließlich verschickte

Otto jede Menge unterschiedliche Artikel, stand aber in Sachen Mode nicht unbedingt für Haute Couture – und insofern war es ein toller Kontrast, genau diese hier zu fotografieren.

Rodrigo tauschte das Weitwinkel- gegen ein Teleobjektiv und verließ die Lagerhalle. Meike ging ihm hinterher. Draußen standen sie auf den Schienen, auf denen früher die Waren aus aller Herren Länder hin und her transportiert wurden, um auf kleine Schiffe oder Lkw verladen zu werden, und blinzelten in die grelle Sonne des frühen Morgens. Rodrigo hatte genau dieses Licht einfangen wollen, um zu sehen, wie es sich auf den Aufnahmen machen würde, denn im Winter war der Slot für Tageslichtaufnahmen klein, weswegen sie die gesamte zur Verfügung stehende Zeit nutzen mussten. Aber der Himmel würde sich sehr bald zuziehen. Es waren leichte Schneefälle angekündigt worden.

Meike betrachtete die mit Frost überzogenen Gleise. Wäre auch ein schönes Motiv, dachte sie. Aber Rodrigo war bereits dabei, die Umgebung mit dem Tele zu scannen.

»Dieses hohe Gebäude da«, sagte er und zielte mit dem Objektiv auf den mehrstöckigen früheren Verwaltungsbau, »können wir da auch rein?«

Meike zuckte mit den Achseln. »Da müsste ich fragen«, erwiderte sie. »Aber vermutlich wird es aus versicherungstechnischen Gründen schwierig. Bei Außenaufnahmen mag es noch okay sein, aber …«

»Was ist das denn?«, fragte Rodrigo. Er ließ die Kamera rattern und schoss einige Bilder.

»Hm? Was denn?«

»Hat da jemand eine Puppe hingestellt?«, murmelte Rodrigo, nahm die Kamera wieder herunter und schaute auf das Display, um die Fotos zu betrachten. Meike blickte ihm über die Schulter. Rodrigo vergrößerte eines der Bilder und zoomte die mit zahllosen Fenstern verkleidete Fassade heran. Einige Wände waren herausgebrochen worden, Scheiben eingeworfen und zersplittert oder ausgebaut. Die Löcher klafften wie Zahnlücken in dem Gebäude. Als er den Ausschnitt zentrierte, verstand Meike, was Rodrigo eben mit der Bemerkung gemeint hatte, denn in einer dieser Lücken sah sie …

»Nee«, murmelte Rodrigo und scrollte auf Maximum, »nee, das ist keine Puppe, oder?«

Meike betrachtete den Bildausschnitt. Ihr Magen fühlte sich mit einem Mal wie verknotet an. Sie keuchte und hielt sich die Hand vor den Mund.

»Nein«, flüsterte sie, »das sieht nicht aus wie eine Puppe.«

»Aber was denn sonst?«

»Wie eine echte Frau.«

Rodrigo musterte Meike. »Nee, das ist doch nicht … Das kann doch nicht … Nee, es gibt doch diese realistischen Puppen …«

Er nahm die Kamera und stopfte sie in die Umhängetasche. Dann ging er los.

Meike fragte: »Wo willst du hin?«

»Mir das aus der Nähe ansehen.«

»Wir sollten die Polizei rufen.«

Rodrigo drehte sich um und ging rückwärts weiter. »Und uns lächerlich machen, weil da doch eine Puppe hängt? Nein, ich schaue erst mal nach. Da haben irgendwelche Kids sich einen Spaß erlaubt oder drehen einen Horrorfilm.«

»Hey, warte.«

Rodrigo drehte sich erneut um die eigene Achse und ging nun wieder vorwärts. Er sprang auf den Sims einer flachen Mauer und marschierte schnurstracks auf das Verwaltungsgebäude zu. Dorthin, wo sich der Haupteingang befinden musste.

»Wir können direkt mal schauen, ob es drinnen cool aussieht. Gibt vielleicht doch eine Location her«, rief er.

Meike setzte sich in Bewegung und lief ihm hinterher. Ihr war absolut nicht wohl bei der Sache.

Sie erreichten das, was früher einmal die Pforte zum Verwaltungsbau gewesen sein musste. Zu Meikes Überraschung war sie nicht verschlossen. Beim zweiten Blick schien es, als habe sie jemand manipuliert.

Rodrigo öffnete die Glastür, indem er einfach die Schulter dagegen drückte. Er sah sich um, und bevor Meike ihn nochmals bitten konnte, doch besser die Polizei zu verständigen, war er schon im Treppenhaus verschwunden.

Sie folgte ihm und war außer Atem, als Rodrigo schließlich im siebten oder achten Stockwerk auf einen Flur einbog. Wenigstens war ihr jetzt absolut nicht mehr kalt, ganz im Gegenteil.

Die Stille im Gebäude war beklemmend. Ihre Schritte wirkten in der Abwesenheit jeglicher anderer Geräusche ungewöhnlich laut. Rodrigo blieb stehen und orientierte sich auf dem Flur. Links und rechts standen alte Baugerüste.

Außerdem befand sich dort eine Mulde mit Bauschutt. Auf dem Boden lagen aufgerollte, herausgerissene Teppichböden. Er ging auf eine Schiebetür zu, die offenstand und in einen Raum führte, der einmal als Großraumbüro genutzt worden sein musste. Die Wand der Außenfassade war eingerissen. Ein eisiger Wind wehte ins Innere.

Meike blieb am Eingang stehen. Sie traute sich nicht hinein, denn im Gegensatz zu Rodrigos Annahme waren hier nirgends Kids oder Studenten zu sehen, die einen Film drehten. Wenngleich es in dem früheren Büro aussah, als sei er zu einem Setting für einen Horrorclip hergerichtet worden.

Und da war der Körper.

Er baumelte an Seilen.

Meike sah …

… schnell wieder weg.

Überall war Blut. Ihr war schlagartig schlecht. Sie wünschte sich, Rodrigo hätte recht. Das alles nicht echt war. Dass wirklich bloß Kids einen Film drehten und sie tatsächlich nur eine lebensechte Puppe organisiert und alles wie einen Tatort inszeniert hatten. Ja, sie hatten bestimmt ihre Dreharbeiten gestern beendet und einfach alles so stehenlassen, um heute zurückzukommen und weiterzumachen.

Doch dann hörte sie Rodrigos Kamera klicken. Und danach seine Stimme, die klang wie das Wispern von trockenem Papier.

»Die Polizei«, sagte er zu Meike, »ruf sie an. Sofort.«

3

Nick fasste in die Seitentasche seiner Jacke und zog eine Schachtel Zigaretten hervor. Er nahm eine heraus, rollte sie zwischen den Fingern und sah sich ein weiteres Mal um. Die Mauer hinter ihm war von oben bis unten mit Blut bespritzt. Und da war das an die Wand gemalte Symbol. Ein wirres Zeichen aus mäandernden Linien. Eine Ikone des Wahnsinns, dachte Nick. Frostblumen blühten auf den rostroten Schleifspuren am Boden. Sie führten zu der eingerissenen Außenwand, wo Nick stand und der Beton und die in Massen herumliegenden Glassplitter mit schwarzen Tropfen besprenkelt waren. Altes Blut.

Er blickte auf seine Schuhspitzen, die unter Plastiküberziehern verborgen waren, und auf die verbogenen Metallstreben, die aus der Abbruchkante in den von Wolken verhangenen Himmel über Hamburg stachen. Ein kalter Wind pfiff ins Innere des oberen Stockwerks des schon seit Jahren verlassenen Verwaltungsgebäudes. Dreißig Meter bis unten, vielleicht ein paar mehr oder weniger, schätzte Nick. Nur ein Schritt und dann bis drei zählen. Aus und vorbei.

Nick zog den Reißverschluss der Uniformjacke zu und schlug den Kragen hoch. Er brauchte einige Versuche, um sich die Zigarette anzuzünden. Weit unter ihm parkten einige Polizeifahrzeuge und der Leichenwagen, dessen Heckklappe offen stand. Zwei Männer in Schwarz trugen einen dunklen Plastiksack ins Freie, der auf einen Rollwagen geladen wurde, um in einem Sarg zu verschwinden.

Die Zigarette glühte auf, als Nick an ihr sog. Über ihm hingen die abgeschnittenen Seile, deren lose Enden im Wind tanzten. Weit vor ihm floss das dunkle Wasser der Norderelbe. Zwischen zwei maroden Gebäudeteilen zog der rote Rumpf eines riesigen Schiffes lautlos vorbei. Der einzige Farbtupfer an diesem grauen Dezembermorgen, der zunächst mit strahlendem Sonnenschein begonnen hatte. Auf dem Deck stapelten sich die Container wie aufeinandergedrückte Legoklötze. Nick stand gerne am Flussufer und sah den Ozeanriesen zu. Es war beruhigend. Jedes Schiff war ein Beispiel dafür, dass es ein Woanders gab – ob es in Shanghai, Macao, San Francisco oder Kapstadt liegen mochte.

In diesem Moment blitzte die Möglichkeit, alles hinter sich zu lassen, für einen kurzen Moment auf. Aber Nick konnte nicht einfach verschwinden. Noch nicht. Jetzt erst recht nicht.

»Ist er es?«, hörte er die weibliche Stimme.

Nick drehte sich um und stand nun mit dem Rücken zum Abgrund. »Er ist es«, sagte er.

»Es ist nicht wie vorher.«

»Nein«, erwiderte Nick. »Aber er ist es. Wer sollte es sonst sein?«

»Warum ist es anders?«

Nick zuckte mit den Achseln, betrachtete die getrockneten und vereisten Blutpfützen, sah erneut hinauf zu den Seilen und wendete sich wieder der eingerissenen Wand zu. Von hier oben aus konnte man weit über die Stadt blicken. Die Baukräne der Hafencity, die Spitzen der Turmkräne. Das Containerschiff war inzwischen fort. Einige Schneeflocken flogen wie Styroporkrümel durch die Luft und setzten sich an Nicks Jacke fest.

»Es ist anders«, sagte er, »weil er sich verändert hat.«

Nick schob die linke Hand in die Innentasche der Jacke. Die Fingerspitzen stießen gegen einen zusammengefalteten Zettel, der inzwischen in einem Beweismittelbeutel steckte. Nick hatte ihm keine Beachtung geschenkt. Niemand hätte das. Aber jetzt wusste Nick, dass es ein tödlicher Fehler gewesen war.

Nick zog an der Zigarette, bis sie heiß zwischen seinen Fingern glomm.

Er blickte wieder nach unten, wo die Heckklappe des Leichenwagens verschlossen wurde. Für einen Moment schloss er die Augen, sah einen Körper an sich vorbeifallen, hörte das Echo des Aufschlags. Er erinnerte sich an ein Abbruchgebäude wie dieses vor mehr als einem Jahr. Daran, wie seine Kollegin Betty Duschkow vom Dach gestürzt war und auf einem parkenden Auto aufschlug. Sie hatten damals einen Mann verfolgt, der von den Medien »Elbripper« getauft worden war. Nick hatte die Kommission geleitet, die den Ripper stoppen sollte. Elf Morde gingen auf sein Konto, und beinahe hätten Nick und Betty ihn erwischt. Betty war dabei ums Leben gekommen. Der Ripper hatte sie in den

Abgrund gestoßen. Aus einem unteren Stockwerk hatte Nick ihren Körper am Fenster vorbeifallen sehen.

Nach dem Zwischenfall mit Betty war der Ripper von der Bildfläche verschwunden. Nick war ebenfalls abgetaucht und hatte sich geschlagen gegeben. Oder besser: Er war im Schnaps ertrunken. Er hatte den Job in der Mordkommission geschmissen, war in den Bezirksdienst aufs Land gewechselt, um sich selbst zu bestrafen, sich von allem fernzuhalten und um ungestört saufen zu können.

Mit dem Alkohol war es besser geworden, mit dem anderen nicht unbedingt.

Heute Morgen hatte er einen Anruf aus dem LKA erhalten. Er sollte zum Hafen kommen, um sich dort etwas anzusehen. Eine Leiche. Nick musste nicht lange nachdenken. Er zählte eins und eins zusammen. Der Zettel in seinem Briefkasten, der Anruf, eine Tote ... Der Killer war zurück. Und niemand kannte den Ripper besser als Nick. Deswegen hatten sie ihn angefordert.

Und wegen Opfer Nummer zwölf.

»Es ist seine Handschrift, gar keine Frage«, sagte die weibliche Stimme. »Aber wir waren uns nicht sicher. Sind es noch nicht. Das heißt: Ich bin mir nicht sicher.«

Nick schnippte die Kippe fort. Der Wind verwehte sie sofort. Er drehte sich wieder herum, vergrub die Hände in den Jackentaschen, blickte dann auf und betrachtete die Frau, die einige Meter vor ihm stand. Sie reichte ihm bis zur Schulter, trug die Haare unter einer Pudelmütze versteckt und bis auf einen schwarzen Lidstrich, der ein wenig an Amy Winehouse erinnerte, keine Schminke. Sie hielt ein

Tablet in den Händen, die in Strickhandschuhen steckten. Unter dem knielangen Daunenmantel wölbte sich ein beachtlicher Bauch. Es konnte nicht mehr lange dauern, bis KHK Cleo Torner sich in den Mutterschutz verabschiedete, und nur noch wenige Wochen, bis sie ihr Kind bekam. Nick war ohnehin überrascht gewesen, dass sie sich noch im Dienst befand.

»Ich bin mir sicher«, erwiderte Nick. »Er ist es. Er hat sich entwickelt.«

»Er hat noch nie etwas Derartiges getan. Dicse Inszenierung …«

»Er probiert sich aus.«

»Er hat sich bisher außerdem nie um die Öffentlichkeit geschert.«

Nein, dachte Nick und fuhr mit dem Daumen über die Kante des Beweismittelbeutels in seiner Jacke, hatte er bisher nicht. Aber in eineinhalb Jahren konnte sich eine Menge verändern. Auch die Interessen eines Mörders wie dem Elbripper, der eine Menge Zeit gehabt hatte, sich allerlei neue Dinge auszudenken. Nick betrachtete das Symbol, das mit Blut an die Wand gemalt worden war. Schien so, als habe der Mörder beschlossen, dass ihm etwas Derartiges gut zu Gesicht stehen würde. Eine Signatur.

»Er ist eitel. Er will ein Ausrufezeichen setzen«, sagte Nick. »Seht her: Ich bin wieder da.«

Cleo zog die Schultern hoch und fröstelte.

»Das hat er geschafft. Schau nur«, sagte Cleo und bot Nick das Tablet an, damit er sich darauf die Bilder und Videos der Spurensicherung ansehen konnte. Er ging zu

Cleo und zögerte, weil er Angst vor dem hatte, was er zu sehen bekommen würde.

Schließlich nahm er das Tablet.

Die Hölle tat sich auf.